내 남편이
너무 귀여워서
곤란하다

fio
ret

내 남편이 너무 귀여워서 곤란하다 1

초판 1쇄 인쇄 2019년 12월 9일
초판 1쇄 발행 2019년 12월 30일

지은이 Rana
발행인 오영배
편집 편집부
표지·내지디자인 오정인
제작 조하늬

펴낸곳 (주)삼양출판사 · 피오렛
주소 서울시 강북구 도봉로 173
대표 전화 02-980-2112 / **팩스** 02-983-0660
편집부 전화 02-987-9393 / **팩스** 02-980-2115
블로그 blog.naver.com/dan_gul
출판등록 1999년 3월 11일 제9-00046호

ISBN 979-11-283-9748-6 (04810) / 979-11-283-9747-9 (세트)

fio
ret 은 (주)삼양출판사의 로맨스 판타지 문학 브랜드입니다.

내 남편이
너무 귀여워서
곤란하다

I

Rana
장편소설

fio
ret

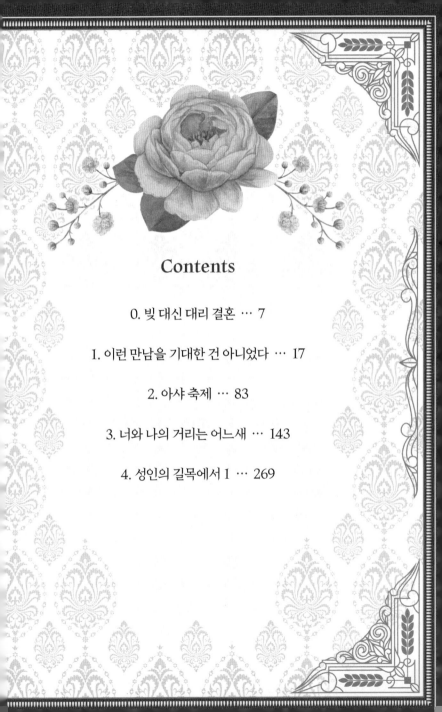

Contents

0

빛 대신 대리 결혼

환생했다. 보통은 환생하면 막 금수저도 물고 그러지 않나? 그런 기대를 품은 날 놀리기라도 하는 것처럼, 나는 흙수저를 물고 환생해 버렸다.

털어 봤자 먼지밖에 안 나오는 이름뿐인 자작 가문. 그게 바로 내가 태어난 가문이었다. 현실을 직시해야 하는 건 알지만 역시 서글프다.

'흙수저로 환생한 것만으로도 서러운데, 빛 대신 결혼까지 해야 하다니.'

나는 다시 한 번 한숨을 푹 내쉬었다. 상황은 대충 이렇다. 애초부터 몸이 약했던 우리 엄마는, 나를 낳은 이후 시름시름 앓았다.

엄마를 열렬히 사랑했던 아빠는 빛을 져 가면서 엄마의 병을 치료해 주었고, 다행스럽게도 엄마는 완치했다. 대신 어마어마한 빚이 남았지만.

급한 대로 가문이 가진 귀족 작위를 담보로 황가에게 빌린 돈이었기에, 우리 가문은 빚을 갚지 못하면 작위를 빼앗길 위기에 처했다.

……그리고 빚을 갚는 지난한 여정에서 내가 등장하게 된다.

"정 빚을 갚지 못하겠으면, 다른 방법이 하나 있기는 한데."

"다른 방법이라고요? 어떤 방법입니까?"

"헤센바이츠 공작께서는 후계자가 있으시지. 자네의 딸을 후계의 배우자로 보내는 거라네."

이렇게 말이다. 황가에서 보내온 대리인은 그렇게 선언했고, 아빠의 얼굴은 새하얗게 질렸다.

"그렇다면 자네가 황가에게 진 빚들은 모두 탕감해 주겠네. 이게 황제 폐하의 전언일세."

평소 우리 아빠가 가장 좋아하는 벽난로 옆 소파에 앉은 채, 대리인은 피둥피둥한 얼굴에 미소를 짓는다. 마치 제가 엄청난 은혜를 베풀어 주기라도 하는 양.

나는 입술을 세게 깨물었다.

'헤센바이츠 공작가라니…… 설마, 무시무시한 소문을 가진 그 가문을 말하는 거야?'

서리 악마, 푸른 피가 흐르는 은룡, 황제의 가장 위험한 벗. 공작가가 휘감은 수많은 이름들은 하나같이 무시무시했다. 그런 가문과의 혼사를 은근슬쩍 내게 미뤄 버리다니, 미친 거 아냐?

"원래대로라면 황녀님께서 부인이 되기로 내정되어 있었지만, 황녀님은 연약해서 말일세."

그 말에, 난 존재감이라곤 거의 없는 황녀를 떠올렸다. 나와 동갑내기로 아는데, 이름이 아마 안네로제 리펜베르크였던가.

현 황태자의 하나뿐인 여동생이지만, 아쉽게도 그녀는 평민 하녀에게서 태어난 사생아였다. 아무래도 이거, 황녀를 치워 버리려다 내게 불똥이 튄 모양새인데.

"자네처럼 한미한 가문의 여식이, 무려 공작가와 맺어지는 것일세. 어째서 기뻐하질 않나?"

"하지만 대리인님, 저희 이엘리는…… 제 하나뿐인 피붙이이지 않습니까."

아빠의 얼굴은 이제 핏기라곤 하나도 없이 새파랬다. 거의 울 것 같은 표정이 된 채, 아빠는 마치 노예처럼 고개를 숙인다.

아빠. 난 숨을 삼켰다. 어째서 아빠가 그렇게까지 해야 해?

"정 그게 싫다면 당장 빚을 갚지 그러나?"

"하, 하지만!"

"빚도 갚기 싫고, 딸도 보내기 싫고?"

대리인은 기웃 고개를 기울이며 아빠를 바라보았다. 피둥피둥 살찐 입술이 오만하게 웃는다.

"블랑쳇 자작, 정말로 폐하의 진노를 사고 싶은 겐가?"

"대리인님, 그런 생각은 전혀 없습니다! 다만 조금만 더 시간을 주시면……!"

"물론 나도 시간은 주고 싶지만, 폐하께서 이렇게 의지가 확고하신 것을 어쩌겠나."

대리인은 설레설레 고개를 저었다. 그 모습을 보는 순간 난 주먹을 말아 쥐었다. 이미 엎질러진 물이다. 물론 나도 결혼하기 싫지만, 이렇게 아빠가 머리를 숙이는 꼴을 보는 건 더 싫다.

'게다가 아빠가 대리인에게 아무리 애원한다 한들…… 결혼을 거부할 수 있는 것도 아니잖아?'

난 마른 입술을 핥았다. 아빠가 애원하는 모습이 시야에 아프게 맺혔다. 지금껏 아빠는 최선을 다해 나와 엄마를 책임지고 보호해 주지 않았나. 그렇다면 나도…… 우리 가족을 지킬 거야.

"할게요."

나는 한 걸음 앞으로 나서며 말했다. 대리인은 단춧구멍만 한 눈을 최대한 크게 떴고, 아빠는 어쩔 줄 모르고 내 손목을 가만히 붙들었다. 나를 말리려 하는 거겠지. 아빠가 간절히 말했다.

"이엔, 그게 무슨……!"

"한다고요, 그 결혼."

나는 손을 들어, 아빠의 차갑게 식은 손끝을 와락 움켜쥐었다. 그러고는 고개를 꼿꼿이 세우고 말했다.

"그러니까 아빠도 더 이상 그렇게 머리 숙이지 말아요."

대리인은 한쪽 눈썹을 하늘 높이 치켜 올렸다.

왜, 뭐? 내가 대신 결혼한다고 한 순간부터 칼자루는 내가 쥔 거 아냐? 그렇다고 없던 일로 할 수는 없지? 황녀를 결혼시킬 수는 없으니까!

난 뻔뻔하게 대리인을 마주보았다. 내 태도가 꽤나 분했는지, 대리인의 얼굴은 붉게 물들었다.

'하여튼, 황가는 처음부터 밥맛이었다니까.'

나는 평소의 이미지, '얌전하고 우아한 자작 영애' 따위는 모조리 집어치운 채 비딱하게 섰다.

'뭐, 황녀를 결혼시키기 싫은 건 이해하지만…… 그렇다고 날 대리 결혼을 시켜?'

아무리 신분제 사회라지만, 황녀만 소중하고 난 떨거지냐고! 난 들끓는 감정을 꾹꾹 억눌렀다.

"크흠, 흠…… 내, 이번에는 참고 넘어가도록 하지."

대리인은 나와 말다툼을 하는 건 그리 현명하지 않다고 생각한 듯했다. 하긴 그래야지. 내가 여기서 결혼 못 한다고 거절하면, 꼼짝없이 황녀가 헤센바이츠 소공작과 결혼해야 할 테니까.

"그렇다면 이 서류에 서명하게."

대리인은 내 앞에 펜과 서류 한 장을 내밀었다. 펜을 집어 든 난, 그 서류를 꼼꼼히 살펴보았다.

소공작과의 결혼 관련 서류였다. 황실이 헤센바이츠 공작가를 놓지 못한다는 소문이 있는데, 그건 아무래도 사실인 것 같다. 왜냐하면 황제의 명령 형식을 띤 서류의 형태를 보아하니, 아무래도 황제는 공작가에 어떻게든 연줄을 만들어 두고 싶은 모양이니까.

하지만 소문이 흉흉한 공작가에 황녀를 보낼 수도 없으니, 마침 빚을 진 우리 가문을 고른 거다. 법적으로 5년 만기로 상환하는 것이 보장되어 있는데, 갑자기 당장 갚으라고 압박을 주다니. 양심은 있나?

'거기다 왜 하필이면 우리 가문을 골랐는지도, 속이 빤히 보이잖아.'

항변도 제대로 하지 못할 힘없는 자작 가문이라 고른 거겠지. 그들의 생각이 빤히 들여다보인다. 헤센바이츠 공작가에 황가 쪽 사람을 붙이고는 싶지만, 그렇다 해서 황가의 피를 일부 이어받은 황녀를 시집보내기는 좀 불편하다는 생각일 테지. 난 두 눈을 가늘게 치켜떴다.

'아무리 황녀가 서녀라 한들, 그래도 무시무시한 소문을 가진 소공작에게 보낼 순 없으니까.'

나도 귀가 있으니 소공작에 대한 소문은 대충 들어 알고 있었다. 얼음과 눈을 마음대로 다루며, 괴물 같은 힘을 사용한다 했다. 그 모습이 얼마나 소름 끼치는지 하얀 악귀처럼 보인다고.

'소공작과 비슷한 나이대인 데다가, 빚 또한 많아 마음대로 휘두를 수 있는 게 나라는 거지.'

황가는 적당한 귀족 여식을 찾으려 꽤 오래 수소문을 했었다. 하지만 이대로 당해 줄 줄 알고?

'바로 서명부터 하는 건 바보짓이니까…….'

서명은 제쳐 두고 난 대리인을 흘끔 바라보았다. 예의라곤 하나도 없는 눈빛에, 그가 움찔했다.

"황제 폐하께서는 빚을 모두 탕감해 주신다는 서류 정도는 당연히 준비해 주시겠죠?"

"요망한 것, 알았다."

감히 밤톨만 한 계집애가 자신을 향해 눈을 똑바로 뜨는 게 싫었는지, 대리인은 날 보며 쯧쯧 혀를 차 댔다.

하지만 내 말은 끝나지 않았다. 난 최대한 여유로워 보이도록 눈웃음을 지었다.

"그리고 그 서류는, 폐하의 직인을 받은 서류일 거예요. 맞죠?"

화가 난 대리인은, 두툼한 살집을 파들파들 떨어 댔다. 그가 두 눈을 희번덕거리며 나를 노려보았지만, 난 그냥 어깨를 으쓱해 보였다. 뭘 그렇게 노려봐서 어쩔 건데? 결혼 취소시키기라도 할 거야?

"이, 당돌한……!"

"무려 황녀님 대신 대리로 결혼하게 생겼는데, 이 정도는 받아 내는 게 당연하죠."

나는 탁 소리가 나도록 펜을 내려놓았다. 대리인을 향해 생글 웃어 보이자, 그는 당장이라도 혈압약을 먹지 않으면 쓰러질 것처럼 붉으락푸르락한 얼굴을 했다.

물론 대리인의 건강 상태 따위, 알 바 아니다. 서류까지 테이블 위에 올린 난, 서류를 밀어 버리고는 팔짱을 꼈다.

"서명은 공증을 받은 이후에 할게요."

"뭐라고?!"

"아 참, 대리인님. 이제 제게 함부로 말은 놓지 말아 주세요."

어디서 계속 반말질이야? 난 이왕 얻게 된 내 칼자루를 마음껏 휘두르기로 했다. 권력 최고!

"이제 이 서류에 서명하면 저는, 무려 '헤센바이츠 소공작'과 혼인 관계가 되는 거잖아요?"

대리인은 차마 대답조차 하지 못하고 두 눈을 희번덕거렸다. 난 빙그레 웃으며 말을 맺었다.

"차후 '헤센바이츠 공작 부인'이 될 저에게, 그렇게 말씀을 놓으시면 안 되죠. 안 그런가요?"

아마 꽤 짜증 나긴 할 거다. 내가 이 대리 결혼을 통해 공작 부인이 된다면, 헤센바이츠와의 관계를 위해서라도 내게 존댓말을 할 수밖에 없을 테지.

그렇다 해서 악명이 자자한 공작가에게 황녀를 시집보낼 수도 없을뿐더러, 나 외에 대리로 결혼해 줄 레이디를 구할 수도 없을 테니.

"그럼 '폐하께서 직접 직인을 찍으신' 공중 서류를 가져오실 때까지, 기다리고 있겠습니다."

"이게 무슨……!"

"그렇다면 안녕히 가세요, 대리인님."

축객령을 내린 난, 붉으락푸르락 변화하는 대리인의 표정을 관찰하며 씩 웃어 보였다. 왜, 내가 이렇게 나올 줄 전혀 예상도 하지 못한 거니? 아마추어같이.

대리인의 낯짝이 일그러졌다.

"이런, 무례한 작자들 같으니라고!"

대리인은 씩씩거리며 밖으로 나가 버렸다. 쾅! 문짝이 닫히며 부서져라 소리를 냈지만, 그 소리까지 감미로운 음악처럼 들렸다. 아, 고소해. 십 년 묵은 체증이 모조리 내려앉는 것 같아!

"이엔, 도대체 왜 그런 거니!"

그때, 아빠가 새하얗게 질린 얼굴로 나를 바라보았다. 나는 내 어깨를 으쓱이면서 웃어 보였다.

"어쩔 수 없잖아요."

"하지만!"

"아빠. 걱정 마세요, 전 괜찮으니까요."

아빠는 촉촉하게 젖은 눈으로 나를 보다가, 길게 한숨을 내쉬었다. 대리인에게 한 방 먹인 것은 좋은데, 이제 정말로 내가 공작가로 시집을 가야 한다는 게 문제네. 내 정신연령이 아무리 높다지만⋯⋯ 고작 열세 살 나이로 남편을 맞이하게 될 줄 몰랐는데. 젠장, 산 넘어 또 산이다.

1

이런 만남을 기대한 건 아니었다

리펜베르크 제국의 북부에는 광대한 헤센바이츠 공작령이 있다. 한때 왕작까지 가졌던 제국 유일의 공작가, 북부의 군주인 헤센바이츠.

공작가의 선조는 겨울의 은룡이었고, 공작가를 백안시하는 황가는 공작가를 서리 악마의 혈통이라며 경계하곤 했다. 그런 가문과 혼인이라니.

'나, 정말로 헤센바이츠 공작가와 혼사를 맺는구나.'

기분이 묘했다. 약간의 기대와 호기심, 두려움이 뒤섞여 가슴이 쿵쿵 뛴다. 그녀는 커튼을 걷고 유리창 너머를 내다보았다.

마차로 일주일을 달려, 가장 먼저 눈에 들어온 풍경은 새파란 겨울 하늘과 새하얗게 쌓인 눈. 끝없이 펼쳐진 영지를 지나자 화려한 도시가 등장했다.

제도보다도 번화한 것 같은 도시, 그 도시에서 살아가는 수많은 사람들. 그녀는 엄청난 규모의 공작령을 보며 1차로 놀라고, 황궁과 비견해도 모자람이 없을 공작 성을 보면서 2차로 놀랐다.

'제국 내에서 유일하게 왕작을 가진 채로 독립할 수 있을 영지라는 평가는 사실인 것 같네.'

솔직히 말하자면, 이런 강대한 북부를 지배하면서도 겉으로나마 황제에게 예의는 갖추는 공작가가 대견할 지경이다. 마차는 공작 성 앞에 매끄럽게 멈춰 섰다.

마차 밖으로 나선 그녀는 가볍게 어깨를 떨었다. 남부에 위치한 제도 리펜보다 훨씬 서늘한 공기가 폐부를 가득 메웠다.

"어서 오십시오, 레이디 블랑쳇."

대기하고 있던 하녀들이 정중히 고개를 숙이며 인사했다. 순간 이엘리는 기분이 이상해졌다.

'어라, 어째서 날 부르는 이름이 아직도 레이디 블랑쳇이지?'

그녀는 이미 황가의 인가를 받은 소공작의 아내였다. 마땅히 헤센바이츠의 성을 사용할 권리를 가졌음에도, 사용인들은 아직도 그녀를 '레이디 블랑쳇'이라 부르고 있었다.

하녀가 말했다.

"방으로 안내해 드리겠습니다."

"……고마워요."

하지만 이엘리는 우선 그 점을 지적하지는 않았다. 본능적으로 느꼈다. 이 성의 사람들은 그녀를 환영하지 않는다.

가문의 단 하나뿐인 후계가 반려를 맞이했음에도 공작 성은 고요했고, 하다못해 공작과 소공작도 나와 보지도 않았다. 게다가 그녀에게 배정된 방은 손님방이었다.

'아무래도 공작가가 보이는 그 예의는 아마, 황제 한정으로 발휘되나 보지?'

화려하게 치장된 공작 성의 방 안에서 홀로 앉아, 이엘리는 속으로 빈정거렸다.

안주인이 사용하는 방은 바라지도 않았다. 하지만 손님방을 받을 정도로 홀대하는 건 역시 너무하지 않아?

그녀가 한껏 미간을 찌푸리던 때, 똑똑 노크 소리가 울렸다. 그녀는 한숨을 삼키며 대답했다.

"들어와요."

"레이디 블랑쳇을 뵙습니다. 임시로 레이디를 모실 메리입니다."

하녀 한 명이 들어와 깊숙이 고개를 숙였다. 호칭 문제를 지적하려던 이엘리는 고개를 저었다.

"그래요, 반가워요. 그런데, 공작님과 소공작께서는 어디에 계신 거죠?"

"아…… 그게. 공작님께서는 영지 시찰 중이시고, 소공작께서는 현재 마수 토벌을 나가셨어요."

"……잠깐만요. 마수 토벌이라고요?"

이엘리는 순간 제 귀를 의심해 버렸다. 마수 토벌이라니? 하지만 메리는 살갑게 말을 이었다.

"네, 일상적으로 있는 일이랍니다. 저번에는 북부 야만족 토벌에 직접 참여하셨죠."

"그, 그러니까. 소공작께서 마수 토벌에 이어, 야만족 토벌에도 나가셨다고요?"

"맞아요. 단신으로 야만족들의 부대에 깊숙이 들어가서, 대장의 수급까지 베어 오셨어요."

어라, 이건 좀⋯⋯? 누가 누구의 수급을 벴다고? 소공작이라 하면 분명 공작님의 하나뿐인 아들이자, 내 남편이 될 사람을 말하는 거 맞지? 하지만 내가 알기로 그 애 나이는⋯⋯.

"⋯⋯제가 혹시 뭔가 잘못 알고 있나요? 소공작께서는 성인이 아니시잖아요?"

이엘리는 애써 경악을 감추며 조심스럽게 의문을 표했다. 그녀가 알고 있기로, 소공작은 올해 열다섯 살. 아직 성년조차 되지 못한 나이다.

그런 애가 위험한 전투에 직접 참여한다고? 이건 청소년 학대, 미성년자 착취다. 강하게 키우는 것도 정도가 있지, 다치거나 죽기라도 하면?

"네, 맞아요. 그런데도 전투에 참가하셔서 공훈까지 세우시다니, 정말 대단하시지 않아요?"

"어⋯⋯ 그, 그런가요?"

천진하게 웃어 보이는 메리 앞에서, 이엘리는 할 말을 잃어버렸다. 이게 그냥 대단하다는 칭찬 하나로 넘길 만한 일인가? 열다섯 소년을 그 위험천만한 전쟁터에 내몰다니, 게다가 그는 공작가의 후계자인데? 하나 문제는 이곳 사람들에게는 그 일이 당연한 것처럼 보인다는 거다.

'그래도 좀…… 소공작이라고 무조건 편하게 사는 건 아닐 테지만, 이건 심하잖아?'

미래의 남편이 코빼기도 안 보인다며 예의 운운을 할 게 아니다. 열다섯 살 먹은 소년이 야만족, 그리고 마수와 생사를 다툰다니. 나 과부 되는 거 아냐?

이엘리는 마른침을 꼴깍 삼켰다.

"그럼 소공작께서는 언제 돌아오시나요?"

"아마 일주일 정도는 걸리실 거예요. 그리고……."

우물쭈물하던 메리가 입술을 열었다. 제가 하는 말이 무례한 말임은 아는 듯, 미안한 낯이다.

"공작님께서는, 소공작께서 오시면 함께 얼굴을 보는 편이 좋겠다고 말씀하셨어요."

"……그렇군요."

이엘리는 고개를 끄덕였다. 이로써 확실해졌다. 공작은 그녀를 환영하지 않았고, 단 하나뿐인 아들인 소공작 또한 그리 아끼지 않았다.

만약 소공작을 아꼈다면 그런 위험천만한 전투에 내보낼 리 없고, 처음 대면하는 자리를 황가에서 보낸 마땅찮은 며느리와 함께하지도 않을 터.

"식사는 지금 계신 이 방으로 올려 보내도록 할게요. 괜찮으시겠어요?"

"좋아요, 고마워요. 그만 물러나도 좋아요."

이엘리는 선선히 고개를 끄덕였다. 어차피 식당에서 먹어 봐야 불편하기만 할 테니까.

메리는 꾸벅 인사를 남기고 자리를 떴다. 어쩐지 미래가 깜깜하게 느껴져, 그녀는 한숨을 삼켰다.

'공작님께서 소공작을 아끼지 않는다는 소문은 아무래도 사실인가 봐.'

헤센바이츠 공작가는 제국 유일의 공작 가문이자, 황가와 견줄 정도로 강대한 세력을 가진 가문이다. 아무리 소공작에 대한 소문이 험악하다 한들 부와 권력을 탐내는 사람은 있을 텐데.

'그럼에도 소공작과 혼사를 맺으려는 가문이 없는 건, 공작이 소공작을 홀대하기 때문이겠지.'

소공작과 연을 맺으려다 공작의 눈 밖에 나는 것도 싫을 테니, 못 먹는 포도처럼 바라보기만 했겠지. 게다가 정상적인 가정이면, 사랑하는 딸을 괴물이라는 소문이 난 이에게 보내지 않을 것이었다.

'여러모로 복잡한 문제네…… 소공작이 조금 불쌍한 것 같기도 하고.'

그때 창문 밖이 소란스러워졌다. 자리에서 일어난 이엘리는 살짝 창문 밖을 내다보았다. 황혼을 등지고, 마차 한 대가 공작 성 안쪽으로 들어서고 있었다.

사용인들이 허겁지겁 나가 인사를 한다. 아샤 꽃과 은룡이 정교하게 얽힌 가문의 문장을 건 고급 마차의 주인은 아마도…….

'헤센바이츠 공작이겠지.'

불만스러운 낯을 하던 그녀는, 마차에서 빠져나온 남자를 보며 눈을 크게 치떴다. 공작은 짙은 남색 머리카락과 푸른 눈동자를 가진 냉정한 인상을 가진 미남자였다.

선이 호리호리하여 전체적으로 우아한 느낌을 준다. 사용인들의 인사를 대강 받아 주던 그는 건물 안에 들어갔다.

'……생각보다 험상궂게 생기지는 않았네.'

워낙 소문이 흉흉한지라, 괴물처럼 생겼으면 어쩌나 걱정했었는데. 저 정도면 무척 준수하다.

'그렇다면 내 남편의 외모도 기대해 봐도 되려나?'

나도 참, 실없긴. 고개를 갸웃거리던 이엘리가 픽 웃었다. 그녀의 시선이 점차 날카로워졌다.

'비록 황가는 인정하려 들지 않지만…… 헤센바이츠는 강력해.'

마차에 내걸린 공작가의 문장에 아샤 꽃이 당당히 그려진 것만 해도 그렇다.

자존심이 드높은 황가는 공작가를 대놓고 견제했지만, 그럼에도 황가의 문장으로 사용하는 꽃을 공작가도 사용하는 걸 막지 못했다. 황가와 같은 상징을 사용하는 것 자체가 공작가의 강력함을 증명한다.

'헤센바이츠는 황위를 되찾지 못하는 게 아니라, 되찾지 않는 것이라고 했던가.'

고개를 갸웃거리던 이엘리는 포르르 한숨을 쉬었다. 아들조차 아끼지 않는 공작이, 황가에서 억지로 붙여 준 며느리를 어떻게 생각할까. 아무래도 공작가의 삶은 그리 쉽지 않을 것 같다.

※　　　※　　　※

약 일주일 동안, 이엘리는 이곳의 사용인들이 자신을 어떻게 생각하고 대하는지에 대해서 얼추 파악했다.

시중을 들어주지 않는 것은 아니다. 그녀가 요구하는 건 웬만하면 받아들여졌다. 하지만 그 모든 건, 소공작의 반려를 향한 공경이라기보다는 철저히 손님을 향한 대접이었다.

"차라리 이렇게 대해 주는 게 편하기는 하지만…… 언제까지 이럴 수는 없잖아?"

침대 위에 털썩 주저앉은 이엘리는 작게 투덜거렸다. 어쨌든 그녀는 법적으로 소공작의 아내인데, 손님 취급만 받는 것도 좀 그렇지 않나. 그런데 그때, 방 밖에서 작은 소란이 일었다.

"뭐지?"

고개를 갸웃거리던 그녀가 설렁줄을 잡아당겼다.

잠시 후, 메리가 짧은 노크와 함께 방에 들어왔다. 하지만 눈앞의 메리 또한 약간 들뜬 것처럼 보였기에, 그녀는 의아한 표정을 지었다.

"무슨 일인가요? 주변이 좀 소란스러운데……."

"아, 그게……."

메리는 약간 난처한 얼굴이 된 채 이엘리를 마주보았다. 그러고는 애써 미소를 지어 보였다.

"소공작께서 돌아오셨습니다."

아니, 내 법적 남편이 돌아왔다고? 두 눈을 동그랗게 치켜뜬 이엘리가 메리를 향해 되물었다.

"지금요?"

"예, 그렇습니다."

"그럼 지금 나가면 소공작을 뵐 수 있는 건가요?"

그렇게 물은 이엘리가 황급히 숄을 집어 들었다. 침의 위에 대충 숄을 걸친다. 그대로 방 밖으로 빠져나가려는 그녀를, 메리가 황급히 만류했다. 고개를 가로저은 메리가 입술을 열었다.

"오늘은 말고, 내일 만나 뵙는 건 어떠세요?"

"그게 무슨 소리예요? 지금 돌아오셨다면서요. 마땅히 만나 뵈어야……."

"시, 시간도 많이 늦었고요."

메리는 다시 한 번 이엘리를 붙들려 했다. 순간 의심스러운 얼굴이 된 그녀가 메리를 보았다.

'뭔가 좀 이상한데.'

그녀가 공작 성에 들어온 지 일주일째. 그녀는 단 한 번도 자신의 법적 남편을 만난 적이 없었다.

그리고 오늘, 위험한 마수 토벌을 나섰던 남편이 귀환했다. 상식적으로 시간이 늦었다는 석연찮은 이유로, 내일 만나라는 말을 할 이유가 없었다.

그녀는 단호하게 고개를 가로저었다.

"아뇨, 전 오늘 제 남편을 꼭 뵈어야겠어요."

일부러 '남편'이라는 단어에 힘을 줘 말하자, 메리도 더이상 이엘리를 말리지는 못했다. 그녀는 긴 계단을 달려 내려갔다. 공작과 기사들이 서 있는 모습을 본 순간, 그녀는 마른침을 삼켰다.

'도대체 이 상황은 뭐지?'

가장 먼저 시야에 들어온 사람은, 건장한 기사들 사이에 섞인 한 소년이었다. 험악한 기사들 사이에 홀로 서 있는 소년은 천상의 존 재처럼 아름다웠다.

하지만. 그녀는 황망한 낯을 했다.

'저 녀석이 아무래도 내 법적 남편인가 본데…… 엄청 다쳤잖아?'

기사들은 상대적으로 멀쩡한 반면, 소년은 홀로 전투를 치른 것 처럼 온몸이 상처투성이였다.

새하얀 설원처럼 빛나는 은발 위로는 검붉은 핏덩이가 말라붙어 있었고, 소년치고 다소 마른 몸 또한 피투성이였다.

이엘리는 입술을 깨물었다. 저 피의 상당 부분은 소년의 피일 터 였다.

'아프지도 않나? 아니, 그보다 당장 치료받고 침대에 눕지 않으 면……'

하지만 그렇게 심하게 다쳤음에도, 소년은 눈썹 하나 까닥하지 않 는다. 공작 또한 제 아들의 상처를 보살필 생각 따위는 하지 않았다.

공작은 오만한 낯으로 제 아들을 내려다보았고, 소공작 또한 묵 묵히 그 시선을 받아들였다. 얼음으로 빚은 양 냉정한 표정으로 공 작이 말했다.

"늦었구나. 마수 토벌은 삼 일 이내로 끝내라 명령했건만."

"죄송합니다."

"괴물을 거둬 공작가의 후계로 세워 주었으면, 명령이라도 잘 이 행해야 하지 않겠나."

이엘리는 순간 등골에 소름이 돋았다. 아무리 밉다 해도 자기 자식일 텐데, 어떻게 저런 심한 말을 내뱉을 수가 있지?

하지만, 모진 말을 들으면서도 소공작은 그저 무표정한 얼굴이었다.

"한심한 것."

쯧, 혀를 차면서 공작은 시선을 돌렸다.

이엘리는 계단참에 선 채, 당황한 얼굴로 지금 상황을 눈에 담았다. 오래전부터 감정을 모두 죽인 것처럼, 소년은 무감정한 얼굴로 시선을 내린다.

'정말로 미안하다고 생각하는 건가? 어째서?'

이엘리는 입술을 깨물었다. 혼란스러웠다. 오히려 잘못을 빌어야 하는 사람은 공작이 아닌가? 자신은 안전한 공작 성에 머물러 있으면서, 어린 아들만을 마수들과의 전투에 내몰았다.

그뿐인가. 제 아들에게 아무렇지도 않게 괴물이라고 일컫는 행동까지.

그때 공작이 차갑게 물었다.

"지금 그 눈빛은 뭐지?"

"……."

"오만불손하군. 역시 괴물의 모습은 속일 수 없다는 건가."

공작이 혐오스럽다는 양 한껏 눈썹을 찌푸리더니, 손을 들어올렸다.

철썩! 날카로운 파공음이 허공을 갈랐다.

쿠당탕! 소년의 몸이 헝겊 인형처럼 바닥을 굴렀다. 그녀는 눈을 크게 치떴다.

"뭐, 뭐야 이건⋯⋯!"

이엘리는 저도 모르게 중얼거렸다. 하지만 소년은 신음 소리조차 내지 않았다. 대신, 바닥에 널브러진 소년은 비틀거리며 몸을 일으켰다. 어찌나 세게 후려쳤는지, 소년의 입가에는 새로운 피가 한 줄기 흘러내렸다.

자신과 꼭 닮은 아들의 푸른 눈을 보면서, 공작은 냉엄하게 말했다.

"마수 토벌조차 제대로 해내지 못한 주제에, 감히 그런 오만한 태도를 보이다니."

"⋯⋯송구합니다."

저를 향한 날카로운 적의 앞에서, 소년은 비스듬히 고개를 꺾으며 사죄의 말을 읊조릴 따름이었다.

이엘리는 숨이 턱 막히는 것을 느꼈다. 소공작은 어째서 사과하는 거지? 온몸이 상처투성이가 될 정도로 싸웠으면서. 울면서 화를 내도 마땅한 상황 아냐? 게다가 사지 멀쩡하게 귀환한 저 기사들은 왜, 자신들의 전우이기도 한 어린 소공작에 대한 폭거를 묵인하는 거야?

"저, 고, 공작 각하!"

이엘리는 거의 본능적인 충동에 휩싸여 입을 열었다. 이렇게 행동해서는 안 되는데, 머릿속으로는 생각하면서도 입술이 멋대로 움직였다. 그 이유가 무엇일까. 저 소년이 가여워서였을까?

"위대하신 북부의 군주, 헤센바이츠의 공작님을 처음 뵙습니다. 이엘리 블랑쳇입니다."

적어도 공작이 그녀를 환영하지 않는다는 것은 알았기에, 이엘리는 조심스럽게 말을 골랐다.

헤센바이츠 대신 블랑쳇의 성을 대자, 공작은 두 눈을 가볍게 뜨고는 입술 끝을 밀어 올렸다.

"아아. 황가에서 붙여 둔 작은 괴물의 아내로군."

"……."

우아한 미소 끝에는 모욕적인 언사가 뒤따랐다. 이엘리의 얼굴색이 확 붉어졌으나, 공작은 빈정거리는 그 태도를 감출 생각도 하지 않았다. 느른한 시선이 이엘리를 집요하게 뜯어보았다.

"그런데 그대가 여기 왜 나와 있나? 첫 만남은 내일쯤으로 생각하고 있었는데."

"소공작께서 오늘 귀택하신다는 말을 들었습니다. 소공작의 아내 된 자로서, 마땅히 나와야지요."

"소공작의 아내 된 자라…… 신기하군."

뭐가 신기하냐? 아직 열다섯 살짜리 소년을 마수와의 전투에 내보내는 네 머릿속이 훨씬 신기하다! 그렇게 쏘아붙이고 싶은 마음을 간신히 억누른 채, 이엘리는 애써 미소를 지어 보였다.

"아무리 황가에서 붙인 소녀라지만, 저 괴물의 아내임을 직접 주장하다니."

"폐하께서 저를 보내신 건 사실이지만, 소공작을 남편으로서 존중하는 마음은 진심입니다."

다행히도 말 자체는 매끄럽게 나왔다. 그녀는 흘끗 소공작을 돌아보았다. 제대로 몸을 가누기도 어려워 보이는 큰 부상이 눈에 띈다.

하지만 소공작은 비틀거리기는커녕, 피가 나도록 입술을 짓씹으면서도 그 자리에 꼿꼿이 서 있었다. 부러지기 직전의 칼날처럼 위태롭다.

그녀는 말을 이었다.

"그리고 감히 한 말씀 올리자면, 소공작께서는 지금 몸이 많이 불편하신 듯 보입니다."

그래서? 그렇게 묻기라도 하듯, 공작이 비스듬히 고개를 기울였다. 그녀는 주먹을 꽉 쥐었다.

"그러니까, 당장 소공작을 안으로 모셔서 치료를 하지 않으면……."

"괴물에게는 치료 따위 필요 없다."

순간 공작의 눈동자가 차갑게 가라앉았다. 단호하게 고개를 가로젓는 그 모습을 보며, 이엘리는 숨을 삼켰다.

공작의 태도는 아까 전부터 계속, 그녀의 신경을 묘하게 건드리고 있었다. 저 사람, 제 아들을 보며 괴물이라고 일컫는데. 그렇다면 그 아들을 이용하고 있는 당신은 뭐지?

"그렇지 않아요."

이엘리는 공작의 눈을 똑바로 응시하며 답했다. 공작의 푸른 시선이, 그녀를 향해 가늘어진다.

"소공작께서는 괴물이 아니십니다."

"저 녀석이 괴물이 아니라고…… 아하하!"

그 말을 듣자, 공작은 농담이라도 들은 것처럼 웃음을 터뜨렸다. 조용한 복도 위로 낭랑한 웃음소리가 퍼져 나갔다. 짓눌릴 것 같은 고요에 뒤섞여, 그 웃음소리는 어딘가 기괴하게 들렸다.

"……재미있군. 그래, 자카리."

공작이 엄중한 시선을 피투성이 소년 위로 떨어뜨렸다. 웃음이 섞여 있되, 목소리는 차갑다.

"넌 네 아내의 말을 어떻게 생각하느냐?"

"……."

"설마 네 주군이자 아비인 내 말을 무시할 생각인가?"

목소리 끝에는 날카로운 날이 서 있었다. 소공작은 제 아비를 가만히 응시하다, 입술을 뗐다.

"아버님께서 그렇게 생각하신다면, 저는 마땅히 괴물일 것입니다."

열다섯 소년이라고는 도무지 믿기 어려운 무기력한 말투로, 소공작은 그렇게 대답했다.

잘 갈린 칼날처럼 시리게 빛나던 시선은 순식간에 빛을 잃었다. 겨울 하늘에 뜬 달처럼 새파란 눈동자.

속눈썹 그늘 아래로 반나마 모습을 감추는 그 눈동자를 이엘리는 안타깝게 바라보았다.

"그래, 무릇 괴물이라면 주제 파악이라도 잘해야지."

공작이 픽 웃음을 터뜨렸고, 그녀는 미간을 좁혔다. 턱을 치켜든 공작이 오만하게 선언했다.

"기사들 전원, 모두 수고했다. 다들 돌아가 휴식을 취하도록."

물론 자신의 아들에 대한 치하의 말은 없었다. 공작이 홱 돌아섰다. 길게 펼쳐진 대리석 계단을 올라 자신의 집무실로 돌아간다.

마지막까지 소공작을 외면하던 푸른 눈동자가, 계단 위에 붙박인 듯 서 있는 이엘리에게 머물렀다. 그녀는 긴장감으로 입술이 바짝 마르는 걸 느꼈다.

"……들어가십시오."

이엘리는 꾸벅 고개를 숙여 보였다. 묘한 눈빛을 한 공작이 그대로 그녀의 곁을 스쳐 지났다.

뚜벅뚜벅 구두 굽 소리가 계단 위로 사라지자, 이엘리는 곧장 몸을 돌려 소공작에게 향했다.

"저, 저기요……!"

"……가까이 오지 마."

공작의 명을 받은 기사들이 우르르 몰려나간 사이로, 소공작은 금세라도 쓰러질 것처럼 창백한 얼굴을 하고 있었다.

하지만 이엘리를 본 소공작은, 곧장 손을 내저으며 그녀를 거부했다.

"넌 뭐지?"

새파랗게 빛나는 눈동자가 이엘리를 똑바로 바라보았다. 마치 상처 입은 동물이 주변을 경계하는 것 같아, 그녀는 가슴을 저미는 듯한 안타까움을 느꼈다. 그녀는 한숨을 삼키며 답했다.

"저요? 당신 아내요."

"……뭐? 내 아내?"

그녀의 대답에 소년은 얼이 빠진 얼굴이 되었다. 뺨을 얻어맞고 바닥을 나뒹굴면서도 무표정했던 얼굴이 처음으로 허물어졌다.

이엘리는 두 눈을 가늘게 떴다. 저 표정을 보아하니, 아무래도 자신에게 아내가 생겼다는 것조차 금시초문인 것 같은데. 그녀는 한 걸음 더 내디뎠다.

"내게 언제부터 아내가 생겼지?"

"당신이 마수 토벌을 나간 사이에 생겼답니다."

어깨를 으쓱한 그녀가 소공작, 자카리 곁에 다가섰다. 이엘리는 그의 눈을 똑바로 바라보았다.

"그리고 부부 사이는 평등한 건데, 왜 나만 존대하고 넌 계속 반말이에요?"

까칠한 녀석, 이래 봬도 내 정신 연령이 얼마나 되는 줄 알고? 이엘리가 자카리를 뚱하니 흘겨보았다. 존대와 반말이 기묘하게 뒤섞인 이엘리의 말을 듣던 자카리는, 고운 미간을 찡그렸다.

"그건……"

"그럼 지금부터 나도 반말합니다. 알았지?"

"……마음대로 해라."

한숨을 삼키던 자카리는 순간 현기증을 느꼈다. 비틀거리는 소년을 소녀가 잽싸게 부축했다.

"이것 봐."

"글쎄, 정말로 손을 놓아도 되나?"

하지만 눈앞의 소녀는 꽤나 능글맞은 성격의 소유자였다. 이엘리가 느긋한 목소리로 대답했다.

"내 법적 남편께서는, 지금 딱 정신을 잃기 직전의 상태 같은데."

"……"

그 말 자체는 사실이었기에, 대답할 말을 잃은 자카리가 이엘리를 노려보았다.

그러거나 말거나, 이엘리는 자카리를 단단히 붙들었다. 살짝 고개를 숙인 그녀가 그를 향해 질문을 던졌다.

"야, 너 방 어디야?"

"……."

자카리는 잔뜩 경계심을 품은 눈빛을 빛낼 뿐, 대답은 하지 않았다. 그녀는 미간을 좁혔다.

'어디 보자. 저 애의 이름이 뭐였더라.'

아까 공작은 소년의 이름을 '자카리'라 불렀다. 그리고 결혼 서약서에 쓰여 있던 이름도…….

"자카리? 너 이름, 자카리 맞지?"

대답이 없는 그를 그녀가 다시 한 번 재촉했다. 하지만 혼미한 정신 때문인지, 자카리는 그녀의 목소리를 잘 알아듣지 못했다. 다만 옅게 나는 꽃향기에 자카리는 느리게 눈을 깜빡였다.

'……아샤 향기?'

가장 먼저 봄을 알리는 연분홍색 꽃. 그러고 보니, 눈앞의 소녀는 아샤 꽃과 무척 닮았다. 연한 분홍색 머리카락, 그리고 새싹처럼 맑은 연녹색 눈동자. 이엘리가 소년을 향해 투덜거렸다.

"으으, 얘야. 대답은 좀 해 주겠니? 네가 얼마나 무거운지 알아?"

하긴, 저 가느다란 체구로 그의 몸을 온전히 부축하는 것 자체가 상당히 힘들 터. 그녀의 부담을 조금이라도 줄여 주고자, 자카리는 애써 몸에 힘을 주어 그녀를 밀어냈다. 그가 작게 속삭인다.

"너, 어째서…… 내 곁에, 오는, ……거야?"

"뭐?"

이엘리가 기가 막힌 표정으로 인상을 썼다. 자카리는 입술을 달 싹였다. 눈앞이 자꾸 흐려진다.

"다른 사람들…… 은, 다, 날 피하는데."

"그것참 우스운 질문이네. 내가 왜 다른 사람과 똑같이 행동해야 하는데?"

양 허리에 손을 얹은 그녀가 뾰족한 목소리로 대답했다. 묘한 낯 이 된 그가 조심스레 물었다.

"내가, 싫지…… 않아?"

"너 정말 웃긴다. 우리 오늘 처음 만났어. 싫고 말고 할 것이 있긴 해?"

"……."

한 마디 말을 들었을 뿐인데, 이상하게 마음이 편해졌다. 자카리 는 저도 모르게 미소 지었다.

다행인지 불행인지, 자카리는 이엘리의 부축을 받아 방으로 걸어 갈 정도의 기력은 남아 있었다. 물론 방에 들어서자마자 스르륵 주 저앉아 버렸지만.

그녀는 당황하여 자카리를 흔들었다.

"너 괜찮아?"

다급하게 물어보면서도, 그녀는 바보 같은 질문을 했다고 생각 했다. 전혀 안 괜찮아 보이잖아!

"……괜찮, 아. 그러니까, 흔들지 마……."

머리 울리잖아…….

그렇게 중얼거리던 자카리가 몸을 둥글게 말았다. 작게 웅송그린 여윈 어깨가 지나치게 가늘어 보여서, 이엘리는 입술을 앙다물었다.

고개를 비스듬히 꺾은 자카리가 쌕쌕 숨을 몰아쉬었다.

창백한 안색. 금방이라도 꺼질 것 같은 숨. 파르르 떨리는 긴 속눈썹.

"야, 자지 마. 너 치료해야 해!"

대경실색한 이엘리가 자카리를 와락 붙들었다. 이, 이건 잠든 게 아닌가? 차라리 기절에 가까운 것 같은데? 그렇게 생각하던 그녀의 얼굴이 새파랗게 질렸다.

딱 보기에도 피를 많이 흘렸다. 제정신을 유지한 채 방에 돌아온 것 자체가 기적일 정도로. 연녹색 눈동자가 얼어붙었다.

'이 애…… 이러다 정말로 죽을지도 몰라.'

그녀는 벌떡 자리에서 일어나 황급히 문고리를 잡았다. 방문을 연 그녀가 목소리를 높인다.

"저기요, 누구 없어요? 도와주세……!"

"부르지 마."

그때 이엘리의 옷자락을 붙드는 손끝이 있었다. 드물게 단호한 목소리로 자카리가 속삭였다.

"너 미쳤어? 당장 치료받지 않으면 안 된다고!"

잔뜩 성이 난 이엘리가 자카리에게 쏘아붙였다.

하지만 자카리는 완강했다. 몇 번이고 고개를 가로저으며 그녀의 옷깃을 붙든다. 새파란 눈동자가 절박한 빛을 품고 그녀를 바라보고 있었다.

"부르지, ……마."

"자카리!"

"아무도, 만나고 싶지…… 않아…….."

도대체 왜? 당장 숨이 꼴깍 넘어가게 생겼는데 아직까지도 자존심 지키니? 그렇게 묻고 싶었다.

대신에 이엘리는 입술을 다물었다. 당장이라도 혼절할 것 같은 소년은, 세상이 무너지기라도 할 것처럼 두려운 얼굴로 그녀를 제 눈에 담았다.

이엘리는 멍하니 자카리를 마주 보았다.

"……난……."

무감정했던 짙푸른 눈동자 위로 적나라하게 감정이 드러났다. 그녀는 그제야 알았다. 자카리는 감정을 죽인 게 아니었다. 그저, 감정을 어떻게 표현해야 할지 몰라 꾹꾹 억눌렀을 뿐이다.

"난 괴물이니까…….."

자카리의 입술이 달싹였다. 귀 기울여 듣지 않으면 듣지 못할 정도로, 아주 조그마한 음성이었다.

소년의 시선이 파르르 떨렸다. 겁먹어 어쩔 줄 모르고 그녀의 눈을 피한다. 당연히 이엘리가 자신을 괴물이라고 생각할 거라는 시선이었다. 그리고 그 순간, 그녀는 참을 수 없이 화가 났다.

"야."

그녀는 양손을 뻗어 자카리의 뺨을 와락 움켜쥐었다. 그의 양 뺨은 얼음처럼 차게 식어 있었다.

"너, 괴물 아냐."

"……."

그 말을 듣자마자 자카리가 두 눈을 동그랗게 떴다. 이런 대답을 들을 거라고는 전혀 예상하지 못했다는 낯이다.

겨울 빙해처럼 푸르른 눈동자가 짧게 흔들렸다. 그녀가 입술을 짓씹었다.

"그러니까 자기 비하 좀 그만둬 줄래? 듣고 있으면 짜증 난단 말이야."

"하지만……."

"헛소리할 시간에 얌전히 치료나 받아. 알았어?"

이엘리는 잔뜩 인상을 썼다. 소녀의 자그마한 손에서부터 온기가 번져 와, 삽시간에 온몸을 데운다. 이런 따스함은 거의 처음 느껴 보는 감촉이었기에, 자카리는 두 눈을 느리게 깜빡였다.

'이상한 녀석.'

내내 온몸을 지배했던 긴장감이 천천히 녹아들고 있었다. 마음이 안정되는 느낌. 처음이었다.

"야, 잠깐만……?!"

이엘리가 목소리를 높여 그를 불렀다. 어딘가 당황한 목소리였다. 자카리는 힘을 주어서 눈을 감았다 떴다. 흐릿한 시야 너머로 걱정이 가득한 연녹색 눈동자가 보였다. 조금은 궁금해졌다.

'넌 나를 걱정해 주는 거야?'

얼어붙은 마음 위로 톡, 미세한 금이 갔다. 마음이 편안해지자, 순식간에 온몸이 물먹은 솜처럼 무거워진다. 안 돼, 지금 정신을 잃고 싶지는 않은데. 그는 멍하니 생각했다. 나는…….

'아냐, 쉽게 마음을 놓아서는 안 돼.'

자카리는 흐려지려는 정신을 애써 다시 다잡았다. 지금껏 모두가 그랬었다. 자신이 가진 지위, 반반한 외모 따위에 다가왔다가 금방 그를 경멸했다. 아무도 소년의 곁에 남아 있지 않았다.

"네가 뭔데?"

자카리는 냉정한 태도로 그녀에게 되물었다. 두 눈을 동그랗게 뜨는 소녀에게 내뱉듯 말한다.

"넌 내가 어떤 사람인지 알지도 못하잖아?"

그런 자카리를 보며 이엘리는 묘한 감상을 느꼈다. 너무 오랫동안 상처를 받아 그 누구도 믿지 못하게 된 작은 아이. 내가 상상한 소공작은 이런 애가 아니었는데. 그녀는 한숨을 쉬었다.

"몇 가지는 알지."

"함부로 말하지 마!"

자카리는 발끈했다. 이엘리는 팔짱을 끼며 자카리를 빤히 바라보았다. 그러고는 시선을 기울여 답한다.

"보살핌을 받아야 할 어린애."

"……뭐?"

당연하게 튀어나오는 대답에 오히려 자카리가 놀라 버렸다. 이엘리는 어깨를 으쓱여 보인다.

"그리고 상처가 심해서 당장 치료를 받아야 할 어린애고."

"그게 무슨……!"

"아, 성격이 비비 꼬인 어린애이기도 하네."

지나치게 태연한 목소리를 들으며, 자카리는 말문이 막혀 버렸다. 이엘리는 방긋 웃어 보였다.

"게다가 이것만큼은 확실하지."

"뭐, 뭐가?"

"내 눈에 보이는 넌, 절대로 괴물이 아니라는 것."

그 말에 자카리는 이름 모를 감정이 울컥 치솟는 것을 느꼈다. 저 아이의 말이 진심인지 아닌지 알 수 없다. 다만 저 말이 진심이었으면 하고 간절히 바라게 된다. 그는 입술을 짓씹었다.

'네가 정말로 날 괴물로 생각하지 않는지, 궁금해.'

천천히 긴장이 풀려 나갔다. 자카리는 긴 숨을 내뱉었다. 깜짝 놀란 이엘리가 그를 불렀다.

"저기, 자카리?!"

정신을 차리게 할 속셈인지, 이엘리가 다시 한 번 어깨를 붙들고 거칠게 흔들어 댔다. 하지만 그 감각조차도, 그가 아닌 다른 사람이 겪고 있는 것처럼 현실성이 없다.

그녀의 목소리가 점차 멀어졌다. 시야가 깜깜해지고, 작은 온기만이 남았다. 자카리는 까무룩 정신을 잃어버렸다.

* * *

자카리는 멍하니 자리에 서 있었다. 혼자는 아니었다. 수많은 사람들이 그를 노려보고 있었다.

'난 너 때문에 죽었어.'

오래전에 돌아가신 어머니가 자카리 앞에 나섰다. 아름다운 얼굴 위엔 증오만이 넘실거렸다.

'넌 어미까지 잡아먹고 살아가는 괴물이다.'

공작이 말했다. 그를 쏘아보는 새파란 눈동자가 맹수처럼 번뜩였다. 미움에 가득 찬 그 시선.

'공작 부인께서는 역시, 소공작 때문에 돌아가신 거지요.'

수많은 그림자들이 소곤거렸다. 한 사람 한 사람의 적의가 쌓여 자카리의 목을 졸랐다. 소년은 주춤주춤 뒤로 물러났다.

한 걸음, 두 걸음. 뒤로 물러나던 그는 어느새 있는 힘껏 달리고 있는 자신을 발견했다. 숨이 턱까지 차오르고, 혀끝에서 피맛이 돈다. 질끈 두 눈을 감았다.

'싫어!'

난 도대체 어떻게 해야 하지? 달리고 달리면서, 소년은 시시각각 절망했다.

태어나기부터 괴물로 태어났다. 최선을 다해 사랑받으려 노력했지만 아무것도 달라지는 건 없었다. 이럴 거라면 차라리 태어나지 않는 편이 좋았을걸. 죽으면 좀 편해질까?

그렇게 비틀린 욕구에 사로잡히던 때였다.

'너, 괴물 아니라니까?'

시큰둥한 목소리가 자카리를 새카만 절망 속에서 건져 올렸다. 연분홍색 아샤 꽃을 닮은 소녀가 그를 홱 돌아보았다.

꽃잎처럼 향기로운 분홍색 머리카락 아래, 연녹색 눈동자가 반짝인다.

"야이, 이 진상아. 약 먹어야 하니까 이제 그만 눈 좀 뜰래?"

"헉!"

자카리는 두 눈을 치켜떴다. 차가운 물속에 갇혀 있다 빠져나온 것처럼 호흡이 터졌다.

벌떡 일어난 소년이 한껏 숨을 몰아쉬었다. 헐떡이는 그를 바라보던 이엘리는 살짝 놀란 표정이었다.

"뭐, 뭐야. 자는데 너무 험하게 깨웠나?"

음, 진상이라고 했던 건 너무했나? 연녹색 눈동자를 도르르 굴리던 그녀는 제 어깨를 으쓱해 보였다. 뭐 어때. 하루 종일 옆에 붙어서 간병해 줬는데 그 정도 불평은 할 수 있는 거 아냐?

"……너."

입술을 열던 자카리가 문득 멈칫했다. 입술이 바짝 말라 있었다. 소년의 쉰 목소리를 듣던 이엘리가 두 눈을 가늘게 떴다. 그녀는 찬물이 가득 담긴 유리컵을 그의 입술 위로 대 주었다.

"자, 물 마셔."

"……."

자카리는 그녀의 손에서 유리컵을 빼앗듯 받아들었다. 이엘리가 입술을 삐죽이며 투덜거렸다.

"기껏 친절을 베풀어 줬더니, 까칠하기는."

차가운 물이 목으로 넘어가자 좀 살 것 같았다. 물을 남김없이 마신 소년이 한숨을 내쉬었다.

"이제 정신 좀 들어?"

유리컵을 받아든 이엘리가 다시 한 번 물을 따랐다. 그러고는 동그란 환약을 들어 자카리에게 내민다.

"그럼 이제 약 먹어."

"……약?"

"그래, 약. 왜, 쓴 거 못 먹니?"

"……."

그는 눈을 굴렸다. 증오 섞인 무관심 속에서 살아온 그였기에, 보살핌에 적응하는 게 어려웠다.

"보기보다 아기 입맛이구나?"

이엘리가 샐샐 웃으며 그를 놀렸다. 새싹 같은 눈동자가 보드랍게 그를 바라본다. 그 미소를 보는 순간, 자카리는 무어라 대답해야 할지 말문을 잃고 말았다. 머릿속이 새하얗게 물들었다.

"왜, 입에 약까지 넣어 줘야 하니?"

"……됐어."

미간을 구긴 자카리가 그녀의 손에서 환약을 빼앗아 들었다. 물과 환약을 함께 넘기자 쓴맛이 혀끝에 남았다.

그때, 이엘리는 기다렸다는 것처럼 그의 입 안에 사탕 하나를 쏙 밀어넣었다.

"자, 사탕."

"……"

달큼한 오렌지 향이 입 안을 가득 메웠다. 자카리는 조심스럽게 입 안에서 사탕을 굴려 보았다. 사탕은 너무 달다. 마치 이엘리가 처음 맛보여 준 온기와 보살핌처럼. 그는 멍하니 생각했다.

'……내가 다른 사람 앞에서 혼절했다니.'

누구에게도 기댈 수 없다는 것을 알았기에, 지금껏 이를 악물고 버텨 왔던 자카리였다. 그런데 이상하게도 저 소녀 곁에서는 경계심이 무너졌다. 그는 질문을 던졌다.

"그런데 넌 왜 여기에 있어?"

"네가 다른 사람들 부르지 말래서 남아 있던 건데?"

이상한 말을 들었다는 것처럼 그녀가 미간을 잔뜩 구겼다. 자카리는 순간, 허를 찔린 표정을 지었다.

그러고 보니, 혼절하기 전 그런 말을 지껄였던 것도 같다. 도대체 내가 무슨 망발을.

황망한 얼굴이 된 그를 바라보던 이엘리가 대충 손을 휘저어 보였다. 그녀가 뚱하니 말했다.

"어떻게 환자를 혼자 둬?"

"뭐?"

"의사를 부르기는 했지만, 치료가 끝나자마자 나가라고 했어."

그렇게 말한 이엘리가 팔짱을 낀 채 소년을 위아래로 훑어보았다. 이후, 자랑스럽게 선언한다.

"그러니까, 네 병간호는 내가 전담했다 이거야."

"누가 병간호를 하라고 시키기라도 했……"

"너 성격 엄청나게 꼬였구나? 그냥 고맙다고 한 마디 하면 안 되니?"

"……."

자카리는 순간 멍해졌다. 그렇구나. 이런 상황에서는 고맙다고 말하면 되는 거구나. 남의 호의라는 거, 나에게도 베풀어지는 거였구나. 무언가 전혀 다른 세계를 엿보기라도 한 기분이었다.

"알았어, 고마워. 그럼 이만 나가 줄래?"

괴물 곁에 있는 건 여러모로 불쾌할 테니까. 뒷말을 꿀꺽 삼킨 그가 그녀를 흘끔 바라보았다.

그러나 그 말을 들은 이엘리는 어쩐지 굉장히 기분이 저조해진 것 같았다. 그녀가 답했다.

"싫은데? 내가 왜?"

"……넌 내 곁에 있는 게 싫지 않아?"

그렇게 물은 자카리가 반사적으로 이엘리의 눈치를 살폈다. 그녀는 두 눈을 가늘게 치켜떴다.

"아니, 오히려 네 곁에 붙어 있는 게 나은데?"

"어째서?"

"그래야 네가 좀 더 빨리 완쾌할 테니까."

"내가 완쾌하는 게, 너에게 있어 무슨 의미가 있는데?"

순간, 이엘리의 연녹색 눈동자가 자카리를 빤히 바라보았다. 그녀의 눈이 고운 호선을 그렸다.

"그야 넌, 내 미래의 안전한 생활을 보장해 줄 동아줄이니까 그렇지."

자카리는 황망해졌다. 그의 곁에 붙어 앉은 이엘리가 검지를 곧게 치켜들고는 설명을 이었다.

"넌 내 법적인 남편이잖아. 그렇지?"

"그게…… 음."

자카리는 멍하니 눈을 깜빡였다.

그러고 보니, 제 아비인 공작이 스치듯이 말했던 것도 같다. 황가와의 안정적인 관계를 위해 여자아이 하나가 네 부인으로 들어올 거라고.

사실 자카리는 그것에 아무 생각이 없었다. 지금껏 제 삶은 공작의 의지를 대행하는 거나 마찬가지였으니까.

"어차피 난 황가에서 진 빚 때문에 황녀님 대신 시집온 거고, 당장 물러날 곳도 없어."

하지만 눈앞의 소녀는 또랑또랑한 목소리로 자신의 위치를 설명했다. 소녀의 연녹색 눈동자는 생기 있게 빛난다. 어디에 서 있어야 할지 몰라, 부평초처럼 흔들리는 자신과는 전혀 다르다.

"또한 공작님께서는 황가에서 왔다는 이유로 날 별로 좋아하시지 않는단 말이야."

그는 고개를 끄덕였다. 공작은 아들과 얽힌 건 모두 부정적으로 보았다. 게다가 저 아이는 공작가와 사이가 나쁜 황가에서 뽑아 보냈다 했다. 그런데도 전혀 위축되지 않는 게 신기했다.

"만약에 네 신변에 무슨 일이 생기거나, 혹은 내가 이혼이라도 당한다면……."

그녀는 끔찍한 상상이라도 한 것처럼 온몸을 부르르 떨었다. 그러면 이엘리는 완전히 고립되고 만다. 전생의 속담에 비유하자면, 끈 떨어진 뒤웅박 혹은 낙동강 오리알 신세가 되는 거다.

"결론을 말하자면, 너 외에는 공작 성에서 내 편을 들어 줄 사람은 아무도 없다는 거지."

이엘리가 당당하게 말했다. 조그마한 손을 불끈 움켜쥔 채, 빙그르르 돌아 자카리를 마주본다.

"난 최선을 다해 네 편이 될 거야. 왜냐하면 내게 넌 필요한 사람이니까."

"……내가, 네게 필요하다고?"

"물론이지. 또한 너도 내가 필요하게 될걸?"

자신만만하게 말한 이엘리가 활짝 웃었다. 눈앞의 소녀가 반짝반짝 빛나는 것만 같아, 자카리는 그녀에게서 눈을 떼지 못했다.

괴물이 아닌, 누군가에게 필요한 사람이 된다. 그 말 한 마디가 얼어붙었던 가슴속을 천천히 녹이고 있었다.

그때, 이엘리가 자카리를 똑바로 응시했다.

"어쨌든, 넌 내게 있어 꼭 필요한 사람이니까. 앞으로 자기 비하는 하지 마."

"……자기 비하?"

"부담스럽다든지, 양심의 가책을 받는다느니, 네가 괴물이라느니 하는 말들 말이야."

"……."

마치 자신의 속내를 들여다보기라도 하는 것 같은 그녀의 말에, 자카리는 두 눈을 깜빡였다.

"알았지?"

이엘리가 힘주어 물었다. 저를 바라보는 연녹색 눈동자가 어찌나 진지한지, 자카리는 얼떨결에 고개를 끄덕여 버렸다. 그제야 만족스러운 표정이 된 그녀가, 그의 어깨를 두드려 주었다.

"그럼 오늘은 푹 쉬고, 내일 또 보자."

"내일……."

자카리는 두 눈을 동그랗게 떴다. 그와 함께 다음을 기약해 주는 사람이 있다는 게 놀라웠다.

"……내일 또 찾아와 줄 거야?"

"당연하지. 어쨌거나 우리는 법적 부부이자, 공작 성의 동지잖아?"

"……."

마지막으로 생긋 눈웃음을 친 이엘리가, 살랑살랑 손을 흔들어 보이고는 방문을 닫았다.

달칵. 문 닫히는 소리가 울렸다. 자리에 어색하게 굳어 있던 자카리의 표정이 순식간에 허물어졌다.

"……이엘리 블랑쳇."

아샤 꽃잎처럼 화사한 분홍색 머리카락, 그리고 새싹을 닮은 연녹색 눈동자. 조그마한 체구와 오밀조밀한 이목구비를 가진, 오늘 처음 만난 소녀.

이 넓은 공작 성안에서 유일하게 그의 편을 들어 주었고, 제게 '넌 내게 필요한 사람이다'라고 말해 주었다. 그가 한숨처럼 속삭였다.

"날 괴물이라고 부르지 않았어."

이엘리는 자신을 전혀 두려워하지 않았다. 대신 동등한 눈높이를 가진 '사람'으로 대해 줄 뿐.

"내일 다시 만나자고……."

작게 중얼거리던 자카리는 화르륵 뺨을 붉혔다. 양손을 들어 눈앞을 가려 본다.

하지만 눈앞에는 여전히 소녀의 웃는 얼굴이 아른아른 떠올랐다. 그는 지그시 입술을 깨물었다. 나 어쩌지.

"……내 아내."

언제나 공작 성의 괴물로 살아온 소년에게는 다정함에 대한 면역력이 없었다. 그는 숨을 삼켰다. 혀끝에 손톱만큼 남아 있는 사탕보다도, 살포시 눈웃음을 치던 이엘리가 훨씬 더 달콤했다.

적어도 그녀의 말 중 하나는 현실로 이루어질 것 같았다. 자카리는 이미 그녀가 필요해졌다.

*   *   *

이엘리는 자신의 방으로 돌아왔다. 어느새 달이 이울어, 새벽에 가까워진 시간이었다. 침대에 무너지듯 드러누웠다. 오늘 있던 일을 떠올린 그녀는, 미간을 구기며 양 뺨을 찰싹찰싹 쳤다.

"미쳤어, 미쳤어. 이엔, 너 정말 돌았니?"

그녀는 복잡한 세상을 편하게 살고 싶었다. 하지만 마음 편한 삶은 이미 반쯤 그른 것 같다. 자신의 남편인 자카리는 무슨 이유에서인지 공작에게 미운털이 박혀 있었다.

그런데 그런 소년을 감싸고 돈 데다가, 눈을 똑바로 뜬 채 공작을 향해 따박따박 말대꾸까지 해 버린 거다.

'하지만…….'

그런 표정을 짓고 있는데 어떻게 모른 척을 할 수 있을까. 그 애는 얼음으로 짜 올린 까마득한 탑 위에 홀로 버려진 소년 같았다. 그 누구도 자신을 구해 줄 거라 믿지 않는 서늘한 시선이 생각났다.

'헤센바이츠의 단 하나뿐인 후계라기에, 듬뿍 사랑을 받고 자랐을 줄 알았는데.'

하나 현실은 달랐다. 공작 성에 처음 온 그녀보다도, 오히려 그가 훨씬 외로워 보였던 것이다.

'……어째서 다들 그 애를 괴물이라 말하는 거지?'

인간으로서 받는 사소한 배려마저도 익숙하지 못했던 것 같은 소년. 상처투성이가 되고도 제 고통을 억누르기만 하던 소년. 너무 고통에 익숙해져서, 제가 왜 아픈지도 모르는 것만 같던.

"근데 우습네. 고작 자작 가문의 여식이, 황가와 비견하는 공작가의 후계자를 동정하다니."

이엘리는 피식 웃음을 터뜨렸다. 어쨌든 내일 다시 그 애와 만나기로 했으니, 지금은 자야 했다. 그녀는 두 눈을 내리감았다. 피로감이 전신을 짓눌러, 그녀는 까무룩 잠 속에 빠져들었다.

* * *

공작 성의 사람들에게 있어, 소공작의 방은 지금껏 불가침 영역에 가까웠다. 사실 소공작은 성에 붙어 있는 시간 자체가 드물었다. 공작의 명령하에 수없는 전투를 치렀기 때문이었다.

하녀들만이 소공작이 자리를 비울 때 재빨리 청소를 할 뿐, 소공작의 방은 보통 쓸쓸한 정적만이 맴돌고 있었다.

그런데 요새, 그 방을 자신의 집처럼 드나드는 분홍 머리 소녀가 하나 있었다.

"좋은 아침!"

방에 쏙 들어온 이엘리가 발랄하게 외쳤다. 곧바로 커튼부터 건는다. 새하얀 햇살이 쏟아졌다.

"아직도 자니? 이 늦잠꾸러기야."

흘끗 뒤를 돌아본 이엘리가 미간을 좁혔다. 최근에 안 사실이지만, 자카리는 늦잠을 즐기곤 한다. 도롱이처럼 이불을 돌돌 감고 침대에 웅크린 자카리를 보던 이엘리가 웃음을 머금었다.

'그래도 저런 모습은 좀 어린애 같네.'

작게 웅얼거리던 자카리가 이불속을 파고들었다. 이불을 확 걷어 내자, 그가 눈썹을 찡그린다.

"야이, 언제까지 잘 거야? 일어나!"

"……이엔."

처음 만났을 때의 서늘한 눈빛은 간데없이, 졸음에 취한 자카리가 고개를 비스듬히 기울인다.

"언제 왔어?"

"방금."

잠긴 목소리로 묻던 소년이 다시 한 번 꾸벅꾸벅 졸았다. 제 나이다운 모습을 보이는 지금이 훨씬 더 보기 좋긴 하지만, 오늘은 해야 할 일이 있었다.

이엘리는 자카리의 등을 팡팡 쳤다.

"잠 좀 깨, 정말!"

"아냐, 깼어…… 진짜야."

애써 눈을 비비던 소년이 눈에 힘을 준 채 이엘리를 바라보았다. 피식 웃은 그녀가 연고와 붕대를 집어 들었다. 사람을 꺼리는 소년을 위해, 그녀는 아침부터 의사를 만나고 온 참이었다.

"주치의가 오늘부터는 이 연고를 바르래. 약초의 비율을 바꿨다나?"

"아, 그래?"

자카리는 느릿하게 눈을 깜빡였다. 처음 만났을 적, 날카로운 경계심이 가득하던 표정은 사라진 지 오래였다.

앳된 얼굴을 보면서, 그녀는 새삼 소년이 고작 열다섯 살이라는 사실을 상기했다.

'나이도 어린 녀석이 세상 다 산 얼굴 하고 말이야.'

이엘리는 속으로 혀를 쯧쯧 찼다. 비록 지금 제 나이는 자카리보다 두 살이나 어리긴 하지만, 전생의 기억이 남아 있는 그녀에게 자카리가 한참 어린 동생처럼 느껴지는 건 당연했다.

그녀가 입을 열었다.

"어차피 오늘 붕대를 갈아야 하니까, 내가 새로 발라 줄게."

"괜찮아, 연고는 내가 바를 수 있……."

"쓸데없는 고집 좀 부리지 마. 허리에 있는 상처는 어떻게 하려고 그래?"

"……."

단 한 마디 말로, 이엘리는 자카리를 꿀 먹은 벙어리로 만들어 버렸다.

타박타박 걸어온 그녀가 의자를 끌어당겨 앉았다. 연고와 붕대를 제 무릎 위에 늘어놓은 이엘리가 양손을 뻗었다.

"팔부터 하자."

"으응."

자카리는 순순히 팔을 내밀어 주었다. 가위를 집어 든 그녀가 신중한 얼굴로 붕대를 잘라 냈다.

"……아파?"

"괜찮아, 참을 만해."

"참을 만하다니 그게 뭐야……."

이엘리는 터져 나오려는 한숨을 삼켰다. 흉하게 갈라진 상처는 딱 보기에도 아파 보였다. 보통의 아이라면 혼절하고도 남을 상처였다.

그런 상처를 온몸에 덕지덕지 달고도, 그는 눈썹 하나 까닥하지 않는다. 그녀는 안쓰러운 마음으로 상처를 소독하고 새 연고를 발라 주었다.

잠시 후.

"……어라, 이렇게 감는 게 아닌가?"

이엘리는 난처한 얼굴을 했고, 자카리는 웃음을 참느라 볼을 씰룩거렸다. 제대로 매듭짓지 못한 붕대들이 제멋대로 흐늘거리며 팔

아래로 늘어졌다. 결국 소년은 웃음을 터뜨리고 말았다.

"너, 붕대 되게 못 감는다."

"시끄러. 사람이 못하는 것도 있어야 인간미가 있지."

뚱하니 대답한 그녀가 붕대를 꽉 잡아당겼다. 이번엔 좀 아팠는지 그가 짧게 비명을 질렀다.

"악!"

"사람 놀린 벌이야."

"알았어, 미안해. 붕대는 잠깐 줘 봐."

그렇게 말한 자카리가 이엘리의 손에서 붕대를 받아들었다. 도 대체 어떻게 하려나 싶어 지켜보고 있었더니, 그는 능숙하게 붕대 의 매듭을 짓는다.

그녀는 가슴이 시큰거리는 것을 느꼈다.

'혼자서 붕대를 얼마나 많이 감아 봤으면.'

어째 얘는 살아온 인생 하나하나가 불쌍하기만 한 건지. 그녀는 애써 태연한 척 입을 열었다.

"자, 이제 뒤돌아봐."

그 말을 들은 자카리는 순순히 뒤로 돌아앉았다. 흉터가 가득한 허리 위로, 새로이 마수의 손톱에 베인 상처가 있었다.

상처 위로 치덕치덕 연고를 바르자, 아픈 와중에도 간지러운지 소년은 어깨를 움찔거렸다.

얼마나 전투에 많이 나섰으면 이렇게 흉이 많을까, 생각하던 그 때였다.

"……자카리. 이 흉터는 뭐야?"

순간 이엘리의 표정이 딱딱하게 굳어졌다. 등 전체를 가로지르는 커다란 흉터가 있었던 것이다. 마수가 낸 상처라기보다는 오히려, 사람이 칼을 휘두른 것처럼 보이는 오래된 흉터였다.

내내 편안한 표정을 하고 있던 자카리의 얼굴이 순간 새하얗게 질렸다. 안 돼, 그 흉터는······.

"보지 마!"

날카로운 고함소리와 함께, 자카리가 이엘리를 밀쳤다. 이엘리는 어리둥절한 표정을 지었다.

"왜, 왜 그러는 거야?"

자카리가 경계심 가득한 눈초리로 이엘리를 바라보았다. 아니, 내가 뭘 어쨌다고? 황망한 얼굴을 한 이엘리를 바라보던 소년은, 그제야 약간 정신을 차린 것 같았다. 그의 낯이 붉어졌다.

"미, 미안. 그게······."

"자카리?"

"······아무것도 아니야."

자카리는 마구 고개를 내저었다. 그러면서도 황급히 셔츠를 내리고 뒤로 물러난다. 뭐야, 무슨 사연이라도 있나? 이엘리가 당황하여 소년을 바라보았다. 그를 진정시키려 손부터 뻗어 본다.

"음, 무슨 사연인지는 모르겠지만······ 진정해."

"미안해. 하지만 이건······."

자카리는 자리에 빳빳하게 얼어붙은 채로도 필사적으로 이엘리의 눈치를 살폈다. 자신의 기분을 상하지 않게 하려는 그 행동에 이엘리는 가슴이 아려 오는 것을 느꼈다. 그가 더듬거렸다.

"이건…… 그러니까."

이 흉터에 대해 설명하게 된다면, 이엘리는 분명 그를 혐오하는 눈빛을 할 것이다. 지금까지 그의 아버지인 공작이 그래 왔듯이.

절망에 찬 짙푸른 눈동자가 먼 과거를 되짚었다. 이 흉터는 그가 괴물이라는 가장 명백한 증거였고, 아비의 끝없는 증오와 원망을 받아 내야만 하는 원죄였다.

"저기."

"나, 나는."

이제 자카리는 숫제 눈을 피하고 있었다. 그 모습을 보던 이엘리는, 한숨을 폭 내쉬며 말했다.

"말하기 싫으면 말하지 않아도 돼."

응? 예상치 못한 말을 들은 자카리가 퍼뜩 고개를 들어올렸다. 당연히 이 흉터에 대해서 추궁할 줄 알았는데?

하지만 이엘리는 어깨를 으쓱거릴 뿐이었다. 그녀가 낭랑한 어조로 말했다.

"어떤 사람에게는, 들춰내기 싫은 과거가 있을 수도 있지."

"……이엘리."

"그러니까 말하기 싫으면 그냥 말하지 마, 난 괜찮으니까. 하지만."

혼란스러운 표정의 자카리를 바라보던 이엘리가, 붕대를 길게 풀어냈다. 이후 말을 덧붙인다.

"허리에 붕대는 마저 감아야 해."

"……"

"그러니까 돌아앉아 줄래? 셔츠는 허리까지만 올려 줘도 되니까."

주춤거리던 자카리가 조심스럽게 자세를 고쳐 앉았다. 가느다란 허리에 붕대를 감으면서, 이엘리는 지그시 입술을 깨물었다. 지금껏 자카리는 살아남기 위해서 얼마나 노력해야 했을까.

'흉터들이 셀 수 없이 많아. 치료도 변변찮았을 텐데, 얼마나 아팠을까.'

차라리 아들이 죽어 버리기를 바라는 것처럼, 제 아들을 방치하는 공작. 주인의 눈치를 보느라 누구도 다가오지 않는 고요한 공작성. 어떤 심정으로 지금껏 살아왔는지 감도 잡히지 않는다.

"······이쪽 사람들은 미성년자를 착취하는 게 취미인가 봐?"

아차, 실수했다. 진심이 거름망을 거치지 않고 입 밖으로 툭 튀어나와 버렸다. 게다가 명백히 빈정거리는 어조였다.

아무리 화가 나도 그래서는 안 됐는데. 자책을 담아 이엘리는 제 혀끝을 깨물었다.

그때, 자카리가 슬쩍 뒤를 돌아보았다. 조심스러운 어조로 그녀를 향해 묻는다.

"저, 이엘리. 넌 왜 화를 내는 거야?"

이엘리는 기가 막힌 표정으로 자카리와 눈을 맞췄다. 그래도 며칠 동안 얼굴을 보며 부대꼈다고, 그는 그녀의 표정을 조금 읽어 낼 수 있었다. 지금의 표정은 '이거 바보 아냐?'란 뜻이다.

"아니, 사람들이 위험한 일에 널 이용하고 있잖아? 이건 청소년 학대라고!"

"······청소년 학대?"

"그래! 목숨이 간당간당한 전투에 널 밀어넣다니, 이건 화를 내는 게 당연한 거야!"

한참 동안 성질을 내던 그녀가 문득 자카리를 내려다보았다. 그녀는 뚱한 목소리로 되물었다.

"그보다, 자카리 넌 화도 안 나?"

"글쎄……."

버릇처럼 '난 괴물이니까'라고 대답하려던 자카리가 입을 꾹 다물었다. 그 말을 꺼내면, 그녀가 팔팔 뛸 것임을 본능적으로 예측한 것이다. 다행스럽게도 그녀는 크게 신경 쓰지 않았다.

"어쨌든 넌 내 법적 남편이라고! 나라도 네 편을 들어야 하지 않겠어?"

법적 남편. 네 편. 그 말에 소년이 멈칫했다. 묻고 싶은 게 있다. 그는 숨을 크게 들이쉬었다.

"그럼 너…… 날 가족으로 생각해 주는 거야?"

"법적으로는 가족 맞잖아?"

천연덕스러운 대답에 자카리는 말문이 막혔다. 붕대를 갈아 주던 그녀는 곧 눈동자를 굴렸다.

"하긴. 그렇다 해서, 당장 '우리는 가족입니다'하고 땅땅 못을 박는 건 좀 어려우려나?"

그 말에 자카리는 어쩔 줄 몰라 헛숨을 삼켰다. 그런 게 아니야. 사실은 너와 가족이 되고 싶어. 처음으로 닿아 본 온기가 너무나 다정해서, 어디까지 그녀에게 기대해도 좋을지 몰라 두려웠다.

만약 욕심을 부렸다가, 내게서 네가 멀어진다면…….

그때 이엘리가 여상하게 말했다.

"그렇다면 친구부터 하지 뭐."

"……친구?"

"그래, 친구."

이엘리는 고개를 크게 끄덕였다. 대답을 듣자마자, 그녀가 처음으로 맛보여 준 사탕보다도 달콤한 맛이 입 안에 가득 괴였다. 하지만 그 달콤함에 취할 새도 없이, 그는 어깨를 늘어뜨렸다.

"하지만 아버지께서는…… 네가 나와 친하게 지내는 것을 그리 원하지 않으실 거야."

네가 나를 멀리하지 않았으면 좋겠어. 날 향해 웃어 주었으면 좋겠어. 하지만 나 때문에 네가 피해를 입게 되면 어떡하지? 생각만 해도 두려웠다.

그러나 이엘리는 어이없다는 낯을 했다.

"무슨 상관이야? 내 남편은 공작님이 아니라 너잖아?"

"……."

순간 그는 눈을 깜빡였다. 이엘리 외에, 저에게 저렇게 말해 주는 사람은 아무도 없을 것이다.

"너, 설마 내가 싫어서 그렇게 말하는 건……?"

"아니, 그런 건 절대 아니라!"

이엘리는 의심스러운 눈을 한 채 자카리를 흘겨보았다. 당황한 소년이 자리에서 펄쩍 뛰었다.

"진짜야! 난 널 싫어하는 게 아니라……!"

좋아해. 정말로 네가 좋아. 그 말만큼은 차마 떨어지지 않았다.

이엘리가 푹 한숨을 내쉬었다.

"그래, 그래. 알았어. 믿어 줄 테니까, 너 그런 소리 좀 하지 마."

이엘리가 자카리를 밉지 않게 흘겨보았다. 쟨 아무튼 입이 방정이라니까. 그녀가 핀잔을 줬다.

"왜 쓸데없는 소리를 해서 의심을 사니?"

"……웅, 고마워."

슬며시 고개를 끄덕이던 소년은 이내, 살포시 미소를 지었다. 거참, 잘생긴 녀석이 저렇게 웃으니까 나까지 기분이 좋아지잖아?

이엘리는 흐뭇한 얼굴로 자카리의 어깨를 두드려 주었다.

"그래, 그렇게 웃으니까 더 잘생겨 보이네."

내친김에 이엘리는 칭찬의 의미를 듬뿍 담아 자카리의 머리를 살살 쓰다듬었다. 다정한 목소리를 들으며 그는 대답 대신 살며시 뺨을 붉혔다. 처음이었다, 저런 칭찬을 들어 본 것은.

"앞으로는 나 말고 다른 사람에게도 그렇게 웃어 주는 거야. 알았지?"

"……내가 웃으면 다들 날 혐오스러워하지 않을까?"

"그럴 리가 있어? 네 웃는 얼굴이 얼마나 멋있는데."

자카리는 말없이 고개를 끄덕였다. 솔직히 고백하자면 그는 웃는 것이 두려웠다. 그가 미소를 지을 때마다 아버지는 차가운 경멸로 그를 응시했었으니까. 그 싸늘한 목소리가 귓전에 쟁쟁했다.

'어미를 잡아먹은 괴물이 즐거워하기도 하는구나.'

하지만 네가 좋아해 준다면 난 무엇이든 괜찮아. 자카리는 흘끔 이엘리를 곁눈질했다. 그녀는 눈이 마주칠 때마다, 당연하다는 듯 미소를 지어 준다.

네 마음에 들기 위해서라면 세상 모든 사람들의 미움을 받아도 좋아. 자카리는 보기 좋게 웃을 수 있도록, 연습을 할 것을 결심했다.

*　　*　　*

근래 공작 성의 하녀들은 놀라움에 휩싸여 있었다. 그들을 놀라게 한 사람은 바로 헤센바이츠 소공작, 즉 그들이 모시는 어린 주인이었다. 삼삼오오 모인 하녀들은 소곤소곤 대화를 나눴다.

"있잖아, 그 소문 들었어?"

"무슨 소문?"

"요새 작은 주인님의 태도가 예전보다 많이 부드러워졌대."

"거짓말. 그 작은 주인님이?"

하녀 하나가 질색했다. 그러나 이야기를 전하는 갈색 머리 하녀의 목소리는 진지하기만 했다.

"미나가 말하기를, 어제 청소를 하려고 작은 주인님의 방에 들어갔다고 했거든."

"그런데?"

"청소 시간을 잘못 알아서, 작은 주인님과 아가씨를 마주치고 말았대."

하녀들이 말하는 아가씨란 이엘리를 가리키는 호칭이었다. 공작이 그녀에 대하여 가타부타 말을 꺼낸 적이 없었기에, 애매한 호칭이 자리잡게 된 것이다. 하녀가 걱정스러운 얼굴을 했다.

"어떡해…… 이번에도 잔뜩 화를 내진 않으셨어?"

"아니, 전혀! 오히려 웃어 주셨다는데?"

"그게 진짜야?"

도무지 믿을 수 없는 말에, 하녀는 눈을 동그랗게 떴다. 갈색 머리 쪽이 고개를 끄덕여 보였다.

"내가 너에게 뭐하러 거짓말을 하겠니?"

"하긴, 그렇긴 하지만……."

미심쩍은 목소리로나마 그녀는 상대방의 말을 긍정했다. 하녀들의 입술과 입술 사이로 자카리에 대한 새로운 경험담이 퍼져 나갔다.

작은 주인께서는 이제 화를 내지 않고, 예민하게 행동하지도 않으며, 그 태도가 많이 부드러워졌다는 소문이다. 또한 그를 변화시킨 사람은…….

"역시 아가씨 덕택일까?"

"아무래도 그렇겠지? 아가씨께서는 작은 주인님의 방을 마음껏 드나드시잖아."

"심지어 메리의 말로는, 아가씨와 작은 주인님께서는 말까지 놓고 지내시는 모양이야."

"세상에나!"

목소리를 낮춰 속닥거리는 말에 하녀는 경악을 감추지 못했다. 하지만 그 소문에는 신빙성이 있었다.

지금껏 어느 누구도 근처에 다가갈 수 없었던 어린 주인은, 새로

이 들어온 아내와는 가까이 지내는 모습을 보였다. 두 사람이 나란히 대화를 나누는 모습도 심심찮게 목격되었다.

"어, 어머나. 공작 각하!"

그때, 하녀 한 명이 황급히 고개를 숙여 보였다. 워낙 대화에 심취해 있었던 탓에, 공작이 모습을 드러낸 것조차 조금 늦게 눈치를 챈 탓이다. 깜짝 놀란 하녀들이 줄줄이 허리를 숙였다.

"죄송합니다, 저희가 감히 작은 주인님의 이야기를……!"

"아니, 그건 괜찮아."

뚜벅뚜벅 걸어온 공작이 나른한 목소리로 대답했다. 살짝 흐트러진 짙은 남색 머리카락 아래, 제 아들에게도 물려준 새파란 눈동자가 빛난다. 마른침을 삼키는 하녀들에게 공작이 물었다.

"그보다 아까 나눴던 대화에 대해 좀 듣고 싶은데."

"이, 이야기라 하오시면……."

"자카리의 태도가 요새, 많이 부드러워졌다고?"

하녀들이 힐끔거리며 서로의 눈치를 살폈다. 개중 용기 있는 하녀가 공작의 물음에 대답했다.

"그, 그렇습니다. 가끔은 저희에게 웃어 주시기도 합니다."

"……그런가."

묘한 표정이 된 공작이 고개를 갸웃 기울였다. 속내를 알 수 없는 짙푸른 눈동자가 가늘어진다.

그리고 다음 날. 이엘리는 공작과의 조찬에 초대받았다. 자카리 또한 합석하는 자리였다.

공작과의 조찬이 있는 날 아침. 이엘리는 일찍 자리에서 일어났다. 하지만 상쾌함과는 거리가 먼 아침이었다. 공작의 초대장을 받은 이래로 계속 긴장한 바람에, 밤새 잠을 이루지 못했다.

'피곤해. 결국 한숨도 제대로 자지 못했잖아.'

머리가 무겁다. 두 눈을 멍하니 깜빡이던 그녀는 이내, 기나긴 한숨을 내쉬었다.

젠장, 공작과 자카리가 합석하는 조찬이라니. 지옥문 앞에 서 있는 기분인데. 이엘리는 힐끔 시간을 살폈다.

'이제 슬슬 메리가 올 시간인가?'

최근 이엘리는 메리와 꽤나 가까워졌다. 메리는 생각보다 살가운 성격이었고, 그녀 또한 공작 성 사람들과 잘 지내고 싶었기 때문이었다. 메리와 친해져서 나름 좋은 점도 있었다.

마당발인 메리는 성안의 소문 따위를 가끔 물어다 주었으니까. 때마침 똑똑 노크 소리가 들려왔다.

"들어와."

그녀는 가벼운 어조로 대답했다. 성큼 방 안으로 들어선 메리가 그녀를 향해 인사를 건넸다.

"안녕히 주무셨어요, 아가씨?"

"으응. 잘 잤어?"

"네. 오늘은 무척 일찍 일어나셨네요."

이엘리는 고개를 끄덕였다. 처음에는 어색함 때문에 존대를 했지만, 지금은 말을 놓는 사이로 발전했다.

메리의 도움을 받아 그녀는 몸단장을 했다. 머리를 빗질해 주던 메리가 씩 웃었다.

"오늘 조찬 자리에는 공작님과 소공작님, 두 분 모두 오신다면서 요?"

"응, 맞아."

그녀는 고개를 끄덕였다. 메리는 두 눈을 휘둥그렇게 뜨고는, 활기찬 목소리로 축하를 건넸다.

"어머나, 축하드려요! 드디어 새로운 가족이 오붓하게 식사를 하게 되셨네요!"

과연 축하할 일일까. 이엘리는 난처한 얼굴로 웃었다.

공작이 날 가족으로 생각한다고 믿느니, 차라리 공작과 자카리가 당장 화해할 수 있다고 믿는 편이 훨씬 더 가능성이 높을 것 같은데.

"그럼 예쁘게 입고 가셔야겠네요?"

"뭐, 그래도 정식 만찬에 가까우니 차려입긴 해야겠지만……."

"그래도 정말 다행이에요. 아가씨 덕택에 공작님과 소공작께서 식사도 같이하시고."

메리의 목소리에는 잔뜩 기대감이 서려 있었다. 이엘리는 눈동자만 데룩데룩 굴렸다. 아무래도 메리는 이번 기회에 냉랭한 공작 부자의 관계가 개선될지도 모른다고 생각하는 것 같다.

'오히려 싸움이라도 일어나지 않으면 다행이지 않을까?'

이엘리는 터져 나오려는 한숨을 지그시 삼켰다. 그러거나 말거나 메리는 착실히 아가씨를 단장시키고 있었다. 그녀는 눈동자 색을 닮은 가벼운 연두색 드레스를 차려입었다.

길게 늘어뜨린 분홍색 머리카락 위로 에메랄드 머리핀을 꽂아 장식할 때쯤, 정중한 노크 소리가 들렸다.

"응? 찾아올 사람이 없는데."

어리둥절한 얼굴이 된 그녀가 방문을 열었다. 방 밖에 자카리가 단정한 자세로 서 있었다.

"이엘리."

"세상에, 자카리. 나 마중 나온 거야?"

이엘리가 두 눈을 동그랗게 떴다. 하인의 부축을 받기보다는 홀로 목발을 짚은 모습이 자카리다웠다. 그래도 비틀대지는 않아서 다행인데, 뭔가 좀 이상하다. 마치 무언가에 홀리기라도 한 것처럼 자카리는 그녀를 빤히 바라보고 있었다. 고개를 갸웃거리던 이엘리가 질문을 던졌다.

"아직 몸도 다 안 나았잖아. 나 데리러 와도 돼?"

"……."

"……자카리?"

이름을 부르며 한 발자국 다가서자, 그제야 소년이 눈을 깜빡였다. 흰 뺨이 화르륵 붉어진다.

"아, 음, 괘, 괜찮아."

"별로 괜찮은 것 같지가 않은데."

대번 걱정스러운 얼굴이 된 이엘리가 손을 뻗었다. 그대로 이마를 짚자, 자카리는 얼어붙었다.

"너 얼굴 엄청 빨개. 열 있는 거 아냐?"

"아니야!"

"그래, 열은 없는 것 같다. 근데 왜 소리는 지르고 그러니?"

손을 내려놓은 그녀가 두 눈을 가늘게 떴다.

자카리는 입술을 깨물며 고개를 푹 숙였다. 언제나 가벼운 실내복 차림을 하고 있던 그녀였다. 저런 드레스 차림은 처음 본다. 이건 마치……

'전설에나 나오는 아샤 요정 같잖아.'

어떡하지. 너무 예뻐서 바라볼 수가 없어. 자카리는 입술을 잘근잘근 씹어 댔다.

그런 그를 수상하다는 눈빛으로 바라보던 이엘리가, 한숨을 내쉬며 손을 뻗었다. 그러고는 그의 입술을 어루만진다.

"입술 그렇게 깨물면 피 난다."

"……"

자카리는 순간 헛숨을 삼켰다. 지금 나, 엄청나게 바보 같아 보일 텐데. 머릿속이 새하얗게 물들어, 무슨 말을 꺼내야 할지조차 알 수 없었다. 결국 자카리는 멋대로 횡설수설 입을 열었다.

"그보다 너, 오늘 엄청……."

"엄청?"

"……엄청나게 예뻐."

아차. 속마음이 그대로 튀어나와 버렸다. 자카리의 얼굴은 터질 것처럼 새빨갛게 물이 올랐다.

"고마워, 너도 오늘 진짜 잘생겼어."

다행스럽게도 이엘리는 그의 말을 가볍게 흘려 넘긴 듯했다. 쿡쿡 웃음을 터뜨린 그녀는 잠시 제 어린 남편을 관찰했다.

그 노골적인 시선에 소년은 또다시 뺨을 붉혔다. 그녀의 시선에 스민 흡족함을 보자, 아침부터 일찍 일어나 직접 옷들을 살펴 가며 몸단장을 한 보람이 있었다.

"그리고 내가 하고 싶어서 널 데리러 온 거야."

"응?"

"그러니까…… 부담스러워하지 말라고."

다급하게 말을 덧붙인 자카리의 귀가 붉다. 어린 동생이 다 자란 척, 어깨에 힘을 준 것 같았다.

'만약 내게 동생이 있다면 이런 기분이겠지.'

새삼스러운 기분으로 이엘리는 자카리를 보았다. 아직 미성숙한 몸을 감싼 회색 정장, 깔끔하게 목에 맨 크라바트. 잘 빗어 넘긴 은발 아래로, 새파란 눈동자는 이엘리에게 고정되어 있다.

'누구 남편인지 원, 엄청 잘생겼네.'

이엘리는 사뿐사뿐 걸어 소년 곁에 다가섰다. 목에 맨 크라바트를 매만져 모양을 고쳐 준다.

"크라바트가 조금 비뚤어졌네. 네가 직접 맨 거야?"

"으, 응……."

자카리는 머쓱한 낯으로 고개를 끄덕였다. 두 눈을 가늘게 뜬 이엘리가 손을 뻗었다. 가느다란 손가락이 목 언저리에 닿는 순간, 소년은 마른침을 삼켰다. 그녀가 조곤조곤 설명을 했다.

"이건 이렇게 매는 게 아니라, 이렇게……."

어머니가 아버지의 크라바트를 매 주던 모습을 떠올리며, 그녀
는 크라바트를 다시 정돈했다.

"자, 다 됐다."

"……고마워."

자카리는 수줍은 목소리로 중얼거렸다. 이엘리는 만족스러운 표
정이 되어 한 걸음 뒤로 물러났다. 흠, 아직 어린데도 훤칠한 모습
이네. 옷걸이의 중요성을 내 남편에게서 배우게 되다니.

"그럼 이만 가자."

이엘리가 한 걸음 앞서 걸었다. 자카리는 느린 걸음으로 뒤를 따
랐다. 그녀가 뒤를 돌아본다.

"걷는 건 괜찮아? 부축해 줄까?"

그녀가 자연스럽게 어린 남편의 팔짱을 꼈다. 손이 닿는 순간, 자
카리는 뻣뻣하게 굳어 버렸다.

"역시 이편이 낫겠네. 다녀올게, 메리."

하지만 자카리가 긴장하고 있다는 사실은 전혀 모르는 이엘리
는, 메리를 향해 인사를 남겼다.

"다녀오세요, 아가씨. 작은 주인님도요."

"응, 이따 보자."

"……."

발랄한 인사는 이엘리, 어딘가 뚱한 얼굴로 고개만 끄덕이는 쪽
은 자카리였다.

두 사람은 곧장 식당으로 향했다. 한 쌍의 인형 같은 두 소년 소
녀를 보면서, 메리는 흐뭇한 표정을 지었다.

'세상에, 정말 잘됐어.'

두 사람이 서로 친하다는 건 알고 있다. 하지만 그 까칠한 작은 주인님께서 아가씨를 직접 데리러 오실 줄이야! 메리는 곧장 돌아섰다. 이 놀라운 사실을 친구들에게 말해 줄 요량이었다.

＊　　＊　　＊

두 사람은 나란히 복도를 걸었다. 곁에 선 자카리의 가라앉은 분위기에, 이엘리는 의아해졌다.

'아니, 왜 갑자기 기분이 축 처졌지?'

이상하다, 조금 전까지만 해도 꽤 기분이 좋아 보였는데. 그때 자카리가 불쑥 질문을 던졌다.

"언제부터 그렇게 하녀와 친해진 거야?"

"웅? 굳이 따지자면 최근에?"

두 눈을 굴리던 이엘리가 문득 자카리를 돌아보았다. 아, 설마? 그녀는 작게 웃음을 터뜨렸다.

"뭐야, 자카리. 설마 너 질투하니?"

"……."

당연히 펄펄 뛰며 아니라고 할 줄 알았는데, 자카리는 여전히 뚱한 얼굴이다. 웅? 이 반응은?

"……자카리?"

"……."

"저기, 대답 좀 해 줄래?"

하지만 그는 집요하게 침묵을 지켰다. 너와 가장 가까운 사람은 나였으면 좋겠어. 차마 그 말은 꺼내지 못하고, 자카리는 입술을 지그시 깨물었다. 목에 맨 크라바트가 이상하게 답답했다.

'아무래도 이거 질투하는 것 같은데. 내 남편, 너무 귀엽잖아?'

이렇게 흐뭇할 수가. 마치 강아지 같잖아? 이엘리는 터져 나오려는 웃음을 간신히 억눌렀다. 뾰로통한 자카리를 약간 놀려 줄까 하던 그녀는, 그냥 화제를 전환하는 아량을 베풀기로 했다.

"걷는 건 괜찮아? 부축해 줄까?"

"아냐, 목발이 있으니까 혼자 걸을 수 있어. 그런데…….."

자카리는 잠시 망설였다. 하녀의 문제는 그렇다 치고, 방금 전 그녀가 머무르고 있던 그 방은.

"……지금까지 너, 손님방에서 머무르고 있었던 거야?"

자카리의 목소리가 처음으로 낮게 가라앉았다. 이엘리는 자신의 단 하나뿐인 아내였고, 당연히 가족들이 머무는 안채에서 거주해야 했다. 지금 대우는 명백히 그녀를 무시하는 태도였다.

'전혀 몰랐어. 설마 나 때문에 이런 대접을 받고 있던 건가.'

그는 지그시 입술을 깨물었다. 지금껏 그가 몸이 안 좋았기에, 그녀의 방에 올 일이 없어서 몰랐다.

하지만 이엘리가 먼저 자신에게 말할 수 있는 사항이 아니었으니, 그가 먼저 신경을 썼어야 하는 문제인 건 변함없었다. 그러나 이엘리는 가볍게 어깨를 으쓱거려 보일 뿐이었다.

"뭐, 공작님께서 날 그리 환영하지 않으시는데 어쩌겠니."

"그건……."

자카리의 가슴이 덜컹 내려앉았다. 그 표정을 지켜보던 이엘리는, 보란 듯이 한숨을 내쉬었다.

"또, 또 표정이 어두워지네."

"이엘리."

"네 탓 아니야, 내가 황녀님 대신 시집와서 그래."

자카리의 멘탈은 현재 그의 몸 상태처럼 연약해서, 살펴 주지 않으면 바삭바삭 부스러진다. 그녀가 말했다.

"그보다 내가 말했지? 넌 웃는 얼굴이 제일 잘생겼다고."

"……."

"그럼 여기서 네가 지어야 할 표정은?"

자카리는 대답 대신 어색하게나마 웃어 보였다. 짜식, 말도 잘 듣네. 누구 남편인지 신수가 훤하기도 하다. 그녀는 힘내라는 뜻으로 그의 등을 탁탁 쳐 주었다. 어느새 식당이 지척이었다.

식당 안에 들어서자마자 숨이 턱 막혔다. 긴 테이블 끝, 의자에 기대앉은 공작이 나른한 얼굴로 그들을 마주본다. 새파란 눈동자가 두 사람을 바라보고는, 턱을 까닥이며 의자를 가리켰다.

"다들 앉거라."

왔느냐는 형식적인 인사조차 건네지 않았다. 이엘리는 마른침을 삼켰다. 자리에 앉으며, 그녀는 힐끗 소년을 곁눈질했다. 그는 방금 전까지의 편안한 표정은 간데없이, 냉정한 얼굴이었다.

"자카리. 표정이 그리 좋지 않구나."

"아버지께서 절 보실 때마다 불쾌해하시는 것을 압니다."

공작은 살짝 미간을 좁혔다. 평소 자신의 말에 가타부타 말조차

붙이지 않던 아들이었다. 거의 처음으로 속내를 언급한 것이다. 의자에 앉은 자카리는 허리를 곧게 세운 채 말을 이었다.

"그러니 자식 된 도리로 제가 어찌 홀로 즐거워하겠습니까."

"그래?"

공작의 입가에 서늘한 미소가 서렸다. 냉랭한 눈동자로 아들을 바라보며 공작은 말을 이었다.

"그렇게 말하는 것 치고는, 요새 꽤나 즐거워 보이는 것 같던데 말이지."

"……."

"황가에서 붙인 저 아이와 꽤나 친해진 걸로 아는데, 아닌가?"

자카리는 대답하지 않았다. 공작은 그를 싫어한다. 그랬기에 함부로 공작의 말을 긍정할 수가 없었다. 이엘리는 처음으로 만난 소중한 사람이었다. 그녀가 피해를 입는 건 죽기보다 싫었다.

"대답하지 않는구나."

"아버지께서 보시는 그대로입니다."

공작의 채근에 자카리는 차분하게 대답했다. 그 대답을 들은 공작은 두 눈을 가늘게 치떴다.

"그 말은 곧, 내 마음대로 생각해도 된다는 뜻인가?"

"아니요."

하인이 다가와 자카리의 의자를 빼 주었다. 고개를 가로저은 자카리가 허리를 세우고 단정하게 앉았다. 서로를 꼭 닮은 무표정한 시선이 상대방을 잡아먹을 듯 바라본다. 소년은 웃었다.

"제가 뭐라 대답한다 한들, 아버지께서는 아버지가 원하시는 대로 생각할 거라는 뜻이지요."

"……."

"……."

짧은 침묵이 흘렀다. 공작은 살짝 눈썹을 들어올렸다. 마침 하인이 들어와 수프를 날라 주었다.

"다들 음식을 들지."

공작이 가볍게 말했다. 하지만 제대로 식사를 하는 사람은 아무도 없었다. 공작은 식기엔 손도 대지 않은 채 아들을 응시했고, 자카리 또한 아버지의 시선을 피하지 않았다.

고소한 냄새가 풍기던 따끈한 수프가 미지근하게 식었다. 이엘리는 먹는 둥 마는 둥 스푼을 내려놓았다.

'이거, 물만 마셔도 체할 것 같은 분위기인데.'

그녀도 이렇게 불편한데, 자카리는 그 심정이 어떨 것인가.

잠시 후, 손도 대지 않은 수프 그릇들이 치워졌다. 메인 요리가 식탁에 오른다. 아침이기에 가벼운 음식으로 준비했는지, 메인 요리는 생선이었다. 부드럽게 조린 농어 위로 크림소스를 올린 요리는 굉장히 맛있어 보였다.

'……자카리는 괜찮을까?'

포크를 들던 그녀는 걱정스럽게 자신의 남편을 곁눈질했다. 은빛 속눈썹 아래, 고요히 침묵하는 짙푸른 눈동자. 식기를 들고 있는 자세 또한 흔들림 없다.

그녀는 한숨을 삼켰다.

'하지만 저 애, 아직 몸이 다 낫지 않았는데.'

솔직히 자카리는 정찬에 나올 정도로 몸이 회복된 상태가 아니었다. 비록 겉으로는 태연함을 가장하고 있을지라도, 분명 저렇게 앉아 있는 것 자체가 힘들 것이다.

곁에서 그의 상처를 치료했던 이엘리였기에 잘 알고 있었다. 눈치를 살피던 그녀는 결국, 눈을 질끈 감으며 말했다.

"저, 공작 각하."

공작이 서늘한 시선으로 이엘리를 마주보았다. 와, 눈빛만으로도 사람을 죽일 수 있을 것 같네. 하지만 이왕 저지른 김에 그녀는 공작을 버리고, 자카리에게 점수를 따기로 결심했다.

"소공작께서는 조찬 자리에 나서기에는 아직 몸이 불편하십니다. 그러니……."

"그러니?"

"소공작께 아량을 베푸시어, 편하게 앉는 것을 허락해 주십시오."

될 대로 되라, 한 번 죽지 두 번 죽냐? 이엘리는 입술을 앙다물었다. 하지만 공작은 비스듬히 고개를 기울일 뿐이었다. 겨울 하늘처럼 새파란 눈동자가 가늘어지며, 공작은 느긋하게 답했다.

"괴물을 공작가의 후계로 받아들여 주었는데, 저 정도는 응당 버텨야 하지 않겠나."

또 나왔네. 저 괴물 드립. 순간 화가 치밀어, 이엘리는 미간을 구겼다. 자카리를 흘끔 돌아봤다. '괴물'이라는 말이 듣기 좋을 리 없는데도, 소년은 그저 그 말을 감내하고 있을 따름이었다.

"난 저 괴물을 좋아하지 않는다."

어쩌라고? 그런 의미를 담아서, 그러나 최대한 공손한 눈빛으로 이엘리는 공작을 마주보았다.

"그런데도 넌 저 아이와 친밀하게 지낼 생각이냐?"

순간 자카리가 번쩍 고개를 들어올렸다. 절박한 눈동자가 그녀의 얼굴을 집요하게 바라본다.

'안 돼, 말하지 마. 듣고 싶지 않아.'

만약에 그녀가 '아니오'라고 대답한다면, 그때의 나는? 자카리는 지그시 입술을 깨물었다. 이엘리는 그에게 있어 단 하나의 온기이고 기적이었다. 얼음으로 짜 올린 세계는 이제 싫었다.

"내 미움을 살지도 모르는데도?"

마치 그녀를 시험하듯 공작이 물었다. 순간 연녹색 눈동자에 확 불이 붙었다. 그녀가 답했다.

"공작님께서 지금 보이시는 행동은 치졸하십니다."

공작에게 보이는 대답치고는 상당히 거친 목소리다. 하지만 화가 났다. 이게 뭐하는 짓이야?

"공작님께서는 북부의 군주이시자 제국 유일의 공작이십니다."

……이렇게 내 멋대로 지껄이면, 정말로 내 목의 안위가 위태로워질 것 같은데. 이엘리는 최대한 마음을 진정시키고 말하려 노력했다. 물론 찰나의 노력이었지만. 아니, 화나는 걸 어떡해?

"무릇 권위는 그만한 아량과 관대함을 가지고 내세워야 하는 법입니다. 그래야 아랫사람들이 믿고 따를 수 있어요. 하지만 공작께서는 그것들은 전혀 없이, 권위만을 내세우고 계십니다."

이엘리는 도전적으로 공작을 바라보았다. 의외라는 것처럼, 공작은 이엘리를 빤히 마주보았다.

"지금 공작님께서는 하나뿐인 아드님을 위험한 전투에 수도 없이 내모시고, 괴물이라 칭하고 계십니다. 아드님에 대한 책임감, 아버지로서 마땅히 보여야 할 아량은 어디에 있습니까?"

아니, 자카리가 태어나고 싶어서 태어났어? 당신이 낳은 거잖아. 그렇다면 최소한의 책임감은 갖고 있어야 할 것 아냐? 아빠가 된 주제에 자식을 앞장서서 학대하다니, 사람이 할 짓이야?

"또한 공작님께서는 아드님의 아내인 제게 물으셨습니다."

손도 대지 않은 농어 요리가 차갑게 식어 갔다. 그녀는 숨을 가다듬고 냉정하게 말을 이었다.

"공작님의 미움을 살 수도 있는데도, 아드님과 친밀하게 지낼 생각인지 말입니다."

순간 자카리의 시선이 절박하게 그녀의 얼굴을 훑고 지났다. 이엘리는 그런 자카리를 안타까운 눈으로 바라보았다. 그 마음, 이해한다. 버림받는 것에 익숙하다 하여 고통스럽지 않은 것은 아닐 테니까.

'걱정하지 마, 자카리. 난 널 버릴 생각 따위 절대로 없으니까.'

이엘리는 허리를 곧게 세우고 공작과 시선을 맞추었다.

"공작님의 물음은 제게 아드님과 친밀하게 지내지 말 것을 강요하시는 거나 마찬가지입니다."

"그래서 불만스러운가?"

"네, 불만스럽습니다. 전 제 남편을 아끼고 존중할 생각이니, 그런 협박은 듣고 싶지 않아요."

……나 이제 파혼당하는 거 아냐? 할 말을 모두 쏟아 냈더니 그 제야 약간 걱정이 됐다. 이엘리는 마른침을 꼴깍 삼켰다. 아무래도 너무 막 나간 것 같다.

그때, 공작이 피식 웃음을 터뜨렸다.

"보잘것없는 자작가의 여식이 날 가르치려 드는구나."

내 말은 귓등으로도 듣지 않은 것 같군. 게다가 보잘것없는 자작 가의 여식이라니, 이건 너무 무례하잖아? 이엘리는 살짝 기분이 나 빠졌다.

그나마 다행스러운 건 공작의 기분 자체는 양호해 보인다는 거 다. 푸른 눈동자에 스며들어 있는 감정은 미세한 호기심이었다.

그런데 그때.

"이엔."

응? 저를 부르는 목소리에, 이엘리가 살짝 곁을 돌아보았다. 그 녀를 부른 사람은 자카리였다.

"고마워, 날 위해 그렇게 말해 줘서."

희미한 미소가 머무른 짙푸른 눈동자. 공작의 눈동자와는 다르 게, 봄 하늘처럼 맑고 청명하다.

"여기서부터는 내가 할게."

"……자카리."

이엘리를 향해 살짝 미소 지은 자카리가 고개를 곧게 세웠다. 소 년은 냉랭하게 입을 열었다.

"아버지. 그녀를 존중해 주십시오."

그건 자카리가 공작에게 한 최초의 반항이었다. 공작은 얼음 같은 눈동자로 자카리를 마주보았다. 이엘리를 대할 때의 희미한 온기조차 모조리 사라진 모습. 그러나 그는 개의치 않았다.

"이엘리는 제 아내입니다."

"아내의 기준을 참으로 낮게 두는구나."

바짝 날을 세운 자신의 아들을 향해, 공작이 느른한 목소리로 대답했다. 곧바로 말을 잇는다.

"필요에 의해서 들인 것뿐이다. 헤센바이츠의 반려가 되기에는 상당히 모자란 아이 아니냐."

"아니요, 제 아내입니다. 오히려 제가 그녀의 반려가 되기에 모자라지요."

"황가에서 붙인 꼬리인데, 어떻게 바로 가족으로 받아들이겠느냐?"

노골적인 빈정거림에, 자카리는 얼음처럼 차가운 낯을 했다. 소년이 비스듬히 고개를 꺾었다.

"저를 괴물이라 부르시는 건 괜찮습니다. 하지만 이엘리를 그렇게 무례하게 대하시는 건, 안 됩니다."

빙하 같은 눈동자가 공작을 쏘아보았다. 자카리는 오만하리만치 차가운 태도로 말을 이었다.

"그녀는 헤센바이츠의 후계자인 제 가족입니다. 그것도 가장 친밀하고 가까운."

"헤센바이츠의 후계자라. 그 이름을 누가 주었는지는 기억하고 있나?"

"아버님께서 주셨지요. 하지만 저 외에, 그 이름을 이을 수 있는 자 그 누가 있습니까?"

팽팽한 접전이었다. 자카리는 흔들림 없이 공작을 바라보았다. 자신이 '괴물'이라고 불리는 그 이유, 겨울의 마법.

헤센바이츠의 혈통에서만 태어나곤 하는 서리 악마의 힘. 역설적이게도 그가 '괴물'이기에, 그 누구도 자카리가 헤센바이츠의 가장 순수한 혈통임을 부정할 수 없었다.

"그래. 그렇다면…… 지켜보지."

공작이 입매를 비틀었다. 그대로 자리에서 일어난 공작이 성큼 성큼 걸음을 옮겼다.

탁. 식당 문이 닫혔다. 허리를 곧게 세우고 앉아, 공작을 노려보던 그는 그대로 의자에 무너져 내렸다.

"자카리, 너 괜찮아?"

놀란 이엘리가 자리에서 벌떡 일어났다. 의자를 밀어낸 채, 곧장 자카리의 곁에 붙어 앉는다.

"왜 공작님과 싸우고 그래, 난 괜찮은데!"

의자에 느슨하게 기댄 채 그는 그녀를 돌아보았다. 조심스럽게 뻗어 온 손이 잠깐 머뭇거리다 말고, 이엘리의 손을 맞잡았다. 손끝에서부터 온기가 번진다. 그녀는 두 눈을 동그랗게 떴다.

"너도."

"응?"

그 물음에 이엘리가 두 눈을 깜빡였다. 새파란 눈동자가 이엘리를 바라보고는, 설핏 휘어진다.

"너도 나 때문에 아버지와 싸워 줬잖아."

"……."

순간 이엘리는 말문이 막혔다. 자카리는 마주 잡은 손에 힘을 주었다. 그대로, 작게 소곤댄다.

"그러니까 나도 널 위해 싸우는 건 당연한 거야."

"그, 그건……."

"넌 내 아내야. 그렇다면 난, 네가 존중받고 살 수 있도록 보살펴야 할 의무가 있어."

"……."

아내. 자기 입으로는 멋대로 떠들어 댔던 그 단어가, 자카리의 입에서 들려오자 이상하게 간지럽게 들린다. 그녀는 멍하니 자카리를 바라보았다. 조금 수줍었는지 자카리는 시선을 피했다.

"난 네가 안전하고 쾌적한 생활을 할 수 있도록 지켜 주고 싶어."

자카리는 그대로 눈웃음을 쳤다. 그 표정이 햇살처럼 밝다. 이엘리는 저도 모르게 더듬거렸다.

"그, 그렇게 말할 거면…… 빨리 회복이나 해."

"응?"

"날 지켜 줘야 한다며?"

새침한 표정으로 이엘리는 시선을 돌렸다. 그러고 보면, 언제나 누나 같던 그녀가 부끄러워하는 모습은 처음 보는 것 같다.

이엘리의 옆얼굴을 바라보던 자카리가 귀 끝을 붉히며 웃었다. 그녀와 조금이나마 가까워진 기분이다.

제발, 넌 날 싫어하지 말아 줘. 소년은 간절히 빌었다.

2
아샤 축제

그날 이후, 그녀의 생활엔 한 가지 소소한 변화가 생겼다. 손님방에서 벗어나 안채의 방으로 옮긴 것이다.

새로이 옮긴 방은 응접실과 화장실, 작은 집무실까지 딸린 호화스러운 방이었다. 솔직히 이렇게까지 좋은 방을 받을 거라고는 생각도 못 했기에, 이엘리는 조금 어리둥절했다.

"어때, 방은 마음에 들어?"

"응, 고마워. 근데 너무 좋은 방이라서 좀 부담스러운데."

"아냐. 사실은 더 좋은 방을 주고 싶었는데⋯⋯."

그렇게 말하는 자카리는 아쉽다는 표정을 지었다. 이엘리는 단호하게 제 고개를 가로저었다.

"지금도 충분히 과분해."

단정하면서도 고급스러운 가구들, 금사가 섞여 우아한 무늬를 그리는 벽지, 하늘대는 레이스 캐노피, 생화가 가득 담긴 꽃병까지. 솔직히 말하면 자카리가 쓰고 있는 방보다도 더 좋은 것 같았다.

"조금 있으면 아샤 꽃도 다 피겠네."

이엘리는 창문을 살짝 밀어 열었다. 창문 너머로 연분홍색 꽃가지가 한들한들 흔들리고 있었다. 아직까지는 오밀조밀한 꽃봉오리만이 맺혀 있지만, 아마 일주일 내로 활짝 피어날 것이다.

"빨리 피었으면 좋겠다."

"네가 아샤 꽃을 좋아하는지는 몰랐네."

"응. 제일 좋아하는 꽃인데…… 넌 싫어해?"

턱을 괴고 창밖을 바라보던 이엘리가 슬쩍 자카리를 돌아보았다. 소년은 고개를 가로저었다.

"아니, 음…… 글쎄."

굳이 따지자면 관심을 두지 않았던 것에 가까웠다. 공작가에 일말의 애정도 없었으니, 공작가의 상징인 아샤 꽃 따위는 자세히 알고 싶지도 않았다. 하지만 이엘리가 저 꽃을 좋아한다면.

"……싫어하지는 않는 것 같아."

그녀의 부드러운 표정을 볼 수 있으니, 싫지 않다. 그때, 그녀가 아쉬운 목소리로 중얼거렸다.

"그러고 보니, 아샤 축제도 한 번쯤 구경해 보고 싶었는데……."

리펜베르크 황가, 그리고 제국 유일의 공작가인 헤센바이츠. 제국의 가장 강력하고 유서 깊은 두 가문은 아쉽게도 사이가 나빴다.

두 가문은 그들의 상징화인 아샤 꽃이 필 때마다, 세력을 과시하듯 제도와 공작령에서 각각 축제를 열곤 한다. 특히 공작령의 축제는 화려하기로 유명했다.

'북부의 겨울은 무척 기니까, 봄을 기리는 축제를 성대하게 치른다고 했었어.'

하지만 공작에게 미운털이 박혀 있는 신세니, 축제 구경은 어렵겠지. 그녀는 한숨을 내쉬었다.

"같이 갈래?"

"응?"

그때 자카리가 질문을 던졌다. 여상한 물음에, 애써 마음을 달래던 그녀가 되레 놀라 버렸다.

"뭐? 하지만 공작님께서 허락해 주시지 않을 것 같은데."

"이엔, 아무리 내가 공작님께 미움을 받는 사람이라고 해도……."

자카리는 그녀를 향해 부드럽게 웃었다. 손가락을 뻗어, 살짝 헝클어진 머리카락을 매만진다.

"아내가 원하는 축제 구경 정도는 시켜 줄 수 있어."

"그, 하지만……."

"혹시 가기 싫은 거야?"

"아니, 그건 아니고!"

솔직히 말하면 정말 가고 싶었다. 반사적으로 목소리를 높인 그녀를 보며, 그가 피식 웃었다.

"그럼 가는 걸로 하자."

아니, 이렇게 쉽게 결정해도 되는 문제야? 공작님 허락은 안 받아도 되나? 이엘리는 조금 당황했지만, 자카리는 마음을 바꿀 기미가 없어 보였다. 그를 바라보던 이엘리가 환하게 웃었다.

"그래, 고마워. 정말 기대된다."

작은 속삭임에 심장이 덜컹 내려앉았다. 붉어진 얼굴을 들킬까, 자카리는 슬쩍 시선을 돌렸다.

＊ ＊ ＊

이엘리와 헤어져 방 밖으로 나오는 길, 자카리는 메리와 마주쳤다. 흠칫한 메리가 고개를 수그렸다. 비록 근래의 작은 주인님은 예전에 비해 꽤나 유해졌다고는 하지만, 그건 아가씨에게 한정된 대우였다.

메리는 그대로 그가 지나가길 기다렸다. 그런데 그때, 자카리가 입을 열었다.

"네 이름이 메리라 했나?"

메리는 화들짝 놀랐다. 아가씨도 아닌 작은 주인님께서 자신의 이름을 기억하고 있을 줄이야.

"마, 맞습니다."

"묻고 싶은 게 있다."

그 말에 메리는 또다시 고개를 조아렸다. 자카리는 뺨을 살짝 긁적이더니, 나직하게 질문했다.

"혹시, 이번 아샤 축제에서…… 여자들이 즐길 만한 가게나 간식, 뭐 그런 거 있나?"

"예?"

지금 뭐라고? 메리는 제 귀를 의심했다. 자카리는 다소 겸연쩍은 얼굴로 메리를 마주보았다.

"그리고 이엔이 좋아하는 음식도 말해 주면 고맙겠구나."

"……그게."

설마, 아가씨를 위해 저러시는 건가. 왠지 웃음이 터질 것 같아서 메리는 입술을 당겨 물었다.

"이엘리 아가씨께서는 단 음식을 좋아하십니다."

"단 음식?"

"예. 간식 종류는 가리지 않으시지만, 특히 케이크 종류를 즐기시지요."

"그렇군. 카페 같은 곳을 미리 찾아 둬야 하나."

자카리는 진지하게 고개를 끄덕였다. 흡사 필기라도 할 것 같은 기세에, 메리가 입을 열었다.

"괜찮으시다면, 제 주변 하녀들에게도 물어보고 좀 더 정보를 모아 말씀드리겠습니다."

"그래, 언제든지 내 방으로 찾아오게."

소년의 표정이 활짝 밝아졌다. 즐거운 얼굴이 된 그가 메리를 지나쳐 가려다, 뒤를 돌아본다.

"……고맙군."

의외의 말에 메리는 두 눈을 동그랗게 떴다. 작은 주인님에게 처음으로 들은 감사 인사였다.

'세상에. 저분이 정말로 작은 주인님 맞아?'

민망한 얼굴이 된 자카리가 빠르게 걸음을 옮겼다. 멍하니 서 있던 메리는 결국 웃어 버렸다.

＊　　　＊　　　＊

어느새 축제 당일이었다. 새파란 하늘 아래로 분홍색 아샤 꽃이 가득히 피어났다. 물결처럼 흔들리는 꽃송이가 눈부시게 예쁘다. 두 사람은 아침 일찍 일어나 성 밖으로 나섰다.

호위는 붙이지 않았다. 자카리 혼자서도 이엘리를 지킬 수 있기에, 단둘이서 시간을 보내고 싶었다.

"와, 아샤 축제를 구경할 수 있을 거라고는 생각도 못 했는데."

이엘리는 홀린 것처럼 마차 밖을 바라보았다. 자카리는 이엘리를 따라, 흘끗 창밖을 응시했다.

"엄청 화려하게 꾸며 두었네? 아무리 축제 기간이라지만, 정말 대단해."

알록달록하게 장식된 노점상들에서는 잡다한 장신구들이며 수많은 간식거리를 팔았다. 그 위로 분홍색 아샤 꽃잎이 화사하게 흩날린다. 그 모습을 바라보던 이엘리가 문득 입을 열었다.

"그러고 보니 너, 아샤 꽃의 별명이 '봄맞이꽃'인 건 알아?"

"아니, 몰랐어."

"그래도 공작가의 상징인데 너무 무관심한 거 아냐?"

코끝을 찡그리며 웃는 이엘리를 보며, 자카리가 따라 웃었다. 관심이 없었던 건 맞다. 하지만…….

"이제부터는 관심이 생길 것 같아."

"그래? 왜?"

"그건……."

너를 닮은 꽃이니까. 그렇게 대답하는 대신 자카리는 말없이 미소 지었다. 어리둥절한 얼굴이 된 그녀가 다시 창밖을 내다보았다. 밀려드는 바람에 분홍색 머리카락이 살랑살랑 흔들렸다.

"나중엔 벚꽃과 아샤 꽃을 구분하는 방법도 가르쳐 줄게."

"그런 게 있어?"

"응. 벚꽃보다 아샤 꽃이 꽃송이가 훨씬 크고, 향기도 진해. 그리고……."

이엘리는 종알종알 떠들어 댔다. 내내 연장자처럼 어른스럽게 행동하던 그녀였으므로, 그 모습은 조금은 생경했다. 그럼에도 귀여웠다. 그녀의 말을 귀 기울여 듣던 자카리가 차분하게 말했다.

"우선 카페부터 들러 좀 쉬다가, 축제를 돌아보도록 하자."

"카페?"

그녀가 고개를 갸웃했다. 새싹처럼 말간 시선이 자신을 바라보는 순간, 자카리는 숨을 삼켰다.

"응. 네가 좋아할 만한 곳을 찾아 뒀거든."

"와, 진짜? 고마워, 신경 많이 썼구나."

"아니, 괜찮아."

이엘리의 웃는 얼굴 하나에, 밤새 가게를 찾고 동선을 짰던 고생이 눈 녹듯 녹아내렸다. 그녀의 들뜬 목소리가 그를 얼마나 행복하게 하는지, 그녀는 아마 모를 것이다. 자카리는 웃었다.

마침내 두 사람이 도착한 카페 로랑은 번화가 중에서도 가장 값비싼 카페였다. 고상하면서도 아름다운 인테리어와 푹신한 소파, 낮은 테이블과 고급 찻잔을 보며, 그녀는 무척 행복해했다.

"와, 진짜 이거……."

테이블 위로 차곡차곡 차려지는 음식을 보던 이엘리의 연녹색 눈동자가 반짝거렸다. 삼단 트롤리에 층층이 쌓인 케이크와 스콘, 마카롱과 샌드위치는 그녀의 넋을 쏙 빼 놓기에 충분했다.

"이런 곳은 어떻게 찾았어? 자카리, 정말 대단해!"

"마음에 들어?"

"응! 최고야. 예뻐도 너무 예쁘잖아?"

이엘리는 자카리를 마음껏 칭찬했다. 솔직히 말하자면, 가난했던 그녀는 이런 가게에 와 본 적이 없었다. 전생에서 프랜차이즈 카페는 자주 갔지만, 이런 본격적인 전문점은 아니었으니까.

"나 먹어도 돼?"

"물론이지, 다 널 위해 시킨 거야."

그녀가 단 음식을 좋아한다는 정보를 입수한 자카리였다. 그는 고민하는 대신, 모든 디저트를 시키는 쪽을 선택했다.

홀린 것처럼 포크를 집어 든 그녀는 케이크를 크게 한쪽 잘라 냈다. 입을 오물거리던 그녀의 얼굴이 헤실헤실 풀어진다. 밀크티를 홀짝 마신 후 감탄을 토해 낸다.

"아, 이거 진짜 맛있다."

설탕을 듬뿍 넣은 밀크티까지 이엘리의 취향에 꼭 맞았다. 이엘리는 진심 어린 인사를 건넸다.

"너와 결혼하지 않았더라면 이런 가게는 못 와 봤겠지. 정말 고마워."

그 말을 듣자, 다시 주책없이 심장이 두근거렸다. 그 감촉마저 기꺼워 자카리는 뺨을 붉혔다.

"넌 안 먹어?"

"그게, 난 단 음식은 별로라서."

그렇다면 날 위해 일부러 이 카페를 골랐단 말인가. 자카리에 대한 호감도가 다시 한 번 상승했다.

이엘리는 피칸 파이를 조각냈다. 한 조각을 그의 입에 갖다 대며 그녀가 짓궂게 웃었다.

"자, 아 해."

"……이엔?"

"얼른, 팔 아프다니까."

그녀는 살랑살랑 팔을 흔들었다. 잘 익은 토마토처럼 새빨간 얼굴이 된 자카리가 입으로 파이를 받아먹었다.

와, 오늘 엄청 귀엽잖아? 흐뭇하게 그를 보던 그녀는 생각 없이 입을 열었다.

"흠, 이런 걸 생각하면…… 의외로 결혼도 할 만하단 말이야."

"그게 무슨 말이야?"

결혼도 할 만하다? 그렇다면 처음에는 결혼 생각이 없었단 말인가? 한껏 들떴던 기분이 바닥 깊은 곳까지 추락해 버렸다.

자카리는 지그시 입술을 깨물었다. 생각해 보면, 이엘리는 황가의 압력에 의해 강제로 그와 결혼한 것이나 마찬가지 아닌가. 그렇다면 지금 그녀의 마음은…….

"그야, 난 처음엔 결혼 같은 거 할 생각 없었거든."

쿵. 심장이 내려앉았다. 자카리의 동공이 흔들린다. 그는 애써 태연한 척, 그녀에게 되물었다.

"그, 그래? 결혼할 생각이 없었어?"

"물론이지, 결혼해 봐야 피곤하기만 한걸."

여성이 사회에 나서는 게 당연시되던 전생의 기억이 남아서일까, 사실 이엘리는 결혼에 큰 의미를 두지 않았다. 혼자서도 잘 살 수 있는데, 어째서 결혼을 해야 하지? 이런 생각이었지만.

'뭐, 자카리와의 결혼은 나쁘진 않지.'

잘생겼지, 친절하지, 엄청 부자지. 비록 시아버지가 재수 없긴 하지만, 남편이 예쁘니 다 괜찮다. 어린 동생을 돌보는 것 같긴 해도, 이 정도야 뭐. 그때 자카리가 다급하게 물었다.

"그럼, 나와 결혼한 걸 후회해?"

"으응? 아니, 뭐……."

애가 또 왜 이러나. 그녀는 떨떠름한 얼굴을 했다. 어떻게든 자카리를 달래려 입을 열었다.

"뭐, 살다 보면 어쩔 수 없는 상황이라는 게 있으니까."

"그럼 만약에, 그 어쩔 수 없는 상황이 없었다면……."

자카리의 눈동자가 이엘리를 빤히 바라보았다. 잠시 머뭇거리던 자카리가 한숨처럼 되물었다.

"……넌 나와 결혼하지 않았겠지?"

……고심했던 대답은 아무래도 역효과를 불러일으킨 모양이었

다. 당황한 이엘리가 굳어 버렸다.

"어, 음……."

굳이 따지자면 그렇긴 하다. 하지만 그렇게 대답한다면, 자카리는 진짜로 울어 버릴지도 몰라.

"그, 그게. 그러니까……."

"……."

하지만 이미 자카리는 충격을 잔뜩 집어먹은 얼굴이었다. 고개를 푹 수그렸던 그가 대답했다.

"……아니야. 네가 그렇게 생각해도 내가 할 말은 없지."

아, 저 유리 멘탈. 이엘리는 황망한 얼굴로 그를 보았다. 그때 자카리가 그녀와 시선을 맞춘다.

"대신, 네가 만족할 수 있도록 내가 최선을 다할게."

"응? 으응……."

그래, 네가 그걸로 마음이 편해진다면…… 그를 가만히 바라보던 이엘리는 어깨를 으쓱였다.

"근데 뭐, 아예 결혼 안 할 생각은 아니었어. 조건이 맞으면 해도 상관없지."

"정말? 그 조건이 뭐였는데?"

순간, 자카리의 눈동자에서 불이 튕기는 것 같다. 이엘리는 약간 짓궂은 말투로 말을 이었다.

"으음…… 내 취향을 완전히 저격하는 미모는 기본에, 몸매 좋고, 성격 좋고, 엄청 부자인 거?"

"……."

저런 조건, 내가 정말로 맞출 수 있을까? 그의 얼굴이 절망으로 물들자, 그녀는 한숨을 쉬었다.

"저거, 너잖아."

"……뭐?"

"너 잘생겼고, 다정하고, 엄청 부자잖아."

"……."

자카리의 눈동자에 혼란이 가득 찼다. 왜냐하면 그는 단 한 번도 자기 자신을 그렇게 생각해 본 적이 없었으니까.

한 마디 말로 자카리를 혼란 속에 빠뜨린 이엘리는, 자리에서 일어났다.

"그럼 이만 일어날까?"

"……이엔."

그녀의 얼굴을 가만히 바라보던 소년의 표정이 순간 결연해졌다. 그는 다짐하듯 입을 열었다.

"너는 내게 있어 굉장히 소중한 사람이야."

"자카리?"

"너를 존중하고 아끼는, 좋은 남편이 될 수 있도록 노력할게. 그러니까……."

버림받는 것을 두려워하는 절박한 그 표정. 그런 그가 안쓰럽다. 그녀는 저도 모르게 말했다.

"내가 먼저 널 놓는 일은 없을 거야."

"……."

자카리는 지그시 입술을 깨물었다. 별생각 없이 그녀가 하는 말,

행동. 그 모든 것이 자신을 구원한다는 것을 아마 이엘리는 전혀 모를 것이다.

그때, 이엘리가 소년을 향해 손을 뻗었다.

"그러니까 쓸데없는 걱정은 그만하고, 축제나 구경하러 가자."

그녀는 손을 감아쥐었다. 언제나 그렇듯 따뜻하다. 연녹색 눈동자가 그를 보면서 생긋 웃었다.

"넌 언제나 너무 잔걱정이 많아."

이엘리의 다음 목표는 간식거리 노점상이었다. 그녀는 노점상 속을 종종걸음으로 가로질렀다.

'역시 인생의 진리는 단짠이지. 단 케이크들을 실컷 먹었으니, 이제 짠 것 차례야.'

전생에서부터 마음에 새겼던 진리를 되새기며, 이엘리는 매의 시선으로 간식거리들을 살폈다.

"앗, 닭꼬치!"

"닭꼬치 하나 어때, 아가씨?"

이엘리와 눈이 마주친 노점상 주인은 수더분한 미소를 지으며 양념을 바르던 솔을 들어 올렸다. 그녀는 홀린 듯이 닭꼬치가 익어 가는 광경을 바라보았다.

숯불 위로 타닥거리며 떨어지는 기름, 불 위에서 돌돌 말리며 익어 가는 기름진 닭 껍질, 그리고 야들야들해 보이는 닭고기들!

"두 개…… 아니, 네 개 주세요!"

그래, 이럴 때 아니면 언제 이렇게 통 크게 먹어 보겠어? 이엘리는 속으로 자기 합리화를 했다.

"네 개라고? 배 안 불러?"

오히려 자카리가 놀라 이엘리를 돌아보았다. 그녀는 새침한 표정으로 고개를 크게 끄덕였다.

"원래 달콤한 간식 배랑, 다른 음식이 들어갈 배는 따로 있는 거야."

"그, 그런 거야?"

"당연하지. 너랑 나랑 두 개씩은 먹어야 하지 않겠어?"

그녀의 당당한 대답에 그는 헛웃음을 지었다. 뭐. 그녀만 즐거워하면 되니까. 주인이 물었다.

"소금구이랑 양념을 발라 구운 쪽이 있는데, 어느 쪽으로 먹겠어?"

"하나는 소금구이, 하나는 양념구이요. 얘도 그렇게 주세요."

"역시 아가씨가 뭘 아는구먼."

싱글싱글 웃은 노점상 주인이 이엘리의 손에 닭꼬치를 들려 주었다. 짭짜름한 양념을 바른 닭꼬치를 입에 문 채, 주변을 두리번거리는 연녹색 눈동자엔 호기심이 가득 차 있다.

바로 그때였다.

"아가씨, 이것도 좀 사 가!"

양념구이 하나를 말끔히 먹어 치운 이엘리에게, 노점상이 손까지 흔들면서 외쳤다. 커다란 철판을 달구어 버터를 듬뿍 얹고, 통감자를 달달 볶던 노점상이었다.

버터 특유의 고소한 냄새에 이끌려, 이엘리는 홀린 듯이 노점상 앞에 섰다. 주인은 현란하게 감자를 볶으며 말을 건다.

"이거 진짜 맛있거든. 내가 많이 줄 테니까, 한 컵 먹어 봐. 응?"

"네, 그럼 제일 작은 걸로 주세요."

노점상은 이엘리의 손바닥만 한 종이컵을 들고는, 통감자를 수북이 쌓았다. 흘러넘칠 것 같았다.

"원래는 이렇게 많이 안 주는데, 아가씨가 예뻐서 주는 거야. 알았지?"

나무로 만든 이쑤시개를 쿡 찍어 준 주인이 살갑게 말했다. 이엘리도 주인에게 생긋 미소했다.

"아, 감사합니다."

"축제 재밌게 보내고!"

결국 이엘리는 한 손에는 소금구이 닭꼬치를, 반대편 손에는 버터 통감자가 든 종이컵을 야무지게 쥐고, 축제를 구경하기 시작했다. 이렇게 많은 사람들을 보는 것도 굉장히 오랜만이었다.

"어때, 맛있지?"

"그러네."

자카리는 순순히 긍정했다. 양손에 음식들을 바리바리 든 채, 그녀는 짓궂은 표정을 지었다.

"웬일이야, 공작가의 후계자이시니까 이런 음식은 못 먹을 줄 알았는데."

"그야 전투 식량보다는 훨씬 나으니까."

"……."

그 대답에 이엘리는 숙연해져 버렸다. 자카리는 쿡쿡 웃음을 터뜨리며 통감자를 찍어 올렸다.

"후아, 이렇게 구경하는 것만 해도 진짜 재밌네."

이엘리가 만족스럽게 중얼거렸다. 그녀는 내내 즐거운 낯이었고, 자카리는 그게 무척 기뻤다.

"예쁘다. 아샤 꽃도, 반짝거리는 불빛도, 노점상도……."

카페 로랑에서도 시간을 꽤 보냈고, 길거리 음식 또한 하나하나 맛봤다. 어느새 어둠이 깔리고 있었다. 황금색과 붉은색 비단 위로 남청색 물감을 칠하는 것처럼, 하늘 위로 온갖 색들이 뒤섞이고 있었다.

어둠 아래로 하나둘씩 등이 켜지기 시작했다. 땅 아래에 뜬 별 같았다.

"……신기해."

자카리가 중얼거렸다. 바다 표면에서 일렁이는 새파란 빛처럼, 그의 눈에서 감정이 일렁였다.

"뭐가?"

"저주받은 소공작이 다스리게 될 도시에 살고 있는데도…… 다들 행복해 보인다는 게."

그가 중얼거렸다. 지금껏 그의 세계는 써늘한 공작 성이었다. 공작의 차가운 말이 귀에 맴돈다.

　　'넌 영지민들에게 빚을 진 거다. 그들은 괴물의 다스림을 받아
　야 하지 않느냐.'

그랬기에 일부러 단 한 번도 나와 보지 않았다. 사람들이 그를 경멸할까 두려워서. 하지만 사람들은 무척 행복해 보였다.

흥겨운 음악 속에서 아이들은 까르르 웃음을 터뜨린다. 사람들은 손에 손을 잡고 축제의 저녁을 즐겼다.

그때, 이엘리가 자카리의 손을 꼭 쥐고는 소곤거렸다.

"저 사람들은 모두, 너 덕분에 저렇게 즐거워할 수 있는 거야."

"⋯⋯나 덕분에?"

"그래. 네가 저 사람들을 지켜 주고 있으니까."

아샤 꽃처럼 해사한 미모를 가진 소녀는, 제 눈매를 접으며 사르르 웃었다. 긴 분홍색 속눈썹이 곱게 접히고, 하얀 눈가 위로 옅은 그림자가 진다. 그 순간, 소년은 익숙한 향기를 맡았다.

'아샤 꽃향기⋯⋯.'

달콤하면서도 청량한 아샤 꽃향기. 소녀에게서는 익숙한 향기가 났다. 그리고 그 향기는, 소년이 본능적으로 사랑할 수밖에 없는 향기였다. 제 혈통 속 마법의 주인, 은룡이 오래 사랑했던.

'누군가와 날을 세우지 않고, 이렇게 웃으면서 대화할 수 있는 사람.'

그건 오로지 이엘리 한 명뿐이었다. 그런데 그때, 연녹색 눈동자가 그를 똑바로 바라보았다.

"사람들이 너에 대해 말하는 헛소리는 모두 잊어버려. 내 말만 믿으면 돼."

"⋯⋯이엔."

"넌 괴물 같은 거 아냐."

이엘리가 힘을 주어 말했다. 자카리가 스스로를 '저주받았다', '괴물이다'라고 생각하는 게 싫었다.

자카리는 그런 그녀와 시선을 맞추었다. 어둠 속에서 짙푸른 눈동자가 보석처럼 빛났다.

"내년에도, 내후년에도. 그 후에도, 계속……."

자카리가 작게 더듬거렸다. 흰 뺨이 붉게 물들어 있었다. 애써 시선을 피하며 작게 속삭인다.

"할 수만 있다면, 너와 이 축제를 함께 보내고 싶어."

"물론이지."

그녀는 다시 한 번 웃었다. 그 미소를 보며, 자카리는 오늘 하루가 영원히 이어지기를 빌었다.

*　　*　　*

아샤 축제는 어느새 끝물로 접어들고 있었다. 사람들이 손에 손을 잡고 춤을 추는 모습들은, 꽤나 구경할 만한 풍경이었다. 화사하게 치장한 여인들의 치마가 꽃잎처럼 부푼다.

여인의 손을 잡은 사내들 또한, 시종일관 즐거운 얼굴이었다. 어둠 속을 밝히는 오색의 등불은 땅에 별이 뜬 것처럼 아름다웠고, 우수수 쏟아지는 분홍색 아샤 꽃잎들은 우아하게 허공을 수놓았다.

"우리 다음에 축제에 나올 땐, 같이 춤도 추자."

춤추는 사람들을 아쉬운 얼굴로 바라보던 이엘리가 말했다. 아직 그들은 성년이 아니었기에, 축제에서 춤을 출 수 없었던 것이다. 자카라가 상기된 얼굴로 고개를 끄덕였다.

"……아얏."

그녀가 짧은 신음을 내뱉었다. 깜짝 놀란 자카리가 이엘리를 돌아보며 다급하게 물었다.

"왜 그래?"

"아니, 그게……."

이엘리는 난처한 얼굴로 웃었다. 이런, 티 내지 않으려고 했는데.

자카리가 눈을 가늘게 떴다. 그러고 보니, 그녀는 계속 걸음을 절뚝거리고 있었다. 미간을 좁힌 그가 이엘리를 안아 들었다.

"꺄악!"

화들짝 놀란 그녀가 반사적으로 자카리의 목을 끌어안았다. 소년의 눈이 그녀의 발에 닿았다.

"너, 발이……?"

"괜찮아."

그녀가 황급히 대답했다. 실은 아까 전부터 발이 아프긴 했다. 새로 신고 나온 구두 탓이었다. 하지만 자카리가 워낙 즐거워하고 있었기 때문에, 모처럼 밝아진 분위기를 깨고 싶지 않아 참았다.

"발이 온통 상처투성이잖아."

자카리가 무섭게 굳어진 얼굴로 말했다. 솔직히 상처투성이는 과장된 말로, 발뒤꿈치가 약간 까진 것에 불과했다. 이 정도는 그냥 연고나 바르면 되는데……. 이엘리는 주변을 돌아보았다.

'세상에.'

자카리가 수선을 피우는 바람에 사람들의 시선이 이쪽으로 쏠리고 있었다. 으와, 창피해. 그녀는 소년의 품에 고개를 쏙 묻었다. 자카리는 그녀를 안아 들고 곧장 의사에게 향할 기세였다.

"저기, 나 좀 내려 줄래?"

"안 돼, 의사에게 보여야 해."

"무슨 이런 상처 가지고 의사야? 그리고, 사람들이 다 쳐다보잖아."

이엘리가 낮은 목소리로 자카리에게 쏘아붙였다. 창피한 건 둘째 치고, 그는 공작령의 후계자였다. 사람들의 시선이 달가울 리 없다. 짧게 한숨을 내쉰 그가 그녀를 벤치 위에 앉혀 주었다.

"그렇다면 약이라도 사 올게. 여기서 조금만 기다리면……."

그렇게 말하는 소년의 눈동자가 불만스럽게 가늘어졌다. 아무래도 그녀가 홀로 있어야 하는 게 마음에 들지 않았다. 이럴 줄 알았으면 호위를 데려올걸. 하지만 그녀는 설레설레 고개를 저었다.

"걱정해 주는 것은 고맙지만, 혼자 있을 수 있어."

"……."

자카리의 눈동자가 가늘어졌다. 어쩐지 그녀를 안고 약국까지 갈 기세여서, 그녀는 질겁했다.

"저기, 자카리. 설마 나 안고 약국까지 갈 생각은 아니지?"

"……마음 같아서는 그러고 싶은데."

"안 돼. 그러면 사람들 눈에 너무 띄잖아."

이엘리는 단호하게 대답했다. 어쨌든 자카리는 소공작이었고, 사람들 눈에 띄는 게 불편한 입장이었다.

자카리도 그 사실은 알고 있었는지 불퉁한 얼굴로 시선을 내렸다. 이엘리가 재차 말했다.

"그러니까 얼른 다녀와. 알았지?"

못내 걱정스럽다는 양 뒤를 돌아보며 그는 걸음을 옮겼다. 눈이 마주치자, 이엘리는 해사하게 웃으며 손을 흔들어 주었다.

그리고 자카리가 돌아왔을 때, 그녀는 흔적도 없이 사라져 있었다.

*   *   *

약국에서 이런저런 약들을 사다 보니 돌아가는 게 좀 늦어졌다. 지혈제며 소독약이며 붕대를 닥치는 대로 집어 들어서, 약사가 황망하게 '그 정도로 약이 필요한 상처라면, 차라리 병원에 가시는 게 나을 텐데요?'라고 물어볼 정도였다.

대답 대신 소년은 값을 치르고 밖으로 나왔다.

'이엘리.'

사실 자카리도 자신이 예민하게 굴고 있다는 것은 알고 있었다. 객관적으로 그녀의 상처가 큰 상처가 아니라는 것도, 당장 이렇게 약국에서 온갖 약을 한아름 살 필요 없다는 것도.

하지만……

'네가 아픈 건 싫어.'

그녀의 몸에 작은 상처 하나가 남는 것조차 싫었다. 그녀가 아까 미간을 찡그릴 때, 심장이 툭 내려앉는 것만 같던 그 기분. 그때를 상기하던 그의 걸음이 빨라졌다.

한시바삐 그녀의 발뒤꿈치를 치료해 주고 싶었다. 이제 소년은 숨이 턱에 닿도록 달리고 있었다. 조금만 더 가면…….

"이엘리!"

그는 큰 소리로 외쳤다. 이상하다. '벌써 왔어?'라며 대답해 줘야 할 목소리가 들리지 않는다.

"……이엘리?"

뭔가 불길했다. 소년은 입술을 깨물며 이엘리가 앉아 있던 벤치 쪽으로 다가갔다. 짙푸른 눈동자가 커다랗게 뜨였다.

없었다. 자리에 오도카니 앉아, 손을 살랑살랑 흔들어 주던 소녀는 흔적도 없이 사라져 있었다.

그의 몸이 얼어붙었다. 얼음물을 머리부터 맞은 양 정신이 번쩍 들었다.

"이엘…… 리?"

그가 더듬더듬 입술을 열었다. 여전히 대답은 들리지 않는다. 그를 향해 미소 짓던 연녹색 눈동자도, 분홍색 머리카락도 신기루처럼 사라졌다. 숨이 턱 막혔다. 자카리가 목소리를 높였다.

"이엘리!"

흡사 비명 같은 목소리였다. 어미를 잃은 어린아이처럼 소년은 온몸을 덜덜 떨기 시작했다.

"아, 안 돼."

주춤주춤 뒤로 물러서던 소년이 미친듯이 주변을 헤집기 시작했다. 축제의 끝, 쓸쓸하게 흩날리는 색종이 조각에 뒤섞인 꽃잎만이 발에 챘다. 어느샌가 소년은 다시 달리고 있었다.

차라리 자카리를 따라갈걸. 이엘리는 아무 생각 없이 그를 홀로 보냈던 자신의 판단을 후회하고 있었다. 고작 약국에 다녀오는 짧은 시간이었기에 당연히 그 정도는 혼자 있어도 괜찮을 거라 여겼다.

"……당신들 뭐예요?"

껄렁해 보이는 사내들이 그녀를 내려다본다. 그들은 서로 눈치를 살피는가 싶더니, 히죽 웃어 보였다.

"꼬마 아가씨, 길이라도 잃었어?"

"집에 데려다줄까?"

아, 젠장. 축제를 틈타 사람들의 돈푼이나 갈취하는 불량배들이었다. 이엘리는 고개를 저었다.

"아니요, 괜찮아요. 일행이 있거든요."

그냥 좀 가라. 그녀는 피곤한 얼굴로 불량배들을 올려다보았다. 하지만 그들은 순순히 물러나지 않았다. 기분 나쁜 웃음을 실실 흘리는가 싶더니, 한 사내가 그녀의 팔을 왁살스레 잡았다.

"건드리지 마세요!"

이엘리가 날카롭게 외쳤다. 하지만 사내들은 그녀를 거칠게 끌어당길 뿐이었다. 그들이 낮게 속삭였다.

"이봐, 아가씨. 얌전히 있는 게 좋을걸?"

"이 손 놔요!"

하지만 축제의 소음 속에서 그녀의 몸부림치는 소리는 금세 사라져 버렸다. 질질 끌려가다 보니 어느새 골목의 뒤편이었다. 깜깜한 어둠. 이런 곳이 있었던가. 이엘리의 숨이 턱 막혔다.

'안 돼, 자카리가 걱정할 텐데.'

수없이 뒤를 돌아보며 약국으로 향하던 소년의 뒷모습이 떠올랐다. 차마 그녀를 놓고 가지 못해서, 머뭇거리던 그 얼굴도. 분명히 그녀를 찾고 있을 터였다. 이엘리의 눈동자에 날이 섰다.

"이거 놔, 놓으란 말이야!"

이엘리는 미친듯이 발버둥을 쳤다. 그 와중에 구두 한 짝이 벗겨져 날아가 버렸다. 구두를 주울 새도 없이, 신경질적인 손길이 이엘리의 입을 턱 틀어막았다. 험악한 목소리가 으르렁댄다.

"조용히 해!"

"읍, 으읍!"

거친 손길에 그녀는 반사적으로 몸부림쳤지만, 자그마한 몸집이 제압당하는 건 순식간이었다.

"귀한 댁 아가씨 같지 않아?"

"그래, 몸값 좀 비싸게 받을 수 있을 거야."

"게다가 예쁘장하게 생긴 것이⋯⋯."

쩝, 사내 중 한 명이 입맛을 다셨다. 이엘리는 머리가 아뜩해지는 것을 느꼈다. 헤센바이츠 공작령은 제국에서도 손꼽히게 치안이 좋은 곳이다. 그랬기에, 이런 납치 사건에 휘말릴 곳이 아니라며 안일하게 생각했다. 축제 기간에는 뜨내기들이 드나들 수도 있다는 걸 예상치 못했다.

'다리 사이를 차 버리고 도망치면? 아냐, 사람이 너무 많아.'

최소 다섯 명의 사내들이 그녀를 둘러싸고 있었다. 그녀가 무술을 익힌 것도 아니니, 여기서 그런 방식으로 빠져나가는 것은 무리였다.

자카리. 이엘리는 피가 나도록 입술을 앙다물었다.

*   *   *

이엔. 너 도대체 어디 있는 거야. 입에 단내가 나도록 달리던 자카리는 초조한 마음을 금하지 못했다. 어딜 가 봐도 이엘리가 보이지 않았다. 지나가는 사람을 대중없이 붙들고 물어보았다.

"혹시 분홍 머리 여자애를 보지 못했나요? 눈은 연녹색이고, 키는 이 정도······!"

"아니, 모르겠는데."

하지만 모두 고개를 가로젓기만 한다. 자카리는 점차 초조해졌다. 축제는 끝났고, 사람들은 각자 자신의 집으로 돌아가고 있었다.

그렇게 한참을 헤매던 중, 자카리가 퍼뜩 그 자리에 멈춰 섰다.

"저건······."

구두였다. 오늘 이엘리가 신고 왔던 에나멜 구두. 하루 종일 돌아다녔음에도 먼지 한 점 묻지 않은 구두코가 자카리를 놀리듯 반짝이고 있다. 자카리는 떨리는 손으로 구두를 집어 들었다.

"······이엔?"

새파란 눈동자가 파르르 떨렸다. 도무지 감정을 주체할 수 없었다. 안 돼. 그는 구두를 꽉 움켜쥐었다. 가슴이 울렁거린다. 격렬한 감정은 괴물의 힘, 겨울의 마법을 폭주하게 한다. 하지만 자카리는 온몸을 물어뜯는 감정을 애써 억눌렀다.

'그녀를 찾아야 해. 그녀와 만나야 해. 그러려면…….'

폭주 같은 것은 해서는 안 된다. 전장에서 겨울의 힘을 보일 때마다, 공포에 질린 눈으로 자신을 바라보던 기사들이 떠올랐다.

그 힘이 아니었으면 분명히 패배했을 텐데도, '괴물'이라면서 주춤주춤 뒤로 물러나던 기사들. 아버지와 어머니 또한, 겨울의 힘 때문에 그를 경멸했다.

"……."

그는 고개를 들어올렸다. 구두가 떨어진 곳 앞에는 어둠이 낮게 깔린 골목이 엎드려 있었다. 어금니를 지그시 문 채 자카리는 걸음을 옮겼다. 그의 양손에는 구두가 소중히 들려 있었다.

*   *   *

"으읍, 읍, 으으읍……!"

이엘리는 목이 쉬도록 울부짖었다. 하지만 사내들은 꼼짝도 하지 않았다. 깜깜한 어둠이 가득한 더러운 뒷골목. 하수구의 악취가 났다. 정신이 혼미해졌다. 그녀는 주먹을 꽉 말아 쥐었다.

'안 되는데, 자카리를 만나야 하는데. 그 애가 걱정하고 있을 텐데.'

어린 소녀의 몸은 이럴 때 아무런 쓸모도 없다. 사내들의 거친 손은 마치 족쇄처럼 그녀를 단단히 움켜쥐고 묶었다. 그나마 그녀의 입성이 꽤나 말끔한 것을 보고, 돈푼깨나 있는 집안의 아가씨라고 생각한 것이 다행이었다.

그렇지 않았다면, 지금쯤 몹쓸 짓을 당했을지도 모른다.

"우선 요 아가씨를 가둬 놓고 생각하자고."

"크, 어디서 이런 돈주머니가 굴러왔지?"

"몸값은 어느 정도로 받아야 좋을까?"

사내들은 제멋대로 떠들었다. 이엘리는 주변을 살펴보았다. 어떻게든 도망가야 할 텐데. 하지만 상황이 너무 불리했다. 지리조차 모르는 그녀와, 이곳에 오래 머물렀을 다섯 명의 건달들.

'어쩌지. 어떻게 해야……'

환생했으면 뭘 하나. 어른의 사고방식을 가지고 있으면 뭘 하나. 지금 그녀는 아무것도 할 수 없는 무력한 입장이었다. 두려움보다도 분함이 앞섰다. 눈물이 차올라 지그시 숨을 삼키던 그때.

저벅.

"……뭐지?"

발소리가 들렸다. 사내들 중 하나가 의아한 얼굴을 들어올렸다.

저벅, 저벅, 저벅. 발소리는 점차 가까워졌다. 순간 이엘리의 동공이 크게 흔들렸다.

어둠 속에서도 하얗게 빛나는 백은발, 바다처럼 짙푸른 눈동자. 마치 우아한 어린 맹수인 양 한 걸음을 내디뎌, 그들 앞에 멈춰 선 소년.

'자카리!'

막힌 입술 안쪽으로 이엘리가 입술을 벙긋거렸다. 푸른 눈동자가 그녀를 위아래로 더듬었다.

"……이엘리."

이윽고 자카리가 이엘리를 불렀다. 그녀는 멍하니 그를 마주보았다. 자카리는 그녀의 눈에 눈물이 고여 있는 것을 기민하게 알아보았다. 까드득 이를 악문 그가 차분한 목소리로 말했다.

"미안, 내가 늦었지."

"조그만 꼬맹이 주제에 무슨 헛소리를 하는 거야!?"

사내들이 우중우중 일어나며 사납게 목소리를 높였다. 자카리가 비스듬히 시선을 들어 올렸다.

"그래도 오래 걸리지는 않을 거야. 그러니까……."

무슨 말을 하는지는 모르겠지만, 지금의 그는 좀 이상했다. 그녀가 어떻게든 일어나려 할 때.

"그러니까…… 잠시만 눈 감고 있어."

순간, 이엘리는 그의 눈동자 깊은 곳에서 '무언가'를 보았다. 인간이 가졌다고는 도무지 믿어지지 않는 거대한 힘. 그게 정확히 무엇인지는 몰랐지만, 그녀는 반사적으로 그 말에 따랐다.

그 순간, 어울리지 않는 차가운 바람이 몰아닥쳤다. 잘 갈린 칼날처럼 날카로운 바람이었다.

"아아악!"

그 바람이 노리고 있던 건 바로, 가장 앞에서 건들거리던 한 남자였다. 끔찍한 단말마가 들리는가 싶더니, 뜨거운 액체들이 후드득 그녀 위로 쏟아져 내린다.

투둑, 투두둑. 철퍽. 무언가가 떨어지는 소리가 요란했다. 인간의 잘린 파편. 비릿한 피 냄새가 순식간에 주변을 덮쳤다.

"뭐, 뭐야!?"

"저거…… 괴물이야!"

혼란과 공포가 삽시간에 주변을 뒤덮었다. 사내들은 두려움에 차 주춤주춤 뒤로 물러났다. 자카리는 알고 있었다. 아주 혹시라도 자신이 여기서 폭주한다면, 최소 공작령은 반파될 것이다.

'이성을 잃으면 안 돼.'

그는 스스로에게 절박하게 속삭였다. 하지만 자꾸 이성이 끊어질 것만 같았다. 숨을 몰아쉬었다.

'하지만…… 감히 그녀에게 손을 대다니.'

아주 만약 그녀를 잃어버렸다면? 그 가정에, 분노로 눈앞이 새빨갛게 물들었다. 그런데 그때.

"다, 다가오지 마!"

이엘리를 붙든 사내가 사나운 목소리로 외쳤다. 어느새 사내는 새파랗게 날이 선 칼을 들어, 이엘리의 목을 꾹 누르고 있었다.

그녀의 눈이 일렁였다. 아파. 목이 따끔하다 싶더니 가느다란 핏방울이 흐르기 시작했다.

"이 괴물! 가까이 오기만 해 봐, 이 계집을 죽여 버릴 거야!"

그녀를 결박한 남자의 목소리는 다급했다. 생리적인 공포에, 이엘리는 손끝이 차갑게 식어 내리는 것을 느꼈다. 온몸이 덜덜 떨리기 시작했다. 자카리는 그 모습을 빠짐없이 지켜보았다.

"아니, 그 전에 먼저."

자카리가 나직하게 입술을 열었다. 기묘하리만치 차분한 목소리, 겨울 달빛처럼 서늘한 미소.

"네가 죽을 거야."

쾅! 바로 그때, 짧은 봄날과는 어울리지 않는 겨울바람이 폭발했다. 순간 이엘리를 붙들고 있던 손이 순식간에 떨어져 나갔다. 목을 겨누고 있던 칼날이 떨어지는 것도 물론이었다.

챙강! 칼날이 땅을 구르는 소리는 귀를 세게 두드린다. 조각 조각난 시체들은 제멋대로 바닥에 나뒹굴었다. 찬바람이 주변을 휩쓸었다. 바닥에 흐르던 피조차 삽시간에 붉은 얼음으로 얼어붙었다. 눈을 감은 와중에도 냉기가 주변을 가득 채우는 게 느껴졌다.

이엘리는 빳빳하게 굳었다.

'……자, 자카리?'

헤센바이츠의 후계자가 물려받은 은룡의 힘은, 만물을 씹어 삼키는 겨울의 힘이다. 그리고 자카리는 지금껏 태어난 모든 공작가의 혈통을 통틀어 가장 순수한 피를 물려받은 사람이었다.

"히, 히익……."

이제 살아남은 사람은 셋밖에 남지 않았다. 공포에 질린 사내가 엉덩이로 바닥을 긁으며 뒤로 물러났다. 소년은 느른하게 시선을 들어올렸다. 감정 한 톨도 남지 않은 것처럼 냉정한 얼굴이 드러난다.

"……사, 살려……."

"살려 달라고?"

나긋한 목소리가 들려왔다. 빙하처럼 새파란 눈동자가 오만한 빛으로 사내를 내려다본다. 새하얀 악귀처럼 자카리가 미소를 지었다.

얼음과 바람, 서리와 눈으로 쌓아 올린 세계. 지금 이 순간, 자카리는 그 세계의 단 하나뿐인 군주이며 지배자였다. 소년은 나른한 어조로 되물었다.

"그 문제는 이미, 끝난 거 아닌가?"

"자, 잘못했습니다! 저희는……!"

"잘못했다는 말만으로 모든 것이 해결된다면 얼마나 좋을까."

자카리는 싱긋 눈웃음을 지었다. 그가 손을 들어올려 가볍게 손끝을 튕기자 바람이 휘몰아친다.

"하지만 그건 불가능하지."

그 목소리는 좀 서글프게 들렸다. 소년이 가진 원죄. 그 원죄로 저지른 새로운 죄. 수없이 잘못했다 빌어도 영영 괴물로 남아야 했던 그. 서리 악마, 겨울의 괴물, 푸른 피가 흐르는 은룡.

"너희는 건드려서는 안 될 것을 건드렸어."

내가 과거 그랬던 것처럼. 소년은 처음으로 제 아버지를 약간이나마 이해했다. 아버지가 그를 열렬히 증오하는 이유, 평생 용서하지 못하는 이유. 부자의 단 하나뿐인 역린, 사랑하는 여자.

"그러니까 죽어."

싸늘한 선고가 떨어졌다. 마음껏 힘을 사역하는 자카리는 '서리 악마'라는 악명에 걸맞는 모습이었다.

오로지 파괴를 위해 탄생한 것 같은 겨울의 신. 새하얗게 일어나는 서리와 얼음, 냉기의 마법.

사내들의 얼굴에 본능적인 공포가 서렸다. 그들은 비명을 지르며 몸을 일으켰다.

"히이익, 살려 주십시오!"

"제발, 제발!"

인간의 몸으로 용의 피를 짊어진 자카리였다. 한번 폭주할 때면 피아를 가리지 못하고 주변을 학살한다.

그래, 난 괴물이야. 그 사실을 인정하는 순간, 소년의 입가가 자기 파괴적인 기쁨으로 비틀렸다. 이성이 팽팽하게 당겨진다. 당장이라도 끊어질 것 같다. 안 돼, 이대로라면.

'이 도시는 사라질지도 몰라.'

그럼에도 멈출 수 없었다. 용이 가진 본능, 파괴의 힘이 소년의 온몸을 쥐고 마구 뒤흔들었다.

콰쾅, 콰콰쾅! 다시 한 번 바람이 폭풍처럼 휘몰아쳤다. 그 순간, 가느다란 목소리가 들렸다.

"자카리."

입을 막은 천이 풀어진 게 천운이었다. 그녀는 간절하게 자카리를 불렀다. 눈은 감은 채였다. 그는 아마도 지금 자신의 모습을 보여 주고 싶지 않을 것 같다는 본능적인 확신이 들어서였다.

"……자카리, 내 목소리 들려?"

순간 자카리는 멈칫했다. 파드득 정신을 차렸다. 훅 밀려드는 달콤한 향기. 그는 숨을 삼켰다.

'아샤 향기.'

고작 그 목소리를 들었다고, 분노에 가득 찼던 마음이 순식간에 가라앉는다. 몸속에서 용트림을 치던 힘들도 잠잠해졌다.

자카리는 느릿하게 두 눈을 깜빡였다.

그녀가 다시 입을 열었다.

"조금만 진정해. 응?"

기나긴 헤센바이츠 공작가의 역사 속에서도, 그 피를 가장 짙게 물려받아 태어난 소년. 그 말은 곧, 그에게 겨울의 마법에 대해 가르쳐 줄 이가 아무도 없었다는 뜻이다.

힘을 다루는 법을 온전히 자신의 힘으로 깨우쳐야 했기에, 자카리는 아마도 자신의 힘을 다루는 게 미숙할 터.

"……이엘…… 리."

자카리가 멍하니 그녀의 이름을 불렀다. 이엘리는 커다랗게 고개를 끄덕였다.

푸른 눈동자가 크게 벌어진다. 그는 가만히 양손을 내려다보고, 머리를 감싸쥐었다.

도, 도대체 내가 무슨 짓을…….

"흐으윽."

짐승 같은 울음소리가 입 밖으로 튀어나왔다. 뜨거운 눈물이 고이기 시작했다. 그가 헐떡였다.

"미안, 미안해, 미안, 이엔, 이엘리, 저, 정말로 미안해…….."

공작가의 선조, 겨울의 은룡 헤센바이츠. 그 힘을 물려받아 은룡의 화신이라 일컬어지는 자신. 그녀는 그를 보며 '넌 괴물이 아니야'라고 말해 주었다. 그는 그 말에 구원받은 것 같았다. 하지만.

"이런 힘을 사역하는 난…… 과연 인간일까?"

"자카리."

"괴물이 아니라고 할 수 있을까?"

그 말에 이엘리가 몸을 움찔 떨었다. 내리감은 속눈썹이 파르르 떨렸다.

자카리, 어째서 그런 말을 해. 항상 그런 생각을 하고 있었어?

눈을 감고 있음에도 자카리가 절망하고 있다는 사실은 느껴졌다. 흑득흑득 흐느껴 우는 소리가 심장을 쥐어뜯는 것 같다.

이엘리는 입술을 당겨 물었다. 울지 마. 네 잘못만이 아니잖아. 그리고 네 잘못이라 해도 괜찮아, 난 끝까지 네 곁을 떠나지 않을 거야. 그녀가 입을 열었다.

"괴물 아니야."

"……이, 이엔."

"너처럼 잘생긴 괴물이 어디 있어?"

날뛰던 힘은 이제 가라앉은 지 오래였다. 절망에 빠진 와중에도 그 사실이 생경했다. 지금껏 그를 괴롭혀 왔던 은룡의 힘, 이렇게 쉽게 가라앉는 힘이었던가.

하지만 그녀는, 그 말도 되지 않는 일을 아무렇지도 않게 해내지 않았나. 그는 숨을 삼켰다. 어떻게든 진정하려고 노력했다.

"……윽."

자카리는 울음을 꾹꾹 눌러 참았다. 아직 울 때가 아니었다. 공포에 질린 사내들은 도망친 지 오래, 사위는 고요하기만 했다.

이윽고 소년은 차분한 목소리를 꾸며 내어 이엘리에게 말했다.

"눈은 아직 뜨지 마."

"……"

폭주의 기미는 보이지 않는 나직한 목소리. 그는 이제 평소처럼 침착한 얼굴을 하고 있었다.

"……너, 이제 진정한 거야?"

"응, 대충은."

자카리는 그녀에게 다가갔다. 차마 감은 눈을 뜨지 못한 채 그녀가 바르르 떤다. 그가 물었다.

"……내가 무서워?"

"아니."

"거짓말하지 않아도 돼. 난 괜찮으니까……."

당장이라도 무너질 것 같은 작은 목소리. 이엘리는 다시 한 번, 단호하게 고개를 가로저었다.

"네가 무서운 게 아니야. 그냥…… 익숙하지 않은 거야."

훅 끼치는 피비린내. 쇳내와도 비슷한 그 역한 냄새를 맡는 이때. 현실감이 와르르 덮쳐 온다.

"미안해."

"자카리."

"너에게는…… 이런 광경은 보여 주고 싶지 않았는데."

자카리는 손을 들어 피가 튄 제 뺨을 문질렀다. 그대로 그녀의 눈을 손으로 부드럽게 가렸다. 따스한 손바닥이 젖은 눈 위를 덮어 준다. 이엘리는 몸의 떨림이 더욱 커져 가는 것을 느꼈다.

"넌 이런 건, 몰라도 상관없는데……."

괜찮다고 말해 주고 싶었다. 하지만 떨리는 몸을 주체할 수가 없었다. 제 의지대로 호흡을 다스릴 수 없다는 것을 인지한 순간, 이엘리는 뭔가가 잘못되었음을 느꼈다.

방금 전까지, 칼날이 목에 닿아 있었다. 눈앞에서 사람이 죽었다. 숨이 턱 막혔다. 그녀는 목을 손으로 감쌌다.

'수, 숨이 제대로 쉬어지지 않아!'

이엘리는 쌕쌕 숨을 몰아쉬었다. 과호흡 증상이었다. 그녀를 바라보던 자카리의 눈동자가 커다랗게 뜨였다. 전장에서는 드물지 않은 일이었다. 처음 전투에 나간 병사들이 가끔 저런 증상을 겪곤 한다. 그도 그랬었다. 미간을 좁힌 소년이 그녀의 어깨를 쥐고는 나직이 속삭였다.

"이엔."

"하아, 학, 하악……."

헐떡이는 숨소리가 요란하게 울렸다. 분명 그녀는 물 밖에 서 있는데, 느닷없이 물 안에 갇힌 것 같은 느낌이 들었다. 도대체 어떻게 된 걸까. 혼란스러운 와중에도 숨이 막혀 어지러웠다.

"이엔, 괜찮아. 숨을 크게 들이쉬었다가 내쉬어 봐."

"아, 안 돼, 수, 숨이……."

꼭 감은 눈 아래로 그렁하게 눈물이 맺혔다. 그 순간 그는, 어떠한 행동을 해야 함을 느꼈다.

"……미안. 잠깐 실례할게."

속삭인 자카리가 곧바로 제 허리를 숙였다. 그녀의 입술을 삼키는 따스한 입술. 이엘리는 입술 사이로 밀려들어 오는 숨을 갈급하게 삼켰다. 거칠었던 호흡이 천천히 진정되기 시작했다.

"흐읏, 하아, 하……."

이엘리의 숨이 느리게나마 안정을 찾는다. 자카리는 그녀가 진정할 때까지, 그녀의 입술로 제 숨을 나눠 주었다. 이윽고 이엘리는 길게 숨을 내뱉었다. 자카리는 조심스레 그녀에게 물었다.

"……괜찮아?"

"……."

눈을 꼭 감은 채, 이엘리는 고개를 크게 끄덕였다. 쓰게 웃은 자카리가 이엘리의 손을 잡았다.

"이리 와. 아직은 눈 뜨지 말고."

이엘리는 자카리를 따라 종종걸음을 쳤다. 그녀의 손이 얼음처럼 차가워서, 그는 숨을 삼켰다.

"발 조심해."

조각 조각난 시체를 지났다. 얼어붙은 피가 발밑에서 바스락거리는 소리를 냈다. 그가 말했다.

"이제 눈 떠도 돼. 하지만 뒤는 돌아보지 마."

"……."

그의 말을 들은 이엘리가 조심스레 긴 속눈썹을 들어올렸다. 달빛 아래 드러나는 연녹색 눈동자는 아직도 촉촉하게 젖은 채였다.

……그녀를 울리고 말았다. 그는 치솟는 분노에 돌아 버릴 것 같았다.

"구해 줘서 고마워, 자카리."

이엘리가 가장 먼저 한 말은 바로 이 말이었다. 연녹색 눈동자는 오로지 자카리의 얼굴에 고정되어 있었다. 일부러 뒤는 바라보지 않으려 하는 것이 티가 난다.

참을 수 없이 화가 났다. 그녀는 지금껏 이런 험한 광경 따위, 본 적도 없었을 텐데. 나 때문에. 나 때문에 모든 것을 망쳐 버렸다.

"뭐가 고마워."

그래서 불퉁한 말이 튀어나왔다. 이엘리는 젖은 눈을 동그랗게 떴다. 그녀가 의아한 목소리로 답한다.

"네가 날 구해 줬잖아."

"널 놓고 가지 않았으면 이럴 일도 없었어."

"그건 내가 기다리겠다고 말했으니까."

"그래도 내가 널 좀 더 생각했어야 했어."

자카리의 목소리가 좀 더 격해졌다. 스스로에 대한 미움과 환멸이 온몸을 집어삼킨다. 만약 이대로 너를 보지 못하게 됐다면?

그때 소녀가 타박타박 걸어왔다. 그녀가 설핏 웃어 보인다.

"자카리."

"……."

"돌아가자."

순간 자카리의 눈이 커다랗게 뜨였다. 짙푸른 시선이 그녀의 얼굴을 더듬는 순간, 바람 닿은 물결처럼 흔들린다. 그녀가 이런 말을 할 줄 전혀 몰랐다.

그는 괴물이었다. 이렇게 쉽게 들켜 버리고 말았다. 그녀가 두려워하며 도망친다 해도 붙잡을 자격 따위 없다고, 그렇게 생각했다.

그런데.

"같이 돌아가자, 우리 집으로."

이엘리의 미소가 짙어졌다. 그녀를 바라보던 그의 뺨 위로 다시 눈물이 흘러내렸다. 툭, 투둑. 그는 숨조차 죽이고, 소리 없이, 오래 오래 울었다.

비처럼 흐르는 눈물이 뜨거웠다. 그 모습을 가만히 지켜보던 이엘리가 손을 뻗었다. 눈물을 닦아 주는 순간, 그가 그녀를 와락 끌어안았다.

"괜찮아, 괜찮으니까⋯⋯."

어린아이를 달래듯 이엘리가 자카리의 등을 도닥거렸다. 자카리는 그대로, 그녀의 어깨에 고개를 묻은 채 한참 동안 숨을 멈췄다. 오랫동안 삼켰던 절망이 녹아내리고 있었다. 따뜻했다.

모든 일이 끝나니, 이엘리는 다리에 힘이 빠져 제대로 걸을 수가 없었다. 무리 지어 핀 아샤 꽃향기가 진했다. 그 와중에 피 내음까지 섞이자, 정신이 혼미해졌다. 그녀는 저도 모르게 비틀거렸다.

"이엔, 괜찮아?"

당황한 자카리가 그녀를 부축해 주었다. 그녀가 두 눈을 깜빡거렸다. 저 멀리 멀어졌던 시야가 깜빡이며 자리로 돌아온다.

등 뒤로는 조각난 시신들, 바닥에는 피에 엉킨 아샤 꽃잎들. 애써 외면하고 있었던 풍경을 보며, 이엘리는 두 눈을 꽉 내리감았다. 그때 자카리가 속삭였다.

"이엔."

"응?"

"실례 좀 할게."

그와 동시에 자카리가 그녀를 답삭 안아 올렸다. 반사적으로 내려 달라고 말하려던 이엘리는, 그냥 자카리의 품에 고개를 기대기로 했다.

머리도 어지러웠거니와, 닿아 오는 체온이 기분 좋았다. 사실 스스로 걸을 수 있는 상태가 아니기도 했다. 걸음을 옮기며 자카리가 소곤거렸다.

"그거 알아?"

"뭐?"

"너에게서는 아샤 꽃향기가 나."

순간 이엘리는 어이없는 낯이 되었다. 이렇게 아샤 꽃이 활짝 피었는데, 무슨 당연한 소리를?

"그거야 아샤 꽃이 이렇게 무리 지어 피었으니까. 꽃향기가 나는 건 당연하지."

"아냐, 너에게서 나는 향기야."

"음, 그냥 네 착각 아닐까?"

"착각 아니야."

자카리는 드물게 단호하게 대답했다. 아샤 향기. 아샤 꽃을 닮은 소녀. 만약 그녀가 없었더라면, 정말로 폭주하고 말았을지도 모른다. 전투 중 몇 번 폭주했던 경험이 있었던 그로서는 간담이 서늘해질 일이었다. 왜냐하면 폭주한 이후 정신을 차렸을 때는, 주변엔 아무도 없었으니까.

"뭐, 네가 향기가 난다면 그런 거겠지."

별로 따질 생각은 없었기에, 그녀는 그러려니 했다. 그러던 중 희고 차가운 것이 뺨에 닿았다.

"어라."

이엘리는 두 눈을 깜빡였다. 새싹처럼 말간 눈동자가 까만 하늘을 올려다보았다. 허공을 수놓는 아샤 꽃잎 사이로, 새하얗고 포슬포슬한 무언가가 춤을 추듯 흩날린다. 그녀가 소곤거렸다.

"……눈이 와."

"아……."

이엘리를 따라 자카리도 함께 하늘을 올려다보았다. 용의 힘은 날씨에도 영향을 주는구나. 그녀는 희미하게 웃었다. 긴 속눈썹 위에 뿌려진 달빛 가루, 팔랑팔랑 쏟아지는 눈송이의 창백한 그림자.

자카리는 숨을 삼켰다. 시야가 닿는 세상은 모두, 아샤 꽃향기로 가득찬 것 같다.

"예쁘네."

그녀의 말 한 마디에, 그는 또다시 이름 모를 충동에 사로잡혔다. 아냐, 세상에서 가장 예쁜 건 바로 너야. 난 네 모든 것을 갖고 싶어. 지그시 입술을 깨문 채 자카리는 눈동자를 돌렸다.

*　　*　　*

공작 성에 돌아가자마자 두 사람이 마주한 사람은 바로, 헤센바이츠 공작이었다.

화창한 봄날에 아샤 꽃잎과 뒤섞여 내리는 눈은 무척 아름다웠지만, 그 눈 자체가 괴물이 일으킨 마법의 영향이라는 것을 공작이 모를 리 없었다. 공작이 얼음처럼 차가운 시선으로 두 사람을 보았다.

"알고 있었다."

공작이 뚜벅뚜벅 걸음을 옮겼다. 차가운 대리석 바닥 위, 구두 굽 소리만이 요란하게 울렸다.

"네가 괴물이라는 것도 알고."

새파란 시선이 자카리를 뚫어져라 내려다보았다. 온기라고는 단 한 점도 남아 있지 않은, 칼날 같은 눈동자.

자카리는 숨을 삼켰다. 곁에 서 있던 이엘리가, 힘을 주어 손을 마주잡는다.

"지극히 한심하고 모자란 성정을 가졌다는 것도 안다."

공작의 목소리는 일견 평온하게 들렸다. 하지만 그 목소리에 서 린 감정만큼은 그렇지 않았다. 당장이라도 자카리를 갈기갈기 찢 어 버릴 것처럼, 격렬한 분노와 증오가 억눌려 있는 목소리였다.

"하지만…… 네가 지금 저지른 일."

그 말에 자카리는 두 눈을 질끈 감았다. 공작의 집요한 시선이 자카리를 위아래로 뜯어보았다.

"……네가 정녕 제정신이냐?"

공작은 비뚜름하게 입술 끝을 밀어 올렸다. 명백한 비웃음. 차디 찬 목소리가 고막을 파고든다.

"네가 괴물이라는 것을, 이따위 방식으로 증명할 필요가 있었 나?"

괴물. 그 단어에 숨이 턱 막혔다. 그 단어에서 벗어나고자 마음 을 먹었음에도, 오랫동안 그를 얽어매던 그 단어는 쉽사리 떨어지 지 않았다. 마지막으로 공작은 날카로운 목소리로 물었다.

"네가 그토록 애지중지하는 '아내'라는 계집아이 곁에서?"

공작은 자카리의 가장 예민한 부분을 어김없이 찔러 들었다.

자카리는 입술을 깨물었다. 나 혼자라면 이런 힐난을 받아도 괜찮다. 모욕도, 감정을 죽이는 일도 모두 익숙했으니까. 하지만.

'이엘리.'

그의 곁에는 이제 그녀가 있었다. 아샤 꽃을 닮은, 세상에서 가장 소중한 제 아내가 함께한다.

'너는 괴물이 아니야.'

깊은 고독과 절망에서 그를 건져 내 준 이엘리. 그녀가 그렇게 말한다면 정말로 그럴 것이다.

'그녀는 괜찮다고 말해 줬어.'

자카리는 그녀의 앞에서 겨울의 마법을 보였다. 분명 두려웠을 것이다. 자신도 가끔 스스로가 무서워지곤 하니까. 하지만 괴물 같은 모습을 보인 그를 보면서도, 이엘리는 도망치지 않았다.

'내게 함께 돌아가자고, 우리의 집으로 돌아가자고…… 이야기해 줬어.'

자카리의 눈동자에 새파랗게 날이 돋았다. 그렇다면 나도 더이상 도망치지 않을 것이다. 그가 가진 겨울의 마법, 괴물이라는 이름, 그가 가진 원죄. 모든 것과 맞서 싸우리라 결심했다.

"예전이라면 아버님의 말씀이 무조건 옳다고 생각했을 겁니다."

자카리는 차분한 동작으로 고개를 들었다. 공작은 미간을 좁혔다. 고요한 그 시선. 평소 아들이 보이던 불안정한 눈빛과 전혀 달랐다. 지금 자카리는 그 어느 때보다도 안정되어 있었다.

"제 실수는 인정합니다. 위험할 수도 있었으니, 그 점에 대해서는 깊이 반성하겠습니다."

"반성? 고작 반성 따위로 지금 일이 덮일 수 있다고 생각하나?"

공작의 목소리가 낮게 가라앉았다. 하지만 소년은 기죽지 않았다. 그는 또박또박 말을 이었다.

"하나, 아버님께서 제게 가하시는 지금 이 힐난은 부당하십니다."

"반성을 입에 담으면서도, '힐난이 부당하다'라."

공작이 대놓고 비웃음을 흘렸다. 자카리는 흔들리는 대신, 공작을 차가운 눈빛으로 올려다보았다.

사실 공작의 질책은 과한 부분이 있었다. 왜냐하면 실질적으로 공작령에서 피해를 입은 사람은 아무도 없었기 때문이었다. 때늦은 눈이 짧게 내리기는 했지만, 북부는 본디 겨울이 긴 영지였다.

"고작 이 정도 눈이 내린다 하여 북부에 피해가 가는 일은 없습니다."

"괴물이 폭주할지도 모르는 감정 상태를 겪었음에도, 감히 네가 그리 지껄여 대나?"

"그 점에 대해서는 마음 깊이 사죄를 표합니다만."

자카리가 비스듬히 고개를 꺾었다. 그 동작은 자신의 아비인 공작과도 지독하게 닮아 있었다.

"어째서 저만 이 모든 것을 감내해야 합니까?"

자카리는 처음으로 그들 관계의 근원적인 질문에 대해 물었다.

공작은 순간 말문이 막혔다. 소년의 얼굴엔 감정이라곤 한 톨도 남아 있지 않았다. 공작을 향하는 건 순수한 의문이었다.

"……당연한 물음을 묻는구나. 그 이유는 스스로도 잘 알고 있으리라 여겼는데."

"그렇군요. 저는 죄를 지었고, 또한 괴물로 태어났으니까요."

자카리는 한발 뒤로 물러났다. 입술 끝에 씁쓸한 미소가 걸린다. 서러운 대답이 흘러나왔다.

"그 죄 갚음을 위해 이렇게 감내해야 한다면, 당연히 참을 수 있습니다. 그렇지만……."

오래전부터 묻고 싶었던 말. 그럼에도 단 한 번도 묻지 못했던 말. 태어난 순간부터 괴물이라는 원죄를 가졌다. 그 원죄 때문에 저질렀던 죄가 생생히 살아서 항상 목을 졸랐다.

"제가 괴물로 태어난 건…… 아버님께서 물려주신 헤센바이츠의 핏줄 때문 아닙니까?"

"자카리!"

처음으로 공작의 오만한 얼굴이 무너졌다. 날카롭게 고함을 지르는 공작 앞에서, 그는 웃었다.

"아마 아버님께서는 스스로가 괴물이 아니라는 이유를 드시겠지요."

"……."

순간, 죽음과도 같은 침묵이 흘렀다. 자카리는 공작의 눈을 똑바로 응시했다. 그가 선언했다.

"아버지, 세상에 괴물로 태어나기를 바라는 사람은 존재하지 않습니다."

공작은 말문이 막혔고, 다음 순간 격렬한 증오를 느꼈다. 새하얀 분노가 머릿속을 불태운다.

"어찌 감히 네가 그런 말을 해!"

홀로 고고한 존재처럼 언제나 한 걸음 떨어져 있던 공작. 그러나 공작은 지금 이때, 자신의 가장 깊은 감정을 드러내고 있었다. 공작의 눈동자에 새파랗게 날이 섰다. 공작이 악을 썼다.

"너 때문에, 내가 누구를 잃었는데!"

공작이 성큼 다가섰다. 비록 키는 컸으되, 나이에 비해 다소 마른 소년이었다. 소년의 마른 몸이 아비의 그림자 아래에 남김없이 가려진다.

설마. 이엘리의 연녹색 눈동자가 크게 벌어졌다.

"자, 자카리!"

이엘리가 비명처럼 제 남편의 이름을 부르던 순간.

퍽! 공작은 자카리의 배 위로 망설임 없이 발길질을 했다.

쾅당탕! 어찌나 세게 발길질을 한 건지, 자카리는 벽면에 거침없이 부딪쳤다.

"콜록!"

자카리가 고통스러운 기침을 내뱉었다. 하지만 공작은 소맷단을 끌러 접어 내며 성큼성큼 걸어갔다. 지금의 공작은 반쯤 이성을 잃은 것처럼 보였다.

빙하 같은 두 눈동자가 서로를 노려본다. 공작은 망설임 없이 아들의 멱살을 쥐었다. 끌려오는 소년의 뺨으로 주먹이 날아왔다.

퍽!

"자카리, 안 돼!"

소년의 고개가 옆으로 꺾임과 동시에, 이엘리는 비명을 질렀다. 눈앞이 뿌옇게 흐려졌다. 일방적이며 잔혹한 폭력. 지금의 공작은 마치 그를 완전히 부수어 놓고 싶어 하는 것처럼 보였다.

자카리의 목을 틀어쥔 채, 공작이 다시 한 번 손을 들어올렸다. 새파란 눈이 광기로 물들었다.

"네가, 감히!"

공작은 다시 손을 휘둘렀다. 퍽! 하지만 이번에는 공작의 뜻대로 되지 않았다. 자카리가 공격을 막아선 거였다. 소년의 손아귀가 공작의 손목을 단단히 붙들고 있었다.

어찌나 그 힘이 강한지, 붙잡힌 공작의 손목이 부들부들 떨릴 정도다. 까드득. 공작의 입술 사이로 이를 갈아붙이는 소리가 들려왔다. 팽팽한 힘겨루기가 이어졌다. 눈을 사납게 뜬 채 공작이 으르렁 댔다.

"이게 무슨 짓이냐?"

"여기까지입니다."

"뭐?"

"제가 아버님의 폭력을 감내하는 건, 여기까지라는 뜻입니다."

새파란 눈동자가 공작을 바라보았다. 지금껏 자카리는 수많은 폭력을 감내했었다. 그건 그가 공작에게 할 수 있는 최소한의 속죄 였다.

자신이 공작에게 저지른 죄를 알고 있었기에, 비록 스스로가 의도한 것이 아니었다 해도. 공작이 아팠을 것을 알고 있어서. 그래서 참고 견뎠다.

'이엘리.'

자카리에게 있어 세상에서 유일한 사람은 이엘리인 것처럼, 공작에게도 그런 사람이 있었다. 자카리 때문에 공작은 그런 사람을 잃었다. 자카리는 공작의 마음을 이해했다.

증오하고 증오하여, 차라리 죽어 버렸으면 하고 바랄 터다. 입장이 바뀐다면, 만약 그가 이엘리를 잃어버린다면…… 아마 자신도 그랬을 테니까.

자카리를 보던 공작의 눈이 홱 뒤집혔다. 숫제 악을 지른다.

"내가 어떻게, 어떤 마음으로 너를 참고 있는지 알고나 그러는 거냐!"

"그만, 그만하세요!"

보다 못한 이엘리가 공작의 팔을 와락 끌어안았다. 그러자 쌔근거리던 공작이 순간 멈칫했다. 삐걱거리는 동작으로 공작은 이엘리를 돌아보았다. 도대체 뭐지. 그녀가 바짝 긴장하던 그때.

"……아델?"

공작이 멍하니 중얼거렸다. 물기 어린 연녹색 눈동자가 공작을 응시하자, 공작은 숨을 삼켰다.

연연한 새싹 같은 눈. 좀 더 자라고 그 빛이 짙어지면, 녹음처럼 푸르른 눈이 되겠지. 그 눈은 공작이 열렬히 사랑했으되, 단 한 번도 상대방의 사랑을 얻지 못했던 '누군가'와 닮아 있었다.

"공작 각하, 소공작께서 그런 일을 벌이신 이유는 절 구하기 위함입니다."

차분한 목소리로 말한 이엘리가 고개를 깊이 조아린다. 작은 목소리 끝이 천천히 젖어 들었다.

"탓하시려거든 저를 탓하십시오. 벌은 달게 받겠습니다."

"이엔, 도대체 네가 왜 그런 말을 해!"

고개를 가로저은 자카리가 이엘리를 와락 끌어안았다. 가슴이 아파서 견딜 수 없었다. 어째서 네가 나 대신 사과하나, 넌 아무것도 잘못한 것이 없는데. 이엘리는 소년의 팔뚝을 토닥였다.

"괜찮아. 난 괜찮으니까……."

그 목소리를 들은 자카리가 멈칫했다. 반쯤 이성을 잃었던 소년의 눈동자에 반짝 빛이 돌아왔다. 자카리는 입술을 꽉 깨문 채로 그녀를 등 뒤로 숨겼다. 으르렁거리며 소년이 입을 열었다.

"아니야, 이엔."

"자카리."

"이건 네 탓이 아니야."

자카리는 단호하게 말했다. 단 하나의 구명줄인 것처럼 그녀를 포옹한 자카리가 말을 잇는다.

"그러니까 네가 벌을 받을 필요도, 사죄할 필요도 없어."

그렇게 말하는 소년의 새파란 눈동자는 한 치의 흔들림도 없이 고요했다. 제 어미를 꼭 빼닮은 아름다운 얼굴이 공작을 노려보았다. 마치 죽은 그녀가 되살아와 저를 원망하는 것 같다.

'아델.'

공작은 주먹을 꽉 움켜쥐었다. 손톱이 손안을 아프게 찔렀지만, 그 통증조차 느낄 수 없었다.

'……너의 그림자는 도대체, 어디까지.'

그래서 더 자카리를 사랑할 수가 없었다. 저 아이 자체가 공작을 질책하던 아델라이데를 닮아서. 저 아이 때문에 잃어버린 그녀를 자꾸 떠오르게 해서.

비록 그녀는 자신을 평생 사랑하지 않았음을 안다. 하지만 소년의 존재는, 그녀가 영영 제 곁을 떠났다는 것을 항상 느끼게 했다.

"자카리, 이거 놓아줘."

"이엔."

"난 괜찮다고 몇 번을 말해야 해?"

자카리를 달래 준 그녀가 그를 살짝 밀어냈다. 소년은 입술을 깨물며 그녀를 놓아주었다.

이엘리는 허리를 곧게 편 채 공작 앞에 섰다. 공작의 혼란스러운 시선이 그녀를 빤히 응시하고 있었다. 그녀는 입술을 깨물었다. 자카리가 다치지 않으려면, 어떻게든 용서를 구해야만 한다.

"공작 각하, 부디 용서해 주세요. 저희는……."

"……."

"……각하?"

하지만 공작은 내내 침묵을 지킬 따름이다. 의아해진 그녀가 공작을 다시 한 번 불렀다. 그의 눈동자가 이엘리의 얼굴을 뚫어져라 바라보고 있었다.

하지만 그가 진실로 눈에 담고 있는 사람은 그녀가 아니었다. 순식간에 먼 과거로 달음박질치는 기억들. 공작의 호흡이 흐트러졌다.

'테론.'

짙은 밤색 머리카락, 빛을 머금은 신록처럼 우아하게 빛나던 눈동자. 한 그루 나무처럼 싱그러운 미모를 가졌던 여자. 그 여자가 탐이 났고, 그래서 억지로 곁에 붙여 두었다. 그녀가 천천히 시들어 간다는 것을 알고 있었는데도, 외면해 버렸다.

결국 그녀는 영영 미소를 잃어버렸다.

'당신도 알고 있잖아요?'

차가운 목소리. 적의 가득한 시선. 가까이 머무르는 것조차 질색하여 외면하고 거부해 버린다.

'제가 평생 당신을 사랑할 리 없다는 것이요.'

이 땅에 발 딛고 머무르는 것조차 진저리가 난다는 양, 망설임 없이 세상마저 저버리고 떠난.

"……아델라이데."

공작은 신음처럼 중얼거렸다. 자신의 앞에서는 한 번도 웃어 준 적 없었던 냉랭한 초록색 눈동자.

하지만 그녀와 꼭 닮은 눈동자를 한 저 아이는 달랐다. 온 힘을 다해 자카리를 지키려 하고 있었다. 아델라이데도, 테론 자신도 외면했었던 저 아이. 그들을 절망하게 한 어린 괴물을.

"아버지."

그때 자카리가 조용히 입을 열었다. 하지만 고요한 목소리와 반대로, 짙푸른 눈동자 안쪽에는 불길이 일렁거리고 있었다. 이엘리 곁으로 비틀거리며 다가온 소년이 공작을 똑바로 보았다.

"모든 건 제 잘못이니, 이엔을 함부로 대하지는 말아 주십시오."

"지금 그깟 계집 때문에 내게 대드는 게냐?"

아델라이데를 닮아 아름다운 아들의 얼굴은, 언제나 공작을 경멸하는 것처럼 바라본다. 공작은 애써 사나운 목소리를 꾸며 냈다. 그러자 소년은 입술 끝을 비틀어 올렸다. 그가 비뚜름하게 말했다.

"그깟 계집이라니요. 이엘리는 제게 있어, 어머니보다도 중합니다."

"어딜 감히 그 입으로 아델을 이야기해!"

공작은 다시 한 번 고함을 질렀다. 그러거나 말거나, 자카리는 이엘리를 눈 안에 담을 따름이었다. 그녀의 털끝 하나 다치게 하지 않을 것이다. 그를 위해서라면 뭐든지 불사할 수 있었다.

"아버지께서는 현명한 분이시니."

짙푸른 눈동자는 새파란 빙하 같다. 제 아들의 차가운 목소리는 생경하기만 했다. 지금껏 죽은 듯이, 공작에게 순종했던 소년은 자리에 없었다. 자카리는 서늘한 목소리로 말을 덧붙였다.

"제가 되돌릴 수 없는 잘못을 저지르지 않을 수 있도록 도와주실 거라 믿습니다."

"감히 네가 날 협박하는 건가?"

"아뇨, 지금은 부탁입니다."

자카리는 웃었다. 공작을 꼭 빼닮은 비웃음이다. 비스듬히 시선을 기울이며 그가 말을 잇는다.

"……아버님께서 행동하시는 것에 따라, 협박이 될 수도 있겠지요."

"뭐라고?"

공작이 기가 막힌 얼굴로 자카리를 마주보았다. 하지만 그는 더 물러날 생각이 없어 보였다. 그는 이엘리를 지켜야 했다. 지켜야 할 사람이 있는 자는 강해질 수 있다는 걸, 처음 알았다.

"아버님께서 '괴물'이라 이야기하시는 힘이 제게 있는 것은 사실입니다."

"자카리!"

"그러니까 전, 이제부터 제게 주어진 이 힘을 최대한 이용할 생각입니다."

짙푸른 눈동자가 서늘하게 빛났다. 비스듬히 미소를 지은 자카리가 공작을 향해 말을 뱉었다.

"그렇다면 아버지께 제 의지를 관철할 수도 있지 않을까요."

공작이 제게 퍼붓던 폭력을 항상 홀로 감내하던 소년. 당연하게 받아들였던 힐난을 어느새인가 소년은 거부하고 있었다. 소년은 처음으로 스스로의 의견을 말했다. 공작이 요구하는 말도 안 되는 일에, '불합리하다'라고 주장한다. 굴종하지 않고 의문을 품는다.

그리고 그건 아마도…….

"그리고 전, 온전히 제 의지로 이엘리를 지킬 것입니다."

……저 아이가 곁에 있어서겠지. 공작의 냉랭한 시선이 이엘리에게로 향했다. 아들 곁에 선 작은 소녀는 연녹색 눈동자를 똑바로 뜨고 공작을 마주보았다.

아샤 꽃처럼 가녀린 소녀. 저 소녀의 무엇이 그리 특별하기에, 지금껏 골방에 틀어박혀 스스로를 죽이던 어린 괴물을 살렸나.

"그를 위해서라면…… 전 무엇이든지 다 할 수 있어요."

그렇게 말한 소년이 작게 미소를 지었다. 그 미소는 여름날 햇살처럼 맑고 투명했다. 태생부터 따라왔던 외로움은 흔적조차 없었다.

자카리. 이엘리는 속으로 제 남편의 이름을 불렀다.

"제가 발현했던 겨울의 힘은 온전히 제가 물려받은 핏줄의 문제입니다."

"……."

"그녀와는 전혀 관련이 없어요."

그 말을 들은 공작이 말없이 자카리를 바라보았다. 이성을 잃고 날뛰었던 모습은 말끔히 사라진 지 오래였다. 이제 공작은 잠잠하게 가라앉은 모습이었다. 자카리는 차분하게 말을 이었다.

"압니다. 아버님이 저 때문에 누구를 잃었는지."

그 말에 공작이 입술을 꽉 다물었다. 자카리는 문득 먼 과거를 더듬었다. 공작이 잃었던 '아델.' 자식도, 남편도 단 한 번도 사랑했던 적 없던, 아니 사랑할 수 없었던 어머니. 자신의 죄.

"그렇기에 전, 앞으로도 제가 할 의무를 게을리하지는 않을 것입니다."

피가 말라붙은 뺨, 파리한 얼굴. 그럼에도 지금 눈앞의 소년은 무척이나 당당했다. 공작의 냉랭한 눈동자가 자카리를 위아래로 훑어 내렸다. 그는 눈을 피하지 않았다. 다만 작게 웃었다.

"예전에는 그 죄책감 때문에 아버님의 명령을 수행했습니다."

담담한 목소리. 소년은 더이상 긴장하지도, 위축되지도 않았다. 차분히 말을 이을 따름이었다.

"제가 그 의무를 수행하는 이유는 이제 달라졌습니다."

"그래, 그 잘난 이유가 무엇인지 들어나 보자꾸나."

비웃음 섞인 목소리로 공작이 되물었다. 자카리는 이엘리와 함께 구경했던 축제를 떠올렸다.

"저는 오늘 밖으로 나갔고, 수많은 사람들을 보았습니다."

새파란 하늘, 무리 지어 피어난 연분홍색 아샤 꽃송이들, 따스한 공기. 카페의 예쁘장한 케이크들과, 처음 맛보았던 길거리 음식. 손에 손을 잡고 환하게 미소 짓던 사람들. 꽃잎처럼 살랑살랑 흔들리던 여인들의 치맛자락, 큰 소리로 웃던 아이들.

어둠 속에서 별빛처럼 흐르던 갖가지 색깔의 등불들은 어떠했던가. 그리고 모든 풍경을 아름답게 해 주던 너. 나의 유일한 구원.

"그들은 모두 행복해 보였습니다."

그 모든 풍경들을 영영 잊지 못할 것이다. 영지민이 행복하다는 것을 알려 준 사람은 바로 그녀였다. 그는 괴물이 아니며 누군가가 그를 필요로 한다는 것 또한, 모두 그녀를 통해 배웠다.

"그리고 이엘리를 통해 알게 되었습니다. 그 사람들이 행복할 수 있는 이유는……."

숨을 삼키고, 목을 가다듬었다. 언제나 두려워했던, 그리고 깊은 죄책감을 느꼈던 아버지. 죄책감은 남았으되 두려움은 사라졌다. 이제 그는 혼자가 아니니까. 자카리는 또박또박 말했다.

"……제가 이 영지를 지키고 있기 때문이라는 것을요."

그저 아비에 대한 죄책감으로 수없는 전투에 나섰다. 피투성이가 되어 승리해 돌아오면, 괴물이라며 손가락질하던 주변 사람들의 시선. 그 시간, 고통과 외로움만이 가장 절친한 벗이었다.

"그러나 전 이제부터 '괴물'로 살지 않겠습니다."

자카리는 똑바로 고개를 치켜들었다. 안으로 움츠러들던, 소극적인 모습은 말끔하게 사라졌다.

"제가 가진 건 그저, 유용하게 사용할 수 있는 '힘'일 뿐입니다."

"……."

"그러니 전, 제가 살아갈 방향은 제가 정하겠습니다."

공작은 가만히 자카리의 얼굴을 바라보았다. 그의 목소리에 천천히 열기가 실리기 시작했다.

"제 삶의 방향은, 북부의 차기 주인이자 백성을 지킬 의무가 있는 소공작이면서……."

그는 그녀를 통해 책임감을 배웠다. 괴물이기에, 죄책감 때문에 억지로 영지민들을 지키는 건 이제 싫었다. 자카리는 흘끗 이엘리를 돌아보았다. 그녀는 자카리를 멍하니 바라보고 있었다.

"소중한 아내를 지키기로 결심한 남편입니다."

자카리. 이엘리는 숨을 삼키며 그와 시선을 맞추었다. 짙푸른 눈동자가 빙그레 미소를 지었다.

"제가 치르는 수없는 전투는 이제, 아버님에게 젓값을 치르기 위해서 나서는 게 아닙니다."

평소라면 쓸데없는 소리를 한다며 말을 끊을 공작은, 드물게 소년의 말을 귀담아듣고 있었다.

"전 더이상, 제가 하고 있는 일들을 가볍게 여기지 않을 것입니다. 또한."

고요한 집무실 안, 자카리의 목소리만이 낭랑하게 울려 퍼졌다. 이엘리는 소년을 빤히 보았다.

"제가 하는 모든 일들은, 이엘리를 위해서이기도 합니다."

그때 자카리가 흘끗 이엘리를 돌아보았다. 시선과 시선이 마주친다. 소년은 고개를 끄덕였다.

"그러니 제가 아버님의 폭력을 감내하는 것은 오늘로 마지막입니다."

공작이 눈썹을 밀어 올렸다. 명백히 불쾌하다는 표정임에도, 자카리는 침착하게 말을 맺었다.

"왜냐하면 이엔이 슬퍼할 테니까요."

"……."

이엘리를 바라보며 자카리가 씩 웃어 보였다. 이엘리는 가슴이 뭉클해지는 것을 느꼈다. 공작은 잠시 침묵했다. 뭔가 생각이 많은 듯한 표정. 잠시 후, 공작이 마땅찮은 목소리로 말했다.

"……자카리 헤센바이츠."

"예."

"네가 저지른 이번 일의 처벌로, 일주일간의 근신을 명한다."

냉랭한 목소리를 듣던 자카리가 살짝 눈을 치켜떴다. 생각보다는 약한 처벌이었다. 채찍에 맞는다거나, 며칠 정도는 굶는다거나 하는 정도는 각오하고 있었는데. 그는 고개를 숙여 보였다.

"처분에 따르겠습니다, 아버님."

"……두 사람 모두 물러나라."

복잡한 얼굴로 공작이 명령했다. 이엘리와 자카리는 두말없이 집무실 밖으로 빠져나왔다. 문이 닫히자마자 이엘리가 자카리에게 매달렸다. 하얀 얼굴은 금세라도 눈물을 흘릴 것만 같았다.

"미안해, 자카리. 이게 다 나 때문이야."

이엘리는 눈가가 뜨끈해지는 것을 느꼈다. 고개를 꺾은 채, 그녀가 나지막한 목소리로 말했다.

"내가 아니었더라면 네가 마법을 쓸 필요도, 공작님께 맞을 필요도 없었는데."

"아니, 그런 건 다 괜찮아."

그렇게 말한 자카리가 빙그레 미소를 지었다. 따스한 손이 이엘리의 뺨을 천천히 쓸어내렸다.

"그보다 너는 아무런 처벌을 받지 않아서 다행이야."

"……자카리."

이엘리는 말도 제대로 잇지 못했다. 눈물로 그렁그렁하는 연녹색 눈동자를 보던 그가 속삭였다.

"있잖아, 이엔."

"응?"

"다시 한 번, 고마워."

도대체 뭐가 고맙다고. 이엘리는 입술을 앙다물었다. 나 때문에 네가 지금 이렇게 맞았잖아. 이렇게 아플 필요도 없었는데. 그때, 자카리는 그녀의 어깨에 툭 고개를 기댔다.

"넌 처음으로 내 편이 되어 준 사람이야."

"……."

"너 덕분에 아버님께 내가 괴물이 아니라고 말씀드릴 수 있었어. 그러니까……."

기나긴 한숨이 흘러나왔다. 그 한숨에는 옅은 안도의 기색이 서려 있어, 이엘리는 더 말하지 않았다. 대신 그녀는 양손을 들어 올려, 그를 있는 힘껏 끌어안아 주었다. 그는 다시 웃었다.

"……잊지 마. 넌 내 삶의 기적이고, 구원이야."

도대체 그게 무슨 말이야. 바보. 꾹꾹 울음을 눌러 참던 이엘리는 결국 웃으면서 울어 버렸다.

*　　　*　　　*

자카리는 일주일간의 근신에 처해졌다. 평소 자카리를 대하던 공작의 태도에 비하면 상당히 양호한 처벌이었다.

식사도 주어졌기에, 그녀는 내심 안도했다. 그녀는 매일매일 자카리가 간힌 방으로 찾아갔다. 비록 얼굴은 보지 못했지만, 그래도 찾아가지 않을 수 없었다. 그녀는 방문 앞에 쪼그려 앉아 종알거렸다.

"있잖아, 자카리. 영지의 불량배들이 모두 정리됐대."

"그래? 잘됐네, 사실 근신이 풀리면 내가 처리하려고 했었는데."

소년의 나지막한 웃음소리가 들렸다. 이엘리는 입술을 삐죽거리면서 방문에 등을 기대앉았다.

"넌 좀 쉬어야 할 필요가 있어. 일 중독자도 아니고, 그게 뭐니?"

"하지만 그들은 널 상처 입혔잖아."

"음, 그래도……."

"영지의 치안을 위해서라도 어차피 해야 할 일이니까."

그렇게 말한 자카리는 잠시 잠잠해졌다. 그래도 아버지가 그녀를 싫어하지 않는 것 같아서 다행이다, 그런 생각이 들었다. 이엘리도 더 이야기하지 않았다.

잠시 후 자카리가 소곤거렸다.

"시간이 빨리 흘렀으면 좋겠다."

"왜?"

"시간이 흐르면……."

시간이 흘러서 어른이 되면. 작위를 이을 수 있다면. 그렇다면 너를 더 안전하게 지켜 줄 수 있을 테니까. 하지만 그렇게 말하면 소녀가 툴툴댈 것을 알아, 자카리는 그냥 조용히 웃었다.

3
너와 나의 거리는 어느새

그렇게 3년이 흘렀다. 올해 겨울이 지나면 이엘리는 열일곱 살, 자카리는 열아홉 살이 된다.

위태로운 평화가 이어졌다. 자카리는 몇 번인가 전장에 나갔고, 무사히 되돌아왔다. 그녀는 내심 자카리가 다칠까 가슴을 졸였지만, 그는 항상 건강한 모습으로 돌아와 환하게 웃어 주었다.

'앗, 자카리다.'

종종걸음으로 연무장에 들어서던 이엘리가 멈칫 그 자리에 섰다. 자카리는 한창 검술 훈련을 하고 있었다. 예전엔 괴물 취급을 받던 그였지만, 이제 그는 훌륭한 실력을 가진 동료이자 주군이었다.

첫손에 꼽히는 검술 실력 또한 그를 증명한다.

챙강! 챙! 카드득! 진검과 똑같이 무게를 맞춰 둔 연습용 검들이 부딪치며 햇빛을 반사해 냈다. 땀방울이 허공에 튕겨 반짝거린다.

'와, 엄청난데.'

이엘리는 두 눈을 동그랗게 떴다. 자카리는 허리를 낮게 숙이며 기회를 노렸다. 순식간에 아래를 빼앗긴 기사가 휘청거린다.

퉁! 몸을 튕기며 자리에서 일어난 그가 커다랗게 검을 휘두른다.

기사의 검이 포물선을 그리며 하늘로 날아올랐다.

챙그랑! 검이 바닥에 세게 부딪친다.

"후우."

자카리가 길게 숨을 뱉으며 검을 내렸다. 함께 대련하던 기사가 정중히 고개를 숙여 보였다.

"수고하셨습니다, 소공작님."

"수고했네, 포덴 경."

그때 이엘리가 불쑥 고개를 내밀었다. 수건을 자카리에게 건네며, 장난스럽게 눈웃음을 친다.

"수고했어."

"이엔?"

자카리가 놀란 토끼 눈을 했다. 생긋 웃은 그녀가, 천연덕스럽게 기사들을 향해 인사를 건넸다.

"안녕하세요, 기사님들?"

"아, 오셨습니까?"

기사들이 그녀에게 인사를 건넸다. 이엘리는 작게 소포장한 초콜릿이며 사탕들을 나눠 주었다. 간식을 받아 든 몇몇의 얼굴에 홍조가 서려 있었기에, 자카리는 순간 굉장히 불만스러워졌다.

"날씨도 쌀쌀한데, 뭐하러 여기까지 나왔어?"

"내 남편 내조하러 나왔다, 왜?"

이엘리는 새초롬하게 대답했다. 그 대답을 들은 순간, 자카리의 얼굴이 삽시간에 붉어졌다.

내 남편. 가슴속이 깃털로 문지르는 것처럼 간지럽다. 근처의 기사들이 휙휙 휘파람을 불어 댔다.

"소공작님, 얼굴이 빨개졌습니다만?"

"설마 수줍음 타시는 겁니까?"

"북부에서 가장 유명한 전사가, 이렇게 쉽게 얼굴을 붉히다니요!"

"다들 시끄러!"

자카리가 귓바퀴까지 빨갛게 물들인 채 소리를 질렀다. 기사들이 와그르르 웃음을 터뜨렸다.

"가자, 이엔."

입술을 꾹 다문 자카리가 이엘리의 손을 맞잡았다. 그녀는 거의 끌려가다시피 연무장을 돌아서, 기사단 숙소 뒤편으로 돌아갔다. 그쪽에는 자그마한 산책로와 벤치들이 마련되어 있었다.

"자카리."

"……."

"자— 카— 리이."

일부러 목소리를 늘여 자카리를 불러 봤지만, 무엇에 그리 단단히 토라졌는지 그는 여전히 뚱한 얼굴이었다. 그러면서도 벤치에 제 손수건을 깔아 주는 행동만큼은 능숙하다.

한숨을 내쉰 그녀가 자리에 털썩 주저앉았다. 곁에 앉은 그를 보던 이엘리가 초콜릿 한 알을 집어 들었다.

"왜 또 토라졌는지는 모르겠지만, 단 거 먹고 기분 풀어."

"……."

"아— 해."

다소 수줍어하긴 했지만, 어쨌거나 자카리는 입을 벌렸다. 그녀는 그의 입 안에 초콜릿을 쏙 밀어 넣었다. 달콤한 맛이 확 퍼지자, 청년의 얼굴이 다소 누그러졌다. 그녀가 사르르 웃었다.

"어때. 맛있지?"

"……."

대답 대신 자카리는 고개를 끄덕거렸다. 문득 그녀의 손에 들린 초콜릿 포장지가 눈에 들어온다. 그러자 다시 속이 뒤틀린다. 실은, 이엘리는 기사들에게 꽤나 인기 좋은 레이디였다.

아샤 꽃처럼 화사한 미모, 상냥한 말씨, 환한 미소. 게다가 그녀가 올 때마다 뿌리는 달콤한 간식까지. 상당한 인기를 구가할 수밖에 없는 것이다. 그리고 자카리는 그것이 싫었다.

그가 물었다.

"……왜 자꾸 기사들까지 간식을 챙겨 주는 거야?"

한 입 얌전히 받아먹고 하는 말이 고작 이거다. 이엘리는 미간을 잔뜩 구기면서 인상을 썼다.

"도대체 뭐가 그렇게 불만인데?"

"그건……."

무어라 말해야 할지 몰라 자카리는 뚱하니 입을 다물었다. 솔직히 그렇긴 하다. 그녀가 공작가의 기사들과 잘 지내는 건, 그에게도 나쁠 것이 없는 문제다. 그런데도 마음이 술렁거린다.

"내가 기사들한테 잘해야, 기사들도 너한테 잘할 거 아냐!"

내조 몰라? 그녀는 콧바람을 불었다. 자카리는 반사적으로 무어라 대답하려다 고개를 돌렸다.

"그런 거 필요 없어. 그러니까……."

넌 내게만 잘해 줬으면 해. 차마 그 말은 하지 못했다. 그는 애꿎은 화살을 기사들에게 돌렸다.

"하지만 기사들, 가끔 널 음흉한 눈으로 본다고."

"뭐어?"

"아까 톰슨, 얼굴이 빨개진 거 못 봤어? 그리고 펠레일도……."

자카리는 주절주절 기사의 이름들을 늘어놓았다. 그런 그를 이엘리가 묘한 미소로 응시했다.

"자카리. 이젠 기사들과도 꽤나 사이가 좋아졌네?"

"……별로 안 친해."

"그으래?"

말꼬리를 늘이며 생글생글 눈웃음을 치자, 자카리가 밉지 않게 그녀를 흘겨보았다. 이엘리는 흡족한 얼굴로 남편을 마주보았다. 한참의 눈싸움 끝에, 결국 먼저 고개를 돌린 쪽은 그였다.

'그래도 말이지, 예전보다 훨씬 나은걸.'

무표정한 얼굴로 공작이 내리는 명령만 수행하던 자카리. 표정이 풍부해지고 자기 의견을 확실하게 표현할 줄 아는 자카리. 이엘리는 단연 후자가 더 좋았다. 그래, 애는 무릇 저래야지.

'게다가…… 이렇게 훌쩍 자랄 줄은 몰랐지. 남자애들은 참 빨리 커.'

예전의 팔다리가 가늘었던 소년은 간데없이, 그는 키가 훌쩍 자라고 몸이 단단해졌다. 그녀보다도 머리 하나만큼은 더 커서, 나란히 서서 대화하려면 살짝 올려다봐야 할 정도다.

갓 내린 눈처럼 새하얀 은발, 그리고 짙푸른 눈동자. 심혈을 기울여 깎은 조각 같은 외모. 미세하게 남은 앳된 티만 벗어내면, 분명 세상에서 가장 잘생긴 청년이 될 터다. 그녀는 입가를 매만졌다.

'음, 나 설마…… 침을 흘린 건 아니지?'

다행이다, 침을 흘리진 않은 것 같다. 그렇게 생각하던 이엘리는 조그맣게 제 어깨를 떨었다.

"추워?"

"음, 그게."

자카리가 기민하게 물어 왔다. 이엘리는 눈동자를 굴렸다. 조금 쌀쌀하긴 했다. 하지만 맑은 공기가 좋았기에, 벌써 들어가고 싶지는 않았다.

알록달록하게 물든 단풍은 꽤나 어여뻤고, 찌륵찌륵 곤충 소리도 듣기 좋았다. 한숨을 내쉰 자카리가 재킷을 벗어 주려다 말고, 몸을 굳혔다.

'땀냄새가 나면 어쩌지?'

하지만 이대로 있다가 그녀가 감기 걸리는 것도 좀 그런데. 그는 힐끗 이엘리를 곁눈질했다.

"자카리. 옷 벗어 주려고 그래?"

"그게, 그러려고 했는데."

눈치 빠른 그녀가 잽싸게 묻자, 머뭇거리던 자카리가 대답했다. 그녀는 손을 뻗어 살랑거렸다.

"줘, 재킷."

"하지만, 땀 냄새가……."

"어차피 오늘 저녁은 공작님과 함께 저녁 식사 할 거잖아."

이엘리는 어깨를 으쓱해 보였다. 말간 연녹색 눈동자가 그를 제 안에 담고는, 빙그레 웃는다.

"그때 옷 갈아입으면서 다시 씻을 거니까 괜찮아."

"……."

자카리는 결국 재킷을 벗어 그녀의 어깨에 걸쳐 주었다. 이엘리는 옷을 추스르며 가만히 하늘을 올려다보았다. 땀냄새 같은 건 나지 않았다. 대신, 자카리 특유의 차분한 체향이 고였다.

"기분 좋다."

"뭐가?"

"너랑 이렇게 있는 거."

제가 하는 말이 자카리를 얼마나 설레게 하는지는 전연 모르는 그녀였다. 아무렇지도 않게 대답하자, 자카리의 목 뒤가 화르륵 붉어졌다. 아쉽게도 이엘리는 저멀리 장대하게 펼쳐진 공작 성을 바라보느라, 그의 표정을 눈치채지 못했다.

그녀는 느긋하게 발을 뻗으면서 생각했다.

'확실히 여긴 아름다운 곳이지.'

헤센바이츠 공작 성. 오래된 건물 특유의 고색창연한 우미함이 머무른 곳. 그 규모도 어마어마하다.

연회장과 손님방을 포함한, 손님들을 맞이하는 외성. 공작 성의 식솔들은 본성에 거주한다. 기사단 건물, 사용인들이 쓰는 건물도 본성에 자리해 있다. 게다가 광대한 공작령까지.

'……자카리는 이런 곳의 후계자야.'

아마 황녀가 아니었다면, 자카리와 그녀는 평생 얼굴조차 보지 못하고 살았을지도 모른다. 그 사실이 새삼스러워 그녀는 작게 웃었다. 가을바람이 휘몰아친다. 그녀는 살짝 눈을 찡그렸다.

"이엔? 눈에 뭐라도 들어갔어?"

자카리가 대번 그녀를 돌아보았다. 눈을 비비던 그녀가 미간을 좁힌 채 자카리를 마주보았다.

"음, 조금…… 잘 안 빠지네."

"어디 좀 봐 봐."

그와 동시에 자카리는 손을 들어 그녀의 뺨을 가볍게 쥐었다. 반대편 손가락으로는 이엘리의 속눈썹을 어루만진다. 그녀는 자연스럽게 그를 올려다보았다. 순간, 그의 호흡이 흐트러졌다.

'이엔.'

그녀가 이렇게 가까이 있던 적은 오랜만이었다. 부부라고 해 봤자, 아직 함께 밤을 보낸 적조차 없던 두 사람이었다.

게다가 자카리는 토벌이며 자잘한 전투에 나서느라 공작 성을 비우는 때가 많았다. 그런 그에게 있어, 어느새 한껏 아름답게 자라난 그녀는 지나치게 자극적이다.

'원래도 예뻤지만, 지금은 훨씬 더 예뻐진 것 같아.'

자카리는 멍하니 그렇게 생각했다. 눈을 깜빡거리던 그녀가 투정 섞인 목소리로 그를 불렀다.

"자카리?"

"아, 으, 응."

화들짝 놀란 그가 고개를 숙였다. 그 후, 그녀의 눈 안에 바람을 불어넣는다. 이엘리는 어깨를 부르르 떠는가 싶더니, 살짝 눈동자를 굴려 보았다.

잠시 후, 연녹색 눈동자가 보드랍게 휘었다.

"빠진 것 같아."

"그래?"

"응, 다행이야. 엄청 따가웠거든."

그렇게 말한 그녀가 자리에서 일어나 가볍게 뒤로 돌아서서 그를 내려다본다. 자카리는 그런 그녀의 동작을 멍하니 바라보고 있었다.

우아하게 물결치는 분홍색 머리카락과, 새싹처럼 연연한 연녹색 눈동자. 키는 좀 자랐고, 살결은 더욱 희고 부드러워졌다. 눈을 뗄 수가 없었다.

"……자카리?"

그녀가 의아한 목소리를 내어 그를 부르지 않았더라면, 그는 한참 동안 그녀에게서 눈조차 떼지 못하고 있었을 것이다. 화들짝 놀란 자카리가 고개를 들었다.

"우리 이제 슬슬 돌아가야 해."

"아……."

자카리는 반사적으로 눈살을 찌푸렸다. 그랬다. 오늘 저녁엔 공작과의 석찬이 기다리고 있었다.

"가기 싫은데."

"그래도 가야지 어쩌겠어."

이엘리가 빙긋 웃었다. 자카리는 그녀를 응시했다. 그러고 보면, 그녀는 언제나 어른스러웠다.

"대신, 오늘은 주방장이 날 위해 특히 맛있는 디저트를 만들어 주기로 약속했거든."

그렇게 말한 그녀가 장난꾸러기처럼 눈동자를 빛냈다. 큰 비밀이라도 말하는 양 소곤거린다.

"회심의 역작이라고, 기대해도 좋다고 그랬어."

"그래? 그 디저트가 뭔데?"

"캐러멜을 곁들인 초콜릿 에클레어야. 엄청 맛있겠지?"

산뜻하게 말한 이엘리가 재킷을 꼼꼼하게 여며 어깨 위로 감쌌다. 다정한 목소리로 재촉한다.

"그러니까 이만 일어나."

"그럼…… 손잡아 주면."

자카리는 마치 어리광을 부리듯 그녀에게 말했다. 그녀가 코끝을 찡그리며 쓴웃음을 지었다.

"뭐야, 어린애도 아니고."

그럼에도 당연하다는 양손을 내밀어 주는 게 그녀다웠다. 자카리는 그녀의 손을 꼭 붙들었다. 따스한 체온이 손에 맞닿자, 참을 수 없이 행복한 기분이 들었다. 그녀가 작게 투덜댔다.

"너도 참. 나잇값 좀 해."

"아무리 내가 어린애 같아도, 이 결혼은 물릴 수 없다는 거 알지?"

"아아, 이것참. 사기 결혼 당한 기분인걸."

이엘리는 들으란 것처럼 입을 열었다. 두 사람은 서로를 바라보며 나란히 키득거렸다.

잠시 후. 두 사람은 각자 공작 성의 제 방으로 돌아갔다. 공작과의 석찬을 준비해야 할 시간이었다.

*　　　*　　　*

그날 저녁. 자카리와 이엘리는 공작과 함께 마주 앉았다. 분위기는 예전보다는 훨씬 나아진 상태였다.

3년 전 그날, 자카리가 폭주의 위기를 겪었던 눈 내리던 봄밤. 그때를 기점으로, 세 사람의 관계는 조금 변화했다.

공작은 아직도 자카리에게 '괴물'이라며 빈정거렸지만, 그래도 함부로 폭력을 휘두르진 않았다. 그 또한 아비에게 인정받으려는 욕구를 버리고 선을 그었다.

'그 '나아졌다'는 게, 단순히 내 앞에서 으르렁거리지 않는 것뿐이라는 게 문제지만.'

이엘리는 한숨을 삼켰다. 솔직히 말하자면, 감정의 골은 여전히 메워지지 않았다. 다만 공작과 자카리 모두 그녀에겐 조금 부드러웠기에, 그녀가 완충재로써 두 사람 사이에 끼어 있을 뿐.

"공작님. 좋은 저녁입니다."

"음."

식당에 들어선 이엘리가 고개를 숙여 보였다. 공작은 무뚝뚝한 얼굴이나마 살짝 고개를 끄덕였다. 뭐, 그래도 이젠 인사를 하면 받아 주는 정도는 됐으니까. 이엘리는 좋게 생각하기로 했다.

"두 사람 모두 자리에 앉지."

자카리와 이엘리, 두 사람은 나란히 자리에 앉았다. 쌀쌀한 가을 날씨를 고려해서인지, 따끈한 수프가 먼저 나왔다. 수프 그릇을 보던 이엘리는 공작과의 처음 석찬 자리를 문득 떠올렸다.

'정말 분위기가 험악했었지. 체할까 무서워 음식에는 손도 대지 못했는데.'

그때는 무슨 자신감으로 공작에게 할 말 못 할 말 가리지 않고 퍼부어 댔는지 모르겠다. 어깨가 부르르 떨려 와, 그녀는 미간을 좁혔다. 그때 자카리가 그녀를 향해 조그맣게 질문을 던졌다.

"이엔, 혹시 춥기라도 한 거야?"

"아니야. 그런 게 아니라……."

그러나 그들의 대화를 공작 또한 듣고 있었다. 슬쩍 미간을 좁힌 공작이 손가락을 까닥 움직였다. 근처에 다가온 하인이 꾸벅 고개를 숙여 보이자, 공작은 아무렇지도 않게 입을 열었다.

"가서 벽난로 안에 장작을 더 넣어라."

"……"

어라, 도대체 이게 무슨 상황이람. 이엘리는 두 눈을 깜빡였다. 타닥거리는 장작 소리와 함께 공기가 데워지기 시작했다.

냅킨을 펼치며, 자카리는 복잡한 눈으로 제 아버지를 바라보았다.

'그나마 아버지가 이엔은 아껴 주시니, 다행이기는 한데.'

자카리가 폭주의 위기를 겪었던 그 밤 이후, 공작이 이엘리를 대하는 태도는 묘하게 부드러워져 있었다.

몇 번이고 그녀를 홀로 두고 출정해야 했던 자카리의 입장에서는 다행스러운 일이었지만, 그럼에도 아버지의 느닷없는 태도 변화가 의아한 건 사실이었다.

그때 공작이 말했다.

"온도는 이 정도면 괜찮은가?"

"네, 감사합니다. 공작님."

이엘리는 어리둥절한 표정을 감추고 매끄럽게 대답했다.

그런 그녀의 연녹색 눈동자를 바라보며, 공작은 짧은 감회에 사로잡혔다. 아주 먼 옛날, 사랑했던 아내도 저 자리에 앉아 있었다.

'아델.'

어린 아들에게도, 자신의 남편에게도 웃어 주지 않았던 신록처럼 푸르른 눈동자. 그럼에도 사랑했었다. 단 한 번도 행복하지 못했던, 그나마도 영영 잃어버린 추억 한 조각. 공작은 입 안이 썼다.

"……다들, 음식을 들도록 하지."

그 말에 자카리와 이엘리 모두 식기를 들었다. 달그락달그락 식기 움직이는 소리가 들리기 시작했다.

공작은 그녀의 옆얼굴을 보았다. 그녀는 자카리를 보며 살포시 눈웃음을 짓고 있었다.

'나와 아델은, 저 아이들처럼 될 수 없었던 걸까.'

분홍색 머리카락. 연둣빛 새싹 같은 눈동자. 아델라이데를 빼닮은 쪽은 자카리지만, 이상하게 눈에 밟히는 이는 이엘리였다. 그녀는 아델과 닮았다. 결혼 전, 행복했던 처녀 시절의 그녀와.

'아델을 닮은 딸이 있다면…… 아마 저 아이 같지 않을까.'

쓸데없는 생각이다. 피식 쓴웃음을 지은 공작은 우아한 동작으로 눈앞의 스푼을 집어 들었다.

공작의 폭탄 발언은 메인 요리가 차려진 직후에 터졌다. 김이 나는 송아지 뒷다리 요리가 각자의 앞에 놓이던 도중이었다. 포크와 나이프를 집어 들던 공작은, 여상한 목소리로 입술을 열었다.

"자카리."

"예, 아버지."

"이번 야만족 토벌에는 너도 나서거라."

남몰래 군침을 삼키며 음식을 보던 그녀는 두 눈을 동그랗게 떴다. 아니, 이게 무슨 소리야?

"저, 각하. 소공작께서는 저번 토벌에서 돌아오신 지도 얼마 되지 않았습니다."

이엘리는 지그시 혀끝을 깨물었다. 대화에 끼어드는 것 자체가 무례임을 알고 있다. 하지만 그녀가 말을 꺼낸 것은 거의 불가항력에 가까웠다. 공작님, 애를 어디까지 굴리려고 하나요?

"필요하여 명령하는 것이다."

"……예?"

필요하다니, 그게 도대체 무슨 뜻이지? 공작의 속내를 도무지 읽어 낼 수가 없다. 그녀는 가만히 공작을 바라보았다. 공작은 묘한 표정으로 그녀를 마주보는가 싶더니, 짧은 한숨을 쉬었다.

"또한 이 문제는 네가 끼어들 일이 아니다."

"하지만 각하, 저는 자카리의 아내……!"

"네가 자카리와 꽤나 사이좋은 부부임은 안다. 하나, 이번 문제는 자카리와 내 문제야."

"……."

눈썹을 찡그리며 공작이 대답했다. 이엘리는 입술을 깨물며 시선을 돌렸다. 공작의 질책은 합당했다. 전투를 포함한 외부 문제는 공작과 그 후계자가 결정한다. 피치 못한 사정이 있지 않다면, 그녀는 끼어들지 않는 게 맞았다.

하지만 이엘리는 작금의 상황이 자꾸만 불만스러웠다.

'저번 토벌이 끝난 지 얼마나 됐다고, 또 야만족 토벌에 나서라는 거야?'

야만족이란 공작령의 영향력이 닿지 않는 곳에 거주하는 소수 부족들이었다.

과거에는 그들의 노략 행위 때문에 공작령도 꽤나 골치를 앓았다고 하지만, 주기적인 토벌 덕택에 최근에는 그 세가 많이 줄었다. 특히 겨울의 힘을 가진 자카리가 토벌에 꼬박꼬박 참여함으로써 몇몇 부족들은 공작령과 화친을 하려는 모습도 보이고 있었다.

'아무리 그래도, 멀쩡하게 돌아온다는 보장은 없잖아.'

모든 부족들이 헤센바이츠에게 호의적인 모습을 보이는 건 아니었다. 공작가와 잘 지내보려는 부족이 있는가 하면, 공작가에게 고개를 숙이는 것 자체가 자신들의 자존심에 흠집이 난다고 믿는 부족도 있었다. 만약 그런 부족들과 자카리가 마주하게 된다면…….

'게다가, 자카리는 몇 번이나 이전 토벌에 참여했었다고!'

그러니까 이번 토벌은 굳이 자카리를 내보내지 않아도 괜찮잖아? 사람이 좀 쉬기도 해야지, 안 그래? 기사들만 보내도 충분히 해결될 문제라는 걸 모르는 것도 아닌데!

이엘리는 분노를 담아 눈앞의 샐러드를 포크로 콱 찔렀다.

공작이 다시 입을 열었다.

"이엘리."

"……제가 무례했습니다, 각하."

어린 딸을 달래는 것 같은 음성을 듣던 이엘리는 한숨을 삼키며 고개를 숙여 보였다. 그런 그녀를 바라보는 공작의 시선은 아들을 보는 시선과 다르게 부드러웠다. 그때 자카리가 말했다.

"이엔."

그녀는 말을 삼켰다. 아마 자신은 괜찮다는 말을 하고 싶겠지. 너만 괜찮으면 뭐해, 난 전혀 괜찮지 않아! 그녀는 입술을 앙다물었다.

따뜻하게 달군 접시 위에 놓인, 부드럽게 조리하여 데미그라스 소스를 얹은 송아지 뒷다리 요리. 그녀가 가장 좋아하는 음식 중 하나였음에도, 이상하게 입맛이 뚝 떨어져 버렸다. 가만히 식기를 내려놓자, 자카리가 걱정스럽게 그녀를 바라보았다.

"……."

하지만 지금 당장은 공작과의 대화가 우선이다. 한숨을 삼킨 자카리는 고개를 들어 제 아버지에게 물었다.

"어째서입니까? 저번 토벌도 성공적이었고, 이번에 저희가 귀환한 지 얼마 되지 않았다는 것은 아버님께서도 더 잘 아실 텐데요."

"알고 있다. 하지만 황가에서는 북부의 야만족들이 상당히 걱정스럽다는 의사를 표하더군."

테이블 위로 싸늘한 침묵이 흘렀다. 건국 전설부터 시작된, 황가와 공작가의 오래된 적대 관계는 이제 제국민들에게는 익숙한 사실 중 하나였다.

아마 그들은 황녀 대신 고작 자작 영애를 소공작의 반려로 밀어 넣으면서, 사이 나쁜 공작과 그 후계자 사이에서 분열이 일어날 것을 노리고 있었을 터다.

하지만 오히려 그녀가 부자의 사이에서 완충재 노릇을 하고 있다는 건 모를 것이다.

'그러니까, 나로 인해 공작님과 자카리 사이가 그나마 괜찮아지니까…….'

이런 식으로 공작가를 흔들어 놓고자 하는 건가. 외부에서는 적어도, 사이 나빴던 부자 관계가 좀 더 견고해진 것처럼 보인 것은 사실이었다. 또한 그것은 황가에게 달가운 일이 아니었다.

"그러니까, 황가에 보이기 위한 성의 표시를 하라 이겁니까?"

탁. 자카리는 소리 나게 식기를 내려놓았다. 공작은 눈 하나 깜짝하지 않고 고개를 끄덕였다.

"그래. 그편이 나중에 네가 작위를 잇는 데도 좀 더 수월하겠지."

적어도 공작은, 지금은 자카리가 작위를 잇는다는 것을 인정하는 태도를 보이고 있었다. 장족의 발전이라며, 이엘리는 불만스러운 와중에도 살짝 미소 지었다.

그러나 자카리는 차갑게 되묻는다.

"작위를 잇는 건 헤센바이츠의 권리지요. 언제부터 우리가 황가의 눈치를 보았습니까?"

"물론 공작가는 언제든 황위를 되찾을 수 있는 가문이야."

그렇게 대답한 공작이 물이 든 잔을 집어 들었다. 입술을 축인 공작이 느른한 어조로 말했다.

"하지만 지켜야 할 사람이 있는 자는 가끔 몸을 사려야 하는 법이다."

"……."

그 말에 자카리의 표정이 딱딱하게 굳었다.

'지켜야 할 사람.'

그는 반사적으로 이엘리를 곁눈질했다.

이엘리 또한 공작의 말을 모조리 이해했다. 공작가와는 어울리지 않는 한미한 신분의 자작 영애. 하지만 그녀로 인하여 공작가의 관계는 견고해졌다. 이엘리는 입술을 당겨 물었다.

'내가 공작가의 걸림돌이 되기를 바랐을 텐데, 그 반대가 되어 버렸지.'

황가가 그녀를 바라보는 시각은 명확하다. 자카리는 그녀를 소중히 여긴다. 소중히 여기는 것은 가끔 누군가의 약점이 된다. 공작의 말은, 황가가 그녀에게 꼬투리를 잡지 않게 하기 위해서라도 황가의 비위를 일정 부분 맞춰 줘야 한다는 거다. 바늘로 찌른 양 가슴이 따끔거린다.

"그 말씀은 역시 저를 말씀하시는 거겠지요."

이엘리는 침착하게 말을 꺼냈다. 그래도 예전에 비하여 공작이 상당히 유한 태도를 보이는 것은 사실이었다. 예전이라면 이런 식으로 대화에 끼어드는 것 자체가 허용되지 않았을 테니까.

"상황 파악이 빨라서 좋군."

"……죄송합니다."

그녀가 억누른 목소리로 입을 열었다. 자카리가 이엘리를 돌아보더니, 커다랗게 고개를 저었다.

"뭐가 미안해? 네 잘못이 아니야."

"하지만."

"자카리의 말이 맞다. 네가 저지른 잘못은 아니지."

드물게 공작이 자카리의 말을 긍정했다. 이엘리는 사금파리가 굴러다니는 것처럼 날카로운 통증을 느꼈다. 강대한 헤센바이츠 공작가에게 있어 그녀는 필요 없는 존재였다. 처음 자카리와 결혼한 것 자체가, 황가의 필요에 의해 떠밀리듯 한 거였으니 오죽할까.

그때 자카리가 입을 열었다.

"어쨌든 황가에서 직접 언급할 정도라면, 야만족 정리는 필요하겠군요."

"……자카리."

차마 고개를 들기 어려웠다. 이렇게까지 스스로가 미웠던 적이 없다. 자카리는 지금껏 수없이 많은 토벌에 매달려 왔다. 그런데 그녀 자신이 그를 토벌에 밀어넣는 이유가 될 줄은 몰랐다.

"이엔, 고개 들어."

"그래도, 나 때문에 네가……."

그녀는 차마 말을 끝까지 잇지 못하고 입술을 잘근잘근 씹었다. 돌을 삼킨 양 마음이 무겁다.

"이엘리, 스스로의 자의식이 너무 강하다고 생각하지 않나?"

그때 공작이 차갑게 입을 열었다. 이엘리는 시선을 내리깔았고, 자카리는 공작을 노려보았다.

"고작 너 같은 여자아이 하나 때문에, 가문의 후계자를 야만족 토벌에 직접 내보내겠나?"

경쾌하리만치 가벼운 목소리로 공작은 말했다. 그러고는 비스듬히 고개를 꺾고, 노래하듯 말을 잇는다.

"황가는 언제나 헤센바이츠를 경계하고, 북부가 세를 불릴 것을 두려워한다. 그들이 가장 경계하는 것 중 하나는, 공작가의 사이 나쁜 두 부자가 평화로이 작위를 승계하는 거지."

"아버지."

"왜냐하면 어떻게든 두 부자가 서로를 물어뜯어야, 황가가 끼어들 여지가 많아질 테니까."

공작은 느긋하게 의자에 몸을 기댔다. 그의 서늘한 눈동자가 이엘리를 뜯어보고는, 차게 미소했다.

"거기에 야만족 문제까지 복합적으로 겹친 것뿐이다. 네 문제가 끼친 영향력은 아주 미미해."

말투는 오만하고 눈빛 또한 냉랭하지만, 그 말 자체는 이엘리를 감싸는 내용이었다. 미간을 살짝 좁히면서도 자카리는 지금 여기선 공작의 말에 동의해야 함을 눈치챘다. 그가 말했다.

"아버님 말씀이 맞아."

"……."

"그러니까 마음의 부담 같은 건 갖지 마."

그녀는 작게 고개를 끄덕였지만, 그렇다 해서 그 말을 완전히 납득한 기색은 아니었다. 영민한 그녀였으니 사실 그럴 만도 했다.

자카리는 터져 나오려는 한숨을 삼켰다. 후식으로는 이엘리가 그토록 기대하던 캐러멜을 곁들인 초콜릿 에클레어가 나왔다. 평소라면 디저트를 깔끔하게 비웠을 그녀였지만, 이번에는 손도 대지 않고 접시를 물렸다. 자카리의 수심이 깊어졌다.

그날 저녁, 먹는 둥 마는 둥 식사를 마친 이엘리는 산책을 나섰다. 머릿속이 복잡했기에, 찬바람이라도 쐬면 약간이나마 정돈이 될까 생각한 것이다. 메리가 그녀에게 숄을 건네주었다.

"아가씨, 숄이라도 가져가세요."

"아냐, 괜찮아."

어차피 조금만 거닐다 들어올 거고, 찬 공기를 직접 맞고 싶은 마음도 있었다. 고개를 저은 이엘리가 훌쩍 밖으로 나섰다.

메리는 한숨을 삼켰다. 평소라면 억지로 숄을 걸쳐 주었을 테지만, 지금의 이엘리는 굉장히 기분이 좋지 않아 보였다. 분위기만 봐서는 함부로 말을 붙이기가 어려웠다.

"날씨가 꽤나 쌀쌀한데……."

감기라도 걸리면 어쩌시려고 저러시나. 메리는 미간을 좁혔다.

잠시 후, 자카리가 그녀의 방으로 찾아왔다. 하지만 그녀는 자리를 비운 상태로, 메리만이 숄을 들고 안절부절못하고 있었다.

"메리. 이엘리는 어디 있지?"

"방금 전 정원으로 나가셨습니다."

"지금 시간에?"

자카리는 잘생긴 눈썹을 슬쩍 구겼다. 기분이 저조해진 모양이다. 그 모습에, 메리는 마른침을 삼켰다. 비록 작은 주인은 예전에 비해 꽤나 상냥해졌다지만, 그건 아내 한정이었다.

기본적으로 그는 냉정하고 건조한 사람이었고, 그를 웃게 할 수 있는 사람은 오로지 이엘리뿐이었다.

"……설마 숄조차 걸치지 않고 나간 건가?"

"예. 그것이…… 찬바람을 쐬고 싶다고 하셔서."

메리가 어쩔 줄 모르고 그 자리에서 동동거렸다. 짧게 혀를 찬 자카리가 그 숄을 받아 들었다.

"내가 갖다줄 테니, 메리는 가서 일 보도록 해."

"감사합니다, 작은 주인님."

한시름 놓았다며, 화색이 된 메리가 자카리에게 숄을 건넸다. 보드라운 숄의 감촉이 손바닥에 감긴다. 쓸데없이 우울해하고 있는 건 아니겠지. 자카리는 걱정을 꾹꾹 누르며 걸음을 옮겼다.

　　　　*　　　*　　　*

　　남청색 밤하늘 안쪽에는 사금파리처럼 빛나는 별들이 총총했다. 이엘리는 복잡한 마음으로 성큼성큼 걸음을 옮겼다. 찬 공기는 아직까진 기분 좋은 수준이었다. 마음만 무겁지 않다면 참 좋을 텐데.

　　그녀는 커다랗게 숨을 몰아쉬었다. 하아. 폐부에 차가운 공기가 와르르 밀려든다.

　　"자카리."

　　이엘리는 제 남편의 이름을 작게 불러 보았다. 처음 만났을 적, 길 잃은 어린아이처럼 홀로 서 있던 소년이 떠오른다. 오랫동안 상처받아 날을 세우던 작은 소년. 마치 동생처럼 사랑스럽던.

　　"네게 도움이 되지는 못해도, 적어도 나 때문에 피해를 받지는 않았으면 했는데."

　　서로를 이성으로 인식하여 결혼한 건 아니었다. 얼굴조차 모르고 시작된, 정략결혼에 가까운 관계. 그래도 어린 네가 귀여웠다. 도와주고 싶었고, 힘이 되어 주고 싶었다. 그런데 이게 뭔지.

　　"나, 자카리에게 아무런 도움도 안 되잖아."

　　이엘리는 긴 한숨을 내쉬었다. 에휴, 땅을 파고 있어 봤자 무슨 도움이 되겠니. 우울한 기분을 애써 떨쳐 내려 그녀는 고개를 휘저었다. 그렇게 돌아서던 중, 그녀는 이상한 소리를 들었다.

　　삑, 삐익, 삑.

　　응? 이 소리는 도대체? 이엘리는 고개를 갸웃했다. 귀 기울여 듣지 않으면 들리지도 않을 법한, 조그마한 소리였다.

한참 주변을 두리번거리며 걷던 그녀가 문득 제 발밑을 내려다 보았다.

"······새잖아?"

그녀는 황망한 얼굴로 바닥에 쪼그려 앉았다. 환한 달빛 아래, 깃도 나지 않은 조그마한 새가 바닥에서 버둥거리고 있었다.

고개를 들어 보니, 낙엽이 지는 나뭇가지 안쪽으로 조그마한 둥지가 보였다. 그녀는 우선 급한 대로 양손을 모아서 새를 담아 올렸다. 그녀는 조금 당황했다.

"이런 늦가을에 어린 새가 있다고?"

그러고 보니 북부에만 살고 있는 새가 있다고 들었다. 먹이가 풍족한 가을에 새끼를 낳고, 성장시킨 이후 남부로 내려가 겨울은 난다고. 이엘리는 미간을 좁히며 나무 위를 올려다보았다.

"······뭐, 저 정도 높이면 올라갈 수 있을 것 같은데."

어차피 도와줄 사람도 없었다. 정원사들은 보통 아침 일찍 정원을 정리했기에, 정원 안에는 아무도 없었다. 그렇다면 결국 그녀가 나무 위로 기어 올라가서 새를 올려 주는 것이 빠르다.

'금방 다녀오면 되겠지.'

아무렇지도 않게 합리화를 한 그녀가 훌쩍 몸을 일으켰다. 그리고 장난꾸러기 소녀처럼 씨익 웃는다.

"기다려 봐, 내가 둥지에 안전하게 넣어 줄 테니까."

드레스 자락을 걷어 올린 이엘리는 곧장 나무에 달라붙었다. 스타킹을 신은 다리가 밖으로 훤히 드러나긴 했지만, 보는 사람도 없는데 뭐 어떠랴 싶었다. 그녀는 잽싸게 나무 위에 올랐다.

"웃차."

그녀가 조심조심 가지 위로 나아갔다. 튼튼한 나뭇가지는 그녀의 가벼운 체중 정도는 거뜬하게 지탱해 주었다. 이윽고 새 둥지에 가까이 다가간 그녀가 새끼 새를 조심스럽게 넣어 주었다.

"다음부터는 떨어지지 않도록 조심하렴."

그녀가 방긋 눈웃음을 쳤다. 포르르 날아온 어미 새가 새끼를 품기 시작했다. 그녀는 길게 다리를 늘어뜨린 채 주변을 돌아보았다. 시야가 높아지니, 좀 더 먼 곳에 자리한 풍경이 보였다.

"헤센바이츠 공작령."

그녀는 작게 중얼거렸다. 정원 너머로 아득히 펼쳐진 도시는 잘 정돈되어 있다. 황금색과 주홍색, 그리고 끄트머리로 남청색이 뒤섞이는 황혼 속에 머무른 도시는 눈이 부시게 아름답다.

"자카리."

남동생 같았던 아이. 어느새 무척이나 가까워졌다. 수줍게 웃던 소년은 지금은 청년이 되었고, 뭐든지 혼자 할 수 있는 완벽한 소공작이 되었다. 그에게 내가 걸림돌이 되는 건 아닐까.

"이, 이엔?!"

그때 그녀의 이름을 부르는 경악한 목소리가 들려왔다. 깜짝 놀란 이엘리가 아래를 내려다보았다. 언제 정원에 나온 건지, 솔까지 떨어뜨린 그가 새하얀 얼굴로 그녀를 올려다보고 있었다.

"어라, 자카리. 언제 왔어?"

"지금 방금…… 아니, 지금 그게 중요해? 위험하잖아, 도대체 거기는 어떻게!"

반사적으로 그녀에게 대답을 해 주던 자카리는, 미간을 구긴 채 목소리를 높였다.

배시시 눈웃음을 친 그녀가 가지 안쪽으로 꼼질꼼질 몸을 옮겼다. 그러고는 고개를 쏙 내민 채 조심스레 묻는다.

"아, 알았어. 내려갈게. 지금 내려가면 되지?"

"아니, 그 자리에 가만히 있어. 내가 데리러 갈 테니까……!"

고개를 저으며 자카리가 입을 열었다. 그러나 그에게 더 이상 혼나기는 싫었던 이엘리의 행동이 좀 더 빨랐고, 그 행동은 실수를 불러왔다. 가지에서 비틀대던 그녀는 균형을 잃고 말았다.

"앗!"

짧은 외마디 비명이 울렸다. 휘청 균형이 무너지고, 그녀는 속절없이 바닥으로 굴러떨어졌다.

"이엔!"

이엘리는 눈을 질끈 감았다. 다행스럽게도 높은 나무는 아니니, 크게 다치지는 않을 것 같다.

"……?"

그런데 통증은 전혀 없었다. 이엘리는 꼭 감았던 눈을 살며시 떴고, 순간 기겁했다. 자카리의 단단한 팔이 그녀를 감싸 안고 있었다. 그녀를 빤히 노려보던 자카리가 와락 언성을 높였다.

"너 정말, 다치면 어쩌려고 그랬어!"

걱정이 가득한 새파란 눈동자. 이번에는 정말로 화난 것 같았다. 이엘리는 당장 사과부터 했다.

"미, 미안. 걱정했지? 화나게 할 생각은 없었는데……."

"아니, 도대체 나무 위에는 왜 올라간 거야?"

분노와 걱정이 뒤섞여, 자카리는 미간을 잔뜩 구겼다. 이런, 어쩌지. 그녀는 눈동자를 굴렸다.

"그게, 새끼 새가 떨어져 있었거든. 그래서 올려 주려고 하다 보니……."

할 말을 잃은 자카리가 눈을 가늘게 떴다. 이엘리는 어깨를 움츠린 채 다시 한 번 사과했다.

"진짜로 미안해. 화 좀 풀어, 응?"

"……."

"자카리이?"

그제야 자카리는 기나긴 한숨을 내쉬었다. 앗, 이제 좀 화가 풀렸나? 이엘리는 눈치를 살폈다.

"저기, 화 좀 풀렸어?"

"……내가 못 살아, 정말."

그가 한숨을 섞어 대답했다. 그런데 좀 이상하다. 그는 도무지 그녀를 내려 줄 생각을 하지 않는다.

"그런데, 나 언제 내려 줄 거야?"

"안 내려 줄 거야."

"뭐? 왜?"

기겁한 그녀가 자카리를 마주보았다. 그는 뻔뻔한 얼굴로 그녀를 빤히 바라보고는, 씩 웃었다.

"위험하게 나무에 기어 올라간 벌이야."

그 말에, 이엘리는 떠름한 얼굴이 되었다. 제 아내를 추슬러 안은 자카리가 다정하게 묻는다.

"그것보다 이엔. 왜 이렇게 기운이 없어?"

"……."

"아까 식사할 때, 아버님이 하신 말씀 때문에 그래?"

그 말에 이엘리는 가슴이 턱 막히는 것을 느꼈다. 그녀를 벤치에 앉힌 자카리가 바닥에 떨어진 숄을 주워 들었다. 탁탁 먼지를 털어 그녀의 어깨 위로 꼼꼼히 감싸 준다. 그녀는 울컥했다.

"나 때문에 그래."

이엘리는 내뱉듯이 말했다. 그녀의 목 앞섶으로 숄을 두르던 자카리가 고개를 갸웃 기울였다.

"그게 무슨 소리야?"

"네가 자꾸 전장에 끌려 나가는 것, 모두 나 때문이라고."

"이엔."

자카리가 미간을 좁혔다. 그녀는 푹 고개를 숙였다. 억눌렀던 감정들이 토막토막 튀어나온다.

"솔직히 내가 뭐라고 네가 그런 고생을 해."

"……뭐?"

"나 때문에 네가 피해를 받는 것 같아서 너무 미안해. 나는……."

"이엔."

그때 자카리가 이엘리의 말을 탁 끊어 냈다. 바닥에 주저앉은 그가 이엘리와 눈높이를 맞춘다.

"예전에 말한 적 있지."

맑은 하늘처럼 새파란 눈동자가 그녀를 제 안에 담았다. 자카리는 확고한 목소리로 선언했다.

"넌 날 구원해 준 사람이야."

"그게 무슨……."

"내게 괴물이 아니라고, 날 필요로 해 주는 사람이 있다고."

자카리의 손이 그녀의 뺨을 어루만졌다. 싸늘하게 식은 뺨에 닿는 손길은 무척이나 따스했다.

"살아가도 된다고 말해 준 사람은 오직 너뿐이었어."

"그거야 당연하잖아? 네가 어째서 괴물……."

"아냐, 이엘리."

자카리는 고개를 가로저었다. 어둠 속에서도 저 홀로 빛나는 새하얀 은발. 이엘리는 제 남편을 홀린 듯이 응시했다. 그녀의 양 뺨을 손으로 감싸쥐고, 자카리는 똑바로 그녀를 응시한다.

"오직 너만이 날 사람으로 바라봐 줬어."

자카리는 싱긋 웃었다. 과거에도 이랬던 적이 있었다. 그와 그녀가 처음 만났던 3년 전의 그 밤. 그때 이엘리는, 자카리의 뺨을 움켜쥔 채 '넌 괴물이 아냐'라고 말해 주었다. 그를 경멸하지도, 두려워하지도 않던 연녹색 눈. 그를 사람으로 대해 준 그녀 덕분에 자카리는 구원받았다.

"난 네가 무척 소중해, 이엔."

"……자카리."

"그러니까 스스로를 비하하지 마."

스스로를 비하하지 마. 예전에 이엘리가 자카리에게 해 줬던 말이었다. 이 말이 이렇게 되돌아올 줄이야.

잠시 후, 그녀가 설핏 웃었다. 그의 어깨에 이마를 톡 기대며 그녀가 속삭였다.

"너와 이렇게 시간을 보낼 수 있어서 정말 좋아."

"마찬가지야, 이엔."

자카리는 양팔로 그녀를 가만히 끌어안았다. 두 사람은 그대로, 한참 동안 체온을 나누었다.

* * *

그리고 일주일 후. 자카리는 야만족을 토벌하기 위한 출정에 합류했다. 기사들이 손과 손에 나눠 쥔 잘 갈린 창날이 햇빛 아래에서 번쩍이며 빛났다. 자카리도 기사들과 함께 서 있었다.

'자카리.'

이엘리는 기사들 사이에서도 유난히 그 자세가 곧은 자카리를 바라보았다. 새하얀 은발 아래, 짙푸른 눈동자가 선명하게 빛난다. 날을 바짝 세운 검처럼 잘 갈아붙인 눈매. 언제 저렇게 자란 걸까. 어린 소년의 모습은 흔적조차 없다. 그때 공작이 한 걸음 앞으로 나서, 입을 열었다.

"승전하고 돌아오도록."

짧은 인사말이었다. 하지만 기사들은 그로 족한지, 와아아― 하는 커다란 함성을 내뱉었다. 제 아버지에게 짧게 인사를 올린 자카리가 그녀를 돌아보았다. 그의 얼굴에 환한 미소가 서렸다.

"이엔."

"자카리."

자카리는 성큼성큼 그녀의 곁에 다가왔다. 평소 빙하처럼 서늘한 눈동자는, 그녀를 바라볼 때만큼은 오후의 햇살처럼 따스하게 빛난다. 이엘리는 그를 향해 대뜸 새끼손가락을 내밀었다.

"털끝 하나라도 다치면 안 돼. 그러면 화낼 거야."

"좋아, 약속할게."

씩 웃은 자카리가 손가락을 걸어 주었다. 그 이후, 이엘리의 흰 이마 위로 짧은 키스를 남겼다.

"자, 자카리. 사람들이 봐……!"

"이제 거의 한 달 이상을 못 볼 텐데, 이 정도야."

얼굴을 새빨갛게 물들인 그녀와는 다르게, 자카리는 뻔뻔한 얼굴로 어깨를 으쓱거릴 따름이었다.

기사들은 차마 못 볼 것을 보았다는 얼굴로 시선을 돌렸고, 공작은 두 눈을 가늘게 떴다.

"잘 다녀와."

"그래, 한 달 후에 보자."

마지막으로 이엘리의 뺨을 어루만진 그가 훌쩍 몸을 돌렸다. 기사들이 각자 말에 올라 박차를 가했다. 그 자리에 못박인 듯 서서, 그녀는 멀어져 가는 그의 뒷모습을 오래오래 바라보았다.

자카리가 떠나자마자 이엘리는 기분이 축 처졌다. 그녀는 우울한 얼굴로 돌아섰다. 한 달이라니. 그럼 한 달 동안 얼굴도 제대로 보지 못하는 거잖아. 속으로 투덜대던 그때, 공작이 그녀를 불렀다.

"이엘리."

"예, 공작님."

표정을 가다듬은 이엘리가 공작을 돌아보았다. 공작은 속을 알 수 없는 눈으로 그녀를 보았다.

"언제나 넌 자카리와 사이가 좋군,"

"예, 부부니까요."

이엘리는 예전부터 항상 해 왔던 대답을 다시 돌려주었다. 공작은 가끔씩 그들의 결혼 생활 자체를 놀라운 눈으로 바라보곤 하는데, 도대체 어떤 결혼 생활을 했기에 저러는지 모를 일이다.

'부부는 원래 그런 거 아닌가?'

사이좋은 부모님 밑에서 자라난 이엘리는 고개를 갸웃거릴 뿐이었다. 공작이 다시 질문했다.

"넌 어떻게 자카리를 그렇게 좋아할 수가 있지?"

"남편을 아끼고 존중하는 건, 아내로서 당연한 일이라고 생각합니다."

"남편이라."

공작은 묘한 얼굴을 했다. 부모인 공작조차도 제 아들을 좋아할 수가 없었는데, 생판 모르는 환경에서 자라 왔던 그녀가 자카리를 두려워하지 않는 것이 신기했다. 공작이 말을 덧붙였다.

"그 애는 헤센바이츠의 기이한 힘을 타고난 괴물임을 알지 않나."

"자카리는 괴물이 아니에요."

그녀는 단호하게 답했다. 이 문제에 있어서는 이엘리의 답은 항상 정해져 있었으니까. 솔직히 말하자면, 자카리의 힘을 이용할 대로 이용하면서 '괴물'이라 치부해 버리는 태도가 거슬렸다.

"그렇군. 넌 내가 나쁜 아비라고 생각하겠지?"

그렇게 묻는 공작의 얼굴은 조금 복잡해 보였다. 이럴 땐 뭐라 대답해야 하려나. 이엘리는 눈동자를 굴리며 공작의 눈치를 살폈다. 그런 그녀를 바라보던 공작은, 이내 푸스스 웃어 보였다.

"뭐, 그건 사실이긴 하지."

"……."

다행히도 공작은 딱히 그녀에게 대답을 들을 생각은 아니었던 것 같다. 공작이 말을 꺼냈다.

"이제 슬슬, 네게 교육을 해 줄 사람이 필요할 거라고 생각했었다."

"교육이라니요?"

"그야 공작가의 내정을 관리하려면 배울 게 많지 않겠나."

공작은 눈 하나 깜짝하지 않고 말했다. 이엘리는 내심 놀랐다. 공작가의 내정을 관리한다, 그를 위해 교육 담당을 붙여 가르친다. 그 말은 곧, 그녀를 가문의 안주인으로 생각하고 있다는 뜻 아닌가.

그녀의 표정이 환하게 밝아졌다. 그때, 공작이 두 눈을 가늘게 뜨며 말을 이었다.

"그런데 한 가지 문제가 있다."

문제? 이엘리가 고개를 갸웃했다. 누구를 떠올리고 있는지, 공작은 상당히 불쾌한 얼굴이었다.

"황가에서 로렌 백작 부인을 네 교육 담당으로 추천하더군."

"로렌 백작 부인이라 하시면……."

"자카리의 숙모지. 내 아내의 가문인 로렌 백작가의 안주인이기도 해."

그렇게 말하는 공작의 시선은 차갑게 가라앉아 있다. 팔짱을 낀 공작이 내뱉듯 말을 이었다.

"최근에 중앙에 진출하여 황가에 눈도장을 찍으려 한다더니, 이런 식으로 끼어들 줄이야."

사실 공작은 로렌 백작을 그리 좋아하지 않았다. 먼 과거, 로렌 백작은 그를 찾아와 이렇게 말했었다.

'공작께서 제 여동생을 마음에 두신 것을 압니다.'

사실이었다. 공작은 아델라이데를 처음 본 순간부터 가슴에 품고 있었다. 하지만 당시 그녀에게는 약혼자까지 있었기에, 마음을 접으려 했었다. 하지만 백작은 그런 공작을 살살 꾀어냈다.

'아마 제 여동생도, 각하와 혼인하는 편이 훨씬 더 행복할 겁니다.'

그렇게 백작은 가문의 이득을 위하여, 제 여동생을 공작에게 팔아넘기듯 시집보냈다. 혼인한 이후에야 알았다. 그녀가 자신의 약혼자를 무척이나 사랑했다는 것을.

그러나 그녀는 이미 공작을 증오하게 되었고, 공작 또한 그녀의 약혼자를 모른 척했다. 그녀를 사랑하고 말았으니까.

'물론 내가 할 말은 아니지. 결국 그녀를 받아들인 건 나였으니까.'

그때를 떠올리던 공작은 쓰게 웃었다. 로렌 백작가는 그렇게 헤센바이츠와 혼사를 맺고, 약소한 가문에서 세력을 부풀려 황가에 줄을 놓았다.

황가가 백작가를 전면에 내세우는 이유는 알 것 같았다. 백작가는 북부에서 황가에게 호의적인 유일한 가문이었고, 공작가와 인척 관계로 엮였기에 이용하기에 편하기 때문이리라.

생각을 정리한 공작은 이엘리를 향해 입을 열었다.

"네가 소공작의 아내로서 무엇을 해야 할지 잘 알 거라 믿는다."

이엘리는 마른침을 삼켰다. 이건 공작이 그녀에게 주는 기회였다. 하잘것없는 자작가의 여식 취급에서 벗어나, 차기 공작의 아내로서 내정을 관리하는 법을 배우는 것.

황가가 추천한 '교육 담당'에게 밀리지 않고 스스로 반듯하게 서야만 했다. 연녹색 눈동자에 파르라니 날이 섰다.

"알고 있습니다. 감사합니다, 각하."

이엘리는 정중하게 고개를 숙여 보였다. 해야 할 일은 명확했다. 기회를 얻었고, 그 기회를 살리는 건 그녀의 몫이었다. 그녀는 두 눈을 빛냈다. 로렌 백작 부인을 꺾어 내야 할 시간이었다.

*   *   *

이엘리가 처음으로 '교육 담당'을 만난 건, 점심 식사를 하고 있던 도중이었다. 한창 스테이크를 썰고 있는데, 난처한 얼굴로 메리가 다가왔다. 그러고는 이엘리를 향해 조심스럽게 말한다.

"아가씨, 손님께서 찾아오셨습니다."

"손님이라니?"

"그게, 로렌 백작 부인이십니다."

오호라. 이엘리의 눈동자에 호승심이 서렸다. 지금 이거, 나랑 기싸움 한번 해 보자 이거지?

"굳이 식사를 하고 있는 시간에 맞춰 찾아왔다…… 라."

당연히 이 시간엔 식사를 하고 있을 것을 알면서도, 굳이 양해조차 구하지 않고 이엘리를 찾아온다. 분명히 기선 제압을 하기 위해서겠지. 지금 이 행동의 뜻은, 해석하자면 대략 이렇다.

'식사를 멈추고 자신을 맞이하러 와라, 이런 뜻이지. 유치하기는.'

픽 웃음을 터뜨린 이엘리가 자리에서 일어났다. 보통의 레이디라면 이런 일을 겪으면 모욕적이라고 펄펄 뛰었을 테지만, 그녀는 그러지 않았다. 다만 차디찬 얼굴로 고개를 세울 뿐이다.

"가자."

나긋하게 자리에서 일어난 이엘리는, 사뿐사뿐 걸음을 옮겼다. 입가에 맺힌 미소가 서늘했다.

'교육 담당이면 담당답게 굴 것이지, 처음부터 이렇게 사람 신경을 건드려?'

로렌 백작 부인이 뭐하는 귀부인인지는 모르겠지만, 이미 그녀는 이엘리에게 장갑을 던졌다.

'어디 한번 얼굴이나 보자고.'

또한 그녀는, 날아온 장갑을 피하는 성미가 아니었다. 이엘리의 눈빛이 싸늘하게 가라앉았다.

*　　*　　*

이엘리는 황가에서 붙인 교육 담당인 로렌 백작 부인과 독대했다. 그녀는 좋게 말하면 자존감이 높은 사람이고, 나쁘게 말하면 제 잘난 맛에 심취한 사람이었다. 솔직히 재수없었다.

"반가워요, 레이디 블랑쳇."

"네, 안녕하세요."

가볍게 인사를 나누던 이엘리는 순간 미간을 살짝 구겼다. 뭐야, 저 사람 날 '레이디 블랑쳇'으로 부르네?

비록 아직까지도 공작 성안에선 '아가씨'라는 애매모호한 호칭으로 불리고 있긴 하지만, 그녀는 공식적으로 '레이디 헤센바이츠'라는 호칭으로 불려야 했다.

저건 분명, 기를 누르기 위해 일부러 잘못 부르는 거다. 게다가 제가 윗사람이라는 양 행동하는 태도까지, 그녀는 기분이 저조해졌다.

"흠, 레이디 블랑쳇은 무척 아름다운 분이시네요. 남부 특유의 연약함은 어쩔 수 없지만……."

형식적인 인사만을 남긴 백작 부인은 곧바로 이엘리를 매의 눈으로 관찰하는가 싶더니, 툭 감상평을 내뱉었다. 마치 진열대의 상품이 된 기분이라, 이엘리는 반사적으로 눈을 가늘게 떴다.

"레이디 블랑쳇께서도 잘 알고 계시는 사실이겠지만, 공작가에는 내내 안주인이 부재했었지요. 그래서 레이디의 안목이 필요할 때면, 공작 각하께서는 언제나 제 조언을 구하셨답니다."

이 사람, 전대 공작 부인이 아에 처음부터 계시지 않았던 것처럼 얘기하네? 그리고 공작 각하께서는 백작 부인을 그리 좋아하지 않으시는 걸로 아는데, 조언을 구하다니 이게 무슨 소리야?

"남부에서 올라오신 레이디 블랑쳇께서는 아직 공작가에 대해 잘 모르실 테죠."

그렇게 말하며 깔깔 웃는 백작 부인을 바라보며 이엘리는 미간을 좁혔다. 사실 이엘리가 의문을 갖는 것은 당연했다. 실제로 공작은 백작 부인에게 의견을 구한 적이 한 번도 없었으니까.

"저만큼 이 공작가를 잘 아는 사람도 없을걸요? 제 시누이가 이 성의 안주인이었으니까요."

백작 부인이 자랑스레 말했다. 과거 공작 부인이 살아있을 무렵, 백작 부인은 자신의 시누이였던 공작 부인을 만날 때마다 조언을 빙자한 잔소리를 퍼붓곤 했었다.

공작 부인은 그 잔소리를 귓등으로도 듣지 않았음에도, 백작 부인은 그때의 기억을 떠올려 멋대로 조언을 했노라 착각했다.

"하지만 이제는 걱정하지 마세요, 제가 레이디 곁에 꼭 붙어 있을 테니까요. 말벗조차 없으실 레이디 블랑쳇을 배려하려, 황제 폐하의 명을 받잡아 제가 이렇게 몸소 방문하지 않았나요."

"아하, 그러신가요. 감사한 일이네요."

그따위 배려는 필요 없는데. 넌 배려해 주고 싶은 사람이 밥 먹고 있을 시간을 골라 찾아오니? 당장이라도 그렇게 쏘아붙이고 싶은 마음이 굴뚝같았지만, 이엘리는 우선 사교용 미소를 지었다.

"레이디 블랑쳇에게, 공작가에 대해 하나하나 설명해 드리고 싶어요. 정말 유서가 깊거든요."

"저, 혹시 로렌 백작 부인께서 저를 이렇게 배려해 주시는 이유가 따로 있으신가요?"

이엘리는 버릇처럼 방긋 웃으며 말했다. 굳이 해석하자면, '왜 이렇게 나대는 거니'란 말을 돌려 말한 것이었다. 하지만 아쉽게도, 알아듣지 못했는지 로렌 백작 부인은 자부심 강한 미소만을 돌려줄 뿐이었다.

"그야 저는 소공작의 숙모이니까요."

"아아⋯⋯."

"그러니 헤센바이츠는 제 마음의 고향과도 같은 곳일 수밖에요."

"⋯⋯."

아니, 고작 외척인 주제에 마음의 고향이라니, 너무 나간 거 아냐? 이엘리는 눈썹을 찡그렸다.

"제 말, 들어 보세요. 겨울은 마수가 들끓는 계절입니다. 레이디 블랑쳇은 따스함에 절어 있는 남부에서 올라오셨으니 잘 모르시겠지만, 겨울이 끝나 갈수록 마수는 마지막으로 발악하지요."

그걸 누가 몰라? 이엘리도 거의 4년에 가까운 시간 동안 이 땅에서 살아왔다. 자카리가 마수를 토벌하기 위해 수없이 출전했던 것을 보았다. 그가 무사히 돌아오기를 마음 졸이며 기도한 것도 그녀였고, 가끔씩 그가 다쳐 올 때마다 속상해했던 사람도 그녀였다. 근데 뭐라고?

"그래서 소공작께서 손수 마수들을 토벌하러 가신답니다. 연약한 남부 귀족들과는 다르죠."

……저 말에 가시가 잔뜩 박혀 있다고 느껴지는 건, 내 착각일까? 이엘리는 낯을 살짝 굳혔다.

"북부에는 이름 높은 가문이 많고, 별처럼 많은 레이디들이 소공작님을 흠모하고 있답니다."

이엘리는 점점 혼란에 빠졌다. 아니 그래서 지금 나보고 어쩌라는 거야? 내 법적 남편이 인기가 엄청 많으니, 알아서 물러나라 이건가? 로렌 백작 부인은 이엘리를 관찰하듯이 바라보았다.

"저는 휘하에 딸이 하나 있지요. 사실, 제 딸을 소공작께 보내고 싶었답니다."

"아, 그러시군요……."

이엘리는 이제 영혼 없이 대답했다. 그렇다면 진작 보내지 그랬니? 자카리가 괴물이라 매도당했던 건 모른 척했던 주제에, 뻔뻔하긴. 공작님에게 미움받았을 땐 불똥이 튈까 봐 외면하고, 지금은 잘 사는 것 같으니까 배가 아프니?

하지만 백작 부인의 입은 여전히 멈출 줄을 몰랐다.

"솔직히 저는 정말 레이디에 대한 걱정이 커요. 아무리 황제 폐하의 명으로 헤센바이츠 공작가와 혼사를 맺었다고는 하지만, 레이디 블랑쳇은 아직 북부에 대해 전혀 모르시지 않나요?"

이엘리는 이 한심한 말들을 어디까지 들어 줘야 할지 고민에 빠졌다. 아예 제도에 저택을 마련해 두고 가뭄에 콩 나듯 북부에 내려오는 로렌 백작 부인에게서 이런 소리를 듣게 될 줄이야.

"게다가, 블랑쳇 가문은 남부의 이름 없는 자작가라고 들었어요. 그런데 레이디가 위대한 공작령의 안주인으로 내정되다니, 아무래도 가문의 격이 차이가 나 부담스러우신 건 아니신지."

"……네?"

순간 기가 막힌 이엘리가 백작 부인을 빤히 바라보았다. 그러나 백작 부인은 당당하게 답했다.

"하지만 너무 걱정 마세요, 제가 레이디 블랑쳇을 도와 드릴 생각이니까요."

"……."

지금 내가 무엇을 들은 거지? 따스함에 절어 있다는 말부터 시작해서, 연약한 남부 귀족이라는 매도, 그리고 남부의 이름 없는 자작 가문이라는 제 친정에 대한 모욕까지. 지금까진 자카리의 숙모라는 이유로 참았지만, 더는 못 참겠다. 사람이 가만히 있으니까 가마니로 보이니?

"로렌 백작 부인."

"네, 말씀하세요."

로렌 백작 부인의 얼굴에는 그저, '아무것도 모르는 남부 촌뜨기에게 북부에 대해 조언을 해 주었다'라는 뿌듯함만이 가득했다.

찻잔을 달칵 소리 나게 내려놓은 이엘리는, 빙그레 웃었다.

"이런 말씀까지 드릴 생각은 없었지만, 참으로 주제넘으시네요."

"……뭐라고요?!"

순간 로렌 백작 부인의 얼굴이 딱딱하게 굳었다. 그러나 이엘리는 비스듬히 고개를 기울일 뿐이었다. 긴 속눈썹을 풍성하게 내리뜨자, 사람들이 그렇게나 재수없어 하던 표정이 완성됐다.

'이 표정, 오랜만에 짓네.'

눈을 새치름히 뜨면, 예쁘면서도 사람 속 긁기에 딱 알맞은 눈빛이 된다. 마지막으로 이 표정을 지었을 땐 황제의 대리인 앞이었는데, 여기서 또 사용하게 될 줄이야. 그녀는 그대로 빈정거림을 시작했다.

"황가에서 직접 선정하신 귀부인이시니, 피와 살이 되는 조언을 해 주시려는 줄 알았는데."

"레, 레이디 블랑쳇!"

"고작 자기 자랑, 그리고 알량한 지식을 전시하는 선생님 노릇을 하실 줄은 몰랐네요."

아, 이건 선생질이라고 해야 기분 나쁜 게 확 사는데. 레이디로서 최소한의 고상함은 지키려다 보니, 약간 모자랐다.

하지만 로렌 백작 부인은 이미 분을 못 이겨, 부들부들 떨고 있었다.

'타격감 좋네, 이 정도면 훌륭해.'

그녀의 입술이 우아한 호선을 그렸다. 그러게, 작은 이엘리를 건드리면 너도 귀찮아진다니까?

"그게 무슨 무례한 말씀이신가요, 저는 분명 조언을 위해서……!"

"그래요? 참 이상하네요, 제가 로렌 백작 부인께 들은 말씀 중, 조언은 하나도 없었거든요."

이엘리는 온기가 남아 있는 찻잔을 들어 입술을 적셨다. 단맛이라고는 전혀 없는 홍차였지만, 이상하게 설탕을 듬뿍 넣은 것처럼 다디달게 느껴진다. 이엘리는 그대로 생긋 눈웃음을 쳤다.

"따스함에 절어 있는 남부, 그리고 연약한 남부 귀족이라는 매도. 아 참, 남부의 이름 없는 자작 가문이라는 말도 하셨네요. 부인의 입은 참 바쁘신 것 같군요, 이런 말을 끝없이 내뱉다니."

이엘리는 여전히 화사한 미소를 짓고 있었음에도, 백작 부인은 등골이 서늘한 기분을 느꼈다.

"게다가 겨울이 끝나 갈수록 마수가 사나워진다는 말씀을 하셨는데, 이건 상식이고."

손가락까지 꼽아 가면서 이엘리는 하나하나 백작 부인이 했던 말을 되짚었다. 알량한 승리감에 취해 수없는 말을 내뱉었던 백작 부인은, 방금 전 나불거리던 자신의 입을 틀어막고 싶어졌다.

"또한 백작 부인께서 따님이 있으시니, 소공작께 보내고 싶다고 하셨죠?"

백작 부인은 순간 꿀 먹은 벙어리가 되었다. 맞아, 내가 그런 말까지 했지. 확실히 소공작의 아내를 앞에 두고 할 말은 아니었다.

이엘리는 어여쁘게 웃었지만, 목소리는 차가웠다.

"그런데 백작 부인. 제가 소공작의 아내라는 사실은 아예 머릿속에서 지워 버리셨나요?"

"저, 그, 그것이. 저는 그런 뜻으로 한 말이 아니오라……."

"방금 하신 말씀은, 제가 자카리의 아내임을 까맣게 잊어버렸을 때에나 나올 발언인데요."

이엘리는 일부러 '소공작'이 아닌 '자카리'라는 본명을 불렀다. 자카리와의 친분을 공개적으로 드러냄과 동시에, 스스로가 자카리의 이름을 허락받은 헤센바이츠의 일원임을 표현한 것이다.

"게다가 지금까지 하신 말씀 중 어디에 저를 위한 조언이 있는지 모르겠네요. 혹시⋯⋯."

이엘리는 과장된 동작으로 눈을 동그랗게 떴다. 긴 속눈썹을 예쁘게 깜빡이며 그녀가 말했다.

"설마, 별처럼 많은 레이디들이 제 남편을 흠모하셨다는 말씀이 조언인가요?"

"⋯⋯."

"참 이상하네요. 백작 부인께서는 법적으로 이미 혼인 관계인 남편의 이성에 관련한 소문을 아내에게 말하는 게 조언이라고 말씀하시는데, 제가 알고 있는 조언이란 그런 뜻이 아닌걸요."

이제 백작 부인은 어쩔 줄 몰라 이엘리의 눈치만을 살피고 있었다. 이엘리는 침착하게 말했다.

"제 생각을 솔직하게 말씀드릴까요? 전 로렌 백작 부인께서 하신 말씀을 이렇게 해석했어요."

흠흠, 이엘리는 부러 목까지 가다듬었다. 그 이후 낭랑한 목소리로 백작 부인에게 말을 잇는다.

"레이디 블랑쳇은 헤센바이츠 소공작에게 한참 모자란 상대지만, 황제 폐하의 면도 있고 해서 관용을 베풀어 많은 레이디들을 거절하고 소공작의 아내로 들였다'란 뜻으로 해석했는데."

갸웃, 고개를 예쁘게 기울인 이엘리가 입술을 둥글게 모았다. 백작 부인은 주먹을 움켜쥐었다.

"혹시, 제가 잘못 이해한 건가요?"

"……다, 당연하죠. 어쩜 그렇게 사람의 호의를 악의적으로!"

백작 부인이 되레 언성을 높였다. 이엘리는 그런 부인을 빤히 바라보더니, 되물었다.

"그렇다면 지금 있었던 일을, 자카리와 공작 각하께 말씀드려도 되나요?"

"아, 안 돼요!"

깜짝 놀란 백작 부인이 고개를 마구 내저었다. 이엘리는 턱을 괴며 백작 부인에게 웃어 보였다.

"참 이상하네요. 백작 부인께서 제게 악의 없이, 모욕적인 뜻이 없는 발언을 하셨다면."

"……."

"제 남편과 시아버님의 귀에 들어가도 상관없지 않겠어요?"

로렌 백작 부인은 다시 한 번 꿀 먹은 벙어리가 되었다. 실은 이엘리가 한 말이 정곡이었으니까. 대답할 말을 찾지 못한 백작 부인은 황급히 찻잔을 들어올렸고, 차로 목을 축이려 했지만.

"콜록콜록!"

너무 황급히 마시는 바람에 사레가 들렸다. 풋, 조그맣게 터지는 웃음소리에 기침을 하던 백작 부인의 얼굴이 새빨갛게 달아올랐다. 하얀 손수건을 내밀면서, 이엘리는 다정히 입을 열었다.

"이런, 차 한 모금 마실 시간 정도는 기다릴 수 있답니다. 설명은 천천히 들어도 되는걸요."

"……레이디 블랑쳇, 저는!"

로렌 백작 부인은 다소 급하게 입을 열었다. 따끈한 홍차는 분명 고소해야 할 텐데, 이엘리의 비웃음 섞인 말을 듣자마자 입 안에 쓴 맛이 가득 괴인 탓이다. 이엘리는 눈매를 곱게 접었다.

"우선 호칭부터 정정해야겠군요. 저는 레이디 블랑쳇이 아니라, 레이디 헤센바이츠랍니다."

제도에서도 미모로 유명했던 어여쁜 외양은, 조소를 흘리는 것에도 탁월한 효과를 자랑한다.

"황제 폐하의 명을 받들어, 저는 오래전에 영광스러운 헤센바이츠 공작가의 일원이 되었지 않았나요. 그런데 백작 부인께서는 언제까지 저를 '레이디 블랑쳇'이라고 칭하실 작정이신지요?"

내 위세가 없으면 호랑이의 위세라도 끌어다 써야지. 이엘리는 '황제 폐하'라는 단어를 거침없이 입술 위에 담았다.

백작 부인은 움찔했다. 황제를 등에 업고 강제로 공작가의 발을 들였기에 어쩔 수 없었다. 곧바로 로렌 백작 부인은 그녀를 죽일 듯 노려보았지만, 이엘리는 홀로 화사했다.

"설마…… 백작 부인께서 이런 사소한 호칭 문제마저 실수를 범하신 건 아니겠죠? 이런 자그마한 예법까지 틀려 버리다니, 이래서야 저에게 조언을 주시겠다는 좋은 의도마저 퇴색되겠어요."

부드러운 말투를 구사하면서, 살살 속을 긁는 그 태도가 그야말로 일품이었다. 로렌 백작 부인의 얼굴이 시뻘겋게 달아올랐다. 물론 이엘리가 신경 쓸 바는 아니었다. 그녀는 살짝 웃었다.

"혹은 남부의 촌뜨기에게 '레이디 헤센바이츠'라고 부르기는 싫으셨던 것인지?"

사이 나쁜 공작과 소공작 사이에서 오랫동안 완충재 역할을 했던 건 단순히 보여 주기식이 아니었다. 두 사람을 어르고 달래는 와중, 그녀는 본의 아니게 처세술을 갈고닦았다.

이엘리가 고개를 갸웃거렸다.

'그러게 사람이 얌전히 있을 때, 적당히 잘난 척하고 넘어가지 그랬니.'

하지만 이왕 싸움을 시작하기로 한 것, 제대로 끝맺음을 낼 것이다. 사실 이엘리는 상대방을 작신작신 밟아 주는 성미였다. 최후의 전의마저 모조리 밟아 버린 이후에, 상대방이 바닥에 떨어뜨린 전의를 승리의 기념품으로 들고 갈 때의 기쁨이란.

"아 참, 아까 유서 깊은 공작가에 대해 하나하나 설명을 해 주고 싶다고 하셨죠?"

"그, 그건, 그러니까……."

백작 부인의 얼굴이 창백해지는 과정을 이엘리는 흥미롭게 구경했다. 와우, 얼굴이 저렇게까지 새하얗게 질리네.

반대로 백작 부인은 그야말로 죽을 맛이었다. 자신은 어째서 방금 전 그렇게 우쭐대며 말했던 것일까. 이엘리가 고작 자작 가문의 여식이라는 것을 알았기에, 저도 모르게 승리감에 취해 버렸다.

'……이럴 줄 알았으면 허세 부리지 말걸!'

누군가가 심장을 손으로 꽉 쥐어짜는 기분이었다. 잘난 척도 할 겸, 저 예쁘장한 계집아이의 기도 미리 꺾을 겸 아무렇게나 떠벌린 말을 저렇게 꼬투리를 잡아 말할 줄이야.

"정말 대단하세요. 아무리 친척 관계라고 해도, 공작가에 대해 그리 자세히 아시다니요."

이엘리는 생긋 웃었다. 백작 부인은 또다시 제 위가 비틀리는 기분을 느꼈다. 애초 공작가와는 그리 왕래도 잦지 않았다. 그저 남부 촌뜨기의 콧대를 눌러 주고 싶었던 것뿐이었는데, 이리 꼬이다니!

"하지만 제 생각으로는, 이렇게 말씀드리는 건 다소 무례한 것 같긴 합니다만……."

도대체 무슨 말을 또 하려고 저래? 로렌 백작 부인은 반사적으로 긴장된 얼굴이 되어 버렸다.

"공작가의 이름도 갖지 않은 일개 친척 여인이신 로렌 백작 부인께서, 위대한 공작가의 내정에 관여하시는 게 과연 옳은 처사인지 의문이 드는군요. 비록 친척이실지언정 선은 지켜야지요."

뭐라고? 백작 부인의 얼굴이 순간 새하얗게 질렸다. 이엘리는 우아한 태도로 고개를 기울였다.

"지금 로렌 백작 부인께서는 헤센바이츠의 이름을 가진 절 배제하시고, 공작가의 내정을 움직이시려 하는 것 같은데. 그런 행동을 제가 공작님이나 소공작께 말씀드리면 어떻게 될까요?"

나긋한 목소리로 긴장감을 조성하는 솜씨가 일품이었다. 이엘리는 봄꽃처럼 아리땁게 웃었다.

"게다가, 저는 이미 법적으로 소공작의 단 하나뿐인 아내예요. 부부는 몸과 마음이 같은 존재죠. 절 이렇게 대우한다는 건 제 남편이신 소공작님을 모욕하는 것이나 다름없지 않나요?"

아까 전에는 황제 폐하였다면, 이번에는 헤센바이츠 공작 부자다. 제가 필요한 때마다 시의적절하게 호랑이의 이름을 끌어오는 이엘리를 보며, 백작 부인은 저도 모르게 마른침을 삼켰다.

'나, 아무래도 상대를 잘못 고른 건 아닐까?'

하지만 아무리 후회해도 이미 늦었다. 승리의 미소를 지은 그녀는, 마지막으로 쐐기를 박았다.

"한 가문의 안주인이신 백작 부인께서는, 저에 대한 처사가 올바르다 여기시는지요?"

"……아닙니다."

쥐어짜 내는 것 같은 목소리가 고소하기만 하다. 드디어 등장한 패배 선언에, 이엘리가 답했다.

"다행이에요, 백작 부인과 제 생각이 같아서. 그렇다면 저, 백작 부인의 도움을 얻고 싶은데요."

"제 도움이라니, 그게 무슨……?"

"백작 부인께서는 제게 공작가의 내정을 다스리는 방법을 가르쳐 주시려 하지요? 그러니까……."

이엘리는 고운 눈매를 곱게 접었다. 분홍색 아샤 꽃잎인 양, 긴 속눈썹이 화려하게 팔랑였다.

"공작가의 내정을 다스리는 사람은 저고, 부인은 곁에서 도와주시는 것에 동의하시겠지요?"

로렌 백작 부인은 움찔했다. 내심 공작가에 관여할 욕심이 만만했는데, 그녀가 욕심을 원천 차단한 것이다. 이왕 승리를 움켜쥐었으면 확실하게 굳혀야지. 그건 이엘리의 평소 지론이었다.

"네…… 그렇게 하도록 하겠습니다, 레이디 헤센바이츠."

패배감에 고개를 떨어뜨리는 백작 부인을 앞에 둔 채, 그녀는 고상한 태도로 고개를 끄덕였다.

*　　　*　　　*

그날 저녁, 이엘리는 공작과 마주쳤다. 공작은 두 사람의 기세 싸움을 이미 전해 들었던 것 같다. 차분한 눈으로 그녀를 바라보던 공작이 설핏 웃었다. 그녀가 두 눈을 휘둥그렇게 떴다.

"훌륭한 솜씨였다, 이엘리."

"아…… 감사합니다."

그녀는 얼떨떨한 기분으로 공작에게 마주 인사했다. 미소를 남긴 공작이 곁을 스쳐 지나갔다.

*　　　*　　　*

시간은 빠르게 흘렀다. 이엘리는 로렌 백작 부인과 한껏 신경전을 벌였다. 백작 부인은 어떻게든 공작가의 내정에 참견하려 노력했으나, 뜻대로 되지 않았다.

그래서일까, 백작 부인은 사용인들에게 꽤 신경질적인 태도를 보였다. 거의 화풀이 수준이었다.

"이 방문을 당장 열어!"

이른 아침부터 백작 부인이 날카롭게 소리를 질렀다. 하녀는 어쩔 줄 몰라 쩔쩔매며 백작 부인 앞에 서 있었다. 백작 부인의 요구는 일개 하녀가 받아들일 수 있는 문제가 아니었던 것이다.

"하지만 이 방은 전대 공작 부인께서 사용하신 방입니다. 출입이 금지되어 있어요."

"난 레이디 헤센바이츠의 교육 담당이야! 당장 열지 못해!?"

하지만 백작 부인은 하녀에게 열쇠를 빼앗아 거칠게 방문을 열었다. 일그러진 자존심과 이엘리에게 된통 당했던 기억이 백작 부인을 막무가내로 행동하게 했다.

덜컹 소리와 함께 방 안이 모습을 드러냈다. 백작 부인의 눈동자에 희열이 서렸다. 내 마음대로 공작 성을 움직일 수 있어!

'그래, 난 황제 폐하의 명령을 받아 공작 성의 내정에 간섭할 수 있도록 권한을 받았어!'

백작 부인은 즐거운 얼굴로 방 안을 살펴보았다. 한때 그녀의 시누이었던 공작 부인이 머물렀던 방. 햇빛이 들지 않도록 두꺼운 커튼을 내려 둔 방 안쪽에는, 쓸쓸한 공기만이 맴돌고 있었다.

'아델은 시집을 잘 가서 공작 부인이 된 것뿐이야. 나도 결혼만 잘했다면 좋았을 텐데.'

백작 부인의 얼굴이 일그러졌다. 북부에서 가장 아름다운 여인으로 칭송받았고, 끝내 공작 부인의 자리를 얻은 아델라이데.

아쉽게도 백작 부인은 그녀를 질투하는 쪽이었다. 이렇게라도 아델라이데를 꺾을 수 있다는 생각에, 백작 부인의 눈동자가 욕망에 가득 차 사납게 반짝거렸다.

'죽기 직전까지 그림이나 끄적거리며 살았나 보군.'

방 안에는 군데군데 이젤과 스케치북 따위가 천으로 가려진 채 흩어져 있었다. 완성된 그림은 거의 없었다. 팔자도 좋지. 그렇게 속으로 빈정거리던 백작 부인은 기세 좋게 목소리를 놓였다.

"그리고, 바닥의 러그들을 모두 새 제품으로 교체해 두라고 했잖아, 왜 명대로 하질 않아!"

때마침 이엘리는 메리와 함께 위층으로 올라오고 있었다. 이엘리는 두 눈을 가늘게 치켜떴다.

"도대체 이게 무슨 소란이지?"

"아무래도 로렌 백작 부인이신 것 같은데요……."

메리는 불만스러운 얼굴로 이엘리에게 소곤거렸다. 이른 아침부터 백작 부인의 목소리가 짜랑짜랑하게 울려 퍼지니 그럴 만했다.

질책을 받고 있는 하녀는 다소 불편한 얼굴을 하긴 했지만, 그래도 정중히 고개를 숙여 보였다. 어쨌거나 로렌 백작 부인은 소공작의 숙모였던 것이다.

"러그, 교체할 거야 말 거야!?"

"알겠습니다, 로렌 백작 부인. 아가씨께 여쭤보고 교체하겠습니다."

"내 명령은 명령 같지 않아? 어째서 당장 처리하지 않고……!"

"하지만 장차 헤센바이츠의 안주인이 되실 분은, 백작 부인이 아닌 이엘리 아가씨 아닙니까."

하녀의 목소리에도 약간이나마 반항기가 서렸다. 명백히 이엘리만을 안주인으로 대하는 태도에, 로렌 백작 부인의 얼굴이 와락 일그러졌다. 이엘리는 계단참에 선 채 분위기를 살펴보았다.

'아니, 저렇게까지 사용인들을 무례하게 대할 필요가 있나?'

이엘리의 미간이 절로 찌푸려졌다. 그 정도로 백작 부인이 질책하는 방식은 무례해 보였다.

헤센바이츠의 안주인으로 내정된 이엘리도 저렇게 고함을 지르며 사용인들을 대하지 않는데, 백작 부인은 당연하게 언성을 높였다. 게다가 하녀는 맞는 말을 한 것뿐이다.

'어쨌거나 공작 성의 물건을 들고 내보내는 데에는 내 허락이 필요한데.'

백작 부인은 엄연히 이엘리에게 교육을 해 주기 위해 들어온 것이다. 그렇다면 당연히 그녀에게 먼저 허락부터 구해야 한다.

하지만 백작 부인은 그런 과정은 모두 생략한 채, 자기 마음대로 공작 성을 휘두르려 들었다. 하녀의 말을 들은 백작 부인의 눈매가 서슬 퍼렇게 일그러진다.

"미천한 계집이 감히 내게 말대답을 하려 들어!?"

찰싹! 백작 부인은 하녀에게 망설임 없이 따귀를 올려붙였다. 이엘리는 와락 목소리를 높였다.

"로렌 백작 부인!"

"……."

백작 부인은 아차 하는 얼굴이 되었다. 눈물이 그렁그렁한 눈으로 하녀가 이엘리를 돌아본다.

"아, 아가씨."

"이게 무슨 일인가요?"

그렇게 질문하며, 이엘리는 메리에게 눈짓을 했다. 메리는 황급히 달려가 하녀를 자리에서 일으켜 세워 주었다.

이엘리가 싸늘한 표정을 백작 부인을 마주보았고, 그녀는 이를 갈아붙이며 대답했다.

"그저 버릇없는 계집에게 가르침을 내렸을 뿐입니다."

"아하. 그런가요?"

이엘리가 비뚜름한 비웃음을 지었다. 하녀의 상태를 살펴보던 이엘리는 한숨을 섞어 말했다.

"넌 이만 물러가렴."

"……네, 아가씨."

눈치를 살피던 하녀가 종종걸음으로 멀어졌다. 백작 부인은 당장 하녀의 머리채를 잡고자 하는 얼굴이었지만, 이엘리가 가로막았다. 성큼성큼 백작 부인 앞으로 걸어간 그녀가 차갑게 말했다.

"사용인에게 폭력을 휘두르다니. 고상한 귀부인께서 하실 만한 짓이 아니네요."

"아랫것들을 너무 오냐오냐해서는 안 됩니다, 기강을 확실히 잡아야지요."

기강이라. 이엘리는 할 말을 잃어버렸다. 공작가의 안주인도 아니고, 한낱 그녀의 교육 담당으로써 들어온 사람이다. 이렇게 행동하는 것 자체가 이엘리의 권리를 무시하는 거나 다름없었다.

"백작 부인께서 그렇게 말하시니 우습네요."

"뭐라고요!?"

"오히려 제가 지금까지 백작 부인을 유하게 봐 드리고 있었던 것. 잘 알고 계실 텐데요."

그렇게 말한 이엘리가 확 미간을 구겼다. 그녀는 백작 부인에게 하나하나 따져 묻기 시작했다.

"백작 부인께서는 공작 성의 외부인이시지요."

그 말에 백작 부인의 얼굴이 와락 일그러졌다. 그러나 이엘리는 백작 부인을 향한 날 선 표정을 감추지 않았다.

"공작 성의 사람인 저도 사용인들을 폭력으로 다스리지 않습니다. 그런데 어찌하여, 외부인인 백작 부인께서 그렇게 행동하시지요?"

"저들이 레이디 헤센바이츠에게도 불손하게 행동할지 어찌 압니까?"

마치 이엘리를 위해 미리 기강이라도 잡아 줬다는 것 같은 말투였다. 이엘리는 내뱉듯 말했다.

"말씀 조심하시지요. 공작 성의 모든 사람은 제게 불손하게 군 적이 없습니다."

"앞으로는 모르는 일 아닙니까?"

"앞일을 미리 예측했다? 차후 공작가의 안주인이 될 저도 그렇게 행동하지 않습니다만."

이엘리는 비스듬히 입술 끝을 밀어 올렸다. 그녀가 차가운 어조로 백작 부인에게 쏘아붙였다.

"이건 저에 대한 명백한 월권행위임을 모르시지는 않을 텐데요."

그렇게 말하자, 백작 부인이 처음으로 살짝 긴장하는 얼굴을 했다. 그녀는 고개를 가로저었다.

"게다가 이 방은 전대 공작 부인의 방입니다. 출입이 금지되어 있다는 것을 모르십니까?"

"알고 있습니다. 하지만 전 레이디 헤센바이츠의 교육 담당 아닙니까?"

이엘리는 순간 기가 막혔다. 미간을 좁힌 이엘리가 로렌 백작 부인에게 날카롭게 쏘아붙였다.

"제 교육 담당이신 게, 전대 공작 부인의 방을 들여다볼 특권을 갖게 되는 건 아닙니다."

"……!"

"게다가 다른 사람도 아니고, 공작님께서 그렇게 사랑하시던 분의 방이지 않나요."

이엘리는 이제 한심하다는 얼굴을 하고 있었다. 로렌 백작 부인은 지그시 입술을 당겨 물었다.

"그렇게 함부로 문을 따는 건, 고인에게도 너무 무례한 짓이라고 생각하지 않으십니까?"

"전 그러려던 게 아니고……!"

"저를 납득시킬 수 있는 변명이 아니라면 차라리 말씀을 마십시오."

백작 부인은 말문이 막히는 것을 느꼈다. 보란 듯이 한숨을 내쉰 이엘리가 어깨를 으쓱거렸다.

"게다가 부인."

"……예."

"요새 전 부인께서 과연 남을 가르칠 자격이 있는지 의문을 가지고 있습니다만."

진심 어린 이엘리의 말에 백작 부인은 울컥했다. 아니, 저 어린 것이 지금 날 무시하는 거야?

"무슨 말씀을 그렇게 하십니까. 전 황가의 명을 받아 이곳에 내려온 것입니다!"

그전에 이엘리에게 당한 것을 떠올린 백작 부인은 거칠게 고함을 내질렀다. 이엘리는 속눈썹을 곱게 접으며 미소 지었다. 그걸 왜 모르겠나. 그러지 않았다면 당신은 진작 내쳐 버렸을 텐데.

"압니다. 백작 부인께서 황가의 추천을 받으신 것쯤은."

"그런데 어째서 제게 그런 말씀을……!"

"그렇다면 하나하나 따져 보도록 하죠."

이엘리가 서늘한 목소리로 입을 열었다. 지레 얼어붙은 백작 부인이 순간 어깨를 움찔거렸다.

"황가의 추천을 받으셨다 하여, 공작 성에 이런 식으로 간섭하는 것은 과도하지 않나요?"

"그, 그것은……."

"예전에도 저희는 이 문제에 대해서 미리 합의했던 것으로 아는데요."

이엘리는 갸웃이 고개를 기울였다. 봄 새싹 같은 연녹색 눈동자 안에는 경멸이 가득 차 있었다.

"공작가의 내정을 다스리는 사람은 저고, 부인은 곁에서 도와주시는 것으로요."

"저는 그저, 레이디 헤센바이츠를 돕기 위해서……."

"저를 돕기 위해서, 제 시아버님께서 불쾌해하실 만한 일을 저지르셨다고요?"

그녀는 대번 되물었다.

백작 부인의 두 눈이 휘둥그레 뜨였다. 시아버님. 언제부터 저 밤톨만 한 여자아이와 공작과의 관계가, 이런 이야기에 끌어올 정도로 친밀해졌지? 모골이 송연해졌다.

"그만 물러가세요."

"저, 레이디 헤센바이츠."

"제가 정말로 화를 내기 전에, 물러나시는 편이 좋을 거예요."

이엘리는 두 눈을 가늘게 뜨며 백작 부인에게 선언했다. 붉은 입술 끝에 서린 미소가 차갑다.

"제 시아버님의 귀에 이번 일이 들어가기 전에요."

"……."

입술을 깨문 백작 부인은 대답 대신 몸을 홱 돌렸다.

그 뒷모습을 바라보던 이엘리는 골머리가 지끈지끈 아파 오는 걸 느꼈다. 전대 공작 부인의 방이라니, 간도 크지. 그녀는 한숨을 쉬었다.

"메리. 아무래도 이쪽 방을 다시 닫아 놔야 할 것 같은데……."

이엘리는 곤란한 얼굴을 했다. 죽은 아내를 지극히 사랑하는 공작이었다. 또한 공작이 이 방을 각별히 여기는 것도 알고 있었다. 다행스럽게도 뒤로 물러나 있던 메리가 앞치마 주머니에서 열쇠를 꺼냈다.

"네, 아까 전에 열쇠를 받아 뒀어요."

"그럼 열쇠를 주렴. 얼른 문을 잠그고……."

그렇게 말하던 이엘리는 문득 멈칫했다. 반쯤 열린 방문 안쪽으로 그 안의 풍경이 살짝 들여다보였다. 갖가지 이젤과 그림들이 놓여 있는 쓸쓸해 보이는 작업실. 마른 먼지 냄새가 풍긴다.

"……안에 그림이 많네."

"네, 전대 공작 부인께서는 그림이 취미셨거든요."

"그래?"

흐음. 이엘리는 눈매를 가늘게 떴다. 그러고 보면, 지금껏 공작성에서 공작 부인에 대한 이야기는 거의 들어 본 적이 없었다. 오래된 비밀처럼 꼭꼭 숨겨진 그녀. 호기심이 살짝 고개를 든다.

'아주 조금만 보면 되지 않을까.'

어느새 그녀는 방 안에 들어서 있었다. 메리가 난처한 얼굴로 이엘리의 등 뒤에 따라붙었다.

'전대 공작 부인께서 그림에 취미가 있으셨을 줄이야.'

베일에 싸여 있던 자카리의 어머니에게 한 걸음 가까이 다가가는 기분이었다. 그렇다면, 지금껏 알지 못했던 내 남편에 대해서도 좀 더 잘 알 수 있게 될까? 가슴이 멋대로 콩콩 뛰었다.

'솔직히 말하자면, 지금껏 따돌림받는 기분이었다고.'

공작도, 자카리도 예전에 비하자면 그녀를 훨씬 존중해 주는 것은 사실이었다. 하지만 공작 부인에 대해서는 언제나 입을 꾹 다물어 버리니, 답답했었다. 미세한 거리가 있는데, 그 거리를 영영 좁힐 수 없는 느낌이 이러할까.

'……만약 내가 자카리의 진짜 가족이었다면, 그러지 않을 텐데.'

문득 그렇게 생각하던 그녀는 화들짝 놀랐다. 제 감정이 어디서 왔는지 새삼스럽게 깨달았다.

'그렇구나, 나. 자카리의 진짜 가족이 되고 싶은 거였어.'

평소라면 이런 호기심은 가뿐히 접어 낼 수 있었다. 하지만 그녀는 지금, 굳이 고집을 부려 전대 공작 부인에 대해 알아내려 하고 있다. 그녀는 묘한 기분으로 방 안에 자박자박 들어갔다.

'실제로 어떤 사람인지는 묻지 못하더라도…… 그 흔적이라도 보고 싶어.'

자카리의 어머니. 공작의 아내. 베일에 싸여 있는 '아름다운 아델라이데.' 어떤 사람인지 정말 궁금했다. 아주 조금만 보면 되지 않을까. 호기심이 이성을 이겼다. 그녀는 방을 둘러보았다.

오래 문을 봉해 뒀던 방의 공기 위쪽으로, 한껏 빛을 머금은 먼지가 반짝반짝 떠돌아다녔다.

"이 방에 있는 물건들은 전부, 전대 공작 부인께서 소유하고 계셨던 거니?"

"제가 알기로는 그래요."

메리는 고개를 끄덕였다. 그러고 보면 헤센바이츠 공작과 자카리 양쪽 다 이 작업실을 그리 좋아하지 않았다. 두 부자가 공유하는 공통점 중 하나는, 전대 공작 부인에 대해 가진 기묘하게 뒤엉킨 감정이었다.

죄책감을 기반으로 한 원망과 애정. 그녀는 방을 구석구석 살펴보았다.

"완성된 그림은 별로 없네."

꽃이며 정물을 그린 소품만이 두어 점 완성되어 있을 뿐이다. 그림 솜씨는 상당했으나, 그림을 완성할 의지는 없어 보였다. 방을 둘러보던 그녀는 문득 조그마한 크로키 북을 발견했다.

"이 크로키 북은……."

그녀가 팔랑팔랑 크로키 북을 넘겼다. 연필로 슥슥 선을 그어 그린 그림 안에는, 공작 성안의 몇몇 사용인들이 머물러 있다. 하녀와 하인들, 그리고 정원사까지. 오직 공작 부자만 없었다.

'자카리도, 공작님도…… 그림 속에는 단 한 장도 남아 있지 않네.'

아무리 그래도 가족인데. 최소한의 애정조차 없다는 양 공작 부인은 집요하게 가족을 그림 속에서 배제했다. 무슨 사연이라도 있었던 것일까. 공작과 자카리가 행동하는 것을 보면, 무언가 있긴 했을 것 같은데.

찝찝한 기분에 이엘리가 크로키 북을 다시 접었다. 그때 메리가 말했다.

"아 참, 마님께서 그리셨던 그림이 '초상화 방'에도 한 장 걸려 있다고는 하는데."

"그래?"

'초상화 방'이란, 지금껏 공작가의 인물들을 그린 초상화를 모아 놓은 방이었다. 자카리가 공작위를 이을 때, 그들 부부의 초상화가 들어갈 방이기도 하다. 그녀는 슬쩍 눈썹을 찡그렸다.

'하지만 나, 지금까지 그 방에 들어가 본 적은 한 번도 없었지.'

그 이유는 공작 부자가 이엘리가 그 방에 드나드는 걸 좋아하지 않기 때문이었다. 이 방과 더불어, 이엘리가 몇 년간 공작 성에 살면서 가 보지 못한 곳 중 하나였다.

지금껏 호기심을 죽여 두었는데, 메리가 저렇게 말하니 왠지 가보고 싶다. 이엘리는 눈을 빛내며 메리에게 되물었다.

"전대 공작 부인께서는 초상화도 그리셨던 거니?"

"제가 알기로는 그래요."

"누구의 초상화가 남아 있는데?"

"아마 소공작님을 주제로 한 그림일걸요?"

자신감 있는 어조는 아니다. 저도 잘 모르겠다는 투에, 이엘리는 의아하게 메리를 돌아보았다.

"아마, 라니?"

"그게…… 저도 한 번도 들어가 본 적이 없어서요."

"메리는 여기서 오래 일하지 않았어?"

"그래도 그 방은 하녀장님께서 주로 담당하시니까……."

메리가 말꼬리를 흐렸다. 이엘리는 의아한 낯을 했다. 하녀장이 직접 방 청소를 한다고? 어째서? 아무리 그 방이 중하다 한들, 이런 유서 깊은 가문의 하녀장은 그리 한가하지 않다.

"흐음, 아무튼 알겠어."

이엘리는 초상화 방에 대한 호기심을 힘겹게 접어 냈다. 마음 같아서는 그곳도 들러 보고는 싶었지만, 그래도 공작에게 밉보이고 싶진 않았다. 이 방도 몰래 들어온 거나 마찬가지 아닌가.

'지금이야 로렌 백작 부인 때문에 어쩔 수 없이 들어왔다고 변명이라고 할 수 있으니까.'

하지만 초상화 방은 상황이 달랐다. 마지막으로 방을 돌아본 그녀는, 아쉬운 얼굴을 한 채로 방문을 닫았다.

작업실은 다시 한 번 그늘진 어둠에 잠겼다. 그 광경은 어딘가 쓸쓸해 보였다.

* * *

그날 늦은 저녁, 이엘리는 공작의 호출을 받았다. 제 집무실로 잠시 찾아오라는 전갈이었다.

"이엘리."

"예, 각하."

그녀는 얌전히 고개를 조아렸다. 공작의 심기는 상당히 불편해 보였다. 그가 툭 말을 뱉었다.

"로렌 백작 부인이 내 아내의 방을 건드렸다지."

"죄송합니다. 단단히 일러두었으니, 다시는 그런 일이 발생하지 않을 거예요."

그녀 자신도 방 안을 들여다본 것은 사실이었기에, 찔끔한 표정을 지은 이엘리는 애써 미소를 지었다. 호기심이 고양이를 죽인다더니. 하지만 곧장 공작이 추궁해 올 줄은 전혀 몰랐다.

"……아니, 너를 질책하려 함은 아니었다."

공작의 날카로운 표정이 다소 누그러졌다. 다행이다, 나 때문에 화가 나신 건 아닌가 보다. 이엘리는 속으로 가슴을 쓸어내렸다. 공작은 쯧, 입 안으로 혀를 차는가 싶더니 차갑게 말했다.

"로렌 백작 부인의 오만방자함이 점차 도를 넘어서는군."

"제가 부족한 탓입니다."

"아니, 황가의 끄나풀이라는 그 신분을 멋대로 휘두르는 그 계집이 주제넘은 게지."

공작은 아무렇지도 않게 로렌 백작 부인을 '계집'이라 칭했다. 자카리를 꼭 닮은 새파란 눈동자에 서린 감정은 경멸에 가까웠다.

잠시 후, 공작이 이엘리를 돌아보았다. 그러고는 느른하게 입을 연다.

"그보다 너도 그 방을 봤다면, '초상화 방'이 궁금하지 않을까 하여 불렀다."

"아……."

당연히 궁금했다. 이엘리는 마른침을 꼴깍 삼켰다. 공작의 시선이 이엘리를 가만히 응시했다.

"궁금한가 보구나."

"솔직하게 말씀드리자면, 그렇습니다."

"그래……."

공작이 작게 고개를 끄덕였다. 생각을 알 수 없는 고요한 눈동자가 흘끗 창밖으로 넘어간다.

"조만간 네게 '초상화 방'을 보여 줄 생각이다."

"그게 정말인가요?"

전혀 기대한 적 없던 말에, 그녀는 저도 모르게 되묻고 말았다. 그는 가볍게 고개를 끄덕였다.

"물론. 너도 이제 슬슬 그 방을 볼 때도 되었지."

세상에, 이게 도대체 웬일이람. 무슨 바람이 불어서 저래? 이엘리는 두 눈을 휘둥그렇게 떴다.

"어쨌거나 자카리는 너를 아끼고, 나도……."

말꼬리를 흐리던 공작은 슬쩍 미간을 좁혔다. 어쩐지 말실수를 한 것 같다는 표정을 짓는다.

"……아무것도 아니다."

"예? 예에……."

공작이 저런 반응을 보이니, 이엘리 또한 머쓱한 기분이 되어 버렸다. 잠시 어색한 침묵이 내려앉는다. 눈동자를 굴리던 그녀는 문득 공작의 책상에 시선을 주었다.

'어, 저건?'

그 자리에 놓인 것은 약병이었다. 약초를 동그랗게 뭉쳐 만든 환약들이 유리병 안에 차곡차곡 쌓여 있었다. 약병에 남은 양은 병을 반쯤 채울 정도. 그렇다면 사라진 약들은 이미 공작이 먹었다는 뜻인데…….

'혹시 몸이 좋지 않으신 건가?'

그러고 보면 공작은 언제나 피곤한 얼굴을 하고 있었다. 그때 공작이 손을 들어 약병을 치웠다. 서랍 안에 약병을 넣어 두는 것이, 이엘리가 약병을 바라보고 있는 것을 눈치챈 것 같았다.

"공작님, 혹시 어디 몸이 불편하신가요?"

"……아니, 그런 건 아니다."

살짝 난처한 얼굴이 된 공작은 고개를 가로저었다. 하지만 뭔가 미심쩍은 기분에, 이엘리는 공작을 빤히 바라보았다. 그러자 공작이 성마른 동작으로 손을 까닥거리며 문 쪽을 가리킨다.

"되었다. 이만 물러나거라."

"예, 알겠습니다."

얌전히 방문을 닫고 나온 이엘리는 슬쩍 뒤를 돌아보았다.

지금 하셨던 말씀, 무슨 뜻으로 하신 거였을까? '어쨌거나 자카리는 너를 아끼고, 나도…….'라니.

설마 공작님께서도 날 가족으로 조금이나마 인정해 준다는 뜻일까?

그렇게 생각하던 그녀는 저도 모르게 양 뺨을 붉혔다.

'……그런데 그 약병은 뭐였을까?'

가벼운 발걸음으로 자신의 방으로 돌아가던 그녀는 문득 고개를 갸웃거렸다. 공작님께서 어디 몸이 불편하시기라도 한 건가? 하지만 뭐, 괜찮다고 하셨으니까. 금세 이엘리는 생각을 털어 버렸다.

*　　　*　　　*

이엘리와 로렌 백작 부인의 신경전은 이제 극에 달해 있었다. 정확히 말하자면, 백작 부인이 어떻게든 이엘리를 이겨 먹으려 하는 것에 가까웠다. 하지만 이엘리는 그것들을 모두 쳐 냈다.

"로렌 백작 부인, 제게 가르침을 주신다 하시더니."

그녀는 우아하게 미소 지었다. 목소리는 다정했으되, 그 안에 숨어 있는 가시는 꽤 날카롭다.

"기사단에게 지급하는 예비 단검 개수마저 제대로 파악하지 못하시면 어떡합니까."

이엘리는 사실 내심 짜증이 난 상태였다. 아니, 가르쳐 준다고 하더니 오히려 내게 도움을 받으면 어떡하나. 기사단은 공작가에서도 꽤나 공을 들여 키우는 집단이었고, 그들의 물자 지원 또한 상당히 중요하게 다루어졌다.

특히 소공작인 자카리 또한 기사단과 함께 행동하지 않나.

"새로 맞추고 있는 가죽 갑옷도 마찬가지예요. 요청한 것에 비해 수량이 터무니없이 적어요."

순간 백작 부인은 찔끔한 표정을 지었다. 아침부터 저지르고 있는 이 소란은 그렇다 치더라도, 이엘리가 지적하고 있는 문제는 부인이 반박할 수 있는 문제가 아니었으니까.

부인이 답했다.

"기사단에게 그렇게 큰 신경을 쓸 필요가 있나요? 어차피 기사들은……."

"……로렌 백작 부인. 지금 무어라 하셨습니까?"

이엘리가 사나운 눈초리로 로렌 백작 부인을 노려보았다. 이 여자가 지금 뭐라 지껄이는 거야?

"여긴 북부고, 공작가는 야만족과 마수를 직접 토벌하는 가장 강력한 저지선입니다."

"그건 알고 있습니다! 저는 그냥……!"

"그냥이라고 하시기엔, 백작 부인께서 배분하신 예산이 다소 비합리적이라는 생각이 드네요."

"……."

자존심이 상했는지 로렌 백작 부인이 얼굴을 새빨갛게 물들였다. 하지만 이엘리는 이참에 그녀를 불쾌하게 했던 모든 것들을 짚고 넘어갈 생각이었다. 그녀는 낭랑한 어조로 입을 열었다.

"게다가 식당의 장식 타일을 교체하기 위한 예산을 책정하셨더군요."

"예, 이번에 지나가면서 봤는데, 상당히 낡은 것 같아 그리했습니다."

"부인. 그건 낡은 게 아니라 고풍스럽다고 하는 겁니다."

기가 막힌 이엘리가 한 마디 말을 쏘아붙였다. 공작 가족이 항상 이용하는 식당이었고, 그녀도 오며 가며 보았다. 색색의 타일은 세월의 더께를 덧입고 우아한 빛깔로 남아 있었다. 저건 어떻게든 공작가의 살림에 간섭하고자 하는 발악에 가까웠다.

그녀는 냉랭하게 말을 이었다.

"부인, 부인의 낮은 안목을 제게 직접 전시하실 필요는 없으십니다."

"어떻게 그런 말씀을……!"

"고아한 것과 낡은 것을 구분하지 못하는 안목은 그렇다 칩시다."

이엘리는 붉으락푸르락 표정을 굳힌 백작 부인을 돌아보았다. 그리고 두 눈을 가늘게 뜨며 질문한다.

"굳이 지금 이 시점에 공작가의 장식 타일을 바꿔야 할 필요성이 있습니까?"

"공작가의 기품을 위해서입니다!"

"글쎄요. 헤센바이츠는 황가와도 견줄 수 있을 정도로 오랜 역사를 지닌 고귀한 가문이지요."

그녀가 나긋하게 답했다. 도대체 무슨 말을 하려는 건지. 백작 부인의 눈동자에 불안이 서렸다.

"그런 가문의 기품이 고작, 식당의 장식 타일 따위로 훼손될 거라고는 생각되지 않네요."

"공작가는 마땅히 가장 좋은 물건을 사용해야 합니다!"

"맞아요. 하지만 저 장식 타일의 어디 부분이 질이 나빠 보이는지, 전 잘 모르겠군요."

어째서 장식 타일 따위로 이런 쓸데없는 언쟁을 하고 있어야 하나. 이엘리는 눈썹을 찡그렸다.

"귀퉁이가 깨지기라도 했나요? 아니면 금이라도 갔나요?"

"그런 것은 아닙니다만, 그래도 너무 오래된 물건이니까……!"

"그 모든 것이 공작 성이 지금껏 보내왔던 긴 시간을 상징한답니다."

단칼에 말을 잘라 낸 그녀는 입술을 동그랗게 모았다. 연녹색 눈동자는 흘긋 백작 부인을 본다.

"그보다 백작 부인께는 조금 실망이네요."

"……."

여기서는 말을 조심해야 했다. 백작 부인은 한 마디 말을 보태기보다는 한 걸음 뒤로 물러나는 편을 택했다.

곁에서 지켜본 바, 이엘리는 기본적으로 냉정하고 합리적이었다. 게다가 상대의 모자란 점도 귀신같이 찾아낸다. 실수하면 본전도 찾지 못하는 경우가 부지기수였던 것이다.

"남부 촌뜨기보다도 공작가, 그리고 기사단의 중요성을 잘 모르시다니."

"레이디 헤센바이츠!"

"부인께서는 공작가의 외가이자 북부의 귀족이라는 그 위치를 잘 자각하지 못하시나 보군요."

이엘리는 싸늘하게 웃었다. 수많은 마수들, 그리고 야만족들을 막아내는 북부의 방벽. 헤센바이츠 공작가.

공작가가 방벽 역할을 수행하기 위해서는 강력한 병력이 필요하다. 북부의 기사들은 제국에서 가장 강력하기로 소문난 기사들이었다. 그리고 기사들 중, 그녀의 남편이 있다.

'자카리.'

이엘리는 지그시 입술을 깨물었다. 그때, 말로 밀리기 싫었던 백작 부인이 발작적으로 외쳤다.

"어, 어차피 소공작께서 계시지 않습니까!"

"……뭐라고요?"

순간 이엘리의 눈동자가 갓 내린 눈처럼 싸늘해졌다. 하지만 백작 부인은 말을 멈추지 않았다.

"소공작께서 갖고 계신 겨울의 힘이면 모두 해결할 수 있지 않습니까!?"

"지금 그걸 말이라고 하시나요?"

그제야 말실수한 것을 깨달았는지, 백작 부인이 흠칫 입을 다물었다. 이엘리는 허리를 곧게 세우고 그녀를 노려보았다. 새싹처럼 연연한 연녹색 시선은 이제, 경멸의 빛을 가득 품고 있었다.

"소공작께서 어린 소년이셨을 때……."

그녀는 가라앉은 목소리로 입을 열었다. 처음 만났을 무렵, 무표정한 얼굴로 불합리한 폭력을 감내하던 작은 소년을 기억한다.

감정을 죽이다 못해 창백하게 질렸던 조그마한 얼굴. 오랫동안 아팠기에 반사적으로 경계의 날을 세우던 새파란 눈동자. 괴물이라 매도당하던 어린 소년.

"북부의 사람들이 소공작을 두고, '괴물'이라 칭하던 것을 잊지 않았습니다."

그때 소년은 당연하다는 양 위험한 자리에 내몰렸다. 상처 한 점 남아 있지 않던 기사들, 피투성이로 비틀거리던 그녀의 남편. 지금은 기사들과 원만한 관계를 유지하고 있고, 그리고 자카리는 그 시간을 말끔히 용서해 준 것 같지만.

솔직히 말하면, 이엘리는 그 시간을 잊지 않았다.

"그때는 괴물이고, 지금은 '겨울의 힘이 있으니까 괜찮다'라고 말씀하십니까?"

아무도 그때의 자카리를 도와주지 않았다. 모두 어린 괴물은 그 정도 상처는 감내해도 괜찮다고 생각했다. 겨울의 마법이 있으니, 당연히 가장 위험한 자리에 내몰려도 된다고 생각했다.

"참으로 이기적인 발언이로군요."

이엘리는 웃었다. 명백한 비웃음이다. 백작 부인은 그제야 이엘리의 역린을 건드렸음을 알았다.

"그건, 저는 그런 뜻으로 말씀드린 게 아니오라……!"

"그렇다면 어떤 뜻으로 말씀하신 것인지요?"

이엘리는 서늘한 표정으로 백작 부인을 마주보았다. 백작 부인은 입술을 잘근 짓씹었다. 눈앞에 서 있는 작은 소녀는 아직 머리에 피도 안 마른 새파란 계집아이다.

그런데 어째서 항상 이렇게 기가 질리고 마는 것인지. 백작 부인은 어떻게든 변명거리를 생각하려 했으나, 그건 불가능했다.

'이럴 때는 어떻게 말해야 하지?'

소공작의 이야기를 꺼내서는 안 됐다. '괴물'이라면서 괴롭힘을 당했던 때가 있는 이상, 어떤 식으로 말한다 한들 이엘리는 불쾌해할 것이다. 무어라 말해야 할지 몰라, 백작 부인이 한참 눈치를 살피던 그때. 저벅저벅 발걸음 소리가 울렸다. 그와 동시에 가벼운 목소리가 들려왔다.

"이엔."

"자, 자카리?"

순간 이엘리의 목소리가 흐트러졌다. 놀란 토끼처럼 동그랗게 눈을 치켜뜬 그녀가 뒤를 돌아보았다. 그리고 제 눈을 의심했다. 그 자리에는 자카리가 비스듬히 서 있었다.

새하얀 은발 아래, 장난기를 가득 담은 짙푸른 눈동자가 그녀를 마주 본다. 그가 콧잔등을 찡그리며 씩 웃어 보였다.

"놀랐어?"

"뭐야, 아직 토벌 기간이 끝나지 않았잖아?"

이엘리가 멍하니 중얼거렸다. 총 한 달을 꽉 채우는 토벌 기간이었다. 그리고 지금은 출정을 나간 지 3주 차. 벌써부터 돌아올 리가 없는데? 그때 자카리가 한 걸음 성큼 내디디며 말했다.

"네가 보고 싶어서 견딜 수가 있어야지."

"토벌은?"

"모두 끝냈어."

벌써? 이엘리는 눈썹을 깜빡였다. 자카리는 손을 뻗어 그녀의 뺨을 어루만졌다. 푸른 눈동자 안쪽에 만족스러운 미소가 번졌다. 이 감촉. 얼마나 그리웠는지 모른다. 당황한 기색의 그녀가 다시 묻는다.

"그런데 다른 기사들은 어쩌고, 너 혼자 왔어?"

"그게……."

자카리가 눈을 데구르르 굴렸다. 잠시 후 그는 멋쩍은 낯이 되었다. 그가 눈을 피하며 말했다.

"뒤에서 쫓아오고 있어."

"뭐어?"

"나 혼자 왔거든. 아마 그들은 내일쯤 도착하지 않을까?"

"……."

이엘리는 할 말을 잃어버렸다. 그러니까 지금, 혼자서 먼저 공작성으로 돌아왔다 이건가. 하루 차이면 그냥 같이 와도 됐잖아? 골이 지끈지끈 아팠지만, 이엘리는 더 급한 질문부터 물었다.

"공작님은 찾아뵀었어?"

"아니, 돌아오자마자 바로 여기부터 온 거야."

"세상에, 공작님부터 찾아갔어야지!"

질겁한 이엘리는 그제야 자카리의 모습을 다시 한 번 살폈다. 그러고 보니 자카리의 입성은 말끔하지가 못하다. 그나마 옷은 깨끗한 것으로 갈아입은 것 같지만, 얼굴에는 옅은 피로감이 서려 있다.

자카리는 작게 소리를 내며 웃었다. 당황한 그녀와 다르게 그는 여전히 여유롭다.

"아버지야 뭐, 언제든지 뵐 수 있는 분 아냐?"

"그렇게 치면 나도 마찬가지 아냐?"

"그건 아니지."

자카리는 단호한 동작으로 고개를 가로저었다. 그녀의 어깨를 가볍게 두드리며 그는 말했다.

"넌 보고 또 봐도 모자라다고."

"그게 뭐야."

이엘리가 나지막한 웃음을 터뜨렸다. 연녹색 눈동자는 언제나처럼 따스하게 그를 마주보았다.

"피곤하지? 공작님부터 만나 뵙고, 들어가서 쉬어."

"……."

"자카리?"

이엘리는 고개를 갸웃하며 그를 부른다. 그녀의 얼굴을 뚫어져라 바라보던 자카리는, 그제야 흠칫 놀라며 이엘리를 마주보았다. 그리고 지그시 입술을 깨문다. 그녀의 다정함은 너무 달콤해서, 가끔씩 그녀와 그가 다른 온도로 서로를 바라보고 있음을 잊고 만다.

'네가 날 남동생처럼 생각하는 것은 알고 있어.'

이엘리의 따스함이 이성을 향한 관심이 아니라는 것을 자각할 때마다 가슴이 서늘해진다. 그럼에도 그녀를 놓을 수 없는 것은, 그녀는 제 삶의 단 하나뿐인 빛이자 이유였기 때문이었다.

"아무것도 아니야."

자카리는 어색하게 미소를 지어 보였다. 이엘리는 어리둥절한 표정으로 그를 응시했다. 그때였다.

"소공작님, 레이디 헤센바이츠께서 저를 모욕하였습니다. 그것도 하녀 앞에서요!"

이때다 싶었는지 백작 부인이 자카리에게 쪼르르 달려갔다. 표정까지 불쌍하게 꾸며 낸 채였다.

"아, 숙모님. 오랜만에 뵙네요."

자카리는 그제야 로렌 백작 부인을 알아본 것처럼 고개를 돌렸다. 백작 부인은 순간 그 자리에 얼어붙었다. 이엘리를 볼 때의 다정한 미소는 간데없이, 그의 표정은 무척 싸늘했기 때문이었다.

"오신다는 말씀은 들었지만, 솔직히 반갑지는 않군요."

"소, 소공작님?"

"이엔이 화내고 있었으니까요."

"……."

백작 부인은 지그시 입술을 물었다. 짙푸른 시선은 마치, 그녀를 꿰뚫기라도 할 것처럼 사납다.

"이엔은 쉬이 화를 내는 사람이 아니니, 분명 숙모님이 분명 어떤 잘못을 저지르셨겠지요."

"소공작님, 그게 아니오라……."

"그리고 아쉽게도 저도 숙모님께서 하신 말씀을 듣고 말아서요."

그때 자카리가 비스듬히 시선을 기울였다. 빙하처럼 싸늘한 푸른 눈동자. 조소만이 가득하다.

"아마, 겨울의 힘이면 모든 문제를 해결할 수 있지 않느냐고 물으셨지요?"

자카리의 기분이 저조하다는 것쯤은 백작 부인도 금세 눈치챘다. 자카리는 비뚜름하게 섰다.

"숙모님께서 저를 어떻게 생각하셨는지 알 것 같습니다."

그는 이제 거의 빈정거리고 있었다. 어찌나 그 말투가 사나운지, 백작 부인의 낯이 새하얘졌다.

"골치 아픈 일을 모두 해결해 주는 만능 괴물. 그런 거 아닙니까?"

"어찌하여 그런 말씀을 하십니까, 제가 감히 그럴 리가 있겠습니까?"

"그렇다면 무슨 뜻으로 말씀하셨는지 설명이라도 해 보십시오."

그 말에 백작 부인은 꿀 먹은 벙어리가 되었다. 잠시 후, 어떻게든 변명을 끌어모아 주절댄다.

"저는, 저는 그저 소공작님께서 강력한 힘을 가지신 게 기뻐서 그랬습니다."

"강력한 힘을 가진 게 기쁘다고요?"

"그, 그럼요! 헤센바이츠의 그 힘이 있기에 황가가 북부를 넘보지 못하는 게 아닙니까?"

황가와 가장 친근한 북부 귀족인 주제에, 말만큼은 청산유수였다. 자카리는 눈을 가늘게 떴다.

"그 생각이 로렌 백작가 전체의 생각이라면…… 뭐, 좀 서글프긴 하군요."

서글프다고 말하는 것과 별개로, 표정은 날카로웠다. 자카리는 백작 부인을 차게 내려다보았다.

"겨울의 힘이 그렇게 고귀한 힘이라면, 어째서 전 지금껏 경멸받으며 살아왔겠습니까?"

"누가 감히 헤셴바이츠의 후계자를 경멸한답니까?!"

"위로부터는 내 아버지, 아래로는 그대들 같은 북부의 귀족들까지."

하지만 자카리의 목소리는 흔들림 하나 없었다. 고개를 갸웃 기울인 자카리가 빙긋 미소했다.

"전 수없이 많은 경멸을 받으며 자라 왔는데요. 아닙니까?"

"……!"

백작 부인은 다시 한 번 제 입술을 잘근 씹었다. 뭐라 반박하고 싶은데, 반박할 말이 없어 복잡한 낯이었다. 그런 그녀를 향해 자카리가 나긋하게 말했다. 목소리만큼은 봄날처럼 다사롭다.

"이엘리 외의 그 누구도, 이 북부에서 절 경멸하지 않는 사람이 없었습니다."

진심이었다. 언제나 차가운 눈으로 그를 흘겨보는 시선들. 오직 이엘리만이 자카리를 바라보며 웃어 주었다. 얼음으로 짜 올린 감옥 같았던 세계에서, 홀로 따사로웠던 아샤 꽃 같은 소녀.

"그리고 오늘처럼 무례한 일이 있었고, 그 무례함을 제 눈으로 보았으니. 황가에서도 숙모님이 그만 백작가로 돌아가셨으면 하는 제 의견을 받아들여 주시겠지요. 그렇지 않습니까?"

"소공작님!"

"감히 헤센바이츠의 안주인이 될 여자에게, 북부의 여인이 대들다니요."

백작 부인은 어떻게든 변명을 하려 했다. 하지만 자카리는 그 말을 들을 생각도 하지 않았다.

"숙모께서는 이엔의 교육에 아무런 도움이 되시지 않는 것 같군요. 그러니……."

짙푸른 눈동자가 백작 부인을 위아래로 뜯어보았다. 이윽고 청년은 보기 좋게 눈매를 휘었다.

"교육에서 물러나 잠시 쉬시는 편이 어떠하실는지?"

백작 부인의 얼굴이 붉으락푸르락 일그러졌다. 아무리 그래도 그녀는 자카리의 외가의 안주인이고, 황가에서 직접 보낸 교육 담당이었다. 자존심이 꽤나 상했는지 절로 부인의 목소리가 높아졌다.

"저, 저는 소공작님의 숙모입니다, 어찌 저에게 이러실 수가 있습니까!"

"숙모보다는 아내가 훨씬 가까운 존재 아니겠습니까?"

자카리는 여상한 목소리로 백작 부인의 말을 잘라 냈다. 그는 어깨를 으쓱이며 숙모를 보았다.

"게다가 숙모께서는 참으로 안이하시군요."

"저, 저는!"

"제 숙모라는 이유만으로 이런 오만한 행동이 모두 받아들여질 거라 믿으시다니……."

거의 얼굴조차 보지 않고 자라왔던 친척인 주제에, 어머니인 양 행동하는 게 눈꼴 시렸었다.

"스스로의 위치부터 잘 자각해 보시길."

그 말을 들은 백작 부인은 공작가와 백작가 사이의 위계를 떠올렸다. 그녀의 얼굴이 구겨졌다.

"이런 식으로 행동하시면 곤란합니다, 공작 각하께 이번 일은 낱낱이 고할 겁니다!"

"그러시든지요. 그런 건 뭐, 크게 상관하지 않습니다."

백작 부인은 아득 이를 갈아붙였다. 이제 그녀는 할 말 못 할 말조차 가리지 않고 떠들어 댔다.

"오늘 이 일은 황제 폐하께서 불쾌해하실 거예요!"

"아하. 황제?"

그 말이 자카리의 신경을 건드리고 말았다. 백작 부인은 몸을 굳혔다. 그는 노래하듯이 말했다.

"폐하께서 불쾌해하시는 건 괜찮습니다. 다만."

괴물. 백작 부인이 중얼거렸다. 영영 녹지 않는 빙하처럼 새파란 눈동자. 은룡의 혈통 특유의 압박감에, 마스터의 경지에 다다른 기사의 기세까지 모조리 겹쳐졌다.

그 순간 백작 부인은 숨이 턱 막히는 것을 느꼈다. 누군가가 손을 들어 제 목을 있는 힘껏 조르는 것 같았다.

자카리는 웃었다.

"로렌 백작 부인. 백작 부인께서 살고 계신 이 땅이 어디인지 잊으신 모양입니다."

"……억, 헉, 허억……."

"여기는 북부고, 북부의 군주는 헤센바이츠입니다."

이제 백작 부인은 숨조차 쉬지 못하고 있었다. 새파랗게 질린 얼굴을 보며 그가 말을 잇는다.

"제 기억으로, 북부의 모든 귀족들은 헤센바이츠에게 충성 맹세를 바치지요."

자카리는 서늘하게 말했다.

윽, 큭, 크윽……! 대답 대신 백작 부인은 목을 움켜쥐고 발버둥 쳤다.

"내 어머니가 그대의 가문 출신이기에, 그대들의 오만함을 지금 참고 있는 것입니다."

자카리는 한 걸음 나섰다. 겨울 달 같은 눈동자는 단 한 조각의 온기조차 품고 있지 못하다.

"그러니 잊지 않으셨으면 합니다. 우리가 상당한 인내심을 발휘하고 있다는 것을요."

기묘하리만치 부드러운 목소리였다. 백작 부인은 공포에 질린 얼굴로 자카리를 올려다보았다.

"북부는 언제든 황위를 되찾을 수 있습니다. 아시겠습니까?"

그와 동시에 숨이 탁 풀렸다. 백작 부인의 눈동자에 생리적인 눈물이 고였다. 그녀가 헐떡인다.

"헉, 허억, 허억, 헉……!"

"돌아가시지요."

"……."

백작 부인은 더 말하기보다는 황급히 몸을 돌리는 쪽을 택했다.

잽싸게 사라지는 그 뒷모습은, 이엘리에게 당당히 을러댔던 평소와는 다르게 상당히 초라했다. 그녀는 황망하게 중얼거렸다.

"자카리, 이런 식으로 황가의 수족을 쳐 내면……."

"아냐, 괜찮아."

아까 백작 부인을 대할 때와는 딴판이었다. 자카리는 다정한 목소리로 이엘리를 향해 답했다.

"황가보다도 네가 백배는 더 소중해."

"……."

"게다가, 어차피 이 정도로는 로렌 백작 부인을 완전히 잘라 내지는 못할 테니까."

로렌 백작가는 황가가 간신히 자신의 편으로 만들어 둔 유일한 북부의 귀족이었다. 황가에서 이 정도로 포기할 리 없었다.

이엘리는 순간 복잡한 얼굴이 되었다. 그때, 자카리가 그녀를 등 뒤에서 끌어안았다. 그가 그녀의 뒤통수에 입술을 댄 채, 어리광을 부리듯이 다정하게 소곤거린다.

"이엔."

"응?"

"나, 졸려."

"들어가서 자면 되잖아?"

그녀가 어리둥절한 표정으로 그를 향해 대답했다. 그러자 자카리는 어린아이처럼 칭얼거렸다.

"나 재워 줘."

"……뭐어?"

이엘리는 기가 막힌 얼굴이 되었다. 하지만 자카리는 고집을 꺾을 생각 따위는 없어 보였다.

"마수들이랑 엄청 많이 싸웠단 말이야. 마수들 시체가 꿈에 나올 것 같아."

"……."

순간 이엘리는 헛숨을 삼켰다. 그렇구나. 저렇게 평온한 얼굴을 하고 있지만, 자카리는 험난한 전투를 수없이 치르고 그녀의 곁에 돌아온 것이다. 마음이 아프다. 뒤돌아선 그녀가 되물었다.

"내가 어떻게 재워 주면 되는데?"

그 말을 들은 자카리가 데구르르 눈동자를 굴렸다. 잠깐 고민하는 것 같더니, 작게 소곤댄다.

"글쎄, 이엔이 자장가를 불러 주면 잠이 잘 올 것 같아."

"너, 누구를 닮아서 이렇게 어리광쟁이인지 모르겠어."

이엘리는 뚱하니 자카리를 노려보았다. 그녀의 양 뺨을 감싸고 시선을 맞추면서, 그는 웃었다.

"누구를 닮았는지는 모르겠지만."

"응?"

"누가 날 이렇게 어리광쟁이로 만들었는지는 알지."

그녀의 눈매가 가늘어졌다. 자카리는 이엘리의 시선을 뻔뻔하게 마주보았다. 그녀가 질문했다.

"……그거, 나 얘기하는 거야?"

"정답."

그렇게 대답한 자카리가 이엘리의 이마에 이마를 톡 맞댔다. 이엘리는 기나긴 한숨을 쉬었다.

"그래, 지금 네가 하는 짓을 보니 그런 것 같네."

"그래서 싫어?"

"아니, 뭐…… 싫다고 하면 울 거잖아?"

장난스러운 대답에 자카리의 얼굴 표정이 진지해졌다. 이엘리는 찔끔했다. 아니, 요샌 이 녀석의 멘탈도 꽤나 단단해졌다고 생각했는데. 아직도 유리 멘탈이야? 그녀가 조심스럽게 말했다.

"저기, 농담이니까……."

"그럴지도."

"응?"

아니 얘가 뭐라는 거야? 이엘리는 미간을 구겼다. 그러나 자카리는 진심으로 말하고 있었다.

"네가 날 싫어하게 된다면, 사는 의미가 없어질 것 같아."

"음, 넌 나를 너무 좋아하는 것 같은데."

"부부가 서로를 존중하고 아끼는 건 당연하다며?"

"그게……."

두 눈을 깜빡이던 그녀가 피식 웃어 버렸다. 이엘리는 자카리의 손을 꼭 붙들며 입을 열었다.

"뭐라 말도 못 하겠네. 알았어, 방으로 들어가자."

자카리는 얌전히 고개를 끄덕이며 그녀의 뒤를 따랐다. 마주잡은 자카리의 손이 생각보다도 커서 새삼스럽다. 마치 말 잘 듣는 맹수를 키우고 있는 기분이라며, 이엘리는 살며시 웃었다.

자카리의 방에 들어서자마자, 이엘리는 당장 남편의 등을 떠밀어

욕실 안으로 밀어넣는다.

"우선 씻고 와, 알았지?"

"어디 가면 안 돼."

"알았어, 기다리고 있을 테니까."

그녀는 살랑살랑 손을 흔들어 주었다. 그는 의심스러운 눈초리로 그녀를 살펴보다가, 욕실 안으로 쏙 들어갔다.

자카리의 방 안에 오도카니 앉은 채, 이엘리는 소리를 죽여 웃었다. 세상에, 내 남편이 이렇게 귀여울 줄이야. 그때 욕실 너머로 물 떨어지는 소리가 요란하게 들렸다.

'음, 이거 좀…….'

그 소리를 귀담아듣고 있던 이엘리는 큼큼거리며 시선을 돌렸다. 이상하게 뺨이 달아오른다.

'……아니야, 자카리는 내 동생 같은 아이니까!'

겨우 몸을 씻는 소리를 선정적이라고 느끼는 그녀가 나쁘다. 그녀는 애써 마음을 진정시켰다.

*　　*　　*

잠시 후, 자카리는 수건을 머리에 뒤집어쓴 채 밖으로 나왔다. 그가 차려입은 얇은 자리옷 너머로 열기가 훅 끼쳐 온다. 이엘리는 구급상자를 옆에 둔 채 그를 손짓해 불렀다.

"자카리, 다치지 않고 오겠다고 약속했으면서."

자카리의 몸에는 자잘한 상처들이 남아 있었다. 어렸을 적 그의 몸을 휘감았던 큰 상처는 아니었지만, 긁히고 생채기가 난 상처들도 속상한 건 마찬가지였다.

자카리는 순순히 사과했다.

"미안, 하지만 기사들만 앞장세울 수 없었어."

"씻는 데 따갑지는 않았어? 우선 엎드려 봐."

자카리는 곧장 자리에 엎드렸다. 이엘리는 몸 구석구석에 난 상처 위로, 꼼꼼히 연고를 발라 주었다. 붕대를 감는 손끝이 예전에 비해 훨씬 야물었다. 그 모습을 바라보던 그가 작게 웃었다.

"이젠 붕대도 잘 감네."

"누구 덕분에 많이 연습했거든."

"나 때문에?"

"그럼."

상처를 다 치료한 그녀가 붕대며 약들을 구급상자에 몰아넣었다. 그때 그가 그녀를 붙들었다.

"이엔. 그건?"

"그거?"

"자장가 말이야."

"……."

그거 설마 진심이었냐. 이엘리는 질색하는 표정으로 자카리를 바라보았다. 그는 곧 칭얼댔다.

"설마 해 준다고 해 놓고서 안 해 주려고?"

"아니, 그게…… 알았어."

이엘리는 미간을 좁혔으나, 자카리는 절대 물러날 기색을 보이지 않았다. 그녀는 한숨을 길게 내쉬었다.

자카리는 그녀의 옷깃을 움켜쥐었고, 목을 가다듬은 그녀가 그의 곁에 주저앉았다.

"까만 밤이 찾아오고, 달님이 생긋 웃어요. 달빛 이불은 포근해서……."

"……."

예스러운 자장가였다. 이엘리는 노래를 부르며 자카리를 흘끗 내려다보았다. 색색 숨소리가 들린다. 피곤했던 걸까, 그는 어느새 정신을 놓고 깊이 잠들어 있었다.

무방비한 모습. 그런 모습은 저에게만 보여 준다는 것을, 이엘리는 이미 알고 있었다. 그녀는 웃으며 작게 속삭였다.

"……오늘 정말 고마웠어."

내 편을 들어 줘서. 이엘리는 자카리의 이마 위, 흐트러진 머리카락을 살짝 쓸어 올렸다. 은발은 부드럽게 손가락 사이로 얽힌다. 긴 은빛 속눈썹은 고요히 닫혀 있다. 그녀가 말을 맺었다.

"잘 자, 좋은 꿈 꿔."

구급상자를 챙겨 든 그녀가 조심스레 방문을 밀어 열었다. 잠시 후 달칵. 문이 조용히 닫혔다.

* * *

자카리는 슬머시 눈꺼풀을 들어올렸다. 곱게 닫힌 문, 흔적도 없이 사라진 이엘리. 그녀가 떠난 자리에는 희미한 아샤 향기가 떠돌

왔다. 그녀의 달콤한 목소리가 귓속에 깊숙이 스며든다.

"……이엔."

작게 속삭인 그가 베개 위로 고개를 푹 파묻었다. 자카리의 귓바퀴는 새빨갛게 물든 채였다.

*　　*　　*

한편, 로렌 백작 부인이 곧바로 찾아간 곳은 공작의 집무실이었다. 공작은 한창 서류들을 검토하던 와중 백작 부인을 맞이했다. 백작 부인은 눈물 바람으로 들어와 공작을 향해 애원을 했다.

"소공작께서 레이디 헤센바이츠를 감싸느라 저를 박대하였습니다!"

"그런가?"

"예, 그렇습니다!"

"그렇군."

공작은 무표정한 얼굴로 대답했다. 백작 부인은 힐끔 공작을 바라보았다. 공작과 소공작의 관계가 그리 좋지 않다는 건, 북부 사람들은 대부분 다 알고 있는 사실이다.

당연히 이런 소식을 들었으니, 공작이 자카리를 어떻게든 처벌해 줄 거라 백작 부인은 기대하고 있었다. 그런데.

"그게 할 말의 다인가?"

"……예?"

공작은 오히려 차분한 목소리로 백작 부인에게 되물었다. 백작 부인의 동공이 격하게 흔들렸다.

"내가 그 애를 증오하는 건 사실이지. 하지만 생각의 깊이가 얕은 아이는 아니다."

"각하?"

공작은 탁 소리가 나도록 펜을 내려놓았다. 자카리에게도 물려준 새파란 눈동자가 백작 부인을 빤히 들여다본다. 그녀는 저도 모르게 흠칫 어깨를 굳혔다. 공작의 얼굴에는 온기라고는 없었다.

"지금껏 그대가 이엘리에게 불손하게 굴었던 건 들어 알고 있었네."

"공작 각하, 그렇지 않습니다! 저는!"

"남편이 아내를 지키는 건 당연한 일이지."

그렇게 말한 공작이 몸을 일으켰다. 갸웃 백작 부인을 돌아보는 그 동작은 아들과 꼭 닮았다.

"그러니 그 문제는 내가 참견할 일이 아닌 것 같군."

"각하!"

"게다가, 감히 내 아내의 방에 함부로 들어갔다고?"

그렇게 말하는 공작의 눈동자에는 새파랗게 날이 서 있었다. 백작 부인은 저도 몰래 움찔했다.

"저는 그러려던 게 아니오라……!"

"이엘리는 어떻게든 그 일을 감싸 주려 했던 모양이지만, 내게도 듣는 귀가 있거든."

공작은 느긋한 태도로 의자를 뒤로 젖혔다. 그 말에 그녀는 목덜미가 선득해지는 것을 느꼈다.

"그대는 자카리의 숙모이자, 피는 닿지 않았으나 내 아내의 친척이기도 하지."

공작의 목소리는 비록 여유로웠으나, 공작의 목소리에서 백작 부인은 살기를 읽어 냈다. 저 목소리, 저 태도. 도대체 뭐지. 저 사람은 도대체. 온몸이 주체할 수 없이 덜덜 떨려 오고 있다.

"그래서 지금껏 관용을 베푼 것뿐이야."

"가, 각하……."

"자카리의 반발도 있을 것이니, 당분간은 교육 담당에서 물러나 쉬고 있도록."

겨울 바다처럼 차디찬 눈동자가 백작 부인을 똑바로 응시한다. 백작 부인은 어금니를 악물었다.

'이게 도대체 뭐야, 괴물의 아비 또한 괴물인 게 분명해!'

하지만 이대로 내쫓기면 그녀를 공작가로 밀어넣은 황궁의 면이 안 선다. 그녀는 문득 황태자의 얼굴을 떠올렸다. 병으로 골골대고 있는 황제 대신, 실권을 모두 차지한 젊고 아름다운 황태자. 뱀 같은 그 눈동자.

그때 공작이 입술을 열었다. 정말로 의아하다는 것처럼 되묻는다.

"안 나가나?"

"각하, 저는……."

안 돼, 이대로 가다간 황태자 전하의 믿음을 잃을지도 모르는데. 그러나 공작은 가차없었다.

"기사들에게 끌려 나가고 싶다면 마음대로 하게."

백작 부인은 움찔했다. 공작의 말은 진심이었다. 세월을 홀로 비 킨 양 아름다운 낯에는, 예의상 거는 미소조차 한 점 남아 있지 않 았으니까. 결국 백작 부인은 집무실에서 물러 나와야만 했다.

그렇게 로렌 백작 부인은 한 달도 못 채우고 퇴출되었다. 로렌 백작가가 공작가의 외척이라는 점, 그리고 황가의 면을 보아 공작 성에 출입하는 것까지만 허락되었다.

하나 당분간은 공작가에는 얼씬도 하지 못할 터. 오랜만에 찾아 온 평화로움을 만끽하는 이엘리는 만족스러운 표정이었다.

"그렇게 좋아?"

"당연하지. 로렌 백작 부인은 일을 엄청 못했거든."

이엘리는 입술을 삐죽거렸다. 어찌나 성가시게 구는지, 가만히 있는 게 오히려 도와주는 수준이었다니까.

그러던 중, 사납게 부는 북풍이 덜컹거리며 창문을 흔들어 댔다. 그녀가 말했다.

"참, 날씨가 꽤 차가워졌네."

"이제 겨울도 슬슬 기세를 더할 때가 되었지."

자카리가 작게 고개를 끄덕였다. 북부의 겨울은 제국의 다른 지 역들보다도 훨씬 길고 차갑다.

"폭설이 올 때도 되었으니까."

"맞아. 북부는 눈 정말 많이 오더라."

이엘리가 맞장구를 쳤다. 몇 년 정도 북부에서 지내 본 바, 북부의 겨울은 온통 새하얗게 물들어 있었다. 개인적으로는 그리 나쁘진 않 았다. 춥긴 했지만, 겨울은 자카리가 연상되는 계절이었으니까.

이엘리는 불을 지펴 둔 벽난로 앞, 자카리가 직접 잡아온 호랑이 가죽 위에 뒹굴면서 남편에게 말을 걸었다.

"눈이 내리면 세상이 온통 새하얘지잖아."

"그렇지?"

"그거, 네 머리카락 색깔 같아."

이엘리는 설핏 미소를 지었다. 손을 들어 그의 머리카락을 어루만진다. 새하얀 은빛으로 반짝거리는 결 고운 머리카락이 벽난로 불빛을 받아 담홍색으로 빛난다. 그녀가 행복하게 말했다.

"그래서 겨울이 좋은가 봐."

"……그래?"

자카리는 새삼스러운 얼굴로 이엘리를 돌아보았다. 겨울이 좋다, 라니. 자카리는 그런 생각을 한 번도 해 본 적이 없었다. 차갑고 서늘한 계절. 그가 갇혀 있던 서글픈 유년을 연상시킨다.

"응. 널 만나기 전에는 춥기만 하고, 별로라고 생각했었는데."

이엘리는 느릿하게 두 눈을 깜빡였다. 짧게 하품을 한 그녀가 눈꺼풀을 비비며 말을 이었다.

"지금은…… 겨울이면 네가 떠오르니까."

그러던 중, 이엘리는 문득 눈꺼풀이 무거워지는 걸 느꼈다. 몸을 웅크리자, 자카리가 물었다.

"이엔, 졸려?"

"으응……."

자카리는 더 묻지 않았다. 꾸벅꾸벅 조는 이엘리를 보던 그는, 기민하게 자신의 아내를 안아 들었다. 그새 깊은 잠에 빠져들었는지,

침대에 눕히는 내내 그녀는 눈을 뜰 생각을 하지 않았다.

이불을 목까지 덮어 주자, 그녀가 고양이처럼 목 울리는 소리를 낸다. 그는 작게 미소했다.

"잘 자, 이엔."

작게 고개를 까닥거리던 그녀가 이불 속을 파고들자, 자카리는 이엘리의 이마를 쓸어내렸다.

"그거 알아?"

잠든 그녀는 대답하지 않는다. 그녀의 평온한 얼굴을 내려다보던 자카리가 낮게 중얼거렸다.

"난 모든 계절 중에서 봄이 제일 좋아."

"……."

"꽃 중에서는 아샤 꽃이 제일 좋고."

속삭이던 자카리가 시선을 내렸다. 곱게 닫힌 분홍색 속눈썹이 아샤 꽃잎처럼 화사했다. 예전엔 공작가의 상징인 아샤 꽃을 좋아하지 않았다. 그가 이렇게 변화한 건, 오직 그녀 덕분이다.

"너와 닮은 거라면, 그리고 너를 연상시키는 거라면 뭐든지 다 좋아."

색색 숨소리가 들렸다. 깊게 잠든 소녀의 규칙적인 숨소리를 귀담아들으며 자카리는 웃었다.

"……넌 나를 변할 수 있게 하는 유일한 사람이니까."

나를 행복하게 하고, 내게 삶의 이유를 가르쳐 주고, 내가 살아갈 수 있도록 힘을 주었던 너.

"그러니까 나도…… 네가 겨울을 좋아한다면, 나도 겨울을 좋아할 수 있을 것 같아."

자카리는 그녀의 이마에 짧게 입을 맞췄다. 이엘리는 작게 칭얼거렸다. 풋, 웃음을 터뜨린 그가 몸을 일으켰다. 불을 모두 꺼 준 그는 살금살금 발소리가 나지 않도록 밖으로 빠져나왔다.

다음 날 아침. 어젯밤에 일찍 잠든 바람에 이른 시간에 일어난 그녀는 북부의 폭설을 보았다.

"……세상에, 눈 내린 것 좀 봐."

이엘리는 창문에 바짝 붙어선 채 황망한 표정을 지었다. 시야가 닿는 세상은 모조리 희게 물들어 있었다. 올해의 첫눈이었다. 때마침 메리가 방에 들어오며 발랄한 목소리로 입을 열었다.

"어젯밤 내내 눈이 왔거든요."

"그랬니? 소공작께서는 어디에 계시니?"

이엘리는 메리에게 물었다. 커튼을 곱게 걷어 정리하던 메리가 그녀를 돌아보며 빙긋 웃었다.

"눈이 많이 오고 있으니까, 영지를 한 바퀴 둘러보셔야 한다고 나가셨어요."

"그래? 뭐…… 일하는 건 좋지만."

그래도 인사 한 마디라도 해 주고 가면 좋을 텐데. 열심히 일하는 그 모습이 자카리다웠다.

그녀는 미간을 좁혔다. 그녀는 다시 창문을 내다보았다. 이상하게 양심이 쿡쿡 찔려 온다.

"……이렇게 눈이 많이 올 줄 알았더라면."

자카리가 영지를 돌아볼 때 일찍 일어나 배웅이라도 할걸. 왠지 아내 실격인 것만 같다. 이엘리가 기나긴 한숨을 쉬었다.

그때 메리가 눈을 동그랗게 뜬 채 이엘리에게 말을 덧붙였다.

"그게…… 작은 주인님께서는 오늘 아침에 아가씨 방에 들렀다 가셨어요."

"어? 그래?"

"네. 하지만 깨우지 말라고 하시더라고요. 주무시게 두시라고요."

메리는 생글생글 웃으며 말했다. 그렇구나. 이엘리는 약간 아쉬움을 느끼며 고개를 끄덕였다.

*   *   *

함박눈이 펑펑 쏟아졌다. 자카리는 그날 오후가 다 돼서야 돌아왔다. 대충 눈을 털어 냈음에도, 그의 온몸에는 눈 자국이 남아 있었다. 자리에 앉아 있던 그녀가 벌떡 자리에서 일어났다.

"자카리, 왜 이렇게 늦었어?"

"그게, 눈이 워낙 많이 와서 살펴볼 게 많다 보니."

그녀는 양손에 들고 있던 스케치북과 연필을 내려놓았다. 어리둥절한 얼굴로 그가 질문했다.

"웬 스케치북이야?"

"그림을 그린 지도 오래된 것 같아서. 회화는 숙녀의 교양이잖아?"

이엘리는 어깨를 으쓱이며 대답했다. 보통 숙녀들은 그림과 수에, 악기 따위를 교양으로 익힌다. 그녀는 천성적으로 흠을 잡히기 싫어했고, 제 신분이 약점이라는 것을 잘 알았다.

그래서일까, 그녀의 그림 실력은 수준급이었다. 그녀는 스케치북 대신 잘 마른 수건을 집어 들었다.

"이리 와, 머리 다 젖었잖아."

자카리는 순순히 머리를 갖다 댔다. 그녀는 보송보송한 수건으로 그의 머리를 문질러 주었다.

"눈 냄새가 나."

"그건 어떤 냄새야?"

"음, 차갑고, 서늘하고…… 뭐 그런 냄새?"

"차갑고 서늘한 건 냄새라기보다는 촉감 아니야?"

자카리가 키득키득 웃었다. 이엘리의 손길이 기분 좋다는 것처럼, 자카리는 스르륵 눈을 감았다. 마치 은빛 대형견을 돌보는 것 같다. 그녀는 열심히 자카리의 몸에 묻은 눈을 털어 주었다.

"그러고 보니, 자카리는 그림에는 별로 관심이 없어?"

"그림이라."

솔직히 별생각 없이 질문한 것이었다. 자카리는 비스듬히 눈썹을 꺾더니, 단호하게 대답했다.

"응, 솔직히 좀 별로야."

"그, 그래?"

그녀는 좀 머쓱해졌다. 평소 그녀가 좋아하는 것이면 웬만해서는 '좋다'라고 말해 주던 자카리였다. 하지만 그녀를 바라보는 그의 표정이 다소 씁쓸해 보였기에, 그녀는 더 묻지는 못했다.

'그러고 보니 전대 공작 부인께서 그림에 취미가 있으셨지.'

혹시 그에 관련하여 뭔가 사연이 있었던 건가? 그래서 저런 표정을 짓는 거야? 난 잘 모르긴 하지만, 굉장히 서글퍼 보이는데…….

다소 알쏭달쏭한 기분이 된 채, 이엘리는 수건을 치웠다. 그러자 자카리가 그녀를 향해 빙그레 미소를 지었다. 두 눈을 동그랗게 치켜뜨는 이엘리의 손을 마주 잡으며, 자카리가 장난스럽게 입을 열었다.

"아 참. 밖에 선물 있어."

"선물?"

"응."

고개를 끄덕인 자카리가 그녀를 창밖이 보이는 쪽으로 이끌었다. 이엘리는 탄성을 내질렀다.

"와, 눈사람이잖아?"

성인의 가슴께까지 닿는 크기의 어마어마한 눈사람이었다. 동그란 갈색 열매를 박아 눈을 만들고, 까만 숯으로 웃는 입을 그려 두었다. 빨간 털실 목도리까지 둘러, 본격적인 모양새였다.

"눈이 많이 왔기에 만들어 뒀어."

"저 정도 크기면, 만드는 데 무척 힘들었을 것 같은데."

"남부는 눈이 많이 오지 않아서 눈놀이를 못 한다고, 네가 몇 번 아쉬워했잖아?"

그런 말까지 모두 기억하고 있을 줄이야. 그녀는 그의 품에 파묻힌 채, 조그맣게 키득거렸다.

"우리 자카리. 어린 동생 같았는데, 언제 이렇게 훌쩍 자랐는지 모르겠네."

"……동생 아니야."

"네에, 네에. 그러시겠죠."

어쩐지 어린 동생이 훌쩍 자란 것 같은 뿌듯한 기분이 들었다. 환하게 웃는 이엘리의 모습에 자카리는 그녀를 불만스러운 눈으로 내려다보았다. 동생 아닌데. 투덜대는 목소리가 들린 것도 같았다.

"솔직히 내가 두 살이나 많잖아."

"어머나, 육체적인 나이와 정신 연령은 엄연히 다르다고."

이엘리가 쿡쿡 웃음을 터뜨렸다. 뚱한 표정을 짓던 자카리도 결국, 제 사랑스러운 아내를 따라 픽 웃어 버리고 말았다.

*　　　*　　　*

그리고 다음 날. 눈은 그쳤지만 날씨가 차가웠기에 얼음이 단단하게 얼어붙었다. 자카리는 다시 한 번 영지를 시찰하러 나섰다. 이엘리는 불만 반, 만족스러움 반으로 자카리를 배웅했다.

'공작님이 자카리를 인정하시는 건 좋지만, 너무 굴린단 말이지.'

공작이 자카리를 제 후계자로 인정하지 않는다면, 애초 영지의 대소사를 맡길 리가 없다. 하지만 그 점을 감안하더라도 공작은 그를 다소 험하게 대하곤 했기에, 이엘리는 그 부분이 다소 불만스러웠다.

그렇게 생각하던 그녀는 이젤에서 손을 뗐다. 눈사람 스케치가 끝나 있었다.

"어머나, 눈사람인가요?"

"응. 어때?"

"엄청 잘 그리셨어요! 색만 칠하면 더 괜찮을 것 같은데."

마침 곁에 있던 메리가 흐뭇하게 웃었다. 그러고 보니 물감을 손에 잡은 지도 꽤 오래되었다.

"흠, 본격적으로 화구를 좀 구매해 볼까."

이엘리가 고개를 갸웃거렸다. 그런데 그때, 똑똑 노크 소리가 들렸다. 그녀는 무심결에 답했다.

"들어와."

안에 들어온 사람은 하녀장이었다. 아니, 공사다망하신 하녀장이 왜 여기까지 온 거지? 의아한 얼굴이 된 이엘리 앞에서, 하녀장이 깊숙이 고개를 숙인 정중한 태도로 입을 열었다.

"공작님께서 아가씨를 '초상화 방'에 모셔 오라고 하셨습니다."

"……그래? 알겠어."

공작이 '초상화 방'에 조만간 부르겠다고 하더니, 자카리가 없을 때 부를 줄은 몰랐다. 마른침을 삼킨 이엘리가 몸을 일으켰다. 하녀장은 한 걸음 비켜서서 이엘리가 따라오기를 기다렸다.

"그럼 메리는 이제 볼일을 보도록 해."

"네, 그렇게 하겠습니다. 아가씨."

메리가 작게 고개를 끄덕였다. 약간 긴장한 채, 그녀는 하녀장을 따라 방 밖으로 빠져나갔다.

초상화 방은 너른 공작 성안에서도 가장 고즈넉한 장소에 있었다. 공작과 고위 사용인만이 간신히 드나드는 조용한 방. 이엘리가 방 문고리를 쥐자, 하녀장은 정중한 목소리로 입을 연다.

"저는 여기에서 기다리겠습니다."

"알겠어."

고개를 끄덕인 그녀는 초상화 방 안에 들어갔다. 그림이 망가지지 않도록 낮은 조도를 유지한 방 안에는 갖가지 크기의 초상화들이 걸려 있었다. 그 가운데, 가장 눈에 띄는 초상화가 보였다.

"이분이 아마도……."

처음 본 순간 한눈에 알아보았다.

'아름다운 아델라이데.'

자카리의 어머니이자, 공작의 아내.

"……무척 아름다운 분이시네."

초상화 속 여인은 눈이 부시게 아름다웠다. 아마도 여름을 형상화한 여인이 이런 모습을 하고 있을까. 부드럽게 굽이치는 다갈색 머리카락 안쪽, 신록처럼 짙은 녹색 눈동자가 이엘리를 마주보고 있었다.

사슴처럼 기다란 목과 가녀린 체구까지 완벽했다. 그녀는 멍하니 중얼거렸다.

"자카리와 닮았어."

한눈에 봐도 알 수 있었다. 자카리는 어머니를 쏙 빼닮은 외양을 가지고 있다. 이엘리는 미간을 슬쩍 좁혔다. 지금까지 자카리는 단 한 번도 어머니에 대해서는 얘기해 준 적이 없었다.

'어째서일까?'

이엘리는 꼼꼼하게 그림을 뜯어보았다. 미소 한 점조차 짓지 않고 있는 초상화 속의 여자. 그 외양은 굉장히 아름다웠지만, 무표정한 얼굴은 싸늘하고 슬퍼 보였다. 그때 목소리가 들렸다.

"그 그림은 내 아내를 그린 그림이다."

"아, 공작님……."

깜짝이야. 소리 좀 내고 다니지! 이엘리는 애써 놀란 얼굴을 감추며 고개를 숙였다.

공작은 생각을 알아볼 수 없는 눈동자로 이엘리를 마주보았다. 잠시 후, 고개를 갸웃 기울이며 묻는다.

"그래, 내 아내의 초상화를 본 소감은 어떤가?"

"전대 공작 부인께서는 무척 아름다운 분이시네요. 자카리가 어머니를 닮았나 봅니다."

이엘리는 솔직하게 대답했다. 공작은 담담한 얼굴로 그녀를 응시하다, 고개를 작게 끄덕였다.

"그래. 자카리의 외모는 아델에게서 대부분 물려받았으니까."

"……."

뚜벅뚜벅 걸어온 공작이 이엘리의 곁에 섰다. 이엘리는 바짝 긴장하여 두어 걸음 뒤로 물러났다. 하지만 공작의 관심사는 그녀에게 있지 않은 것 같았다. 그의 시선은 초상화를 향해 있었다.

"아델라이데 로렌."

분노하거나, 혹은 권태로움에 찬 평소의 말투와는 달랐다. 그저 바람 잦아든 호수처럼 깊게 가라앉은 목소리였다.

그녀는 숨을 삼켰다.

"……그리고, 아델라이데 헤센바이츠이기도 하지."

공작은 말없이 초상화를 올려다보았다. 그 눈빛은, 자카리를 바라볼 때와는 다르게 상냥했다.

"내 아내는 이 공작 성에서 단 한 번도 행복했던 적이 없다고 말했었어."

"……."

공작의 눈동자가 순식간에 차갑게 식었다. 빙해처럼 써늘한 시선. 이엘리는 마른침을 삼켰다.

"저, 그럼 공작님과 소공작, 그리고 공작 부인께서 함께 그려진 그림은……."

"이런, 너도 참 어리석구나. 그런 그림이 있을 거라고 보이나?"

공작이 픽 비웃음을 흘렸다. 저도 모르게 말해 놓고서도 바보 같은 말이라 여겼기에 이엘리는 말없이 고개만 끄덕였다. 공작은 다시 한 번 그림을 올려다보았다. 새파란 시선이 여자의 모습을 훑는다.

"아름답고 선량한 여자였지. 비록 행복하지는 않았던 것 같지만."

"……공작 각하."

"그녀를 죽인 것은 결국 우리 부자가 아니었나, 하는 생각을 가끔 하곤 해."

"……."

도대체 무슨 일이 있었던 걸까. 차마 묻지는 못하고, 이엘리는 눈동자만을 굴렸다. 공작의 눈동자는 초상화 속의 여인을 가만히 바라보고 있었다. 아주 오랫동안 그리워하고, 죄책감에 시달리며, 애정에 굶주려 서글퍼하는 그 시선.

그 눈동자는 예전 자카리의 눈동자와 꼭 닮았다.

"……아마 난 지금, 죗값을 치르고 있는 중인지도 모르지."

공작의 목소리라 믿을 수 없을 만치 서글픈 목소리였다. 당황한 이엘리가 공작을 돌아보았다.

"그렇다 해서, 겨우 이 정도로 내 아내가 만족할지는 잘 모르겠지만……."

"저, 공작님?"

한숨처럼 중얼거리던 말을 듣던 그녀가 물었다. 금세 표정을 가다듬은 공작이 고개를 저었다.

"실언했군. 아무것도 아니다."

"……."

무언가 더 캐물을 분위기가 아니었다. 공작을 휘감은 쓸쓸한 분위기는 서럽기만 하다.

그러던 중, 그녀의 시선이 방구석으로 향했다. 새카만 천으로 덮여 있는 그림. 초상화를 본 이후에 천을 들춰 보려 했는데, 공작과 마주치는 바람에 확인하지 못했다.

그때 공작이 나직하게 물었다.

"그 그림이 궁금한가?"

"예?"

"정 궁금하다면 봐도 좋다."

정말로 봐도 되는 걸까. 이엘리는 공작의 눈치를 살폈으나, 그의 얼굴에 찰나 보였던 서글픈 감정들은 사라진 지 오래였다.

권태로운 얼굴을 흘끗 바라보던 이엘리는 마음을 정했다. 종종

걸음으로 그림 앞에 다가서서, 검은 천을 들춰 보았다. 순간 연녹색 눈동자가 커다랗게 뜨였다.

"……이건."

기묘한 그림이었다. 새하얗게 일어나는 눈보라 사이로 어린 소년이 등을 돌린 모습으로 서 있었다. 새하얀 설원처럼 흩날리는 은발 아래, 짙푸른 눈동자에는 광기가 가득 서린 채였다.

붉은 핏줄기가 길게 뻗어 나가는 모습만이 온통 희고 새파란 그림 속에서도 홀로 색채를 가졌다.

"자카리?"

이엘리는 황망한 어조로 중얼거렸다. 알아보지 못할 리 없었다. 비록 그와 처음 만났을 때보다도 훨씬 어리고 작은 모습이었지만, 그래도 작은 소년은 자카리였다.

공작이 피식 미소했다.

"그 그림은, 내 아내가 직접 그린 그림이지. 모델은 아내가 목격한 괴물이야."

"……예?"

이엘리는 순간 혼란스러워졌다. 공작 부인께서 목격한 괴물이라고? 하지만 저 그림의 주인공은 아무리 봐도 그녀의 남편이다. 그렇다면 공작 부인께서도 자카리를 괴물로 생각하셨다는 건가?

"내 아내가 왜 죽었는지 궁금한가?"

공작의 목소리에는 묵직한 절망과 슬픔이 서려 있었다. 그때, 저벅대는 발소리가 울려 퍼졌다.

"아버지."

화들짝 놀란 이엘리가 목소리가 들려온 쪽을 바라보았다. 공작만이 태연한 낯을 하고 있었다.

"이엔에게 그림을 보여 주기 전에 제게도 한 번만 물어봐 주시지 그러셨습니까."

얼음을 갈아 만들어 낸 것처럼 싸늘한 목소리였다. 어둠 속에서 성큼 다가선 자카리가 손을 뻗어 천을 내려 버렸다. 그림은 검은 천 안쪽에 삽시간에 가려졌다. 그의 태도엔 날이 서 있었다.

"이엔, 여기서 뭐해?"

"응? 음, 그러니까."

"네가 왜 초상화 방에 있는 거야?"

자카리의 푸른 눈동자가 싸늘하게 번뜩였다. 봄날 하늘처럼 따스했던 시선은 흔적조차 없었다.

"그녀도 가문의 일원이니, 초상화 방에 들어올 자격은 충분하지 않나."

"……아버지."

공작의 느긋한 말에 자카리가 나지막이 으르렁거렸다. 공작은 여유로운 얼굴로 그런 자카리를 마주보았다. 두 사람의 시선 안에는 그녀가 알지 못하는 해묵은 증오가 켜켜이 쌓여 있었다.

"그보다 가문의 후계랍시고 아비를 대하는 예의가 많이 없어졌구나."

"다른 분도 아닌 아버지께서 제게 하실 말씀은 아니라고 생각합니다."

자카리의 대답에 공작은 묘한 얼굴을 했다. 자카리는 그런 공작을 싸늘한 눈초리로 쏘아보았다.

"스스로 자식을 대하는 태도부터 생각하시는 게 어떨까 하는데, 아버지의 생각은 어떠신지."

자카리가 빈정거렸다. 그 말을 들은 공작의 눈매가 우아하게 휘었다. 공작이 나긋하게 답했다.

"요새 정말 뻔뻔해졌구나. 넌 네 어머니를 좀 더 생각해야 할 필요성이 있어."

자카리의 표정이 순식간에 굳었다. 자카리는 입술을 잘근잘근 깨물면서 공작에게 쏘아붙였다.

"그건 어머니와 저의 문제입니다."

"흐응."

"게다가 아버지께서 끼어드셔도, 어머니께선 기뻐하시지 않을 텐데요."

자카리의 말에 공작의 표정이 살짝 어두워졌다. 공작은 순순히 고개를 끄덕이며 중얼거렸다.

"아마 그렇겠지."

"……."

"하지만 난 아델의 남편이다."

공작의 새파란 눈동자가 자카리를 빤히 바라보았다. 그 시선은 얼음장처럼 차게 식어 있었다.

"아내를 잃은 자가, 그 원인이 된 자를 증오하는 건 당연하지 않나?"

그 말만큼은 항변할 수 없는지 자카리는 무겁게 고개를 떨어뜨렸다. 공작은 어깨를 으쓱했다.

"그리고, 네가 내게 예의를 지킬 이유는 충분하다."

"아버지."

"난 네가 가장 필요한 것을 줄 수 있는 유일한 사람이니까."

자카리가 공작을 힘껏 노려보았다. 공작이 말하고 있는 것은 명백했다. 이엘리. 그녀가 자신의 아내로 남아 있으려면, 또한 자신이 이엘리를 완벽하게 보호하려면.

자카리가 가지고 있는 겨울의 마법만으론 모자라다. 공작이 줄 수 있는 '헤센바이츠 소공작'이라는 지위가 필수적이었다.

"그렇지 않나?"

두 사람은 잠시 침묵했다. 공작은 시선을 피하지 않았다. 먼저 고개를 돌린 쪽은 자카리였다.

"가자, 이엔."

"자, 잠시만. 자카리?"

"……가자고. 제발."

제발, 이라고 속삭이는 자카리의 목소리가 희미하게 떨렸다. 상처 입은 어린 짐승처럼 가느다랗게 흔들리는 목소리. 이엘리는 순간 그 자리에 얼어붙었다.

나, 뭔가 커다란 실수를 저지른 건 아닐까. 자카리가 정말로 보여 주고 싶지 않았던 '무언가'를 내 마음대로 들춰낸 건 아닌지.

"으, 응. 그래, 가자."

이엘리가 고개를 끄덕였다. 자카리는 그녀의 손목을 낚아챈 채 그대로 초상화 방 바깥으로 나갔다.

쾅 소리와 함께 방문이 닫혔다. 닫히는 방문 사이로 보이는 공작의 얼굴은 무표정했다.

*　　*　　*

자카리를 속절없이 따라가던 그녀가 입술을 당겨 물었다. 어찌나 손목을 세게 움켜쥔 건지 그가 쥐고 있는 손목에서 욱신거리는 통증이 밀려왔다. 고통을 참던 그녀는 조심스럽게 말했다.

"저기, 자카리?"

"……."

"자카리."

몇 번 그를 불러 보던 이엘리는 한숨을 삼켰다. 아무래도 말을 들을 상태가 아닌 것 같았다.

"나, 손목이 아픈데……."

그 순간, 자카리가 그 자리에 퍼뜩 멈춰 섰다. 새파란 눈동자는 마치 찬물이라도 맞은 것 같다. 화들짝 놀라 이엘리를 돌아보던 그는 파드득 손목을 놓아주었다. 이내 자그맣게 속삭인다.

"미, 미안."

"괜찮아."

이엘리는 고개를 가로저었다. 하지만 그녀의 손목은 이미 빨갛게 부푼 채였다. 그 모습을 바라보던 자카리의 눈동자에 고통이 차올랐다.

조심스럽게 손목을 잡아 올린 그가 붉게 달아오른 그 자리에 입술을 댄다. 마치 유일한 여신을 경배하듯 경건하고도 죄의식에 가득찬 동작이었다.

"이엔."

"응."

"······미안해."

나지막한 목소리. 진득한 두려움을 빚어내면 저런 목소리가 나올까. 이엘리는 할 말을 잃었다.

"거기······ 가면 안 되는 곳이었어?"

"아니. 네가 가지 못할 곳은 이 공작 성안에 어디도 없어. 하지만······."

자카리가 천천히 고개를 들어올렸다. 짙푸른 눈동자가 형형하게 빛났다. 그가 쥐어짜 내듯 질문한다.

"······도대체 거긴 왜 간 거야?"

"미안해, 그냥 난 네 어머니에 대해 궁금해서······."

"그런 건 궁금해하지 않아도 되잖아."

자카리는 집요하게 따져 물었다. 평소와는 전혀 다른 언행이었다. 이엘리는 어리둥절한 얼굴로 자카리를 바라보았다.

그때 자카리가 손을 들어 이마를 짚었다. 새파란 눈동자가 긴 속눈썹 아래 사라지고, 창백한 낯 또한 손 그늘 아래로 가려졌다. 나지막한 목소리가 흘러나온다.

"내가 도대체 뭘 하고 있는 건지, 난······."

"너 괜찮아?"

"이엔."

그때 자카리가 절박하게 그녀를 불렀다. 마치 절벽으로 떠밀린 어린아이인 것처럼 매달린다.

"난 있잖아…… 네가 너무 좋아."

뭐? 이엘리는 눈을 깜빡였다. 갑자기 이게 무슨 소린지 모르겠다. 그는 중언부언 말을 이었다.

"네가 너무 소중해. 넌 내게 있어 구원이고, 기적이야."

평소라면 낯간지러운 말이라며 등짝이라도 한 대 쳐 줬을 테지만, 지금의 그녀는 그럴 수 없었다. 눈앞의 그가 너무 절박해 보였다. 당장이라도 발밑이 무너질 것처럼 공포에 질린 얼굴을 한 그.

"너에게는 내 좋은 모습만 보여 주고 싶어."

"자카리."

"그래서, 그래서……."

그는 입술을 꽉 당겨 물었다. 봄하늘처럼 맑았던 눈동자는 이제, 오래된 빙하처럼 새파랗게 얼어붙었다. 진정해. 그녀는 그의 단단한 팔뚝을 어루만졌다. 그는 무겁게 고개를 늘어뜨렸다.

"……너에게 알려 주고 싶지 않은 게 너무 많아."

자카리의 목소리가 서늘하게 가라앉았다. 마치 고해성사라도 하는 양, 더듬더듬 말을 잇는다.

"이래서는 안 된다는 것을 알면서도, 네가 날 싫어할지도 모른다고 생각하면 무서워."

"저, 자카리?"

그의 행동이 도무지 이해가 가지 않아, 이엘리는 저도 모르게 미간을 좁혔다. 그녀가 물었다.

"내가 널 왜 싫어한다는 거야?"

몇 번이나 말했다. 그녀는 그를 싫어하지 않는다고. 하지만 그는 언제나 버려질까 두려워한다.

"넌 아직 나에 대해 몰라. 내 어머니에 대해서도……."

가느다랗게 흘러나오는 목소리에 이엘리는 처음으로 굳었다. 그 말은 사실이었다.

전대 공작 부인, '아름다운 아델라이데.'

그 주제에 대해서는 이엘리는 언제나 배제되어 있었다. 공작도, 자카리도 모두 그녀에 대해서는 입을 다물었다. 자카리는 멍하니 그녀를 응시한 후 속삭였다.

"미안해. 모든 것을 미리 솔직하게 이야기했어야 하는데."

"……자카리."

"내가 너에게 어떻게 행동해야 할지 정말 모르겠어. 나는……."

혼란스러워하는 자카리를 보며, 이엘리는 지그시 입술을 물었다. 모든 일은 결국 제 잘못이다. 예전에 '너는 괴물이 아니다'라며 잘난 척했던 게 무색하다. 그가 아파하지 않기를 바랐는데.

'의도가 어땠든, 그의 뒤를 캔 것이나 다름없잖아.'

그녀가 저지른 일은 그런 종류의 잘못이었다. 이엘리는 스스로에게 약간 환멸감이 들었다. 아픈 일은 굳이 말하지 않아도 된다, 그랬었는데. 제 호기심을 못 이겨 자카리에게 상처를 주었다.

"아니야, 이건 내 잘못이야."

이엘리는 고개를 가로저었다. 혼란에 빠져 있던 짙푸른 눈동자가 그녀를 빤히 들여다보았다.

"이엔?"

"원하지 않는 이야기는 하지 않아도 된다고, 누구든 말하기 싫은 과거가 있는 법이라고."

그렇게 말한 그녀가 눈썹을 찌푸렸다. 긴 한숨을 내쉰다. 스스로가 싫어서 견딜 수가 없었다.

"……예전에 잘난 척하면서 말했던 주제에."

"이엔."

"미안해, 자카리."

이엘리는 힘을 주어 그를 끌어안았다. 그녀가 먼저 포옹해 올 줄은 몰랐는지, 자카리는 그 자리에 뻣뻣하게 얼어붙었다.

이엘리는 그의 품에 고개를 폭 파묻고, 작은 목소리로 소곤거렸다.

"억지로 캐물을 생각은 없었어. 그냥 조금 궁금해서 그랬을 뿐이야."

"이엔."

"언젠가 네가 이야기하고 싶어질 때. 그럴 때가 오면……."

그녀의 조그만 손이 잔뜩 움츠린 등을 토닥거린다. 긴장 좀 풀라는 것처럼, 다정한 그 손짓들.

"그때 얘기해 줘. 알았지?"

"……."

"너 혼자 힘든 건 나도 보고 싶지 않으니까."

이엘리는 힘을 주어 그렇게 말한다. 자카리는 형용할 수 없는 눈빛으로 그녀를 내려다보았다.

'이엔은 거짓말을 하지 않아. 하지만…….'

자카리는 숨을 삼켰다. 이엘리는 언제나 그에게 따스하게 웃어 준다. 하지만 넌 내 어머니에 대하여 들은 이후에도 똑같이 웃어 줄까? 자신이 없다. 자카리는 무겁게 고개를 떨어뜨렸다.

"이엔, 난 언젠가 네가 날 경멸하게 될까 봐 항상 두려웠어."

"왜 그런 생각을 해? 그럴 일은 절대 없어."

내가 널 경멸할 리가 없잖아. 그녀는 입술을 깨물며 그의 눈을 들여다보았다. 진지한 낯이었다.

"……알고 있어. 하지만."

덜덜 떨리는 손끝이 이엘리의 뺨을 더듬었다. 차마 눈을 마주볼 용기가 없어 시선을 피한다.

"내가 아버지께 '괴물'이라 불렸던 이유는…… 역시 너도 알아야겠지."

"……저기, 그게 무슨 말이야?"

정말로 이 얘기를 해도 될까. 봄빛처럼 연연한 연녹색 눈동자가 저를 경멸할까, 혹은 공포에 젖을까. 두려워서 견딜 수가 없다.

하지만 신뢰 없는 관계는 바닷가에 쌓은 모래성과 같은 것. 너무 오랫동안 진실을 은폐했다. 이엘리는 알 권리가 있다. 그는 숨을 토해 내듯 입을 열었다.

"내 어머니는 나 때문에 돌아가셨어."

"……."

"내가 아니었더라면, 어머니께서는 지금까지 살아 계셨을 거야."

이엘리가 침묵하는 찰나의 순간이 영원 같았다. 자카리는 온몸이 떨리는 것을 느꼈다.

어머니가 죽음을 선택한 이유. 그 선택의 원인은 명백히 자카리에게 있었다. 차라리 스스로 목숨을 끊는 게 낫다, 그렇게 생각하셨던 거였다. 제 배로 낳은 자식이 그렇게나 공포스러웠던 거다.

'그저 나를 낳다가 돌아가신 거라면 차라리 그래도 괜찮았을 텐데.'

자카리는 쓰게 미소했다. 두 눈을 감고 오래된 악몽을 떠올린다. 절망에 차 만인을 저주하는 어머니의 모습이 끊임없이 떠올랐다.

'어머니.'

광기에 찬 어머니의 눈동자가 눈앞에 선연했다. 선명한 증오에 물든 신록의 눈동자는 언제나 악몽 속에서만 만날 수 있었다.

자카리를 똑바로 쏘아보며 미소 짓는다.

저주처럼 내뱉는 말.

'네가 날 죽였어.'

어머니의 차디찬 손가락이 뺨을 더듬는다. 단 한 번도 자신의 아들을 사랑한 적 없던 어머니.

'너만 아니었더라면…… 난 이렇게 되지 않았어.'

어머니의 말이 족쇄처럼 자카리를 휘감았다. 하지만 그는 어머니에게 변명조차 할 수 없었다.

'모든 것을 망쳐 버린 건 바로 나였으니까.'

이엘리 앞에서 어머니의 죽음을 입 밖에 낸 것은 처음이었다. 어머니를 죽음으로 몰아넣었다는 것 또한. 무섭다. 차라리 도망치고 싶다. 자카리는 사형 선고를 받는 심정으로 말을 이었다.

"어머니께서 그리신 그 그림은 폭주할 때의 내 모습이야."

"……자카리."

"난 소중한 사람들 앞에서조차…… 내 힘을 제대로 조절하지 못하는 괴물이니까."

자카리는 쓰게 웃었다. 예전에도 그랬다. 이엘리를 처음 만났던 그해, 몰래 아샤 축제에 놀러 갔던 그때. 감정을 이기지 못한 그는 그녀 앞에서 폭주했다. 어머니 앞에서도 마찬가지였다.

"그 당시에도 난 감정을 주체하지 못했어."

자카리는 입술을 당겨 물었다. 얇은 눈꺼풀이 파르르 떨렸다. 자카리는 조그맣게 중얼거렸다.

"그래서 결국 어머니께 괴물 같은 모습을 보여드리고 말았지."

"자카리, 그건……."

"그런 모습을 보신 어머니는 큰 충격을 받으셨어. 아마 인정하실 수 없었겠지."

목소리는 조금씩 더 낮아졌다. 고개를 푹 수그린 그는 거의 속삭이는 것처럼 뇌까리고 있었다.

"날 낳기 위해 목숨까지 거셨는데, 그렇게 태어난 자식이 괴물이라는 것은……."

새파란 눈동자가 불안하게 떨렸다. 더듬거리며 말을 이어 나가던 자카리는 덜컥 말을 멈췄다.

"역시 견딜 수 없으셨을 거야."

"그, 하지만……."

"게다가 내 끔찍한 모습도 보셨지. 결국 어머니를 죽음에 몰아넣은 사람은 바로 나야."

잠시 침묵을 지키던 자카리는 다시 한 번 토해 내듯 말을 이었다. 스스로 죽음을 선택한 어머니는 끝까지 아들을 돌아보지 않았다. 태어남과 동시에 누군가를 절망하게 하고, 그 목숨까지 빼앗을 수 있다니. 그는 용서받을 수 없는 죄인이었다. 공허한 시선이 이엘리를 내려다보았다.

"그러니까 아버지가 나를 증오하시는 것도…… 사실 이해할 수는 있어."

나지막한 목소리가 울렸다. 자카리는 숨을 죽인 채, 저를 응시하는 이엘리의 대답을 기다렸다.

'나만 태어나지 않았더라면…….'

자기 파괴적인 감정이 마음 가장 깊은 곳을 갉아먹는다. 지금껏 그 이유를 숨긴 이유는 간단했다. 자신 때문에 어머니가 돌아가셨음을 말하면, 이엘리가 자신을 두려워할까 봐 겁이 났다.

"그래."

그리고 대답이 튀어나오는 순간, 자카리는 숨이 멎을 것 같은 공포에 사로잡혔다. 바로 그때였다.

"힘들었겠구나."

"……뭐?"

"우리 자카리, 무척 힘들었겠다고."

그녀는 더 자세한 이야기를 요구하지 않았다. 새싹 같은 눈동자 안쪽의 따스한 빛도 사라지지 않았다. 다만 고개를 크게 끄덕이고는 그의 목에 제 팔을 휘감아 안았다. 그녀가 다정하게 속삭인다.

"힘든 이야기였을 텐데 들려줘서 고마워."

"이엔."

"이것으로 충분해. 더 자세한 속사정 같은 건 말해 주지 않아도 괜찮아."

그 말에 자카리는 빳빳하게 얼어붙었다. 당연하다는 양 닿아 오는 체온이 눈물겹게 따스했다.

"뭐든지 네가 원할 때 하면 돼. 네가 직접 말할 마음이 들 때까지 난 기다릴 수 있으니까."

말을 맺은 그녀가 희미하게 미소를 지었다. 그녀를 보며 자카리는 울 것 같은 얼굴이 되었다.

"이엔. 하지만……."

"게다가 지금까지 들은 이야기로 판단한 바, 이 문제는 역시 네 잘못이 아닌 것 같아."

이엘리는 단호하게 대답했다. 그 말을 들은 자카리는 덜컥 굳어 버렸다. '네 잘못이 아니다'라는 말은 몇 번씩 들어도 익숙하지 않다. 이엘리 외의 그 누구도 그 말을 해 준 적이 없었다.

"서로가 서로에게 상처를 준 거야. 그리고 넌 고의도 아니었지."

이엘리가 자카리에게 되물었다. 연녹색 시선은 언제나 올곧기만 하다. 그녀는 고개를 저었다.

"하물며 넌 지금껏 모든 일에 책임을 지려 노력해 왔는데, 어째서 너만 죄책감을 느껴야 해?"

무엇보다도 그 일들은 자카리가 무척 어렸을 때 일어났다. 혜센 바이츠의 이름을 가진 사람들 중에서도 은룡의 힘을 타고나는 사람은 무척 드물다. 그가 힘을 다루는 법을 알았을 리 없다.

'게다가 공작님과 전대 공작 부인께서도 자카리를 어른스럽게 대해 주지는 않으셨잖아.'

이엘리는 그 점이 불만스러웠다. 두 사람은 아직 어린 자카리가 힘을 제대로 사용할 수 있도록 교육하기는커녕, 괴물이라 배척하며 위험한 곳에 내몰았다. 물론 그가 두려울 수는 있다.

'하지만 그렇다 한들, 그런 방식은 어른이 아이를 대하는 방식이 아니야.'

성인은 성인답게 어린아이를 이끌어 줘야 한다. 하지만 두 사람은 아들을 학대했을 뿐이었다.

'그런 건 역시 변명의 여지가 없다고 생각해.'

생각을 정리한 이엘리는 고개를 들어 올렸다. 연녹색 시선은 흔들림 없이 잠잠히 가라앉았다.

"너도 상처받은 건 똑같은데, 지금까지 그 누구도 네 편을 들어 준 적이 없잖아."

"……이엔."

"그러니까 내가 네 편이 되어 줄게."

그녀의 말을 듣던 자카리의 눈동자에 처음으로 생기가 돌아왔다. 그녀는 빠르게 말을 이었다.

"세상 모든 사람이 네 편이 되어 주지 않아도, 내가 네 편이 될 테니까."

"……."

"그러니까 그런 표정 짓지 마. 알았지?"

그녀가 힘을 주어 말했다. 자카리의 표정이 순식간에 흐트러졌다. 자카리는 입술을 깨물었다.

"……윽."

깨문 보람이 없었다. 그의 입술에서 억눌린 신음 소리가 튀어나왔다. 그녀는 난처하게 말했다.

"이런, 자카리. 이렇게 눈물이 많아서 어떡해."

그렇게 말하면서도 이엘리는 이미 자연스럽게 손을 뻗고 있었다. 그의 어깨를 두드리고, 등을 어루만졌다. 보드라운 손길이 그의 눈가를 쓰다듬었다. 미간을 좁힌 채 이엘리는 중얼거렸다.

"나, 널 울릴 생각은 없었단 말이야……."

나의 기적. 나의 구원. 네가 없던 세상에서 지금껏 난 어떻게 살아왔던 것일까.

이엘리를 만나기 전, 그의 세계는 어둠과 슬픔과 절망으로 만들어진 곳이었다. 제가 저지른 죄가 있기에 그는 그 차가운 세계가 당연하다 여겼다.

그러나 이엘리는 '네 잘못만은 아니다'라고 말해 주었다.

"대신 내 앞에서만 우는 거야. 알았지?"

자카리를 곧게 응시하던 새싹 같은 눈동자가 이내 부드럽게 휘어졌다. 정신없이 고개를 끄덕인 자카리가 간절하게 그녀의 품에 매달렸다. 이엘리는 그런 자카리를 힘껏 끌어안아 주었다.

*　　　*　　　*

　다음날. 자카리는 다소 어색한 자세로 의자에 앉아 있었다. 이엘리의 그림 모델이 되어 주는 자리였다. 길게 깎은 연필을 들고 이젤 앞에 앉은 이엘리가 자카리에게 잔소리를 퍼부어 댔다.

　"허리를 곧게 펴야지, 자카리."

　"아, 미, 미안."

　머쓱하게 허리를 펴면서, 자카리는 어제 있었던 일을 떠올렸다. 이엘리가 상당히 고생했었다.

　　'미안해, 고마워, 나는⋯⋯.'

　이엘리를 꼭 붙든 채로, 정신없이 흐느끼며 자카리는 계속 그렇게 중얼거렸다. 그녀는 자카리의 속삭임을 참을성 있게 들어 주었다. 그 이후 자카리의 눈물을 닦아 주며 제안을 한 것이다.

　　'뭐가 미안한지는 모르겠지만, 정 미안하면 내 모델이 되어 줘.'
　　'모델?'
　　'응, 요새 나 그림 연습을 다시 하고 있거든.'

　이엘리가 생긋 웃었다. 그는 얼떨떨한 얼굴로 그녀를 내려다보았고, 그녀는 짓궂게 대답했다.

'너를 그리고 싶어.'

그리하여 그는 그녀의 그림 모델이 되었다. 자카리가 푹 한숨을
쉬었고, 그녀는 냉큼 말했다.

"자카리, 움직이지 말라고."

"으, 응."

그녀의 눈치를 살피며 그는 애써 자세를 바로 했다. 어제 저지른
진상 짓을 떠올리자니 얼굴이 화끈거린다. 아무리 생각해도 저보다
두 살이나 어린 아내 앞에서 보일 추태는 아니었다.

'……도대체 내가 왜 그랬지.'

그렇게 생각하던 자카리는 힐끔 이엘리를 곁눈질했다. 하나로
묶어 내린 분홍색 머리카락, 잔뜩 집중하느라 가늘게 뜬 연녹색 눈
동자. 그는 다시 한 번 그녀에게 뛰는 심장박동을 느꼈다.

'너무 예쁘잖아.'

이러다가 심장 소리도 들리겠어. 최대한 움직이지 않으려 노력
하며, 자카리는 질문을 던졌다.

"그런데 왜 갑자기 날 그리기로 결정한 거야?"

"응? 아, 초상화 방에 네 초상화가 걸려 있지 않더라고."

이엘리는 미간을 좁히며 슥슥 연필을 놀렸다. 그러나 만족스러
운 결과물을 얻진 못한 듯했다.

"대신 내가 그려서 걸어 주고 싶었는데…… 내 실력으로는 네 잘
생김을 다 담아내진 못하네."

이엘리는 불만스러운 표정으로 자신이 스케치한 그림을 응시하

더니, 곧장 그림을 치우려 했다.

"역시 이건 버려야겠다."

"뭐? 아냐."

그가 다급하게 고개를 가로저었다. 이엘리는 두 눈을 동그랗게 떴고, 자카리는 손을 내밀었다.

"그 그림, 버릴 거면 나 줘."

"뭐? 이거 그냥 스케치일 뿐이야, 색은 칠하지도 않았는데……?"

"괜찮아. 그거면 돼."

이엘리는 못내 마음에 들지 않는다는 표정을 지었지만, 당사자가 마음에 든다니 차마 말을 꺼내지는 못했다. 소중하게 그림을 받아든 자카리는 행복한 미소를 지었다. 마음이 따스해졌다.

*　　　*　　　*

오늘도 자카리는 영지 시찰을 위해 밖으로 나가는 중이었다. 그때, 온기 없는 목소리가 귀에 닿았다.

"요새 많이 변했군."

"……."

자카리는 서늘한 시선으로 공작을 마주보았다. 공작이 뚜벅뚜벅 걸어와 그의 앞에 섰다. 초상화 방에서 마주친 이후로 공작과는 단둘이 만난 적이 없었다. 그런데 왜 갑자기 이러시는지 모르겠다.

"전투는 물론이고, 영지를 보살피는 일에도 정성을 다한다고 들었지. 무슨 속셈인가?"

공작의 새파란 눈동자가 아들을 마주보았다. 자카리는 비스듬히 고개를 꺾으며 말을 내뱉었다.

"……만약 제가 긍정적인 방향으로 변한 것이 있다면, 그건 모두 이엘리 덕분입니다."

"호오. 아내 덕분이라."

"제가 안정적으로 소공작 위치를 확립하지 않으면…… 그녀가 위험해질 테니까요."

자카리를 응시하던 공작의 눈이 오묘하게 가라앉았다. 입술 끝이 미세하게 위로 솟아오른다.

"안정적인 소공작의 위치…… 그래."

공작은 팔짱을 꼈다. 두 눈을 내리깔아 자카리를 마주보는 그 눈빛은, 아들과 꼭 닮아 있었다.

"괴물이 말하기에는 지나치게 오만한 말 아니더냐."

"글쎄요, 아버님께서는 그 괴물이란 말을 평생 포기하지 못하시더군요."

그는 어깨를 으쓱거려 보였다. 공작의 미간에 깊은 주름이 졌다. 그는 경쾌하게 말을 이었다.

"그 말이 아니라면, 저를 비난할 수 없어서입니까?"

"자카리."

"하지만 어머님에게는, 저뿐 아니라 아버님 또한 괴물이었을 텐데요."

"함부로 지껄이지 마라!"

공작이 순간 언성을 높였다. 아델라이데는 공작의 역린이었다.

이엘리가 그의 역린인 것처럼.

"그리고 괴물이라 해도, 누군가를 소중하게 여길 수는 있습니다."

하지만 자카리는 이엘리를 보호할 수만 있다면, 그 누구의 역린이든 공격할 수 있었다. 그 상대가 자신을 '괴물'로 만든 채 사망한 어머니라 할지라도.

자카리는 비뚜름하게 미소 지었다.

"이엔이 제게 가르쳐 준 사실이지요. 그리고 그 예시가 바로 제 눈앞에 있지 않습니까?"

공작은 불타오르는 것 같은 시선으로 자카리를 노려보았다. 자카리는 시선을 피하지 않았다.

"어머니는 아버지를 괴물로 여기셨지만, 그럼에도 아버지는 어머니를 사랑하셨잖습니까."

"……."

자카리는 노골적으로 빈정거렸다. 그 말에는 반박할 수 없었던지, 공작은 입술을 깨물며 시선을 돌렸다. 두 사람은 나란히 창밖을 내다보았다.

창밖에는 마침 이엘리가 메리와 함께 걷고 있었다. 실내 온실을 다녀왔는지, 품 안에는 꽃들이 한아름 안겨 있었다. 공작이 입을 열었다.

"저 아이는 아델과 다르다, 이 말을 하고 싶은 게냐."

"지금껏 보시고도 그것을 모르십니까?"

자카리의 날 선 대답에도, 창밖을 바라보는 공작의 눈빛은 확연히 부드러워져 있었다. 자카리는 문득 생각했다. 아마 이엘리가 없었다면, 우리 부자는 아주 오래전에 서로를 죽여 버렸을지도 몰라.

그리 생각하던 그는 홱 몸을 돌렸다.

멀어지는 자카리를 공작은 바라보지 않았다.

*　　*　　*

온실에서 꽃을 꺾어 돌아오던 그녀의 곁에 메리가 종종걸음으로 따라붙으며 작게 속삭였다.

"아가씨. 혹시 이 얘기 들으셨어요?"

"무슨 얘기를 말하는 거니?"

이엘리는 흘끗 메리를 돌아보았다. 메리는 아주 큰 비밀을 말해 주기라도 하듯 자신만만했다.

"요새 영지민들에게 소공작님의 인기가 무척 높다고 해요."

"그래? 어째서?"

자카리가 인기가 높다고? 그녀의 얼굴에 화색이 돌았다. 메리는 콧대를 세우며 말을 이었다.

"이번에 소공작께서 폭설에 훌륭하게 대처하셔서, 피해가 적었다고 하더라고요."

"그게 정말이야?"

"물론이죠, 제가 아가씨께 이런 거짓말은 왜 하겠어요?"

메리가 빙그레 웃었다. 주변을 둘러보던 메리가 은밀한 목소리로 이엘리를 향해 소곤거렸다.

"그래서 공작 성에 영지민들의 선물이 몇몇 들어왔대요."

"선물?"

"네. 뭐, 털가죽이나 그런 거요. 집사님이 그렇게 말씀하셨으니, 확실할 거예요."

즐거움에 가득찬 그녀의 눈이 반짝거렸다. 자카리가 인정받는다는 소식은 언제 들어도 기쁘다. 그녀는 품에 안은 꽃을 추스르며 자카리의 방으로 향했다. 꽃병의 꽃을 갈기 위해서였다.

"아, 이건."

익숙한 물건 하나가 눈에 띄자, 막 꽃을 갈던 그녀가 뺨을 붉히며 살짝 눈웃음을 쳤다.

"뭐야, 부끄럽게. 액자에 담아 둘 줄은 몰랐네."

집무실 책상 바로 옆에 걸려 있는 액자 안에는 그녀가 그린 자카리의 초상화가 들어 있었다.

4

성인의 길목에서 I

시간은 활시위를 벗어난 화살처럼 빨랐다. 그 관용적인 말을 이 엘리는 피부로 느끼는 중이었다. 어느새 다시 일 년이 지난 것이다. 자카리는 이제 스무 살, 성년식을 치르기 직전이었다.

'그러고 보니, 작년 이맘때쯤에는 눈이 엄청 많이 왔었는데.'

이번에는 가느다란 눈발만이 두어 번 날렸을 뿐, 작년처럼 폭설이 내릴 생각은 하지 않는다.

"이엔!"

"자카리?"

저를 부르는 목소리에, 막 온실 쪽으로 걸음을 옮기려던 이엘리는 뒤를 돌아보았다. 잿빛 하늘 아래로 새하얀 은발이 또렷하게 도드라졌다. 성큼성큼 다가온 자카리가 그녀 곁에 멈췄다.

"먼저 간 줄 알았는데?"

"그게…… 가긴 갔었는데."

자카리가 자신의 뺨을 긁적였다. 먼저 가긴 갔다. 다만 이엘리가 자리에 없는 것을 보고, 그녀가 올 길을 다시 되짚어 돌아온 것뿐이었다. 하지만 그대로 말하기는 역시 좀 민망하지 않나.

"공작님께서는?"

"먼저 들어가 계셔."

고개를 끄덕인 그녀가 빙그레 미소를 지었다. 그녀는 당연하다는 듯이 자카리의 손을 맞잡았고, 자카리는 살짝 뺨을 붉혔다. 손안에서 꼬물거리는 그녀의 손가락이 귀여워 죽을 것 같았다.

"정말 의외야, 공작님께서 정말로 오실 줄은 몰랐는데."

"그거야 네가 한 부탁이니까."

"응?"

이엘리는 의아한 얼굴로 자카리를 돌아보았다. 자카리는 미간을 찡그리면서 마주 웃어 보였다.

"그냥 그런 게 있어."

공작이 이 공작 성에서 유일하게 아끼는 존재가 있다면 그건 바로 이엘리일 것이다. 자카리가 그녀를 아내로 맞아 살아온 지 벌써 5년이 지났다.

그리고 그 5년 동안, 공작은 미세하게나마 미소를 짓는 방법을 배우게 되었다. 근 15년간 표정을 잃었던 공작에게는 장족의 발전이었다.

'이엔이라도 아껴 주서서 다행이야.'

자카리는 진심으로 그렇게 생각했다. 공작이 자신을 사랑하지 않는 건 이제 크게 상관없지만, 혹시나 자신 때문에 그녀가 미움을 받게 된다면 그것만큼은 참을 수 없을 수 없었을 테니까.

"아, 공작님 저기 계신다."

이엘리는 흘끗 시선을 들어올렸다. 그녀의 연녹색 눈동자에는 다사로운 애정이 서려 있어, 자카리는 약간 질투를 느꼈다.

네 모든 애정은 내가 독점해도 모자란데, 어째서 넌 타인도 그런 시선으로 바라보는 거야. 그녀가 그런 눈빛을 보내는 건 자신으로 족했다. 다른 이는 싫었다.

'……아버지까지 질투하고 있다니, 이 얼마나 유치한 생각이란 말이야.'

자카리는 약간 자괴감을 느꼈다. 그러면서도 어쩔 수 없이 그녀의 어깨를 감싸 안았다.

"이엔."

"응?"

"이만 들어가자."

"아, 그래."

이엘리는 어리둥절한 얼굴로 고개를 끄덕였다. 그냥 들어가면 되지, 새삼스럽게 뭘 그런 말을 하냐는 표정이었다.

넌 내 마음 몰라, 이엘리. 자카리는 시큰둥한 표정이 되어 시선을 돌렸다.

그들이 도착한 곳은 공작 성에 마련된 커다란 온실이었다. 과거 꽃을 좋아했던 공작 부인의 취향에 맞춰 마련된 온실은, 안주인이 죽음을 맞이한 후로는 가끔 정원사만 드나드는 쓸쓸한 공간이 되어 버렸다.

그래도 이엘리가 공작 성에 온 뒤부터는 주기적으로 꽃을 보러 가곤 했다.

"이렇게 예쁜 꽃들이 가득한데, 아무도 보지 않는 건 아깝잖아."

이엘리는 방긋 눈웃음을 치며 말했다. 자카리는 그녀의 등 뒤에 선 채 주변의 풍경을 돌아보았다.

꽃향기를 머금은 훈훈한 공기, 화사하게 피어난 이름 모를 꽃송이들. 그리고 그 모든 꽃들보다도 아리따운 이엘리. 솔직히 꽃에는 관심이 없었지만, 그녀가 기뻐한다면 그것만으로도 좋았다.

"그러게. 이렇게 꽃 종류가 많을 줄 몰랐는데."

"솔직히 별로 꽃에 관심 없지?"

이엘리가 믿지 않게 눈을 흘기며 물었다. 그 새침한 물음을 들으며, 자카리는 빙그레 웃었다.

"응. 사실 너에게 더 관심이 많아."

"우와, 방금 되게…… 여자에게 익숙한 남자 느낌이 났어."

"남편은 아내에게는 익숙해져야 하는 법이지."

자카리는 눈 하나 깜빡하지 않고 대답했다. ……쟤 도대체 왜 저런담? 이엘리는 샐쭉해졌다. 하지만 저런 버터를 바른 것 같은 발언이, 느끼하기는커녕 달콤하게 느껴진다는 게 더 문제였다.

"공작님께서 기다리시겠다, 얼른 들어가자."

뺨이 홧홧하게 달아오르는 것 같아, 이엘리는 애써 태연한 척 몸을 돌렸다. 자카리가 웃었다.

"공작 각하."

"왔느냐."

공작은 온실 안에 마련된 작은 응접실에 앉아 있었다. 이엘리와 시선이 마주치자, 공작은 까닥 고개를 끄덕여 보였다. 그 뒤를 따라 들어오던 자카리는 고개를 깊이 숙여 인사를 건넸다.

"기다리셨습니까, 아버지."

정중하지만 냉랭한 인사였다. 그러나 공작 또한 그 인사를 들으며 딱히 유감을 표하지는 않았다. 공작은 턱짓으로 맞은편 의자들을 가리켰고, 이엘리와 자카리는 자리에 조심스레 앉았다.

"주방장 말로는, 각하께서는 리엘론 차를 즐긴다고 하시더라고요."

"……그래."

공작은 살짝 눈썹을 치켜 올렸다. 언제 이엘리가 자신의 취향까지 파악했는지 몰라, 조금 놀란 기색이다. 이엘리는 뿌듯한 미소를 지었다. 이왕 점수를 따기 위해서면 이 정도는 해야지.

"리엘론 차는 다소 맛이 씁쓸하니까, 달콤하면서도 상큼한 디저트를 준비해 봤어요."

은 접시 위에 예쁘게 올라와 있는 건 바로 레몬 파이였다. 레몬을 졸여 만든 잼과 커스터드 크림을 층층이 쌓고, 설탕물을 발라 윤기를 살렸다.

리엘론 차는 상큼한 단맛을 가진 디저트와 잘 어울린다고 해서, 이 파이를 만들기 위해 가엾은 주방장을 얼마나 들볶았는지 모른다.

"고맙구나."

공작이 조용히 입을 열었다. 이엘리는 무례인 것조차 잊어버린 채 두 눈을 휘둥그렇게 떴다.

'공작님께서 방금, 이런 사소한 일로 나한테 고맙다고 인사하신 거야?'

자카리에게는 언제나 매몰찬 공작은, 그녀에게는 저런 사소한 일만으로도 '고맙다'라는 말을 입에 담는다. 공작이 그녀를 대하는 태도는 항상 다정했기에, 이엘리는 기쁜 한편 좀 아쉬웠다.

'자카리에게도 이렇게 유해지시면 좋을 텐데.'

이엘리와 공작의 사이는 점점 진전이 되고 있었지만, 아쉽게도 자카리와 공작의 관계는 여전히 겨울바람처럼 냉랭했다. 어떻게든 두 사람의 사이를 좋게 만들고 싶었지만, 마음대로 되지는 않았다.

'첫 단추부터 잘못 끼워진 관계니까. 그래도 예전처럼 언성을 높이지 않는 게 다행이랄까.'

이엘리는 짧게 한숨을 쉬었다. 폭력과 고함이 사라진 것만으로도 괜찮다, 요새는 그렇게 생각하고 있었다. 약간은 정신 승리 같기는 하지만 할 수 없지 않나.

그때 공작이 작게 중얼거렸다.

"맛있군."

"지, 진짜요?"

아니, 내가 지금 무슨 말을 들은 거야? 경악한 이엘리가 공작을 향해 되물었다. 공작은 가볍게 고개를 끄덕여 그녀의 물음을 긍정했다. 뭔가 잘못 드셨나? 고맙다는 말에 이어 칭찬까지?

"그러니까 한숨을 쉴 필요는 없다."

"아…… 감사합니다."

설마 내가 한숨을 쉰 걸 신경 쓰신 걸까? 그렇게 생각하던 이엘리는 고개를 가로저었다. 이건 너무 이엘리 스스로에게 상냥한 해석 아닌가.

이엘리는 흘끗 곁에 앉은 자카리를 돌아보았다.

"자카리, 넌 어때?"

"나도 맛있어. 이번 티타임, 신경을 무척 많이 썼구나."

자카리가 부드럽게 미소 지었다. 그의 칭찬을 들은 그녀의 뺨이 사과처럼 붉어졌다. 으으, 저렇게 달콤하게 말하면 온몸이 배배 꼬이는 기분이 든단 말이야.

이엘리는 부끄러움을 감추려 레몬 파이를 크게 잘라 입에 넣었다. 그러자 두 눈을 동그랗게 뜬 자카리가 그녀에게 물었다.

"레몬 파이가 마음에 들어?"

"응?"

막 커스터드 크림을 꿀꺽 삼키던 이엘리가 자카리를 마주보았다. 어, 물론 이 레몬 파이는 객관적으로 맛있긴 하지만…….

그러자 곧장 자카리는 그녀 앞에 자신의 접시까지 밀어 주었다.

"더 먹어."

"아니, 여기서 더 먹으면 나 살찌는데……."

"괜찮아. 넌 좀 더 쪄도 돼."

자카리의 단호한 말에 그녀는 어색하게 웃었다. 어느새 그녀 앞엔 레몬 파이가 가득이었다.

"저기, 나 드레스 입으려면 몸매 관리를 좀 해야 해서."

"아니야, 이엔. 넌 너무 말랐다고."

"그건 자카리의 말이 맞는 것 같군."

그때 무심한 얼굴로 공작이 말을 툭 던졌다. 이 사람들 도대체 나한테 왜 이래? 그녀는 좀 어리둥절해졌다. 객관적으로 그녀는 날씬한 편이긴 했지만, 그렇다 해서 군이 살을 찌울 정도의 상태는 아니었다.

그러나 공작은 그녀의 앞에 생크림 단지와 설탕 그릇을 놓으며 말을 이었다.

"넌 보통 달콤한 음식을 즐기곤 하더구나."

"그, 그런 건 맞지만요……."

"리엘론 차는 밀크티로 마셔도 맛이 괜찮다."

도대체 이 상황, 어떻게 받아들여야 하지? 그러니까 지금 날 위해 공작 각하께서 리엘론 티를 밀크티로 마시라고 조언해 주고 계신 건가?

이엘리는 저도 모르게 공작의 눈치를 살폈지만, 공작은 여전히 차분한 얼굴을 하고 있었다. 그러면서 공작은 손수 생크림 단지의 뚜껑까지 열어 주었다.

"음, 감사합니다……?"

이엘리가 어쩔 줄 모르고 감사 인사를 건네자, 공작은 슬쩍 고개를 끄덕였다. 결국 이엘리는 찻잔에 우유를 듬뿍 넣었다. 각설탕을 퐁당퐁당 집어넣자, 입맛에 딱 맞는 단맛이 완성되었다.

'아, 이 밀크티. 엄청 맛있어.'

한 모금 차를 마신 이엘리는 행복한 얼굴을 했다. 듬뿍 들어간 우유와 설탕이 부드러운 단맛을 내면서도, 쌉쌀한 차 맛이 뒷맛을 느끼하지 않도록 잡아 준다. 그러던 중, 그녀가 멈칫했다.

"……저기, 두 분. 제 얼굴에 뭐라도 묻었나요?"

먹는 데 왜 자꾸 쳐다봐? 이엘리는 냅킨을 들어 입술을 닦아 내면서 공작과 자카리를 둘러보았다.

아까 전부터 공작과 자카리는, 이엘리가 먹는 모습을 뚫어져라 바라보고 있었던 것이다.

"아니, 아무것도 아니야."

자카리가 고개를 저으면서 시선을 돌렸다. 그의 귓바퀴가 붉게 달아올라 있었다. 공작도 마찬가지로, 큼큼 헛기침을 하며 먼 곳을 바라보았다.

이엘리는 어리둥절한 얼굴이 되어 파이를 잘라 입에 넣었다. 그러던 중, 그녀는 불길한 예감을 느꼈다. 그녀가 걱정스러운 어조로 말했다.

"그것보다 아까 전부터 저만 먹고 있는 것 같은데, 혹시 입맛에 맞지 않으신 건 아닌지……."

"그런 거 아니야!"

"쓸데없는 걱정 하지 마라."

두 남자가 정색했다. 뭐, 아니라면 다행이지만. 이엘리는 두 눈을 가늘게 떴다.

자카리는 포크를 들어 롤 케이크를 열심히 공략하기 시작했고, 공작은 손도 대지 않던 푸딩 그릇을 들었다.

'음, 뭔가 좀 이상하긴 하지만……'

눈동자를 굴리던 이엘리는 결국 쿡쿡거리면서 웃어 버렸다. 뭐, 그래도 평화로운 티타임이었다.

해가 뉘엿뉘엿 지고 있었다. 따스한 온실 안쪽으로 붉은 햇볕이 비스듬히 내리쬐었다. 나름대로 화기애애한 티타임을 마친 그녀는 울상이 되어 배를 쓰다듬었다. 배 안이 빵빵하게 찼다.

"아, 나만 너무 많이 먹은 것 같아."

"그래?"

한편 자카리는 흐뭇한 얼굴이었다. 그녀의 가녀린 몸이 신경 쓰였던 그는, 어떻게든 이엘리를 살찌우고 싶었기 때문이었다. 그러나 곧바로 이어진 그녀의 말을 들으며 그는 미간을 좁혔다.

"너무 배불러서 저녁을 못 먹겠는데."

"뭐? 안 돼, 넌 끼니를 잘 챙겨야 한다고."

"……다른 사람들이 들으면, 나 굶고 다니는 줄 알겠어."

기가 막힌 이엘리가 자카리를 곁눈질로 노려보았다. 하지만 공작까지 자카리의 말에 끄덕이며 동조하고 있는 마당에, 그녀가 무슨 말을 더 할 수 있겠는가. 그녀가 고개를 절레절레 저었다.

"다들 절 살찌우려고 작정하신 것 같아요."

"그야 넌 너무 말랐으니까."

"넌 팔다리가 지나치게 가늘어."

이구동성으로 그녀에게 말하는 두 부자를 보며 이엘리는 약간 황망해졌다. 이 사람들의 눈에 난 도대체 어떤 사람으로 보이는 걸까. 차마 공작에게 트집을 잡을 수는 없었기에, 대신 이엘리는 자카

리의 곁에 바짝 붙어 서서 옆구리를 쿡쿡 찔렀다. 그리고 샐쭉한 낯
으로 그에게 속삭인다.

"무슨 말도 안 되는 소리를 하는 거야? 내 드레스 안 맞으면 다
네 책임이야."

"그래, 무슨 일이 있던지 내가 널 책임질게."

"……."

따지는 말에 달콤한 대답이 돌아오자 이엘리는 할 말을 잃어버
렸다. 하, 말을 말자.

숫제 고개를 돌려 버리는 이엘리의 모습을 공작은 웃으면서 지
켜보았다. 그리고 순간, 공작의 숨이 턱 막혔다.

"콜록, 콜록!"

거센 기침이 터져 나왔다. 폐를 쥐어짜 내는 느낌에, 공작은 허리
까지 꺾으며 기침을 내뱉었다.

"고, 공작님? 괜찮으세요?"

"아버지!"

깜짝 놀란 두 사람이 공작 곁에 빠른 걸음으로 다가왔다. 갑자기
왜 저러시지? 연녹색 눈동자가 걱정스러운 기색을 품었다. 하지만
공작은 손을 내저었다. 쓸데없이 걱정시킬 수 없었다.

"괜찮다. 고작해야 감기일 테지."

공작은 헐떡이는 목소리로 대답했다. 하지만 공작의 낯은 핏기
가 사라져 새하얗게 질려 있었다.

"감기라고요? 하지만 공작님, 기침이 너무 심하신데……."

"조금 피곤해서 그럴 뿐이야. 신경 쓰지 마라."

공작이 완강한 목소리로 대답했다. 그런 공작을 바라보며, 자카리는 미세하게 미간을 구겼다.

"······아버지, 정말로 괜찮으신 겁니까?"

"괜찮다."

내뱉듯 공작이 대답했다. 허리를 곧게 편 공작이 다시 한 번 고개를 끄덕였다. 그 표정이 워낙 단호하여, 이엘리는 차마 더 공작에게 캐물을 수가 없었다.

공작이 침착한 어조로 말했다.

"이제 그만 돌아가지."

"······."

그 말을 들은 자카리는 탐색하듯이 공작을 응시했다. 공작은 그 눈을 말없이 맞받았다. 다만 이번에 먼저 시선을 돌린 쪽은 자카리가 아닌 공작이었다. 자카리의 시선이 깊이 가라앉았다.

*　　　*　　　*

그날 저녁. 공작은 저녁 식사를 걸렀다. 그리고 피곤하다는 이유로 일찍 침실에 들었다.

침대에 몸을 기댄 채, 그는 느릿하게 눈을 깜빡였다. 머리가 멍하고 어지러웠다. 피곤했다.

'하필이면 거기서 기침이 터지는 바람에.'

공작은 미간을 찌푸렸다. 환약으로 어떻게든 증상을 다스리고 있었지만, 이제 그것도 한계가 온 것 같다. 아주 오랫동안 앓고 있던 병이다.

사랑했던 아내가 죽은 후부터 발병한 병을 의욕적으로 치료하지 않은 건, 두 가지의 이유가 있었다. 첫 번째는 외부에 몸 상태를 들키지 않기 위함이었다.

'혜센바이츠 공작이 몸 상태가 좋지 않다는 소문이 나 봤자, 황가에게 물어뜯을 기회만 주지.'

공작이 짧게 조소했다. 그렇지 않아도 호시탐탐 공작가를 노리는 황가였다. 겨울의 힘을 가져 불안정한 후계자만을 두고 있으니, 만약 지금 공작의 병이 밝혀진다면 일이 더 귀찮아질 터.

'그리고 두 번째는⋯⋯.'

자카리와 꼭 닮은 짙푸른 눈동자가 문득 과거를 더듬었다. 공작의 메마른 입술이 달싹거렸다.

"⋯⋯아델."

눈을 감으면 그녀가 떠올랐다. 물결치던 다갈색 머리카락, 찬란하게 빛나던 짙은 녹색 눈동자. 이기적이라 해도 좋다, 그녀를 사랑했다. 그랬기에 그녀가 보이는 증오조차도 참을 수 있었다.

'아마 이 병은 내 죗값이 아닐까.'

아주 오래전부터 공작은 그렇게 생각하고 있었다. 제대로 된 치료법도 없는 병이었지만, 사실 그는 치료 자체에 굉장히 소극적이었다. 공작이 치료를 받지 않는 가장 큰 이유는, 아델라이데에 대한 죄책감이었다. 그녀가 죽으면서 그에게 이 병을 남겨 준 것만 같았다.

'이대로 죽는다면⋯⋯.'

그는 멍하니 생각을 더듬었다. 그녀가 그를 노려보던 눈빛이 생생했다. 새가 지저귀듯 아름다운 음성은 그에게만큼은 절절한 증오에 들끓었다. 그래도. 그 목소리를 다시 들을 수 있다면.

'죽음도 나쁘지 않겠지.'

공작의 입술에 희미한 미소가 서렸다. 그리고 그때.

똑똑. 노크 소리가 들렸다. 공작은 의아한 얼굴로 문 쪽을 돌아보았다. 일찍 잔다고 미리 말해 두었는데 이 시간에 방을 방문하다니?

"들어가겠습니다, 아버지."

허락을 구하는 게 아닌 통보였다. 방문을 열고 들어선 자카리가 서늘한 얼굴로 공작을 바라보았다. 공작은 순간 움찔했다. 마치 아델라이데가 살아 돌아와 그 자신을 경멸하는 것 같았다.

"이젠 허락조차 구하지 않는 게냐?"

공작이 빈정거렸다. 하지만 자카리는 눈썹 하나 까닥하지 않는다. 그는 공작에게 질문을 했다.

"아버지. 주치의에게 병에 대해 물어보셨습니까."

"쓸데없는 참견 마라."

공작이 냉랭하게 대답했다. 자카리가 미간을 구겼다. 고개를 기웃이 기울이며 차갑게 답한다.

"쓸데없는 참견이라니요. 적어도 전 아버지의 건강을 걱정할 권리를 가지고 있습니다."

"언제부터 네가 내 건강을 그리 염려했나?"

"그야 비록 아버지는 절 증오하시지만, 그래도 이 공작령의 주인이시니까요."

자카리의 입술 끝이 비스듬히 올라왔다. 짙푸른 시선을 싸늘하게 내린 채 그가 말을 이었다.

"공작령을 책임질 분이시니, 그 후계 된 자로서 당연히 걱정해야지요."

공작은 가만히 자카리를 바라보았다. 그러고 보면 자카리와의 관계도 이미 갈 데까지 간 것 같았다. 자카리는 이제 공작에게 부자간의 애정에 대해 일말의 기대도 하지 않는다.

자신이 망쳐 버린 관계임을 알면서도, 마음 한구석이 시큰거리는 이유는 무엇일까. 공작은 쓰게 웃었다.

"신경 쓸 것 없다."

"아버지."

"그만 물러가거라."

자카리가 입술을 깨물었다. 숨을 삼킨 그가 그대로 몸을 물린다. 그 뒷모습을 바라보며 공작은 복잡한 기분을 느꼈다. 여기서 난 어떻게 했어야 했을까. 마음 한구석이 어지럽게 엉킨다.

'이제 와서 아비 노릇을 하려는 것도 우스운 일이지.'

어차피 너무 먼길을 와 버렸으니, 하는 수 없었다. 베개에 머리를 기댄 공작은 두 눈을 감았다.

*　　*　　*

이후 공작은 며칠 앓아누웠다. 가벼운 미열로 시작한 병세는, 목숨을 위협할 정도로 크지는 않았지만 적어도 사람의 운신을 귀찮게 할 정도는 됐다. 자리보전의 시간이 점차 길어지고 있었다.

"이엔, 그게 뭐야?"

단지를 들고 복도를 걷고 있자니, 자카리가 고개를 쑥 디밀었다. 그녀가 웃으며 답했다.

"아, 이거? 레몬 꿀 절임이야."

"레몬 꿀 절임?"

"응. 공작님께서 내내 식사도 거르고 계시잖아."

이엘리는 미간을 좁혔다. 공작은 입맛이 없다면서 식사를 계속해서 물리고 있었다. 이엘리는 그런 공작이 꽤나 걱정스러웠다. 그리하여 생각해 낸 게, 공작의 입맛을 돌게 할 음식이었다.

"그래서 이거 한번 만들어 봤어, 공작님 드리려고."

"직접 만든 거야?"

"응. 차로 타 마셔도 되고, 간식처럼 집어 먹어도 돼. 감기에 좋다고 하더라고."

이엘리는 어깨를 가볍게 으쓱거렸다. 그러던 중, 이엘리가 문득 걱정스러운 얼굴로 질문했다.

"그런데 공작님께서 거절하시면 어쩌지?"

내내 입맛이 없다며 음식을 거부하던 공작이었다. 주방장이 혼신의 힘을 다해 만들어 낸 음식조차 거절하곤 했으니, 그녀가 서툴게 만든 레몬 꿀 절임 같은 음식이 입에 맞을 리 없지 않나.

"걱정하지 마."

하지만 자카리는 확신에 가득 찬 음성으로 말했다. 이엘리가 살짝 울상이 된 채로 되물었다.

"하지만, 어떻게 걱정을 안 해?"

"분명히 받아 주실 거야."

이엘리는 힐끗 자카리를 곁눈질로 돌아보았다. 그러고는 약간 기대에 찬 눈빛이 되어서 그를 채근한다.

"……그걸 네가 어떻게 알아?"

"그냥 알아."

내 아버지께서는 널 예뻐하시거든. 그 뒷말을 접어 넣은 채 자카리는 빙그레 웃었다. 이엘리는 어리둥절해졌지만, 자카리는 더이상 설명하지 않았다. 이엘리가 그 사실을 아는 건 싫었다.

'널 사랑하는 사람이 나밖에 없다고 생각했으면 좋겠어.'

솔직히 말도 안 되는 집착임을 알지만, 그래도 자꾸만 그런 욕심이 드는 것이다. 그녀가 자신 외의 다른 사람을 아끼는 것은 보고 싶지 않았다. 그 자신만 바라보고, 그에게만 웃어 줬으면.

'유치하기는.'

자카리는 스스로를 비웃었다. 어린아이도 아니고 이게 무슨 생각인지. 그 와중에 두 사람은 공작의 방문 앞에 도착했다.

이엘리는 긴장한 표정으로 손을 들었다. 똑똑. 노크 소리가 울렸다.

"공작님, 이엘리입니다. 들어가도 될까요?"

"……들어와라."

낮게 가라앉은 목소리가 들려왔다. 이엘리는 눈짓으로 자카리에게 함께 들어갈 거냐고 물어보았지만, 자카리는 고개를 저었다. 말다툼을 한 지 얼마 안 됐는데 공작을 보는 건 껄끄러웠다.

"이따 데리러 올게."

"응? 데리러 올 필요까지는 없는데?"

"내가 오고 싶어서 그래."

낮게 소곤거린 자카리가 빙긋 눈웃음을 쳤다. 이엘리는 어리둥절한 얼굴이었지만, 우선 방 안에 들어가는 쪽을 택했다.

그녀의 어깨를 두드려 준 자카리는 이엘리의 뒷모습을 바라보았다.

"저기, 공작님."

방에 들어간 그녀가 작게 공작을 불렀다. 침대에 파묻히듯 누워 있던 공작이 그녀를 보았다.

"무슨 일로 왔느냐."

"아, 그것이……."

우물쭈물하던 이엘리는 단지를 내려놓았다. 공작의 눈동자에 희미한 호기심이 떠올랐다.

"이건?"

"그…… 레몬 꿀 절임이에요. 감기에 좋다고 해서……."

이엘리는 더듬더듬 입을 열었다. 공작은 몸을 일으켜 단지 안을 들여다보았다. 주방장이 직접 썰었다고 보기에는 삐뚤빼뚤한 레몬 조각들. 층층이 설탕과 꿀이 채워져 노랗게 빛나고 있었다.

"네가 직접 만든 게냐?"

"그게…… 네."

머뭇거리던 그녀가 얼굴을 붉히면서 고개를 푹 수그렸다. 으으, 괜히 만들었어. 거절하시면 민망할 것 같은데. 공작은 이채가 서린 눈으로 그녀를 바라보았다. 잠시 후, 공작이 입을 열었다.

"고맙구나."

"저기, 역시 입맛에 맞지 않으시면 버리셔도…… 네?"

중언부언 변명을 늘어놓으려던 이엘리가 깜짝 놀라 고개를 들어 올렸다. 두 눈을 동그랗게 뜬 채 공작을 바라보자, 공작은 다소 민망한 얼굴로 시선을 돌렸다. 귓바퀴가 미세하게 붉어졌다.

"단지는 거기 두고, 레몬 꿀차라도 한 잔 타 오거라."

"아, 네!"

두 눈을 깜빡이던 이엘리가 환하게 미소 지었다. 아무래도 자카리와 공작은 부자가 맞나 보다. 부끄러워할 때 귓바퀴가 붉어지는 것도 그렇고, 시선을 피하며 할 말은 하는 것도 그렇고.

'두 사람, 너무 닮았잖아.'

이엘리는 속으로 웃음을 삼키며 몸을 돌렸고, 레몬과 꿀을 듬뿍 넣어서 차 한 잔을 만들었다.

"여기요."

"그래."

공작은 뜨거운 차 한 잔을 받아 들었다. 두 눈을 반짝이며 공작을 바라보던 이엘리가 물었다.

"역시 조금 단가요?"

"괜찮아."

차 한 모금을 마신 공작이 잠시 찻잔을 내려다보며 고민했다. 약간의 침묵 후, 공작이 말했다.

"맛있구나."

이엘리의 눈이 휘둥그레 해졌다. 오늘 나, 참 많이 놀라는구나. 공작은 그런 그녀에게 희미하게 미소를 지어 주었다. 요새 왜 이렇게 유해지셨지? 이엘리는 어리둥절한 채로 마주 웃었다.

* * *

어느새 해가 뉘엿하게 지는 시간이었다. 아까 마주친 메리는 이엘리가 아직 자신의 방에 돌아가지 않았음을 알려 주었다. 공작의 방 앞에 선 자카리는 심호흡을 하고 똑똑 노크를 했다.

"아버지, 자카리입니다."

"들어와라."

공작이 대답했다. 자카리는 방에 들어섰다. 가장 먼저 눈에 들어온 것은 바로 이엘리였다. 아샤 꽃잎처럼 보드라운 분홍색 머리카락은 의자 등받이 위에 제멋대로 흐트러져 있었다.

의자 위로 몸을 조그맣게 웅크리고 고개를 기댄 채 색색 숨소리를 낸다. 어느 모로 보나 잠든 모습이었다.

"……이엔?"

"쉿."

공작이 검지를 들어 입술 위로 세웠다. 자카리는 두 눈을 가늘게 뜬 채 공작 곁에 다가섰다.

"잠든 지 얼마 되지 않았다."

"그렇습니까?"

자카리는 가볍게 고개를 끄덕였다. 침대 옆, 테이블 위에는 말끔히 비운 찻잔이 놓여 있었다.

"몸은 좀 어떠십니까."

"나쁘지 않군."

공작이 차분하게 대답했다. 두 부자는 잠든 소녀를 바라보며 각자 침묵했다. 자카리가 말했다.

"회복하셔야지요."

"그래……."

곱게 잠든 소녀의 잠을 깨우지 않기 위함이었을까, 아버지와 아들은 지금만은 서로에게 날을 세우지 않았다. 두 부자 사이로 짧지만 깊은 침묵이 흘렀다. 침묵을 먼저 깬 이는 공작이었다.

"자카리."

"예?"

"누군가가 소중하다면, 최선을 다해 아껴 주어야 한다."

난 비록 그러지 못했지만. 공작은 뒷말을 삼켰다. 자카리는 묘한 눈빛으로 공작을 바라보더니, 조그맣게 고개를 끄덕였다. 소녀의 규칙적으로 새근대는 호흡이 두 사람의 귀를 간지럽혔다.

＊　　＊　　＊

공작의 상태는 상당히 호전되었다. 안색도 예전보다 훨씬 나아져서, 두 사람은 한숨을 놓았다.

"정말 다행이야. 처음에 기침하실 때는 큰 병인 줄 알고 얼마나 놀랐는데."

안도한 이엘리가 종알종알 입을 열었다. 현재 두 사람은 밖에 나와 있는 중이었다. 날씨가 차갑다는 이유로 온갖 목도리며 모자를 둘둘 감아 놓았기에, 이엘리는 마치 눈사람처럼 보였다.

"이엔, 너도 감기 조심해. 요새 날씨가 무척 차가우니까."

자카리가 이엘리의 곁에 바짝 붙어 서며 말했다. 미간을 좁힌 이엘리가 힘겹게 팔짱을 끼었다.

"이렇게 옷을 둘둘 감아 놓았는데, 어떻게 감기에 걸려?"

"솔직히 더 입혀야 할 것 같은데."

"그럼 나, 이제 뒤뚱거리다 못해 걷지도 못하는 신세가 될걸."

이엘리는 불퉁하게 중얼거렸다. 그녀의 현재 옷차림에는 자카리의 입김이 상당수 들어가 있었다. 밖에 나가기로 결정하자마자 그녀를 찾아와 목도리며 장갑이며 모자를 덮어씌운 것이다.

"네가 아픈 것보다는 나아."

"……."

완고한 자카리의 대답에 이엘리는 할 말을 잃어버렸다. 그래, 네가 마음이 편하다면 된 거지.

"그것보다 이엔, 이리 와."

자카리가 손짓으로 그녀를 불렀다. 이엘리는 총총걸음으로 자카리 곁에 다가섰다. 그의 손에는 말고삐가 쥐어져 있었다. 콧잔등에 하얀 점이 흩어진, 순한 성격의 진한 갈색 암말이었다.

"말에 올라가는 거, 도와줄까?"

"으응……."

이엘리는 다소 부끄러운 표정으로 고개를 끄덕였다. 그녀의 곁에 다가온 자카리는 당연하다는 듯이 이엘리의 허리를 끌어안았다. 깜짝 놀란 이엘리가 자카리의 목에 매달리면서 외쳤다.

"꺄아, 자카리!"

"왜? 말에 올라가려면 이게 제일 빨라."

"그, 그래도!"

그냥 손을 잡아 주거나, 뭐 그런 건 줄 알았는데! 기겁한 그녀가 뺨을 붉히며 말 위에 올라탔다. 자카리는 쿡쿡 웃음을 터뜨리며 말고삐를 쥐었다. 솔직히 말하면 일부러 그런 거긴 했다.

'이렇게라도 하지 않으면 이엔을 안아 볼 수조차 없단 말이야.'

이엘리가 들으면 음흉하다는 둥, 그러면서 종알거릴 테지만. 그렇게 생각하던 자카리가 불만스러운 표정으로 말 위의 그녀를 흘겨보았다. 자신이 이렇게 행동하는 건 모두 그녀 탓이었다.

"……그러니까 누가 그렇게 예뻐지라고 했나."

조그맣게 투덜거리자, 막 말 위에서 균형을 잡느라 애쓰던 그녀가 자카리에게 시선을 주었다.

"자카리, 지금 뭐라고 했어?"

"응? 아무것도 아니야."

자카리는 천연덕스럽게 고개를 내저었다. 이엘리는 잠시 의심의 눈빛을 보냈지만, 우선은 말을 타는 데 집중하느라 시선을 거두었다. 말고삐를 쥐고 천천히 걷던 자카리가 피식 웃었다.

"이엔 너도 참, 갑자기 말 타는 연습이라니."

"하지만 나만 말 타는 게 서투른 건 싫단 말이야. 북부는 사냥회도 자주 한다고 했다고."

이엘리는 입술을 삐죽거렸다. 그 말에 자카리는 고개를 끄덕였다. 하긴, 지금까지는 두 사람이 어려서 사교 활동을 하진 않았지만 이젠 달랐다.

그녀는 명실공히 헤센바이츠 소공작인 자카리의 아내였으며, 차후 공작가의 안주인이 될 사람이었다. 슬슬 사교 활동을 생각할 때가 됐다.

"그래서 말 타는 연습을 시작한 거야?"

"응. 뭐, 탈 수는 있지만…… 아직 서투르니까."

이엘리는 어깨를 으쓱였다. 그러자 자카리가 짓궂은 얼굴로, 집중하는 이엘리를 올려다보았다.

"조금 달리고 싶지 않아?"

"응?"

잔뜩 긴장한 채 말 위에 올라타 있던 이엘리가 어리둥절한 얼굴을 했다. 자카리가 씩 웃었다.

"오늘은 날씨도 좋은 편이라서, 말을 타고 달리면 엄청 상쾌할 텐데."

"어……."

그렇게 들으니 좀 혹하기는 한다. 그녀가 눈을 깜빡였다. 자카리는 살살 유혹의 말을 건넸다.

"어때? 내가 같이 타면, 말에서 떨어지지도 않을 거야."

"음, 그렇다면 좋아."

이엘리가 고개를 끄덕였다. 자카리는 속으로 쾌재를 부르며 말위에 날렵하게 올라탔다. 그대로 이엘리의 허리를 끌어안자, 그녀가 힐끔 그를 돌아보았다. 자카리는 태연한 척 웃어 보였다.

"네가 떨어질까 봐 끌어안은 것뿐이야."

"진짜?"

"진짜로."

눈 하나 깜짝하지 않고 거짓말을 하자, 이엘리는 미심쩍은 얼굴로 다시 시선을 돌렸다. 자카리는 목 뒤가 화끈화끈 달아오르는 것을 느꼈다. 자카리의 바로 앞에 이엘리가 앉아 있었다.

'이엔.'

모피와 솜털 옷과 목도리 따위로 둘둘 싸여 있었지만, 이엘리의 분홍색 머리카락이 눈앞에서 아른거렸다.

자카리는 문득 쿵쿵 뛰는 제 심장 소리를 들킬까 두려워졌다. 그는 고삐를 쥐었다.

"이랴!"

말이 달리기 시작했다. 주변 풍경이 휙휙 지나간다. 앞에 앉은 이엘리가 곧 탄성을 내질렀다.

"우와!"

"이 정도 속도, 괜찮아?"

"응!"

이엘리의 신이 난 대답을 들으며, 자카리는 빙그레 미소 지었다. 그녀는 까르르 소리 내어 웃었다. 차가운 공기가 시원하게 양 뺨을 어루만지고, 세상이 뒤로 빠르게 지나간다.

와, 이거 엄청나잖아. 엄청 재밌어! 자카리는 말을 능숙하게 몰아서 공작 성 뒤편의 숲속으로 들어갔다.

"여긴 어디야?"

"내 비밀 장소."

"자카리, 비밀 장소도 있었어?"

놀란 그녀가 두 눈을 동그랗게 떴다. 자카리가 쿡쿡 웃음을 터뜨리더니 고개를 저으며 말한다.

"사실 비밀 장소까지는 아니고, 최근에 우연히 찾아낸 곳이야."

"그렇구나."

이엘리가 고개를 끄덕였다.

자카리는 날렵하게 말에서 뛰어내렸다. 말 위에 앉은 채, 이엘리는 주변을 돌아보았다. 서리가 내린 숲속 조그만 공터는 흰 얼음으로 조각한 다른 세계 같았다.

"자, 손."

자카리가 손을 내밀었다. 이엘리는 손을 맞잡았다. 자카리는 그녀의 손을 쥐면서, 반대편 팔을 들어 이엘리의 허리를 휘감았다. 그대로 꼭 끌어안는 바람에, 그녀는 그의 품에 폭 파묻혔다.

"자카리, 숨 막혀!"

이엘리가 자카리의 등을 콩콩 두드려 댔다. 자카리는 그녀의 귀에 달콤한 목소리로 속삭였다.

"이엔."

"응?"

이엘리가 고개를 갸웃거렸다. 포옹한 자카리의 온기가 두꺼운 옷감 밖으로도 느껴질 것 같다.

"난 네가 너무 좋아."

이런 느닷없는 고백은 이제 익숙할 정도였다. 자카리는 시시때때로 그녀에게 좋아한다는 말을 속삭이고는 했다. 눈이 마주치거나 우연히 스쳐 지나갈 때, 마치 그녀에게 도장이라도 찍듯이.

"나도 네가 엄청나게 좋아."

이엘리는 시선을 맞추며 생긋 미소 지었다. 자카리는 약간 불만스러운 표정으로 그녀를 바라보았다.

'너와 나의 좋아한다, 라는 말은…… 너무 큰 온도 차를 가지고 있는 것 같지만.'

그래도 자신의 감정을 강요할 생각은 없다. 어렸을 적, 함께 아샤 축제에 놀러 갔을 때. 결혼은 별로 생각해 본 적 없었다는 그녀에게 했던 자신의 말은 아직도 유효했다. 그는 한숨을 되삼켰다.

'네가 만족할 수 있도록 내가 최선을 다할게.'

자카리는 가슴을 꾹 눌렀다. 지금은 괜찮다. 가슴이 이렇게 뛰어도 참아 낼 수 있다. 하지만 언제까지 참을 수 있을지…… 그건 잘 모르겠다. 복잡한 마음으로 시선을 들어 올리던 바로 그때였다.

"자카리, 무슨 생각을 그렇게 해?"

이엘리가 고개를 쏙 내밀며 질문을 던졌다. 맑은 연녹색 눈동자를 들여다보자마자, 그를 혼란스럽게 하던 모든 감정이 말끔히 휘발되었다. 그래, 네가 내 옆에 있으니까.

그는 씩 웃었다.

"아무것도 아니야."

"아무것도 아닌 얼굴이 아닌데?"

"네가 너무 좋아서?"

자카리는 다정하게 대답했다. 이엘리는 미간을 좁히더니, 밉지 않은 목소리로 톡 쏘아붙였다.

"그냥 이유를 말해 주기 싫다고 해."

"하지만 진심인걸."

"네에, 네에. 그러시겠죠."

어깨를 으쓱인 그녀가 성큼성큼 앞으로 나섰다. 주변을 두리번 거리며 관찰하는가 싶더니, 두 눈을 휘둥그렇게 뜬다. 서리가 덮인 잎 사이로 영롱하게 빛나는 빨간 열매를 발견한 것이다.

"앗, 자카리. 이거 봐, 열매가 있어!"

"아, 그거? 토론 열매네."

열매를 양손에 양껏 따던 그녀가 자카리를 돌아보았다. 그러고 는 의아한 목소리로 자카리에게 묻는다.

"어떻게 그렇게 잘 알아?"

"기사단 훈련 중에는, 맨몸으로 산에서 3일간 생존하는 것도 있 으니까."

"우와, 그거 너무 힘들 것 같은데."

질색하던 이엘리가 열매를 요모조모 살펴보았다. 탐스럽게 익은 열매가 먹어 달라며 손짓했다.

"이거 먹어도 돼?"

"먹어도 되긴 하지만…… 좀 실걸."

"그냥 시기만 한 거면 괜찮아."

입에 열매를 쏙 밀어 넣은 그녀가 코끝을 찡그리며 어깨를 부르 르 떨었다. 이엘리가 외쳤다.

"으으, 이거 너무 셔!"

"그러게 시다고 했잖아?"

자카리가 웃음을 머금었다. 그녀가 시야에 머무를 때마다 치솟는 웃음을 막을 수가 없다. 이엘리가 곁에 있다는 사실 하나만으로 세상은 이렇게 찬란해지고, 반짝반짝 빛난다. 행복했다.

두 사람은 해가 뉘엿뉘엿 지는 시간에 공작 성으로 돌아왔다. 불타오르는 노을에 젖어 서리 맞은 숲은 무척이나 아름다워서, 이엘리는 내심 자카리에게 고맙다는 생각이 들었다.

자카리가 아니었더라면 그곳에는 가 보지도 못했을 테니까. 이엘리는 즐거운 기분으로 그에게 말했다.

"오늘 정말 재밌었어. 고마워, 자카리."

"네가 즐거웠다면 나도 기뻐."

자카리가 빙그레 웃었다. 말에 탄 이엘리는 자카리의 품에 안기듯이 기댄 채, 그에게 물었다.

"그러고 보니 자카리, 이제 곧 생일 아니야?"

"아."

말의 속도를 느리게 조절하고 있던 자카리가 고개를 기울였다. 그가 고개를 끄덕였다.

"그렇긴 하지…… 네가 기억해 주고 있는 것만으로도 고마운데."

"무슨 소리를 하는 거야, 당연히 내가 기억해야지."

"응?"

"난 네 아내인걸."

그녀가 당연하다는 양 말하는 '아내'라는 단어가 가슴을 간지럽

한다. 마치 깃털로 문지르는 것처럼 보드라운 감촉. 자카리는 뺨을 붉히며 웃었다.

이엘리는 곰곰이 그의 나이를 따져 보았다.

"음, 그렇다면 너, 올해 성인식을 치르겠네?"

"아마도?"

자카리는 남의 이야기를 하듯이 무심하게 대답했다. 왜 저렇게 무관심한 거람? 이엘리는 미간을 좁히면서 기대앉은 자카리의 가슴을 뒤통수로 쿡쿡 눌렀다. 불퉁한 어조로 그에게 말한다.

"뭐야, 그 반응. 지금 네 얘기를 하고 있는 거잖아?"

"그렇긴 한데……."

사실 별로 관심이 없어서. 자카리는 그 말을 꿀꺽 삼켰다. 솔직히 전혀 기대도 안 하고 있었다.

"이엔, 네 성인식도 조용히 지나갔잖아."

"그건 내가 원하지 않았으니까 그렇지."

그녀는 눈 하나 깜짝하지 않고 답했다. 제국에서는 여성은 18세, 남성은 20세에 성인식을 치른다. 그러므로 그녀는 이미 성인식을 마쳤다.

그녀의 성인식 때, 공작은 원한다면 대규모 연회를 열겠다 제안했지만 그녀는 거절했다. 왜냐하면 곧 자카리의 성인식이 있기 때문이었다.

'내 성인식을 거창하게 하면, 상대적으로 자카리의 성인식이 묻힐 테니까.'

헤센바이즈의 차기 공작은 자카리였다. 그녀 자신 때문에 자카리가 묻히는 건 바라지 않았다.

"그래도 제국 유일의 공작가의 후계자인데, 성인식은 좀 신경 써서 치러 주실 거야."

이엘리는 약간의 기대감을 담아 그렇게 말했다. 하지만 자카리는 별다른 생각이 없어 보였다.

"글쎄……."

과연 아버지가 나에게 그런 배려를 해 주기나 할까? 하긴, 그래도 공작가는 소중하게 생각하는 사람이니 그럴지도. 자카리는 냉소적으로 생각했다.

그러던 중, 그가 두 눈을 가늘게 떴다.

"어, 저 말은?"

"응?"

이엘리가 고개를 쏙 들어올렸다. 마구간에 들어와 있는 말 중, 처음 보는 말이 있었던 것이다.

"저런 말은 공작가에 없었던 것 같은데……."

"아이고, 작은 주인님!"

그때 마구간지기가 그들 쪽으로 황급히 달려왔다. 자카리는 고개를 기울이며 질문을 던졌다.

"저 말은 뭔가?"

딱 봐도 잘 관리된 말이었다. 반지르르하게 윤기가 나는 털만 해도 그랬다. 어디선가 손님이라도 방문한 건가, 하지만 공작 성에 손님이 방문한다는 소리는 없었는데.

"공작 각하께서 두 분을 찾으십니다!"

그때였다.

"우리를? 왜?"

마구간지기가 헐떡이며 말하자, 자카리가 어리둥절한 낯이 되었다. 마구간지기가 얼른 답했다.

"그게, 황가에서 사신이 도착해서……!"

"뭐?"

자카리의 표정이 미세하게 굳었다. 그렇다면 저 말은 황가의 사신이 타고 온 말일 터였다. 황가가 도대체 왜, 지금 사신을 보내는 건가? 이엘리가 불안한 얼굴로 자카리의 옷깃을 쥐었다.

"……자카리."

이엘리가 약간 긴장하고 있는 게 느껴졌다. 자카리는 입술을 짓씹었다. 내내 자신이 공작가에게 부담이 되는 것은 아닌가, 걱정하고 있던 이엘리였다. 그는 힘을 주어 그녀의 손을 쥐었다.

"왜 그런 표정 하고 있어, 이엔?"

"……."

"별일 아니겠지. 아마 내 성인식 관련한 문제 아닐까."

자카리는 태연한 목소리로 입을 열었다. 그러자 이엘리의 표정이 약간 풀어지는 것이 보였다.

"하긴, 다른 사람도 아니고 네가 성인식을 치르는 거니까."

"제국 내에서 내 입장이 좀 그렇긴 하지."

자카리가 가볍게 어깨를 으쓱거렸다. 어쨌거나 그는 제국 유일의 공작 작위를 물려받을 차기 후계자이자, 겨울의 마법을 지닌 존재였던 것이다. 황가에서 예민하게 구는 것도 이해는 갔다.

"그래도 빨리 들어가 보는 게 좋겠어."

"그래, 그러자."

자카리의 대답에 이엘리는 허둥지둥 몸을 돌렸다. 그런데 그때, 자카리가 보드랍게 속삭였다.

"참, 이엔."

"응?"

왜 불러? 우리 이제 들어가야 하지 않아? 그런 의미를 담아서 이엘리는 자카리를 돌아보았다.

"성인식 얘기가 나와서 하는 말인데, 작년에 네가 만들어 줬던 생일 케이크 말이야."

"아, 그거?"

아니, 그 얘기를 왜 여기서 하는 거야? 솔직히 그 케이크는 거의 실패작에 가까웠다. 이엘리는 살짝 부끄러운 얼굴이 되어 자카리의 시선을 피했다. 자카리는 상냥하게 웃으면서 말했다.

"그거 엄청 맛있었어."

"……솔직하게 말해도 돼. 내가 만들었지만 너무 달았어."

"하지만, 달아도 상관없으니까."

자카리가 그녀의 머리를 슥슥 쓰다듬었다. 그녀의 머리카락을 스치는 그의 손길이 기분 좋다.

"난 그냥, 네가 직접 만들어 주었다는 사실 자체가 좋은 거야."

그리고 보면 자카리는 이엘리가 만든 케이크를 남김없이 다 먹었다. 케이크를 직접 만들었고, 단 음식을 좋아하는 그녀조차도 한 조각을 다 먹지 못했는데. 이엘리가 멋쩍어하면서 물었다.

"자카리. 넌 내가 직접 만든 걸 좋아해?"

"응. 네 손이 닿은 거라면 무엇이든지 좋아."

그의 다정한 말에 이엘리는 뺨을 붉혔다. 손을 마주 잡고 공작
성으로 향하며 그녀는 생각했다.

'이제 곧 자카리의 성인식이니까…….'

스무 살, 청년이 성인이 되었음을 증명하는 특별한 날. 그러니 그
녀 또한 뭔가 특별한 선물을 해 주고 싶었다. 어떤 선물이 좋을까.
눈동자를 굴리던 이엘리는 문득 어떠한 사실을 깨달았다.

'자카리, 혹시 내 긴장을 풀어 주기 위해 일부러 가벼운 이야기를
꺼냈던 건가?'

확실히 어깨를 짓누르던 긴장감은 지금 대화를 통해 말끔히 해
소되었다. 이런 사소한 배려 하나가 그녀를 기쁘게 했다.

그녀는 자카리의 마음에 쏙 들 수 있는 선물을 해 주기로 결심했
다.

*　　　*　　　*

공작은 황가의 전령을 에메랄드 홀을 개방하여 맞이했다. 에메
랄드 홀은 귀한 손님을 맞이할 때 쓰는 작은 홀로, 그 홀 안에서 전
령을 맞이함으로써 황가에 대한 예우를 보이는 것이었다.

"그렇게 하지 않으면 분명 귀찮게 굴 테니까."

다소 신랄하게 중얼거린 자카리가 홀 안으로 성큼성큼 걸음을
옮겼다. 이엘리는 곁을 따랐다.

"자카리."

"아버님."

고개를 숙여 보인 자카리가 황가의 문장을 단 전령을 돌아보았다. 싸늘하게 식은 새파란 눈동자가 저를 향하자, 전령이 움찔했다. 공작이 경고하듯 자카리를 보자, 그는 홱 고개를 돌렸다.

"헤센바이츠 소공작님을 뵙습니다."

서슬 퍼런 기세에 기가 질린 전령이 황급히 인사를 했다. 자카리는 까닥 고개를 숙여 보였다.

"황가의 전령이시군요."

북부까지 무슨 용무로 귀한 발걸음을 내어 오셨습니까? 비록 입 밖에 내어 묻지는 않았지만, 자카리의 표정 자체가 빈정거리고 있음을 명백히 보여 준다.

전령은 마른침을 삼키며 말했다.

"소공작님께서 곧 성인이 되시는 것을 축하드립니다."

"감사합니다."

전혀 고맙지 않은 얼굴로 자카리가 그렇게 말했다. 전령은 애써 배에 힘을 주어 말을 이었다.

"소공작의 성인식을 축하하기 위하여, 황태자 전하와 황녀 전하께서 방문하실 예정이십니다."

"예?"

이건 또 무슨 개소리야? 한쪽 눈썹을 높이 치켜 올린 채, 전령을 거의 노려보듯 응시하는 자카리의 표정은 딱 그러한 뜻을 담고 있었다. 그 모습을 가만히 지켜보던 공작이 입을 열었다.

"말 그대로다. 두 분 황족께서 네 성인식을 축하하기 위해 내려오시기로 했다."

하지만 내키지 않는 목소리다. 공작의 표정 또한 상당히 고까워 보였다. 공작이 입을 열었다.

"이엘리."

"예, 공작 각하."

자신의 이름을 부를 줄은 몰랐기에 내심 놀란 이엘리였다. 그녀는 놀란 표정을 감추기 위하여 상당한 노력을 기울여야만 했다. 공작은 태연한 표정으로, 그러나 불쾌감을 담아 말을 이었다.

"이번 자카리의 성인식을 맞이하여 사냥회와 대규모 연회를 베풀려 한다."

그 말은…… 이엘리가 두 눈을 커다랗게 떴다. 그 시선을 받으면서 공작은 고개를 끄덕였다.

"두 분 황족께서 방문하게 되었으니 당연한 일이지. 다만."

다만? 이엘리는 미간을 찌푸렸다. 공작이 저렇게 말을 덧붙이면, 보통 안 좋은 말이 따르는데.

"사냥회와 연회는 로렌 백작 부인의 조언에 따라 진행하도록 한다."

"아버지!"

발끈한 자카리가 언성을 높였다. 하지만 공작은 눈썹 하나 까닥하지 않았다. 공작이 선언했다.

"이미 결정된 일이야."

"하지만……!"

"알겠습니다, 공작님."

그때 이엘리가 나서서 입을 열었다. 공작은 묘한 얼굴로 그녀를 바라보았고, 자카리는 간신히 분을 억눌렀다. 뭔가 사정이 있을 것이다. 이엘리는 그렇게 생각했다.

처음 만났을 때의 공작이라면 모르겠지만, 지금의 공작은 자카리의 문제를 제외한다면 상당히 이성적인 사람이었다.

"명을 따르겠습니다."

"그래."

그렇게 말한 공작이 손을 까닥거려 보였다. 물러나라는 뜻이다. 자카리는 무어라 항변하려 했지만, 중간에 끼어든 이엘리가 자카리의 손을 낚아챘다. 이엘리는 정중히 고개를 숙여 보였다.

"이만 물러나겠습니다."

공작은 미세하게 고개를 끄덕였다. 이엘리가 자카리의 손을 잡아당겼다. 미간을 찌푸린 자카리가 공작과 전령에게 말을 퍼부으려다 말고 한숨을 내쉬었다. 곧 두 사람은 밖으로 빠져나왔다.

"이엔, 도대체 왜 그랬어!"

홀을 빠져나오자마자 자카리가 분통을 터뜨렸다. 그녀는 고개를 가로저으며 차분하게 말했다.

"뭔가 사정이 있으실 거라고 생각했어."

"하지만!"

"자카리, 넌 내 소중한 사람이야. 그러니까 네 성인식은 나에게도 아주 소중해."

그 말에 자카리는 화가 난 와중에도 살며시 얼굴을 붉혔다. 이엘리가 조곤조곤 설명을 했다.

"그런 성인식을 진행하면서, 뭔가 황가에게 트집이 잡힐 여지는 남겨 두고 싶지 않아."

"황가?"

"그래, 황가."

이엘리는 고개를 끄덕였다. 공작 또한 로렌 백작 부인을 그리 긍정적으로 생각하지 않는다. 그런 공작이 굳이 백작 부인을 또다시 들일 정도면, 황가에서 뭔가 압력이 들어왔을지도 모른다.

"그래도 난 네가 그런 불쾌한 여자를 참는 것을 보고 싶지 않아."

잠깐 침묵하던 자카리가 불퉁하게 대꾸했다. 이엘리는 그런 자카리를 보며 빙긋 웃어 보였다.

"불쾌한 일이 벌어질 때마다 네가 날 지켜 주면 되잖아?"

허를 찔린 얼굴로 자카리가 그녀를 응시했다. 그녀가 코끝을 찡그리며 짓궂게 말을 덧붙였다.

"이전에도 그랬던 것처럼."

"……아아, 이엔."

자카리는 결국 기나긴 한숨을 내쉬었다. 다른 사람도 아닌 이엘리였다. 그가 그녀를 말다툼에서 이길 수 있을 리 없다. 그는 결국 시큰둥한 표정으로 시선을 돌리며, 조그맣게 중얼거렸다.

"그래, 내가 어떻게든…… 널 지켜 줄게."

기분이 상한 것과는 별개로 자카리의 목소리에는 진심이 가득 서려 있었다. 이엘리의 손을 움켜쥔 손은 풀어질 줄 몰라, 이엘리는 지그시 웃음을 삼켰다. 그녀의 남편은 언제나 귀여웠다.

*　　　*　　　*

황가의 전령은 공작 성에서 하루 묵은 후, 곧장 황성으로 돌아갔
다. 전령이 떠나는 모습을 보자마자 자카리는 곧바로 공작의 집무
실로 쳐들어갔다. 성이 난 자카리가 와락 언성을 높였다.

"아버지, 어째서 로렌 백작 부인을 들이기로 결정하신 겁니까!"

"백작 부인이 직접 황태자에게 읍소했기 때문이지."

공작은 마치 '오늘 날씨가 참 좋구나'라는 식으로 태연하게 답했
다.

자카리의 눈동자가 커다랗게 확대되었다. 그 망할 여자. 자카리
가 속으로 욕설을 퍼부었다. 공작이 천천히 말을 이었다.

"아무리 그래도 자신은 네 외숙모인데, 네가 자신을 숙모로서 존
중하지 않았다고 하더군."

"정 대우를 받고 싶다면, 숙모라는 이유로 주제넘는 짓은 하지
말아야지요!"

자카리가 미간을 구겼다. 그 여자, 처음부터 마음에 안 들었다.
공작이 느긋한 어조로 말했다.

"그리고 내가 자신을 박대하여 내쫓았다고 하던데…… 뭐, 사실
이긴 하지."

공작은 픽 비웃음을 지었다. 얼굴을 붉으락푸르락 물들인 채, 항
변조차 하지 못하고 공작 성을 떠난 백작 부인. 그런데 이런 깜찍한
짓을 저지를 줄이야. 공작의 눈동자가 차갑게 가라앉았다.

"황태자는 이 사실에 꽤나 자존심이 상한 모양이다. 직접 내게 언

질을 넣을 정도면."

자카리의 표정 또한 싸늘하게 굳었다. 공작은 그런 제 아들을 가만히 지켜보다 입을 열었다.

"이번 기회에 로렌 백작 가문과 화해하는 것도 좋지 않으냐고 묻더군."

"예?"

자카리가 기가 막힌 낯을 했다. 하지만 공작의 말은 아직 끝나지 않았다. 공작이 말을 이었다.

"아무튼 황가가 저렇게까지 말하는 데다……."

공작의 새파란 눈동자가 잠시 가늘어졌다. 손가락으로 팔걸이를 톡톡 두드리며 말을 맺는다.

"……네 외가인 로렌 백작 가문을 계속 박대하는 것도 모양새가 좋지 않아 보이겠지."

"화해는 무슨, 말도 안 됩니다!"

자카리가 저도 모르게 고함을 쳤다. 그 말에, 골똘히 생각에 잠겼던 공작이 고개를 끄덕였다.

"나도 그렇게 생각한다."

뭐라고? 순간 자카리가 의아한 얼굴로 공작을 응시했다. 단 한 번도 그의 의견에 긍정적이었던 적이 없던 공작이었다. 무슨 속셈으로 내 말에 동조하는 거지. 짙푸른 눈에 의심이 서렸다.

"하지만 아직 황가와 본격적으로 대립각을 세워서는 안 돼."

"……."

"적어도 네가 공작 작위를 무사히 잇기 전까지는."

공작은 차분하게 말을 이었다. 공작의 눈동자가 자신을 똑바로 바라보자, 자카리는 어깨를 굳혔다. 아무리 제 입지가 예전보다 훨씬 좋아졌다 해도, 황가는 경계의 시선을 늦추지 않는다.

'겨울의 마법을 가진 서리 악마, 은룡 헤센바이츠의 후손.'

그 이름은 황가가 자카리를 경계하게 하는 일등공신이었다. 공작의 말도 일부 일리가 있었다.

"너도 알다시피 로렌 백작가는 황가의 수족이나 마찬가지다."

공작은 턱을 괸 채 아들을 올려다보았다. 공작의 시선엔 약간의 온기조차 남아 있지 않았다.

"굳이 설명하자면, 황가가 붙인 수족을 끊어 낼 때 최소한의 예의도 지키지 않았다는 게지."

"어째서 헤센바이츠가 황가의 눈치를 살펴야 합니까?"

"그거야 당연히, 우리 가문은 지킬 것이 많은 가문이니까."

공작은 눈썹 하나 까닥하지 않았다. 의자 등받이에 몸을 기댄 공작이 느긋한 어조로 말했다.

"원래 지킬 것이 많아질수록 조심스럽게 행동해야 하는 법이지."

지킬 것이 많아질수록 조심스럽게 행동해야 한다. 공작의 말을 듣자마자 자카리는 제 아내를 떠올렸다.

이엘리. 아샤 꽃을 닮은 사랑하는 아가씨. 자카리의 기세가 약간이나마 누그러졌다.

"아마 황태자와 황녀가 공작 성에 방문하는 것도 여러 가지 정치적인 의미가 있을 거다."

"정치적인 의미라면⋯⋯."

"겉으로는 황가가 공작가를 이렇게나 생각해 준다, 라고 과시하고 싶은 거겠지. 하나……."

공작은 매끄러운 어조로 설명을 이어 나갔다. 자카리 또한 지금은 공작의 말을 귀담아들었다.

"그 뒤편으로는 직접 공작가의 분위기를 보고 파악하겠다는 의도가 숨겨져 있을 터."

"공작가의 분위기는 어떤 것을 말씀하시는 겁니까?"

"뭐, 여러 가지가 있겠지. 하지만 네게 가장 중요한 것을 꼽자면……."

자카리에게도 물려준, 헤센바이츠 특유의 짙푸른 눈동자가 자카리를 제 안에 깊숙이 담았다.

"이엘리."

그 이름에 자카리는 숨을 삼켰다. 공작의 입술 끝이 미세하게 올라갔다. 공작이 입을 열었다.

"아마 네가 이엘리를 존중하는 모습을 보인다면, 황족들도 그나마 이엘리를 존중하겠지."

이엘리를 존중한다. 자카리의 눈이 싸늘해졌다. 황가가 이엘리를 어떻게 대했는지는 잘 알고 있다. 황녀 대신 그녀를 결혼시킨 주제에, 한미한 자작가의 여식이라며 함부로 휘두르려 했다.

"그녀가 가장 안전해지려면 네 역할이 가장 중요해."

공작의 말에 자카리는 가만히 고개를 끄덕였다. 대부분 공작의 언사에 반발하곤 하는 자카리였지만, 이엘리에 관련한 일만큼은 공작의 조언을 귀담아듣곤 했다. 공작이 제 손을 까닥였다.

"그럼 이만 물러가거라. 피곤하구나."

"……."

곧장 방을 빠져나가려던 자카리는 잠시 머뭇거렸다. 슬쩍 뒤를 돌아보던 자카리가 속삭였다.

"……조언 감사합니다."

동시에 달칵 소리와 함께 방문이 닫혔다. 닫힌 방문을 보는 공작의 눈동자에 이채가 서렸다.

*　　*　　*

이엘리는 온실에서 꽃을 꺾던 중 공작을 마주했다. 두 눈을 동그랗게 뜬 그녀가 질문을 했다.

"공작님, 여긴 어쩐 일이세요?"

"네게 할 말이 있어서 찾아왔다."

"제게요?"

이엘리는 조금 어리둥절해졌다. 평소의 공작이라면 할 말이 있다면 그녀를 집무실로 호출했을 것이다. 그런데 직접 온실까지 찾아오다니, 뭔가 중요한 하실 말씀이 있으신가? 생각하던 때.

"이엘리, 네게 이번 일이 좀 불편할 것을 안다."

"예?"

이엘리가 저도 모르게 되물었다. 공작은 다소 머쓱한 낯을 하고는 낮은 목소리로 말을 이었다.

"로렌 백작 부인의 일 말이다."

"아아……."

지금 공작님께서 나에게 양해를 구하고 계시는 건가? 이엘리는 살며시 공작의 눈치를 살폈다.

"너와 백작 부인의 관계가 좋지 않다는 것은 알고 있지만…… 사정이 있다 보니."

"괜찮아요."

이엘리는 차분하게 대답했다. 공작이 왜 그렇게 행동했는지, 이미 조금은 예상은 하고 있었다.

"아마 황가에서 압력을 넣었을 거라고 생각이 되는데, 맞나요?"

공작은 순간 놀랐다. 그녀가 거기까지 예상하고 있을 거라고는 생각하지 못했기 때문이었다.

"그리고 그게 아니라도 로렌 백작 부인은 자카리의 외숙모이니, 거절하기 어려울 테니까요."

고개를 가로저은 이엘리가 공작을 똑바로 바라보았다. 연녹색 눈동자는 따스한 빛에 차 있었다.

"그보다 절 신경 써 주셔서 여기까지 오신 거죠? 감사해요, 공작님."

"……."

"사냥회와 연회, 최선을 다해서 준비할게요. 저를 믿고 맡겨 주셔서 정말 기뻐요."

고개를 꾸벅 숙여 보인 이엘리는 환하게 미소를 지었다. 비록 로렌 백작 부인이 끼게 되긴 했지만, 공작은 연회와 사냥회를 이엘리에게 맡겼다. 그녀를 믿고 인정하고 있다는 반증이었다.

"……그래."

잠시 머뭇거리던 공작은 멋없는 대답만을 내놓았다. 어느새 이엘리는 아름답게 성장해 있었고, 그런 그녀는 자카리와 꽤나 잘 어울리는 한 쌍이었다.

아델. 눈앞의 아가씨를 바라보던 공작은 잃어버린 아내의 이름을 입 안으로 작게 불러 보았다. 네가 이 아이를 보면 무어라 할까.

"참, 이엘리."

"네?"

"앞으로 누군가가 너를 '레이디 블랑쳇'으로 부르게 두지 말거라."

공작의 눈동자가 이엘리를 빤히 바라보았다. 로렌 백작 부인이 이엘리에게 '레이디 블랑쳇'이라고 불렀던 것을 기억하고 있었던 것이다. 두 눈을 가늘게 뜬 공작이 힘을 주어 말을 이었다.

"넌 '레이디 헤센바이츠'니까."

"그럴게요, 공작님."

왠지 눈가가 뜨겁게 달아오르는 것 같아, 이엘리는 크게 고개를 끄덕이며 시선을 내렸다.

레이디 헤센바이츠. 공작가의 안주인만이 사용할 수 있는 호칭이다. 저렇게 말씀하시는 건…….

'공작님께서 이제 날, 헤센바이츠의 안주인으로 인정하고 있다는 뜻이야.'

가슴이 벅차올랐다. 마지막으로 이엘리를 일별한 공작이 온실 밖으로 나갔다. 심장이 콩콩 뛰어서, 이엘리는 양손으로 심장 위를 지그시 눌렀다. 인정받는다는 건 이렇게 행복한 거였다.

"이엘리."

그때 자카리가 온실 안으로 쏙 들어왔다. 아마 이엘리를 만나기 위해 여기까지 온 것 같았다.

"방금 전에 아버지가 나가신 걸 봤는데, 아버지께서 네게 함부로 말씀하신 건 아니지?"

자카리가 걱정스레 물었다. 공작이 이엘리를 아끼는 건 알지만, 그래도 마음이 쓰이는 건 어쩔 수 없다. 공작은 무뚝뚝한 성미였고, 상대의 기분을 배려하여 말하는 사람은 아니었으니까.

"아니, 그럴 리가. 오히려 좋은 말씀을 해 주셨어."

"좋은 말씀?"

"응. 좋은 말씀."

이엘리는 생긋 눈웃음을 쳤다. 레이디 헤센바이츠. 공작이 직접 그 호칭을 사용하라 말할 줄이야.

자카리는 그녀의 손에서 꽃을 담아 둔 바구니를 받아들었다.

"뭐, 좋은 말씀이었다니까 다행이네."

이엘리의 기분이 좋아 보이니 그로 괜찮다. 작게 콧노래를 부르며 곁을 걷던 그녀가 물었다.

"아참, 자카리. 성인식 하니까 생각나는데…… 네 열여섯 번째 생일 기억해?"

"물론 기억하고 있지."

자카리는 고개를 작게 끄덕였다. 이엘리는 부드럽게 웃었다. 그의 손을 감아쥐며 소곤거린다.

"그때 너, 네 생일인 것도 나한테 말 안 해 줬었잖아."

"그건 널 번거롭게 하고 싶지 않아서……."

"알아. 하지만 나, 나중에 네 생일을 메리에게 전해 듣고 얼마나 서운했었다고."

이엘리는 문득 그 당시의 기억을 떠올렸다. 그때의 자카리는 자신의 생일이 축하받아야 하는 날이라는 사실 자체를 전혀 인지하지 못하고 있었다. 왜냐하면 그는 저주받은 괴물이었고, 그 누구도 자카리의 탄생을 기뻐하지 않았으니까. 그리고 이엘리는 그 사실 자체가 화가 났었다.

"너에 관한 이야기는 네 입으로 듣고 싶다고, 널 쫓아가서 고래고래 화를 냈었는데."

그녀가 피식 웃음을 터뜨렸다. 그때 얼마나 화가 났는지, 이엘리는 자카리의 방문을 쾅 밀어 열고는 그 안으로 뛰어들었다. 그러고는 당황하여 얼어붙은 자카리를 앞에 둔 채 잔뜩 성질을 냈었다.

'왜 생일인 거 말 안 했어!?'

'그게, 챙겨 주지 않아도 괜찮아. 귀찮기만 한걸…….'

'뭐가 귀찮아? 하나도 안 귀찮아! 네가 이런 중요한 날을 말해 주지 않는 게 안 괜찮다고!'

씩씩 화를 내던 이엘리는 주방에 내려가 전날 먹다 남은 파이를 얻어 왔다. 밤이 늦은 시간이었기에 남은 건 그것밖에 없었다. 케이크 대용이라면서, 파이 위에 촛불을 켠 채로 선언했다.

'촛불을 불어 끈 다음에, 소원도 빌어.'
'소원?'
'그래, 소원. 원래 생일 초를 끄면서 소원도 비는 거야.'

두 눈을 깜빡이던 자카리는 다소 멋쩍은 얼굴로 촛불을 훅 불어
껐었다. 이엘리는 그런 소년 앞에서 짝짝 박수를 쳐 주었다. 그러고
는 호기심이 가득한 눈동자가 되어 자카리에게 묻는다.

'무슨 소원 빌었어?'
'그건······.'
*'음, 아냐. 말해 주지 않아도 돼. 원래 생일 때 비는 소원은 말해
주는 거 아니랬어.'*

고개를 절레절레 저으며 이엘리가 말했다. 그리고 파이 위에 꽂
혀 있던 초를 치우고는, 자카리에게 미소를 지어 보였다. 그때 반씩
나누어 먹었던 라즈베리 파이가 어찌나 달콤했던지.

'생일 축하해, 자카리.'

하지만 파이보다도 더 달콤했던 건, 이엘리가 작게 속삭였던 생
일을 축하한다는 말이었다. 지금 제 곁에 서 있는 이엘리를 바라보
면서 자카리는 다시 한 번 그때 빌었던 소원을 되새겼다.
'너와 영원히 함께 있을 수 있으면 좋겠어.'

자신의 마음은 전혀 모르는 것 같은 사랑스러운 아가씨에게 자카리는 고마움을 담아 말했다.

"그때 이후로 네가 내 생일을 꼬박꼬박 챙겨 줬잖아."

"그야 당연하지. 네 생일은 축하받아 마땅한 날이거든."

"그래?"

"그럼, 넌 내 소중한 남편이니까."

이엘리의 남편. 그 단어만큼 자카리를 행복하게 하는 단어도 없었다. 이엘리가 빙그레 웃었다.

"요새 네가 다른 사람들과 잘 지내고 있는 것 같아서 정말 다행이야."

정말이었다. 자카리를 억누르던 괴물이라는 소문은 어느새 사라졌다. 현재의 그는 영지민들에게 사랑받는 소공작이자, 기사들의 충성을 받는 군주였고, 또한 북부의 가장 강한 전사였다.

"하지만, 이엔."

이엘리의 부드러운 말을 듣던 자카리는 갸웃 고개를 기울였다. 그녀의 뺨을 가만 어루만진다.

"그건 모두 네 덕이야."

"아냐, 네가 노력했기 때문이지."

간지러운 감촉에 눈웃음을 치던 이엘리가 단호하게 대답했다. 하지만 그는 물러서지 않았다.

"그래도 내가 노력할 수 있었던 건 모두 네 딕분이니까."

"으음……."

자카리가 저렇게 말해 버리면 정말 내 덕분이라 믿을 것 같은데.

그렇게 생각하던 그녀가 어깨를 으쓱였다. 하긴 뭐, 자카리가 그렇게 생각한다는데 뭐 어떠랴. 그녀는 흐뭇한 낯을 했다.

*　　　*　　　*

이엘리는 본격적으로 연회와 사냥회 준비를 시작했다. 대규모 행사의 준비를 위해서는 반갑지 않은 손님을 맞이해야만 했다. 오랜만에 만난 로렌 백작 부인과 이엘리는 사사건건 부딪쳤다.

"로렌 백작 부인도 정말 너무하세요."

"메리."

주의를 주는 목소리로 이엘리가 메리를 불렀다. 하지만 이엘리의 머리를 꼼꼼히 빗기면서 메리는 입을 멈추지 않았다. 왜냐하면 대부분의 공작 성 사람들은 모두 그녀 편이었기 때문이다.

"아가씨는 이제 곧 헤센바이츠의 안주인이 되실 분인데, 너무 무례하잖아요."

"그래도 어쩔 수 없잖아. 백작 부인이 공작 성에 온 건 황태자 전하의 제안인걸."

"하지만 백작 부인을 보고 있으면, 아가씨가 아니라 부인이 공작 성의 안주인처럼 보인다고요."

반들반들 윤기가 나는 분홍색 머리카락을 느슨하게 묶어 내리며 메리가 투덜거렸다. 머리카락을 고정시킨 리본을 모양을 내어 매만지면서, 메리는 부인에 대한 불평불만을 떠들어 댔다.

"솔직히 말이야 바른 말이죠. 백작 부인이 도대체 뭘 그렇게 잘하신다고 그러는지."

"메리, 말을 조심해야지."

"도대체 제대로 하는 일이 하나도 없으시잖아요."

입을 삐죽거리며 메리가 실내용 드레스를 가져왔다. 이엘리는 잠옷에서 드레스로 갈아입었다.

"매번 허세만 부리시는 데다, 문제는 어찌나 많이 일으키시는지."

메리는 이엘리의 드레스 자락을 탁탁 쳐 주름을 펴 주었다. 그리고 허리를 곧게 펴며 한숨을 내쉰다.

"왜 아가씨께서 로렌 백작 부인의 뒷감당을 하셔야 해요?"

"내가 헤센바이츠의 일원이니까?"

"그렇게 치면 로렌 백작 부인은 공작가의 혈통도 아니시잖아요."

메리는 미간을 찌푸렸다. 저번에 거의 내쫓기듯이 공작 성을 나선 탓일까, 다시 돌아온 공작 성에서 백작 부인은 제 세상인 양 행동하고 있었다.

"아무리 황가에서 뒤를 봐 주고 있다고 해도, 이건 정말…… 너무 하시잖아요?"

메리가 입술을 잘근잘근 깨물었다. 그나마 공작가가 평화로움을 유지하고 있는 건, 이엘리가 똑바로 선을 그어 준 덕분이었다.

만약 아가씨께서 공작성에 계시지 않았더라면…….

절레절레 고개를 저은 메리가, 불퉁한 목소리로 입을 열었다.

"백작 부인께서는 거의 월권을 행사하고 계시다고요."

월권? 하긴, 남들 눈엔 그렇게 보일 여지가 크지. 이엘리는 작게 고개를 끄덕였다. 그러나 예전 북부에 왔을 때 이후로 백작 부인은 아슬아슬하게 선을 넘지 않고 있었고, 무엇보다도 이엘리 앞에서는 행동을 조심하는 척이라도 했다.

이엘리도 황가의 자존심을 고려하여 대놓고 화를 내지는 않았다.

"차라리 작은 주인님께 말씀드리는 건 어떨까요? 분명히 문제를 해결해 주실 것⋯⋯."

"아니, 그건 싫어."

이엘리는 딱 잘라 거절했다. 메리는 금세 풀이 죽었다. 이엘리는 고개를 저으며 말을 이었다.

"이건 내 문제야. 자카리를 귀찮게 만들고 싶진 않아."

문득 자카리에게 했던 말이 떠올랐다.

'불쾌한 일이 벌어질 때마다 네가 날 지켜 주면 되잖아?'라는 그 말. 자카리는 진지한 얼굴로 고개를 끄덕였지만, 이건 이엘리가 감당해야 할 문제다.

"조금만 참아 줘, 메리. 성인식이 끝나면 백작 부인은 돌아갈 테니까."

"⋯⋯솔직히 아가씨가 제일 힘드시죠. 저희가 뭐라고요."

불퉁한 얼굴이나마 메리는 그렇게 말했다. 메리의 어깨를 툭툭 쳐 준 이엘리가 빙긋 웃었다.

"고마워. 자, 그럼 오늘의 일을 하러 가 볼까."

그녀는 기운차게 밖으로 나섰다. 하지만 그 기분은 백작 부인을 만나자마자 망가지고 말았다.

백작 부인은 응접실에서 이엘리를 기다리고 있었다. 표정을 일부러 차갑게 굳힌 게 티가 난다.

"기다리고 있었습니다, 레이디 헤센바이츠."

그나마 예전과는 달리 '레이디 헤센바이츠'라고 호칭을 제대로 불러 주는 게 다행인가. 이엘리는 두 눈을 가늘게 떴다.

최근 공작성을 휘젓고 다니는 것에 재미를 붙인 듯한데, 기세등 등한 건 그렇다 쳐도, 지금 행동은 너무 오만불손하지 않은가.

'아무리 기분이 좋다고 해도 그렇지.'

황가의 자존심을 배려해 주기 위하여 최대한 참아 주려 했지만, 이런 식으로 선을 넘는 모습은 용납할 수 없다.

이엘리는 대답 대신 고개를 갸웃하게 기울였다. 그녀의 고운 미 간이 불쾌감으로 찡그려졌다.

"뭐하시는 건가요?"

"예?"

"단둘이 있는 자리잖아요. 자리에서 일어나 제게 예를 갖추셔야 죠."

이엘리는 마치 '오늘 산책이라도 가는 게 어때요?'라고 말하듯이, 담담한 어조로 입을 열었다.

"백작 부인께서는 방금 절 레이디 헤센바이츠라고 부르지 않으 셨나요?"

로렌 백작 부인은 어깨를 움찔했다. 이엘리는 눈매를 곱게 휘며 미소 지었다. 싸늘한 웃음이었다.

"그 호칭을 보아하니, 백작 부인께서는 제가 소공작의 부인임을 잘 인지하고 계시는데."

"……레이디 헤센바이츠."

"엄연히 공작가의 일원인 저를, 어째서 백작 부인께서는 자리에 앉은 채로 맞이하시나요?"

백작 부인의 얼굴이 새빨갛게 달아올랐다. 이엘리는 두 눈을 가늘게 뜬 채 부인을 마주보았다. 황가를 생각하는 것과는 별개로, 예의 문제는 기본이지 않나. 결국 부인은 자리에서 일어났다.

"……죄송합니다."

"그래요, 앞으로는 조심하세요."

오만하게 대답한 이엘리가 먼저 소파에 착석했다. 비스듬히 눈을 들어 백작 부인을 응시한다.

"이제 자리에 앉아도 좋아요."

"……."

로렌 백작 부인은 입술을 깨물며 자리에 앉았다.

며칠 동안 함께 행사를 기획해 본 바, 백작 부인은 공작가에 간섭하려는 욕심을 아직 버리지 못한 것 같았다. 간신히 선을 넘지는 않았지만, 자꾸만 스스로의 위치를 잊고는 한다.

이엘리는 한숨을 삼켰다.

'이런 식으로 내가 윗사람임을 알리고 싶지는 않았지만.'

이렇게 하지 않으면, 까딱하면 백작 부인이 틈을 노리고 대거리를 할지도 모른다. 그렇지 않아도 공작 성내 사용인들의 불만이 하늘을 찌를 듯이 높았다. 그녀는 차분하게 입을 열었다.

"그래요. 오늘은 어디서부터 이야기하기로 했죠?"

"사냥회에 관한 예산안, 그리고 사냥회의 구성과 티타임에 대해 말하기로 했습니다."

그나마 저건 잊지 않아서 다행이네. 이엘리는 가볍게 고개를 끄덕였다. 그녀가 질문을 던졌다.

"지금까지 생각해 두신 게 있나요?"

"네, 있어요."

아무래도 백작 부인은 이엘리를 만나며 조금 벼르고 온 것 같았다. 백작 부인이 입술을 열었다.

"이번에는 황태자 전하뿐 아니라, 황녀 전하께서도 소공작의 성인식에 참석하지 않습니까."

"그렇죠."

난 별로 반갑지 않고, 자카리도 마찬가지인 것 같지만. 이엘리는 뚱한 얼굴을 했다. 하지만 백작 부인은 두 황족이 이번 성인식에 참석하는 게 굉장히 기대되는 얼굴이었다. 부인이 말했다.

"그래서 말인데, 사냥회를 진행할 때 그 시간에 레이디들은 티타임을 갖지 않나요?"

"그렇긴 한데……."

무슨 말을 하려고 저렇게 뜸을 들이는 건가. 생각하며, 이엘리는 백작 부인을 빤히 바라보았다.

"제가 그 자리를 주최할까 해요."

백작 부인은 당연한 자신의 권리를 주장하는 것처럼 그렇게 말했다. 이엘리는 어이가 없었다.

'설마 내가 저 자리가 얼마나 중요한지 모른다고 생각하고 저러나?'

무려 황녀가 북부에 도착해서 처음으로 참석하는 티타임이었다. 당연히 그 자리는 헤센바이츠의 안주인이 담당해야 했다. 그런데 그 주최를 자신이 맡는다 말하다니, 개념이 있기는 한가?

"지금 무슨……!"

반사적으로 입을 열던 이엘리가 잠시 멈칫했다. 그녀는 잠깐 머리를 굴리는가 싶더니, 고개를 끄덕였다.

"좋아요."

"저, 정말인가요?"

이엘리가 이렇게 순순히 허락할 것을 예상하지 못했는지, 백작 부인이 반짝 고개를 들어올렸다.

"그럼요."

그녀는 선선히 미소 지었다. 황가의 면을 세워 주기 위해서 한발 양보한 것이다. 자카리가 작위를 잇기 전까지는 황가의 자존심을 건드리지 않는 편이 낫다. 그녀의 시선이 가라앉았다.

'그리고…….'

이엘리와 동갑내기인 황녀 안네로제는 자카리와 한때 혼담이 오 갔던 사이다. 솔직히 정중하게 대해야 한다는 건 알지만, 좀 불편했 다. 자카리를 의심하는 게 아니라 그냥 마음이 복잡했다.

'만약 내가 티타임을 주최하게 된다면, 황녀 전하와 어쩔 수 없이 계속 대화해야 할 테니까.'

차라리 대규모 연회는 얼굴만 보고 인사를 나눈 후 지나가면 되 지만, 티타임은 좀 다르다. 티타임의 주최가 된다면 티타임에 참석 한 귀부인들의 대화를 부드럽게 이어 나갈 의무를 갖는다.

'뭐, 로렌 백작 부인도 그렇게 자기 자랑을 하는걸. 한번 그 실력도 구경할 겸…… 맡겨 보지.'

그녀는 약간 삐뚤어진 마음으로 그렇게 생각했다. 그녀가 말을 바꿀까, 부인이 황급히 말했다.

"그럼 제가 티타임을 주최하기로 결정된 겁니다. 맞죠?"

"네, 그건 뜻대로 하세요. 다만, 제게 하실 말씀 없으신가요?"

은근슬쩍 감사의 인사를 생략하려던 부인이 움찔했다. 이엘리는 턱을 괸 채 부인을 응시했다.

"……호, 호의를 베풀어 주셔서 감사합니다."

"그래요."

붉으락푸르락한 얼굴로 건네는 인사를 들으며 이엘리는 고개를 끄덕였다.

"예산안은 모두 짜 왔나요?"

"네, 여기."

백작 부인은 당당하게 서류를 내밀었다. 이엘리는 서류를 받아 들어 예산안을 살피기 시작했다.

'세상에.'

예산안의 상태를 보던 이엘리는 눈살을 찌푸렸다. 팔랑팔랑 서류를 넘기는 손길이 바빠졌다.

'이거 상태가 심각한데?'

예산안에 기록된 금액과 실제 배정되기로 한 금액 자체가 달랐다. 애초에 그녀가 백작 부인에게 원했던 건, '이엘리가 지정한 일정한 금액'을 '효율적이고 합리적으로 분배하는 것'이었다.

'이 예산안, 애초에 내가 지정했던 금액 자체를 무시하고 있잖아.'

연회와 사냥회 등, 모든 행사의 기본은 예산안을 짜는 것부터였다. 이 기본적인 문제에서부터 서로 언성이 높아질 줄은 몰랐다. 이엘리는 손에 서류를 든 채 백작 부인에게 흔들어 보였다.

"그보다 백작 부인. 안주인으로서 연회를 주관하신 적이 있다고 하시지 않으셨어요?"

"당연하죠, 로렌 백작가는 황가와도 연이 있을 정도로 유서 깊은 가문인걸요."

헤센바이츠에 대해 말하지 않는 건 아마 의도적인 일일 것이다. 이번에 꽤나 호되게 당한 게 머릿속에 남아 있는 것일 테지. 하지만 그렇게 황가를 끌고 와 봐야, 이엘리는 두렵지 않았다.

"황가와도 연이 있을 정도로 유서 깊은 가문이, 예산안 하나도 제대로 짜지 못하시나요?"

이엘리는 싸늘한 목소리로 쏘아붙였다. 백작 부인의 얼굴이 훅 붉어졌다. 부인이 항변을 했다.

"말도 안 돼요! 제가 얼마나 노력하여 짜 온 예산인데……!"

"노력은 중요하지 않아요. 금전이 오가는 문제인데, 이런 식으로 하시면 곤란하죠."

그녀는 이마를 짚으며 한숨을 내쉬었다. 이엘리는 서류를 손가락으로 짚으면서 설명을 했다.

"잘 봐요. 처음에 제가 지정한 금액과 백작 부인이 써 둔 총 예산 자체가 다르잖아요."

"그 정도 오차는 대형 행사를 진행할 때는 허용할 수 있는 부분이에요!"

"정말로 그렇게 생각하시나요?"

이엘리는 냉소적으로 되물었다. 손에 든 펜을 까닥거리던 이엘리가 차가운 목소리로 말했다.

"백작 부인. 이 정도 오차를 내는 회계관이 있다면, 그 회계관은 당장 목이 날아갈걸요."

"……!"

백작 부인은 입술을 짓씹었지만, 차마 그녀의 말에 반박할 수는 없었다. 왜냐하면 그 말은 구구절절 옳았으니까. 이엘리는 펜을 들어 백작 부인이 적어 둔 예산 중 하나를 죽 그어 버렸다.

"게다가 꽃 장식은 왜 이렇게 많아요? 꽃에 파묻혀 죽을 일 있어요?"

이엘리가 시큰둥하게 말했다. 백작 부인은 뺨을 붉혔으나 항변하는 목소리는 쪼그라든 채였다.

"하지만 무려 황족을 모시고 갖는 티타임 아닙니까."

"그래 봤자 티타임을 하는 천막 안의 화병에나 꽃을 텐데, 이 금액이 필요하다고요?"

기가 막힌 목소리로 이엘리가 되물었다. 백작 부인은 우물쭈물하는가 싶더니 이엘리의 시선을 피해 버렸다.

이엘리는 머리가 지끈지끈 아파 오는 것을 느꼈다. 한숨을 쉰 그녀가 입을 열었다.

"꽃 장식은 헤센바이츠의 온실에서 충당할 거니, 이 금액은 아예 빼세요."

연녹색 눈동자가 서류를 꼼꼼히 들여다보았다. 잠시 후, 탁 소리와 함께 서류를 접어 치운다.

"로렌 백작 부인."

"예, 예?"

놀란 백작 부인이 이엘리를 돌아보았다. 이엘리는 냉정한 낯으로 백작 부인을 눈 안에 담았다.

"부인께서는 지금 이 예산안이 '사냥회'를 위한 것임을 전혀 의식하지 않고 계신 것 같네요."

"그건…… 저는, 그러려던 게 아니라."

"한번 제대로 고려해 보시는 게 좋을 거예요."

이엘리는 고개를 갸웃 기울였다. 백작 부인은 입술을 깨물었다. 차라리 예산안의 빈 구멍을 이엘리에게 들키지 않았다면 모르지만, 이미 수없는 구멍을 만천하에 드러낸 거나 다름없었다.

"더 이상 절 실망시키지 않으셨으면 좋겠어요."

연녹색 눈동자가 곱게 접히며, 이엘리는 화사하게 웃었다. 하지만 로렌 백작 부인은 이미, 이엘리가 저 화사한 미소로 사람을 어디까지 몰아가는지 보았다. 백작 부인은 어금니를 악물었다.

'두고 봐. 황녀 전하를 모시고 티타임을 열기만 하면…….'

그때 저 망할 남부 계집애의 콧대를 납작하게 눌러 줄 것이리라. 백작 부인은 그리 결심했다.

"대답, 안 하시나요?"

그때 이엘리가 고개를 갸웃 기울였다. 열패감에 휩싸인 채, 백작 부인은 자신의 고개를 숙였다.

"……명심하겠습니다."

"좋아요."

그렇게 답한 이엘리는 물러가라는 뜻으로 손을 흔들어 보였다. 백작 부인은 대강 인사를 올린 후 몸을 돌렸다. 뭐, 이제 스스로 인사를 한다는 게 긍정적인가. 그녀는 차게 식은 눈을 했다.

"리펜베르크 황가, 그리고 헤센바이츠 공작가라."

이엘리는 낮게 중얼거렸다. 건국 신화에서부터 악연으로 맺어졌던 황가와 헤센바이츠. 비록 황가는 인정하려 들지 않지만, 헤센바이츠는 한때 황위를 가졌을 정도로 강력한 가문이었다.

"헤센바이츠는 황위를 되찾지 못하는 게 아니라, 되찾지 않는 것이라고 했었지."

그녀는 낮은 목소리로 중얼거렸다. 일부러 황위를 되찾지 않는다. 이 얼마나 오만한 발언인가.

'그런 가문이 황가의 귀찮은 간섭을 일정 부분 감내하고 있다니.'

그녀는 숨을 삼켰다. 그들의 강력함을 증명하는 일화로, 아샤 꽃 문장에 관련한 일화가 있었다.

자존심이 드높은 황가는 공작가를 대놓고 견제했지만, 그럼에도 황가의 문장 중 하나인 아샤 꽃을 공작가가 사용하는 걸 막지 못했다. 마음이 멋대로 헝클어진다.

이엘리는 미간을 구겼다.

'아마 자카리는 자신이 작위를 잇는 문제 때문에, 황가의 간섭을 받아들인다고 말할 테지만…….'

하지만 그 간섭을 받아들이는 이유에, 그녀 자신이 아예 없다고 할 수 있을까. 그 점에 이엘리는 회의적이었다. 그녀는 푹 한숨을 내쉬며 소파에 몸을 기댔다. 관자놀이가 쿡쿡 쑤셔 왔다.

'아무튼, 그 황족들이 헤센바이츠에 직접 방문한다니.'

그때 따스한 손이 그녀의 눈을 가렸다. 그와 동시에 솜털 같은 목소리가 귓전을 쓰다듬었다.

"누구게?"

"누구긴 누구겠어, 자카리잖아."

"재미없기는."

작게 투덜거린 자카리가 손을 내렸다. 이엘리는 쿡쿡 웃음을 터뜨렸다. 소파 등받이에 온몸을 기댄 채, 자카리는 그대로 그녀의 어깨를 끌어안았다. 그리고 그녀의 귀에 입술을 대고 소곤댄다.

"오늘도 고생했어, 이엔."

"고마워."

그녀가 생긋 웃었다. 하루 종일 로렌 백작 부인과 입씨름을 하긴 했지만 그래도 잘생긴 남편의 얼굴을 보니 약간 피로가 풀리는 것 같았다. 그녀의 머리카락을 만지작대던 자카리가 물었다.

"일은 어려운 건 없어?"

"응. 백작 부인이 좀 귀찮게 굴기는 하는데, 그 정도는 괜찮……."

"……내가 해결해 줘?"

금세 싸늘하게 식은 얼굴이 되어 자카리가 되물었다. 이엘리는 손사래를 치며 고개를 저었다.

"아니, 괜찮아. 이건 내 문제니까."

"네 문제, 내 문제가 어디 있어. 난 네가 무례한 행동에 시달리는 건 못 참아."

"나도 기본적으로 부부간의 문제는 함께 해결하는 게 맞다, 그렇게는 생각하지만."

그래도 때와 장소와 인물에 따라서 상황은 달라질 수 있으니까. 이엘리는 힘을 주어 말했다.

"난 괜찮다고 말했어. 그러니까 절대로 중간에 끼어들지 마. 알았지?"

이엘리는 황가가 자카리를 불쾌하게 볼 수 있는 여지는 모두 차단하고 싶었다. 그 말이 마음에 들지 않는지, 자카리는 신경질적으로 이마를 덮은 앞머리를 쓸어 올렸다.

"알았어. 그래도 내가 뭔가 도와줄 만한 게 있다면 말해 줘."

"그렇게 할게."

이엘리는 얌전히 고개를 끄덕였다. 그녀를 바라보는 자카리의 시선이 삽시간에 부드러워졌다.

"참, 이엔. 오늘 네게 전해 줄 얘기가 있어."

"나한테?"

이엘리는 소파 등받이에 목을 기댄 채 자카리를 올려다보았다. 자카리가 빙그레 미소 지었다.

"이번 성인식에는 장인어른과 장모님도 초대할 생각이야."

"뭐? 그래도 돼?"

이엘리가 두 눈을 화등잔만 하게 치켜떴다. 반짝 밝아졌던 낯이 잠시 후 시무룩하게 변했다.

"하지만 공작님이⋯⋯."

"아버지 걱정은 하지 마. 이미 허락하셨으니까."

"공작님께서 내 부모님을 초대하는 것을 허락하셨다고?"

그녀는 다시 한 번 놀랐다. 그 엄격한 공작님께서? 자카리는 부드러운 목소리로 말을 이었다.

"응. 대신 먼저 해야 할 일이 하나 있긴 하지만⋯⋯."

"조건이라니?"

"요새 공작령 외곽에 소형 마물들이 가끔 내려온다는 소문이 있거든."

자카리의 눈동자가 위험하게 반짝였다. 이엘리의 뺨을 어루만지며 자카리가 단호하게 말했다.

"모두 쓸어버리려고."

"뭐라고?"

기겁한 이엘리가 언성을 높였다. 아니, 무슨 마물을 쓸어버린다는 말을 저렇게 쉽게 해? 아무리 소형 마물이라지만, 기본적으로 마물은 기사 한 명 이상이 달라붙어 처리해야 하지 않나.

"하지만 위험하잖아!"

"어차피 해야만 하는 일이니까."

그 말에 이엘리가 인상을 찌푸렸다. 자카리는 그녀의 미간을 손가락으로 꾹꾹 누르며 웃었다.

"이엔, 그렇게 인상 쓰면 미간에 주름 생긴다."

"자카리."

이엘리는 자카리를 빤히 올려다봤다. 잠시 머뭇거리던 그녀는 시무룩한 어조로 다시 말했다.

"설마 내 부모님을 초대하기 위해 무리하는 거라면, 당장 그만둬."

"그런 거 아니야."

"솔직하게 말해 봐, 공작님께서 억지로 시키신 거 아니야?"

그녀가 꼬치꼬치 캐묻기 시작했다. 그때 자카리가 그녀의 양 뺨을 양손으로 꾹 잡아 늘렸다.

"이엔."

"……왜애."

이엘리는 불만스러운 얼굴로 자카리를 올려다보았다. 뺨을 늘리고 있어 발음이 제멋대로 샌다. 그 말을 듣던 자카리는, 쿡쿡 웃음을 터뜨리면서 고개를 저었다. 다정한 목소리가 들렸다.

"아버지는 내게 아무것도 강요하시지 않았어. 이건 내 선택이야."

"그래도!"

이엘리는 왈칵 목소리를 높였다. 하지만 자카리의 짙푸른 눈동자는 여전히 잠잠하기만 했다.

"네 부모님을 처음으로 북부에 초대하는 거잖아."

"……."

그녀가 잠시 침묵했다. 그녀의 뺨을 놓아준 자카리가 고개를 숙여 이엘리와 시선을 맞췄다.

"네가 안전하게 살고 있다고, 안정적인 결혼 생활을 하고 있다고 증명해 보이고 싶어."

"그래도……."

이엘리는 어쩔 줄 모르고 말꼬리를 늘였다. 잠시 입술을 삐죽대던 그녀가 툭 질문을 던졌다.

"그, 그렇다고 해도 굳이 마물 토벌까지 할 필요 있어?"

"어차피 영지 외곽에 들끓는 소형 마물들은 무척 약해. 시간이 오래 걸리지도 않을걸."

자카리는 어깨를 으쓱해 보였다. 눈동자를 굴리며 잠시 고민하는가 싶더니, 차분하게 말했다.

"해 봤자 3일 정도?"

"그렇지만!"

"이엔, 난 네 부모님께서 안심하시는 모습을 보고 싶은 거야."

침착한 목소리가 이엘리의 귓가를 어루만졌다. 그녀를 바라보는 푸른 눈동자가 곱게 휘었다.

"솔직히 말하자면, 내 대외적인 소문은 별로 좋지 않잖아?"

"소문?"

"그래. 대부분의 사람들에게 난 북부의 괴물처럼 보일 테니까."

"너, 괴물 아니라고 내가 몇 번이나 말했지. 그런 말 하지 말라고 했어, 안 했어?"

이엘리는 눈살을 찌푸리며 대답했다. 자카리는 가슴 깊은 곳을 어루만지는 따스함을 느꼈다.

"언제나 네가 그렇게 대답해 줘서 난 정말로 기쁘지만."

"진심이야, 난 네가 너 자신을 그렇게 생각하는 게 싫단 말이야!"

이엘리는 언성을 높였다. 자카리는 침착한 얼굴로 고개를 끄덕였다. 그는 태연하게 대답했다.

"알아."

"그런데 왜……!"

"하지만 난, 네 부모님께서 적어도 내게 신뢰를 가질 수 있으셨으면 좋겠어."

"……어?"

이엘리는 어쩔 줄 몰라 눈을 깜빡였다. 자카리가 그녀의 이마에 촉 소리 나게 입술을 맞췄다.

"그리고 너도 날 믿어 줬으면 좋겠고."

"그, 자카리."

"고작 소형 마물일 뿐이야. 널 오래 기다리게 하지 않을 테니까."

손을 뻗은 자카리는 그녀의 이마에 흐트러진 머리칼을 쓸어 올린 후, 나지막이 속삭인다.

"믿어 줄 거지?"

자카리가 눈을 찡긋거리며 웃어 보였다. 이엘리는 저도 모르게 뺨이 달아오르는 것을 느꼈다.

"못 살아, 내가 정말."

불퉁한 중얼거림에 자카리가 어깨를 으쓱여 보였다. 그녀는 팩 고개를 돌리며 그에게 말했다.

"최대한 빨리 돌아와야 해."

"물론이지."

자카리가 선선한 어조로 대답했다. 그리고 자카리는 그녀와의 약속을 지켰다. 고작 이틀이란 시간 동안에 소형 마물들을 모조리 토벌하고 돌아온 것이다. 사람들은 놀라움을 금치 못했다.

　　　　*　　　*　　　*

　로렌 백작 부인과의 이런저런 문제가 있긴 했지만, 그래도 자카리의 성인식 준비는 착실히 진행되었다.

　황태자와 황녀는 자카리의 성인식 삼 일 전에 오기로 했다. 두 황족이 도착한 당일 저녁에 대규모 연회를 연다. 다음 날에는 남자들은 사냥회, 여자들은 티타임을 보내는 것이다.

　'그리고 마지막 날에는 자카리의 성인식 행사지.'

　이엘리는 턱을 괴고 이번 행사의 차례를 되짚었다. 사실 앞서 치르는 연회와 사냥회에 비하자면 성인식은 상대적으로 챙길 것이 적었다. 공작이 성인식을 진행할 테니, 홀만 꾸미면 된다.

　'이번 성인식에는 은의 홀을 개방한다고 했던가.'

　사실 그 점은 조금 놀라웠다. 은의 홀은 헤센바이츠의 상징인 은룡을 주제로 꾸민 가장 오래된 홀이다. 당연히 공작 성에서 가장 규모가 크고, 화려하며, 중요한 행사에만 사용하곤 한다.

　'보통은 공작 작위를 계승하거나, 공작 부부가 결혼식을 올릴 때에나 개방하는데.'

　공작의 이 행동은 여러 가지 의미를 갖는다. 무엇보다도 공작이 자카리를 자신의 후계자로서 중요하게 생각하고 있다는 것을 외부에 보여 줄 수 있는 것이다. 명백히 황족을 거냥한 행동이었다.

　"이엔."

　"아, 응. 자카리."

　"무슨 생각을 그렇게 해?"

때마침 자카리가 성큼성큼 그녀 곁으로 다가왔다. 이엘리는 코끝을 찡그리며 미소를 지었다.

"그냥, 내일이면 황족 남매를 볼 수 있을 거라고 생각하니까……기분이 좀 이상하네."

자카리는 고개를 갸웃했다. 평소와는 다르게, 지금의 이엘리의 목소리는 확연히 어색했으니까.

"그게 왜?"

"그게……."

잠시 머뭇거리던 이엘리는 짧게 한숨을 내쉬었다. 살짝 고개를 기울인 채, 조심스럽게 말한다.

"안네로제 황녀님은 원래 네 아내가 되실 분이었잖아."

그 말을 듣자마자 자카리의 얼굴이 순식간에 어두워졌다. 그가 그녀에게 급하게 입을 열었다.

"그게 왜? 혹시 너, 결혼을 후회하고 있는 건……."

"그런 건 절대 아니거든요. 그러니까 이런 데서만 쓸데없는 걱정 좀 하지 마."

이엘리는 단호한 얼굴을 했다. 자카리는 약간 안도하는 표정을 지었다. 그가 그녀에게 물었다.

"그렇다면 왜?"

"그게, 제대로 설명은 하지 못하겠는데."

그녀가 슬쩍 미간을 좁혔다. 솔직히 말하자면, 이엘리는 그 누구보다도 안네로제 황녀가 불편했다. 과거에는 자카리에 대한 좋지 못한 소문이 있었다지만, 소문은 모두 옛날 일이지 않나.

'로렌 백작 부인만 해도, 소문이 좀 가라앉자마자 자카리에게 관심을 보였었고…….'

지금의 자카리는 누가 봐도 탐낼 만한 인재였다. 원래대로라면 한미한 자작가의 여식과는 만날 수도 없을 위치에 있는 사람. 황태자는 탐욕스러운 성정이라 들었다. 그 말이 사실이라면.

'안네로제 황녀를 결혼시키려 한 것도 황태자였으니까.'

이엘리는 황가에 호의적이지 않은 모습을 보이고 있었다. 그렇다면 황태자는 피를 나눈 여동생을 헤센바이츠 공작가에 넣어 두는 편이 더 낫다고 판단하지 않을까. 그런 생각이 들었다.

"이엔."

자카리의 차분한 목소리가 들려왔다. 고요히 가라앉은 새파란 눈동자가 그녀를 똑바로 본다.

"아까 전부터 너, 계속 불안한 얼굴을 하고 있어."

"그건……."

이엘리는 말꼬리를 흐렸다. 이런 마음을 뭐라고 설명해야 할까. 너를 빼앗길지도 몰라 불안하다고? 황태자와 만나지 않았으면 좋겠다고? 황녀가 아름답고 강인하게 자란 널 탐낼까 봐 걱정된다고?

'그러고 보니, 난 왜 불안해하는 거지?'

흠칫 어깨를 굳힌 이엘리는 저에게 자문했다. 솔직히 결혼에 대해 큰 욕심이 없던 그녀였다.

'자카리와 결혼한 목적은 일차적으로 집안의 빚을 없애기 위한 것이었잖아.'

하지만 이제 빚은 사라진 지 오래였으니, 더이상 지금 관계에 매달리지 않아도 된다. 그런데 그녀는 계속 초조해하고 있었다. 자카리를 잃어버릴까 봐, 그가 그녀를 아껴 주지 않을까 봐.

'어째서?'

그녀는 이제 혼란스러워졌다. 엉킨 실처럼 머릿속이 엉망이다. 그녀가 더듬더듬 입을 열었다.

"원래대로라면 네 결혼 상대가 되셨을 황녀님이 오시니까?"

그러자 이엘리를 빤히 응시하던 자카리의 귓바퀴가 화륵 붉어졌다. 그가 멍하니 중얼거렸다.

"······혹시."

"응?"

"그, 그러니까."

자카리가 큼큼 헛기침을 했다. 여름의 맑은 하늘처럼 따스한 시선이 그녀를 슬쩍 곁눈질한다.

"······질투하는 거야?"

"뭐?"

이엘리가 눈을 동그랗게 떴다. 질투? 말도 안 돼. 자카리는 그저 남동생처럼 귀엽고 사랑스러워서. 그래서 신경이 쓰이는 것뿐······.

아니, 정말 그런가? 그녀의 뺨이 발그레하게 물들었다.

"그게. 그게, 그러니까······."

양손을 들어 얼굴을 가린 채 이엘리는 중얼거렸다. 정말로 내가 질투를 하는 건가? 어째서?

'보통은 이런 상황에서 질투 안 하잖아!'

그녀는 그를 남동생처럼 생각했다. 적어도 그렇게 믿고 있었다. 그때 자카리가 손사래를 쳤다.

"아냐, 됐어. 말하지 않아도 돼."

"······응?"

그녀가 손가락 사이로 빼꼼 자카리를 마주보았다. 자카리가 가볍게 고개를 젓고는 입을 열었다.

"아무튼, 내가 하고 싶은 말은."

"······."

"걱정하지 마."

자카리의 손가락이 이엘리의 뺨을 스르륵 어루만졌다. 평소라면 아무렇지도 않게 느꼈을 부드러운 감촉이, 지금만큼은 이상하게 또렷하게 느껴진다. 자카리의 푸른 눈동자가 곱게 휘었다.

"내 아내는 오직 너뿐이니까."

"어······."

"그러니까 너야말로······ 쓸데없는 걱정하지 말라고."

자카리의 뺨이 훅 붉어졌다. 이엘리의 얼굴도 이미 잘 익은 사과처럼 빨갛게 달아오른 채였다.

"저기, 자카리."

"이엔, 그보다 이만 잠자리에 드는 게 좋겠어. 시간이 늦었으니까."

어색한 공기를 날려 버리려 자카리가 태연한 척 입을 열었다. 그가 그녀에게 손을 내밀었다.

"방까지 데려다줄게."

"으응……."

이엘리는 살짝 손을 내밀었다. 손과 손이 맞닿고, 서로 감아쥐는 그 동작이 이상하게 또렷했다. 평소라면 아무렇지도 않게 잡았을 그 손을 바라보며, 왜 이렇게 심장이 제멋대로 뛰는지.

"가자."

자카리의 말에 이엘리는 고개를 끄덕였다. 두 사람은 입술을 꾹 다물고는 복도로 빠져나갔다.

*   *   *

군데군데 등불을 켜 부드러운 주홍색으로 일렁거리는 긴 복도를 둘은 나란히 걸었다. 평소라면 이런저런 대화를 나누었을 텐데, 오늘은 조용했다.

잠시 후 그들은 그녀의 방에 도착했다.

"그럼, 잘 자. 자카리."

방문을 닫기 전, 이엘리는 수줍은 목소리로 나지막이 속삭였다. 자카리는 애써 미소를 지었다.

"너도 잘 자."

고개를 끄덕여 보인 그녀가 방 안으로 쏙 들어갔다.

달칵, 문이 닫히는 소리가 들렸다. 그제야 자카리는 기나긴 한숨을 내쉬었다. 손을 들어 이마를 덮는다. 짙푸른 눈동자가 가늘게 떨렸다.

"……이엔."

그는 이를 깨물었다. 솔직히 기뻤다. 그녀가 불안해하는 것을 기뻐하면 안 된다는 것을 알면서도, 그럼에도 기뻐 견딜 수 없었다.

그만큼 그녀가 자신을 소중하게 생각해 주는 것 같아서.

"너 때문에 가끔…… 난 정말 미칠 것 같아."

가슴이 두근두근 뛰어 견딜 수 없다. 심장 위쪽을 손으로 꾹 억누르던 자카리가 숨을 삼켰다.

＊　＊　＊

그리고 연회의 아침이 밝았다.

이엘리는 아침부터 공작 성 곳곳을 돌아다니며 마지막 연회 준비에 만전을 가했다. 음식도, 술도, 연회장의 장식까지도 모두 완벽했다. 그녀가 푹 한숨을 내쉴 때였다.

"기합이 잔뜩 들어가 있군."

"아, 공작님."

이엘리는 생긋 웃었다. 어느새 공작이 곁에 다가와 있었다.

"자카리의 성인식에 은의 홀을 개방해 주셔서 감사해요."

"어쨌든 헤센바이츠의 차기 후계자니까."

공작은 무표정한 얼굴로 대답했지만, 이엘리는 이제 공작의 표정을 좀 구분할 수 있게 됐다.

'지금은 조금 부끄러우신가 보네.'

평소 무뚝뚝한 성미를 갖고 있어서일까. 공작은 자신의 속내를 표현하는 데에 서툴렀다.

처음 만났을 무렵의 자카리도 마찬가지였지만, 자카리는 그녀와 지내며 그런 성미를 제법 고쳐 나갔다.

"에메랄드 홀에도 가 봤다. 장식이 훌륭하더구나."

"공작님 마음에 드신다니 정말 다행이에요."

이엘리는 두 눈을 반짝거리며 대답했다. 공작은 조그맣게 고개를 끄덕여 보였다. 공작을 보던 그녀는 고개를 갸웃거렸다. 이상하다. 방금, 공작님의 입가에 얼핏 미소가 스친 것도 같은데.

'성인식 행사는 은의 홀, 연회장은 에메랄드 홀이지?'

이엘리는 머릿속으로 한껏 꾸며 둔 에메랄드 홀을 다시 떠올렸다. 귀빈을 모시는 작은 홀이라지만 그건 상대적인 의미일 뿐, 에메랄드 홀도 사람이 100인 이상 들어갈 수 있는 규모였다.

"아까 주방이랑 연회장까지 다 둘러봤어요. 공작님이 걱정하실 일은 없을 것 같아요."

"그랬나?"

"네. 음식도 넉넉하게 준비해 뒀고, 와인 저장고의 와인도 양이 상당하니까요."

그녀가 방글방글 웃었다. 이렇게 많은 손님들을 맞이해 본 건 처음이었지만, 그래도 손님들을 접대하는 데 큰 무리가 있을 것 같지는 않았다.

그녀는 자신만만한 어조로 공작에게 말했다.

"이대로라면 부족함 없이 연회를 치를 수 있을 것 같아요."

"그렇구나. 참, 이엘리."

"네?"

공작이 이엘리를 물끄러미 바라보았다.

잠시 후, 공작은 아무렇지도 않은 척 그녀에게 말했다.

"연회에 필요하다고 판단된다면, 어떤 것이든 네가 쓰고 싶은 만큼 써도 된다."

으잉? 그녀의 눈이 조금 커졌다. 공작님, 지금 뭐라고 하셨지? 그녀는 어색하게 웃어 보였다.

"공작님께서 그렇게 말씀하시면, 저 정말로 착각하고 말아요."

"진심이다. 넌 헤센바이츠의 안주인이 될 사람이니, 그 정도 권한은 당연히 사용해도 돼."

이엘리는 눈동자를 데구루루 굴렸다.

그러고 보면, 이엘리를 대하는 공작의 태도는 가랑비에 옷소매가 젖어 가는 것처럼 천천히 부드러워지고 있었다.

공작은 약간의 걱정을 담아 말했다.

"다만 너무 무리하지 말거라. 몸이 상하면 연회를 진행하기 어려울 게 아니냐."

······지금 공작이 해 준 말만 해도 그렇다. 예전이었다면 절대 기대할 수조차 없을 발언 아닌가.

"네, 그럴게요."

이엘리는 얌전하게 고개를 끄덕였다. 공작은 그로는 성에 안 차는지, 한 마디 말을 덧붙였다.

"혹시나 해서 말하는 거지만, 로렌 백작 부인이 귀찮게 굴면 언제든지 내게 오거라."

"걱정 마세요. 그런 건 역시 제 문제니까요."

이엘리의 눈동자에 호승심이 서렸다. 사실 이번 연회 준비보다도 백작 부인을 대하는 게 더 귀찮았다. 백작 부인은 시도 때도 없이 기어오르려고 했기에, 적절하게 밟는 것도 일이었으니까.

'그리고 공작님도 좋지만, 저에게는 자카리가 있다고요.'

어려운 상황이 터질 때마다 가장 먼저 생각나는 사람은 결국 자카리였다. 그녀는 작게 웃었다.

그렇게 연회 당일이 밝았다. 이엘리는 공작 성을 방문하는 수없는 귀빈들을 맞이해야만 했다.

"어서 오세요, 툴란 남작 부인."

"어머나, 레이디 헤센바이츠."

툴란 남작가는 비록 남작의 작위를 가졌지만, 대대로 이름 높은 창기병을 배출하는 북부의 고명한 가문 중 하나였다. 대대로 마수와 야만족 때문에 군사가 중요한 북부에서 이름이 높다.

"북부의 안주인이 되실 분을 이렇게 뵙게 되네요."

툴란 남작 부인은 빙그레 웃었고, 이엘리도 따라 미소를 지었다. 이엘리는 어쨌든 북부의 군주인 헤센바이츠의 차기 안주인이 될 사람이었다. 그녀의 세심함은 남작 부인을 기분 좋게 했다.

'제국의 귀족 명단을 모두 암기해 둔 보람이 있네.'

귀족 명단을 외우느라 하얗게 지새운 밤이 며칠이었던가. 이엘리는 뿌듯한 표정을 지었다.

그런데 그때, 저 멀리서 익숙한 두 사람이 걸어왔다. 순간 가슴이 터질 듯 뛴다. 그녀가 외쳤다.

"엄마, 아빠!"

이엘리는 저도 모르게 목소리를 높였다. 그러고는 헛숨을 삼켰다. 앗, 나 이래서는 안 되는데?

"이엔, 우리 딸!"

하지만 부모님이 그녀 쪽으로 성큼성큼 다가오자, 이성은 말끔히 휘발되었다. 그녀는 저도 모르게 부모님에게 매달렸다.

연녹색 눈동자가 제 어머니를 바라보며 걱정스러운 어조로 묻는다.

"엄마, 요새는 몸은 괜찮아요? 여기까지 오는데 힘들지는 않았어요?"

"물론이지. 우리 딸이 걱정해 줘서 더 튼튼해진 것 같은걸."

이엘리를 꼭 닮은 블랑쳇 자작 부인은 기쁨에 가득차 활짝 미소를 지었다.

이엘리는 곧장 제 아버지를 돌아보았다. 나이보다 꽤 젊어 보이는 블랑쳇 자작은 어느새 눈이 글썽해져 있었다.

"우리 이엔은 힘든 건 없고?"

"그럼요, 다들 저에게 얼마나 잘해 준다고요."

이엘리는 크게 고개를 끄덕였다. 이후 주변을 한 바퀴 둘러보고는 목소리를 낮춰 소곤거린다.

"아빠도 잘 지냈죠? 요새 영지 상황은 어때요?"

"빚이 모두 정리되었으니 이제 크게 문제 될 건 없단다."

블랑쳇 자작은 미안함과 고마움이 뒤섞인 표정을 지었다.

"모두 네 덕분이야."

"에이, 뭘요."

이엘리는 쑥스러운 얼굴이 되었다. 그리고 두 눈을 휘둥그렇게 뜨고는 자작에게 입을 열었다.

"아차, 저 손님을 맞아야 해서요. 두 분은 먼저 들어가 계세요, 알았죠?"

"그럴게, 우리 딸."

부모님은 흐뭇한 얼굴이 되어 연회장 안으로 들어갔다. 이엘리는 그 뒷모습을 물끄러미 응시하다가 다시 손님을 맞이하기 시작했다. 자카리와 공작은 나란히 선 채 이엘리를 바라보았다.

"기뻐 보이는군."

"그러게요."

부자의 의견이 드물게 합치되었다. 자카리는 공작을 살짝 치어다본 후 조심스레 입을 열었다.

"두 분을 초대하는 것, 허락해 주셔서 감사합니다."

"……아니. 나도 좋은 생각이라고 여겼다."

공작은 차분한 목소리로 대답했다.

이어서 어색한 침묵이 깔렸다. 큼큼 헛기침을 한 자카리가 말했다.

"그럼 전 이엔에게 가 보겠습니다."

"그러거라."

공작이 고개를 끄덕였다. 자카리는 곧장 연회장으로 향했다. 시선 끝에는 이엘리만이 있었다.

연회장의 분위기는 점차 달아오르고 있었다. 이엘리가 온갖 정성을 쏟아부은 게 느껴지는, 잘 꾸며진 연회장은 우아하면서도 화려한 모습이었다.

자카리는 이엘리에게 빠르게 걸어갔다.

"이엔."

"아, 자카리."

그녀가 연녹색 눈동자를 곱게 휘면서 그를 돌아보았다. 자카리는 순간 넋을 놓을 뻔했다.

'……아까 전에도 봤는데 왜 이러지.'

심장이 쿵쿵 뛰었다. 오늘의 이엘리는 흡사 요정처럼 보였다. 결고운 분홍색 머리카락을 길게 땋아 내리고, 진주와 다이아몬드를 섞은 머리 장식을 꽂은 모습이었다.

순백색의 하늘하늘한 드레스는 그녀의 가녀린 몸매를 부각시킨다. 자카리는 간신히 침착함을 유지할 수 있었다.

"오늘 너, 진짜 예뻐."

"고마워. 그 말, 아까 전에도 하긴 했지만."

이엘리는 어깨를 으쓱이며 대답했다. 그녀는 약간 긴장한 얼굴로 자카리에게 작게 속삭였다.

"이제 황태자 전하와 황녀 전하만 모시면 돼."

황태자와 황녀는 따로 이엘리가 맞이하는 게 아니라, 황실의 시종이 함께 와서 두 남매의 도착을 알린다.

이엘리와 자카리는 그 자리에 서서 두 황족이 당도하기를 기다렸다. 바로 그때였다.

"황태자 전하, 그리고 황녀 전하 납십니다!"

때마침 우렁우렁한 목소리가 울렸다. 황실의 시종이였다. 자리에 모인 귀빈들이 낮게 술렁거렸다. 사람들 사이로 두 황족이 모습을 드러냈다. 제국의 단둘뿐인 황손, 황태자와 황녀였다.

'저 사람들이 황태자와 황녀구나.'

모든 점에서 전혀 다른 모습을 한 두 남매는, 단 두 가지의 공통점이 있었다.

첫 번째는 각기 다른 생김새이긴 하지만 서로 화려한 외모를 지녔다는 것. 그리고 두 번째는 황족임을 증명하는 투명한 회색 눈동자를 가지고 있다는 것.

'황족들의 시조인 리펜베르크 경은 회색 기사라는 별칭이 있었다지.'

황태자가 권태로운 얼굴로 주변을 돌아보았다. 공작과 자카리, 그리고 이엘리가 앞으로 나섰다.

"황태자 전하를 뵙습니다."

"아, 헤센바이츠 공. 반갑습니다."

여타의 귀빈들과 다르게 두 황족만큼은 공작이 직접 접대를 했다. 마주 인사를 남긴 황태자의 눈동자가 데구루루 구른다. 그 시선은 공작과 자카리를 거쳐 마지막으로 이엘리에게 멈췄다.

"……."

황태자는 짧게 침묵했다. 연녹색 눈동자와 눈이 마주치는 순간, 황태자는 묘한 기분을 느꼈다.

'저 여자.'

지금 제가 느끼는 기분을 어떻게 설명해야 할지 모르겠다. 가슴이 들뜨고 심장이 두근거렸다.

'지금까지 단 한 번도 여성을 보면서 이런 기분을 느꼈던 적이 없는데.'

객관적으로 그와 시선이 마주친 여자는 굉장히 아름다웠다. 연녹색 눈동자, 아샤 꽃잎처럼 쏟아지는 분홍색 머리채. 하지만 단순히 그녀의 미모 때문에 그녀를 바라보게 되는 게 아니다.

'도대체 뭐지, 이 느낌은.'

황태자는 입술을 깨물었다. 생전 이렇게 강렬한 소유욕을 느껴본 적이 없었다. 당장 그녀를 자신의 것으로 만들어야 할 것만 같다. 심장 박동이 빨라진다. 황태자는 그녀를 홀린 듯이 보았다.

'뭐지?'

그리고 그 시선을 받은 이엘리는 희미한 불쾌감을 느꼈다. 황태자가 입술 끝을 밀어올렸다. 그가 나긋한 어조로 말한다.

"소공작의 부인께서 이렇게나 아름다운 분이실 줄은 몰랐군요."

"……감사합니다."

이엘리는 떨떠름한 어조로 대답했다. 객관적으로 황태자는 타오르는 것 같은 붉은 머리카락, 진회색 눈동자를 가진 미남이었다. 하지만 그녀는 저를 바라보는 황태자의 시선이 정말 싫었다.

'왜 사람을 저렇게 관찰하듯이 바라보는 거야?'

다시 한 번 씩 미소를 지은 황태자가 시선을 돌리고는 성의 없이 손짓을 해 황녀를 불렀다.

"이쪽은 제 여동생, 안네로제입니다."

마치 애완동물을 불러오는 것 같은 무례한 태도였다. 그럼에도 황녀는 사뿐사뿐 이쪽으로 걸어왔다. 꿀처럼 흐르는 짙은 금발과 고상해 보이는 연회색 눈동자. 우아한 인상의 미인이었다.

'아름다운 분이시네.'

그 사실을 인지하자마자 이엘리는 기분이 저조해지는 것을 느꼈다. 아무리 그래도 내 남편과 한때 혼담이 오갔던 사이인데, 저렇게까지 아름다울 필요는 없잖아. 솔직히 좀 질투가 나니까.

'……질투라고?'

그리고 이엘리는 스스로가 했던 생각에 퍼뜩 놀라 버렸다. 바로 그때, 황태자가 말을 꺼냈다.

"참, 황제 폐하께서 직접 소공작에게 칭찬을 전해 달라 말씀하셨습니다."

자카리는 말없이 황태자를 바라보았다. 빙해처럼 새파란 눈동자에는 온기라곤 한 점도 없었다.

"소공작께서는 북부에서 말썽을 부리곤 하는 야만족들을 모두 쓸어버렸다고 하지요."

"과찬이십니다."

"그럴 리가요. 소공작께서 보인 무용은 온 제국이 찬탄해야 마땅합니다."

그렇게 말한 황태자가 입술 끝을 비틀어 올렸다. 그 미소엔 어딘가 불쾌한 구석이 남아 있었다.

"역시 은룡의 힘은 대단하군요. 그렇지 않습니까?"

"……."

자카리는 두 눈을 가늘게 떴다. 지금 황태자는, 자카리가 공을 세운 것 자체를 불쾌해하는 게 분명했다. 물론 그럴 법도 했다. '겨울의 마법'이 불안정하다는 이유로 자카리가 작위를 잇는 것에 난색을 표하고 있는 황가였는데, 자카리는 그 힘을 이용하여 반박할 수 없는 공을 세웠으니.

그리고, 그와 다르게 이엘리의 속은 부글부글 끓고 있었다.

'그렇다고 자카리 앞에서 은룡의 힘 운운하며 비꼴 필요가 있어? 무례하잖아!'

은근슬쩍 자카리에게, 그가 인외의 힘을 가지고 있는 '괴물'이라고 말하는 것이나 마찬가지 아닌가.

자카리가 무표정한 얼굴로 황태자를 응시하는 것이 보였다.

그때.

"그렇습니다."

공작이 눈썹 하나 까닥하지 않고 입을 열었다. 그가 황태자를 눈에 담은 채 또박또박 말을 이었다.

"자랑스러운 아들이지요."

"……그렇게 생각하시는군요."

황태자는 약간 울컥한 얼굴로 중얼거렸다. 공작과 자카리의 속을 긁어 놓을 요량이었는데, 저렇게 순순히 대답하니 할 말이 없었다.

한편 자카리는 놀란 얼굴로 제 아버지를 바라보았다.

'아버지?'

놀라운 일이었다. 그도 그럴 것이, 공작이 외부에서 자카리를 감싼 적은 지금까지 단 한 번도 없었으니까. 공작의 행동에 워낙 놀란 그는, 황태자가 무례하게 군 것마저 까맣게 잊어버렸다.

"아직 스무 살밖에 되지 않았는데, 전 제국이 놀라워하는 공을 세웠으니까요."

공작은 태연한 목소리로 말을 이었다. 세상에. 저분이 정말 공작님 맞나? 이엘리도 기겁했다.

"제 아들이긴 하지만, 북부의 차기 군주에 어울리는 녀석이라고 생각합니다."

공작은 미소까지 지으면서 말을 이었다. 생각조차 못 한 반응에, 이엘리와 자카리는 공작을 멍하니 바라보고 말았다.

"아직 나이도 어린데 제 할 일은 완벽히 해내니까요."

"……소공작께서는 참 좋으시겠습니다. 공작께서 소공작을 그렇게 믿고 계시니 말입니다."

황태자가 아득 이를 갈아붙였다. 이엘리는 그 와중에 공작의 말솜씨에 감탄했다. 당연하게 자카리를 제 후계자로 땅땅 박아 버리는 말 아닌가. 게다가 '나이도 어린데'라는 말을 굳이 집어넣음으로써, 황태자와 은근슬쩍 비교하는 것까지. 그 비교 과정의 승리자는 단연 자카리였다.

'황태자 전하는 아마 올해로 스물여섯 살이 되시지.'

이엘리와는 거의 열 살 가까이 나이 차이가 나며, 자카리와도 여섯 살 차이가 난다. 하지만 정계에 진출한 지도 꽤나 오래되었음에도, 지금까지 황태자는 이렇다 할 성과를 거두지 못했다.

'지금 공작님은…… 자카리에 비교하면 황태자 전하는 아무것도 아니라고 말씀하시는 거지.'

아무리 헤센바이츠의 공작이라지만 저렇게 막 나가도 되나. 이엘리는 꼴깍 마른침을 삼켰다. 가끔 자카리가 저지르는 막 나가는 행동은, 아무래도 아버지인 공작에게서 물려받은 것 같다.

'아샤의 축복 외에는, 사실 황태자로 계시기에는 모자라신 분이니까.'

'아샤의 축복'은 황가의 일원에게 드물게 발현된다. 자카리가 가진 '겨울의 마법'처럼 마법적인 힘이 발현된다고 하는데, 다만 그 힘은 사람마다 다소 다른 방식으로 모습을 드러낸다고.

'그러고 보니…… 황태자 전하의 힘은 뭘까?'

이엘리는 힐끔 황태자를 곁눈질로 바라보았다. 그때 황태자와 이엘리의 시선이 마주쳤다. 미간을 잔뜩 구기고 있던 황태자가 얼른 미소를 짓는다. 이엘리는 생리적으로 기분이 나빠졌다.

"북부까지 먼길 오시느라 정말 고생하셨습니다."

그때 공작이 매끄러운 목소리로 입을 열었고, 황태자와 황녀를 번갈아 바라보며 말을 맺었다.

"즐거운 연회 되시길, 두 분 전하."

"감사합니다, 헤센바이츠 공."

한 마디 심술을 부렸다가 본전도 찾지 못한 황태자가 이를 갈며 대답했다. 공작은 자리를 떴고, 이엘리는 분위기를 살폈다.

그때 자카리가 이엘리에게 고개를 숙여, 나지막하게 속삭였다.

"부모님께 가 보는 게 어때, 이엔?"

"그래도 돼?"

이엘리는 두 눈을 동그랗게 떴다. 자카리가 환하게 웃으며 그녀의 어깨를 살짝 두드렸다.

"물론이지. 두 분, 만나 뵌 지 오래됐잖아."

"고마워."

표정이 환해진 이엘리가 자리를 떴다. 그런 그녀의 뒷모습을 황태자가 묘한 눈빛으로 응시하고 있었다.

*　　*　　*

블랑쳇 자작 부부는 연회장의 구석에서 휴식을 취하고 있었다. 이엘리는 빠른 걸음으로 부모님 곁에 다가갔다. 블랑쳇 부부가 고개를 반짝 들어 올리고는 환한 표정으로 제 딸을 바라보았다.

"우리 이엔, 우리에게 와도 되는 거니?"

"잠깐이면 괜찮을 거예요. 자카리가 가 보라고 했거든요."

"소공작께서?"

두 부부가 눈을 휘둥그레 떴다. 그러고는 힐끔, 연회장 안에 서 있는 자카리를 바라본다. 여러 손님을 응대하는 자카리의 태도에는 흠잡을 곳이 전혀 없었다. 부부는 약간 안도하며 말했다.

"잘 지내고 있는 것 같구나."

"아까 전에도, 다들 제게 잘해 준다고 말씀드렸잖아요."

그녀가 생글생글 웃었다. 그때 자작이 목소리를 슬쩍 낮추어 이엘리의 귓전에 소곤거렸다.

"그, 소공작께서는 겨울의 마법을 갖고 계시다고 들었는데."

"그런 것이 있든지 말든지, 자카리는 그냥 자카리예요."

이엘리가 단호하게 대답했다. 연녹색 눈동자가 제 아버지를 빤

4. 성인의 길목에서 1　355

히 노려보았다.

"아무리 부모님이라 하셔도, 헛된 소문으로 자카리를 함부로 대하시면 화낼 거예요."

"이런, 이엔. 그러겠다는 소리는 아니었단다."

블랑쳇 자작이 난처한 얼굴을 했다. 이엘리의 손을 꼭 붙든 자작이 진심 섞인 어조로 말했다.

"다만 네가 생각보다 훨씬 행복해 보이는 것 같아서 다행스럽다고 생각했을 뿐이야."

그렇게 말하는 자작의 표정은 안도한 기색을 품고 있었다. 정말이었다. 비록 소공작을 먼발치에서 봤을 따름이지만, 적어도 소공작이 제 딸을 얼마나 소중하게 여기는지는 바로 느껴졌다.

'그리고 보고 있자면, 우리 이엔도 많이 웃었지.'

처음 연회를 주도하는 이엘리였다. 제 딸은 약간 긴장한 낯빛을 하고 있었지만, 그럼에도 자카리가 곁에 다가올 때만큼은 항상 밝게 미소를 짓곤 했다. 딸에게 그런 표정을 짓게 할 수 있는 사람은 오직 소공작뿐일 터다. 이엘리를 보던 자작은 감회에 젖은 목소리로 중얼거렸다.

"우리 딸이 언제 이렇게 자라서……."

"자카리와 결혼한 지도 거의 5년인걸요. 자란 게 당연하죠."

이엘리는 난처하게 웃었다. 그녀의 아버지는 다 좋은데, 가끔 너무 감정이 격해질 때가 있다.

"그것보다 아빠, 내 남편 엄청 잘생겼죠?"

"으음……."

이엘리의 자랑스러운 물음을 들은 자작은 고뇌에 찬 음성을 내뱉었다. 두 사람은 부부였다. 그것도 상당히 잘 어울리는 부부.

게다가 자작은 이성적으로는 자카리만큼 아름다운 청년이 없다는 것 또한 알고 있었다. 찬란한 은발과 짙푸른 눈동자, 절대로 길들여지지 않는 화려한 맹수 같은 청년. 하지만……

'그래도 내 딸이 내 앞에서, 다른 남자가 멋있다는 소리를 할 줄이야.'

자작은 흐린 눈으로 이엘리를 보았다. 딸은 어깨를 으쓱했다. 하긴 그러고 보면 이엘리는 어렸을 때도 '아빠와 결혼할래!' 류의, 아버지를 흐뭇하게 하는 말은 단 한 번도 한 적이 없었다.

"아빠?"

"……그래."

블랑쳇 자작은 약간 시무룩해져서 고개를 늘어뜨렸다.

그때, 뚜벅뚜벅 걸음 소리가 들려왔다.

"블랑쳇 자작이십니까?"

"예?"

나지막한 목소리를 들은 자작 부부가 화들짝 놀랐다. 그들 앞엔 헤센바이츠 공작이 서 있었다.

"반갑습니다. 테론 헤센바이츠입니다."

"헤, 헤센바이츠 공작 각하?"

자작의 눈동자가 커다랗게 뜨였다. 아무리 공작과의 만남에 대해 마음의 준비를 하고 있었다고 해도, 실제로 만나는 건 역시 다른 문제였다. 광대한 북부를 지배하는, 제국 유일의 공작이 아닌가. 자작은 황공해하는 표정으로 공작을 마주보았다.

이엘리도 공작의 등장에 놀랐다.

"고, 공작님?"

자작 부인이 신음처럼 중얼거렸다. 공작의 푸른 눈동자가 자작 부인의 얼굴을 가만히 보았다.

"블랑쳇 자작 부인이시군요."

이렇게 두 여자가 함께 서 있는 것을 보니, 이엘리는 자작 부인과 꽤나 닮은 모습이었다. 특히 가녀린 체구가 닮았다. 공작은 희미한 미소를 지었다. 살짝 목례를 한 공작이 말을 이었다.

"따님을 훌륭하게 키워서 제게 보내 주셔서, 감사하다는 말씀을 전하러 왔습니다."

"고, 공작님께서 저희에게……?"

이제 부부는 혼이 나갈 것 같은 표정을 하고 있었다. 공작은 아무렇지 않게 고개를 끄덕였다.

"두 분께서는 제 사돈이기도 하지 않습니까."

사돈이라니, 사돈이라니! 자작 부부는 경악했다. 그 얼음장 같다는 헤센바이츠 공작에게 이런 말을 듣다니, 꿈에도 몰랐다. 사실 헤센바이츠에서 초대장이 왔을 때만 해도 기절할 뻔했는데.

"사실 이엘리는 자카리에게 과분한 아이입니다."

"……예?"

부부가 이구동성으로 공작에게 되물었다. 하지만 공작은 눈썹 하나 까닥하지 않고 대답했다.

"모자란 자카리를 여러모로 저 아이가 보살펴 주고 있죠."

이엘리, 정말 그런 거니? 그런 뜻을 담아 두 부부가 이엘리 쪽으로 홱 고개를 돌렸다. 이엘리는 난처하게 미소했다. 자카리가 유리 멘탈이긴 하지. 그래도 이렇게 칭찬 들을 정도는 아닌데.

"헤센바이츠 공작가에 저 아이가 들어와서, 참으로 기쁘게 생각합니다."

"예, 예에……."

이제 과부하가 걸린 두 부부는 멍하니 고개를 끄덕일 따름이었다. 공작은 자작 부부를 보았다.

'어째서 이엘리가 저렇게 다정한 성격을 가지고 자랄 수 있었는지…… 알 것도 같군.'

두 부부는 천성적으로 분위기를 밝게 만드는 재주를 가지고 있었다. 그런 부부 밑에서 자랐으니, 그 영향을 받지 않을 리 없지 않나. 공작은 드물게 즐거운 어조로 부부에게 인사를 했다.

"좋은 며느리를 보내 주셔서 정말 감사합니다."

"아, 아닙니다. 저희도……."

어쩔 줄 몰라 하던 자작이 황급히 입을 열었다. 하지만 그의 머릿속은 이미 뒤죽박죽이었다.

'이런 때에는 뭐라고 해야 하지? 소공작을 우리 딸의 남편으로 맞이하게 되어 영광이라고?'

하지만 아직 두 부부는 자카리에 대해 아무것도 알지 못하지 않나. 입발림 말이라고 생각하면 어쩌나? 자작이 눈동자만 굴리고 있자, 자작 부인이 옆구리를 팔꿈치로 쿡 찔렀다. 그런데 그때.

"안녕하십니까, 자카리 헤센바이츠입니다."

근처에 다가온 자카리가 정중한 목소리로 입을 열었다. 그저 공작 성의 연회나 구경하고 돌아갈 생각이던 자작 부부는, 상상조차 하지 못했던 환대에 체할 것 같았다.

"저를 중심으로 하는, 좋지 못한 소문이 있다는 것은 압니다."

자카리는 직구로 제가 가진 '겨울의 마법'에 대해 언급했다. 자작 부부가 흠칫 어깨를 굳혔다.

'어쩌죠? 소공작께서 저렇게 말씀하시는데…….'

'괘, 괜찮다고 대답해야 할까요?'

두 부부가 서로 눈짓으로 대화를 나누었다. 그런 부부에게 자카리가 무언가를 불쑥 내밀었다.

"이, 이건?"

"한번 읽어 보십시오."

자카리는 약간 긴장한 얼굴로 부부를 바라보았다. 열렬한 눈빛에 못 이겨, 자작은 묵직한 서류 뭉텅이를 내려다보았다. 서류 첫 장에는 단정한 글자로 보고서의 제목이 기록되어 있었다.

"……헤센바이츠 공작령의 마물 침입 감소율에 대한 보고서?"

자작은 당황한 목소리로 제목을 읽었다. 자카리는 두 눈을 반짝이며 자작 부부를 바라보았다.

"북부가 마수의 침입으로 위험하다는 소문이 있긴 하지만, 그건 옛일입니다."

"예에?"

"그것이, 제가 열심히 토벌하고 있으니까요."

자카리는 열정적으로 입을 열었다. 이엘리는 그런 제 남편이 창피해 죽을 것 같았다.

'아니, 자카리. 지금 뭐하는 거야?'

연회에 보고서를 들고 오다니 도대체 왜 저래? 보다 못한 그녀가 그의 옷소매를 잡아당겼다.

"……자카리, 지금 연회 중인데?"

"네 부모님을 안심시켜 드리는 게 훨씬 더 중요해."

그녀의 말에 자카리는 드물게 단호한 목소리로 대답했다. 이엘리는 터져 나오려는 한숨을 간신히 되삼켰다. 왜 이럴 때만 단호한 거니, 너? 하지만 자카리는 열정적으로 말을 이어 나갔다.

"이엘리는 북부에서 안전하게 생활하고 있습니다. 그러니 너무 걱정하지 마시고……."

……아니, 지금 저런 얘기를 할 때야? 이엘리는 이제 기가 막혔다.

그러나 자카리의 기세는 어마어마했다. 두 부부에게 '알겠다, 걱정하지 않겠다'라는 대답을 듣지 않으면 물러나지 않겠다는 느낌이었다.

"네, 이엘리는 무척 안전할 것 같군요……."

그러니까 진정 좀 하십시오, 소공작님. 너무 흥분하신 것 같습니다. 차마 그 말은 하지 못해, 블랑쳇 자작은 뒷말을 꿀꺽 삼켰다.

그때 공작이 끼어들었다.

"자카리, 이게 무슨 무례냐."

아뇨, 상황이 다 끝난 후에 말참견해서 봤자 이젠 아무런 의미도 없거든요? 이엘리는 의심의 눈초리를 거두지 못했다. 왠지 공작이 본격적으로 말리지 않은 것을 보아하니, 공작도 저 보고서를 두 부부에게 보여 줄 생각은 하고 있었던 것 같다.

자카리는 그제야 얌전히 물러났다.

"죄송합니다. 두 분께 이엘리의 안전함에 대해 설명해 드리고 싶은 마음이 앞서는 바람에."

"아닙니다. 우리 이엔을 그렇게 아껴 주신다니, 저희야 감사할 따름이죠."

자작 부부는 식은땀을 흘리며 미소 지었다. 이엘리는 지금의 상황을 정리할 필요성을 느꼈다.

"엄마, 아빠. 춤 한 곡 안 추세요?"

이엘리는 해사하게 웃으며 입을 열었다. 뜬금없는 말을 들은 자작 부부가 의아한 낯을 했다.

"무려 헤센바이츠 공작 성에 왔잖아요. 춤 한 곡도 안 추고 가실 생각이세요?"

그 순간, 자작 부부는 제 딸이 그들을 구원해 주기 위해 일부러 제안한 것임을 눈치를 챘다.

"두 분, 춤추는 거 좋아하시잖아요."

"그렇지. 한 곡 춰야겠네."

"맞아, 그래야겠어."

이 어색하고도 고마우며 부담스러운 상황에서 벗어나고 싶었던 자작 부부가 이구동성으로 외쳤다. 공작과 자카리에게 꾸벅 인사를 한 부부는, 서로 손을 마주 잡은 채 황급히 자리를 벗어났다.

그 뒷모습을 가만히 바라보던 공작이 두 눈을 가늘게 떴다. 그가 태연한 어조로 중얼거린다.

"그렇다면 나도 이만 쓸데없는 만남을 좀 하러 가 볼까."

귀빈들을 만나는 것을 '쓸데없는 만남'이라고 칭하다니, 평소 냉소적인 공작다웠다. 이엘리는 저도 모르게 작게 웃어 버렸다. 공작은 인사조차 없이 휘적휘적 걸어가다가, 뒤를 돌아보았다.

"즐거운 연회 되거라, 이엘리."

"감사합니다, 공작님."

이엘리는 고개를 숙여 보였다. 마지막으로 희미하게 눈웃음을 지은 공작이 자리를 떴다. 자카리의 얼굴을 흘끔 바라보던 그녀가 손을 뻗었다. 자카리의 손을 감아쥐며, 나지막이 속삭인다.

"……정말 고마워."

"응?"

"너에게도, 공작님께도."

이엘리는 행복한 얼굴을 했다. 공작과 자카리가 일부러 사람들이 보는 앞에서 자신의 부모님에게 정중하게 대해 준 의중을 알 것 같았기 때문이었다. 이엘리는 마주잡은 손에 힘을 줬다.

'나와 부모님을 존중하는 모습을 보임으로써, 주변 사람들이 우릴 무시하지 못하게 한 거야.'

시종일관 자작 부부를 정중하게 대한 이유가 거기에 있었다. 게다가 그런 존중의 모습은 다른 효과도 불러왔다. 이엘리가 공작에게도 인정받는 헤센바이츠의 차기 안주인임을 알린 것이다.

"이엔, 그거 알아?"

"응?"

이엘리는 고개를 갸웃했다. 자카리는 코끝을 찡그리며 씩 웃었다. 그 미소가 마치 소년 같다.

"넌 존재 자체가 고마운 사람이야."

"⋯⋯."

이엘리는 순간, 제멋대로 뛰는 가슴을 지그시 눌렀다. 이상하다. 예전에는 전혀 이러지 않았는데, 요새는 자카리의 행동 하나하나에 심장이 뛰곤 한다. 미간을 좁힌 그녀가 한숨을 쉬었다.

두 사람은 잠시 동안 같이 있을 수 있었지만, 오랫동안 함께 시간을 보낼 수는 없었다. 이엘리도, 자카리도 각자 귀빈들을 접대해야 하기 때문이었다.

때마침, 자카리를 찾는 사람들이 몰려들었다.

"아, 소공작님!"

"여기 계셨습니까?"

주변이 와자지껄하게 시끄러워졌다. 자카리 휘하의 기사들이 두 사람을 빙 둘러싼 것이었다.

"레이디 헤센바이츠."

공식 석상인지라, 이엘리를 부르는 호칭은 '아가씨'가 아닌 '레이디 헤센바이츠'였다. 이엘리는 잠시 제 이름을 부른 기사를 바라보았다. 낯이 익다. 이엘리는 가볍게 고개를 끄덕여 보였다.

"오랜만에 보네요, 톰슨 경."

아마 자카리가 기사단과 훈련을 할 때 오며 가며 얼굴을 보았던 것 같다. 그녀는 빙긋 웃었다.

'근래에는 자카리가 기사단 건물에 오는 걸 질색해서, 간 적이 없

지만.'

그렇게 생각하던 이엘리는 두 눈을 가늘게 떴다. 아무래도 자카리는 그녀가 기사들과 인사를 나누는 것조차 싫어하는 듯하다. 하지만 제대로 된 이유를 말해 준 적은, 단 한 번도 없지 않나.

'일부러 기사들에게 점수를 따서, 자카리에게 잘해 주길 바라서였는데.'

그녀는 새침하게 자카리를 곁눈질했다. 자카리는 그새 뭐가 불만스러운지 인상을 구긴 채다.

'지금은 또 왜 저런담?'

이엘리는 고개를 갸웃 기울였다. 한편, 그녀가 인사를 건넨 기사는 가슴이 쿵쿵 뛰는 것을 느꼈다. 공작 성의 아름다운 차기 안주인이 제 이름을 기억해 줬다. 젊은 기사는 훅 뺨을 붉혔다.

"예, 예. 그것이……."

그때, 다른 기사 하나가 불쑥 고개를 들이밀었다. 기사가 반짝거리는 눈동자로 그녀를 보았다.

"레이디 헤센바이츠, 저도 여기에 있습니다!"

"아, 펠레일 경. 연회는 즐거우신가요?"

"물론이죠! 음식도 맛있고, 레이디들도 모두 아름다우십니다."

기사가 환하게 웃었다. 그러고는 주변을 둘러보는가 싶더니, 큼큼 헛기침을 하며 입을 열었다.

"하지만 가장 아름다우신 분은 역시 레이디 헤센바이츠……."

"펠레일 경."

도끼눈을 뜬 채 그 모습을 바라보던 자카리가 미간을 구기며 말했다. 기사들은 흠칫한 얼굴로 자카리를 돌아보았다. 이엘리는 최근, 기사들에게 나날이 인기를 구가하다 못해 여신 취급을 받았다.

그와 동시에 자카리는 제 아내에게 접근하는 남자들에게 날을 세우고 있었던 것이다.

"다들 나와 함께 술이라도 한잔하지."

"예? 예, 그러시면⋯⋯."

기사들은 금세 시무룩해진 채, 자카리의 뒤를 따랐다. 못내 아쉬워하며 이엘리를 힐끔힐끔 돌아보았지만, 이엘리는 생긋 웃으며 손을 흔들어 보일 뿐이었다. 자카리는 험악한 표정을 지었다.

"다들 내 술부터 받게."

"예에⋯⋯."

테이블에 쌓여 있는 차게 식힌 술 중에서도, 일부러 가장 독한 독주를 골라낸 자카리가 사악한 미소를 지었다. 맥주잔에 비견할 만큼 커다란 잔을 각자에게 쥐어 주고는 콸콸 술을 쏟는다.

"쭈욱 들이켜게."

"⋯⋯예?"

"한 번에 몽땅 마셔야 하네."

이걸 어떻게 한 번에 다 마십니까! 기사들이 경악한 표정으로 자카리를 바라보았다. 그러거나 말거나, 자카리는 턱을 까닥여 얼른 술을 마실 것을 종용했다. 결국 기사들은 술을 들이켤 수밖에 없었다.

"그럼 좋은 시간 보내게, 들."

울며 겨자 먹기로 술잔을 움켜쥔 기사들을 바라보며, 자카리는 눈웃음을 쳤다. 이건 이엘리에게 접근하는 남자들에 대한 사소한 복수였다. 기사들은 울상이 되어 서로를 곁눈질로 보았다.

"……평소에는 참 좋은 주군이신데."

"그러게나 말이다."

언제나 공정하고 현명한 주군인 자카리는, 이엘리가 곁에 있을 때만큼은 야차처럼 돌변하고는 한다. 기사들은 괜히 이엘리에게 가까이 간 것 같다고 후회하면서, 벌주를 들이켜기 시작했다.

연회의 분위기는 차츰 무르익었다. 분위기를 깨지 않는 선까지 머물러 있던 공작은, 마지막으로 '다들 즐거운 연회 되십시오.'라는 인사를 남기고 물러났다.

이엘리는 슬쩍 시선을 돌렸다.

'저번에 드시던 약도 그렇고, 최근 앓으셨던 병도 그렇고…… 어디 불편하신가?'

이엘리는 약간 걱정스러운 표정이 되어 그런 공작의 뒷모습을 바라보았다. 지금 그녀는 귀부인들과 레이디들 사이에 끼어 있었다. 문제는 이 자리에 로렌 백작 부인도 함께 있다는 거다.

"그러고 보니 레이디 헤셴바이츠, 요새 소문이 하나 돌고 있는데요."

툴란 남작 부인이 입을 열었다. 장난스러운 미소와 함께 말하는 그 목소리는 상당히 다정했다.

"레이디 헤셴바이츠와 혼인한 이후, 소공작께서 크게 변하셨다고 하더라고요."

"자카리가요?"

이엘리는 두 눈을 동그랗게 떴다. 툴란 남작 부인은 부채를 펼쳐 입가를 가리곤, 호호 웃었다.

"그럼요. 소공작께서 이렇게 훌륭하게 자라신 게, 다 레이디 덕이 아닐까요?"

"아, 그건⋯⋯."

"소공작께서 레이디를 무척 아낀다는 말도 자자했었는데, 직접 보니 그건 사실인 것 같네요."

툴란 남작부인이 찡긋 한쪽 눈을 접어 보였다. 그 모습을 보던 로렌 백작 부인은 속이 부글부글 끓어오르는 것을 느꼈다. 저 오만방자한 계집애의 진짜 모습을 모르니, 다들 저리 말하지!

"그렇죠. 다만 그 변화가 좋은 쪽인지는 잘⋯⋯."

툭 끼어든 로렌 백작 부인이 제 버릇을 감추지 못하고 빈정거렸다. 이엘리는 미간을 찌푸렸다.

'또 저러네. 지겹지도 않나.'

저 여자는 항상 저러네. 이엘리는 한 마디 쏘아붙이려 했다. 그때 나긋한 목소리가 들려왔다.

"제 눈에는 무척 좋아 보이던데요."

자리에 모여 있던 귀부인들의 눈이 커다랗게 뜨였다. 귀부인들이 분분히 고개를 숙여 보였다.

"어머나, 황녀 전하."

이엘리는 숨을 삼켰다. 찬란한 황금빛 머리카락을 길게 늘어뜨린 채, 우아한 회색빛 눈동자를 들어 올린 여인. 바로 안네로제 황녀였다. 황녀는 부드럽게 미소를 짓더니, 한 걸음 내디뎠다.

"정말 다정한 부부이시더군요."

귀부인들은 다시 한 번 낮게 술렁거렸다. 헤센바이츠 소공작과 황녀가 한때 혼담을 이야기했던 사이라는 것쯤은, 여기 모여 있는 사람들은 모두 다 안다. 그런 황녀가 저리 말할 줄이야.

"두 분이 행복해 보이셔서 저까지 즐거워졌답니다."

하지만 황녀는 아무것도 모르는 것처럼 다시 말을 이었다. 로렌 백작 부인은 어금니를 물었다.

'도대체 황녀 전하께서 왜 저러시는 거지?'

백작 부인은 어떻게든 이엘리 때문에 자카리가 좋지 못한 쪽으로 변화가 됐다, 그렇게 빈정거리고 싶었다. 그런데 황녀가 끼어듦으로써 그녀의 생각은 원천적으로 차단되어 버린 것이다.

'지금 무슨 일이 일어난 거지?'

한편 이엘리도 약간 긴장한 상태였다. 왜냐하면 그녀와 황녀는, 서로 긍정적인 사이가 될 만한 여지가 없었던 것이다. 하지만 황녀는 아무것도 모르는 것처럼 화사한 얼굴로 입을 연다.

"소공작께서는 이렇게 좋은 아내를 얻으셔서 무척 기쁘시겠어요."

"……감사합니다."

이엘리는 무난한 인사말을 입술에 담았다. 황녀가 무슨 속내를 가지고 있는지 전혀 감이 잡히지 않았다. 황녀는 무어라 이엘리에게 말을 걸려 했다. 하지만 그때, 느긋한 목소리가 들렸다.

"안네로제."

그림 같은 미소를 짓고 있던 황녀의 얼굴이 미세하게 굳어졌다. 목소리의 주인은 황태자였다.

"예, 오라버니."

황녀는 정중하게 고개를 숙여 보였다. 이엘리는 그 모습을 보자마자 두 사람 사이의 권력관계를 눈치챘다. 적자이자 황태자인 요슈아와 서녀인 안네로제. 게다가 둘의 나이 차도 상당하다.

"레이디 블랑쳇과 대화를 나누고 있는 게냐?"

"그렇습니다, 오라버니."

황녀의 대답을 듣자 황태자가 씩 미소를 지었다. 그리고 이엘리는 뱃속이 뒤틀리는 감각을 느꼈다. 레이디 블랑쳇이라니. 뒤를 돌아본 이엘리가 단정하게 고개를 숙여 보이곤 말한다.

"죄송합니다만 전하, 전 레이디 헤센바이츠입니다."

예의 바르지만 냉정한 목소리였다. 황태자의 지금 발언은, 약간 그 의미를 확대시키자면 이엘리를 자카리의 아내로 보지 않는다는 뜻으로도 해석 가능했다.

황태자가 빙그레 미소 지었다.

"기분이 상하게 할 의도는 아니었습니다. 그저 말실수일 따름이에요."

"……."

황태자가 말실수라고 설명하는데 이엘리가 따로 할 말이 있을 리 없다. 고개를 작게 끄덕이는 것 외에는 그녀가 할 수 있는 게 없었다.

황태자는 기웃이 고개를 기울이는가 싶더니, 이엘리를 향해 부드럽게 입을 열었다.

"어떻습니까, 레이디 헤센바이츠."

"예?"

이엘리는 치솟는 경계심을 애써 내리누르며 황태자를 마주보았다. 황태자가 눈웃음을 지었다.

"마침 춤곡을 연주 중인데, 다음 곡에 저와 춤 한 곡을 같이 추시는 건?"

"……."

"소공작이 마음에 걸리시는 거라면, 소공작께는 안네로제를 붙여 주면 될 것 같습니다만."

그렇게 말한 황태자가 이엘리를 지그시 바라보았다. 그녀를 볼 때마다, 그는 정말이지 이상한 느낌이 들었다. 지금껏 그 어떤 여자도 이런 감각을 불러일으킨 적이 없는데. 무엇이 그녀를 이렇게 특별하게 하는지 알 수 없었다.

'첫 곡은 당연히 자카리랑 춰야 하지 않겠습니까, 전하?'

한편 이엘리는 그렇게 되묻고 싶은 마음이 굴뚝같았다. 부부가 첫 춤을 추는 건 기본 아닌가.

'게다가 자카리와 황녀 전하가 함께 춤을 추는 모습도 절대 보고 싶지 않다고.'

이엘리는 미간을 구겼다. 하지만 명색이 귀빈을 맞이해야 하는 입장에서, 이번 연회에서 가장 중요한 귀빈인 황태자를 두고 대놓고 싫은 기색을 보일 수는 없었다. 그녀가 난감해하던 때였다.

"아니요, 황태자 전하."

유쾌하면서도 살짝 날이 선 목소리가 들렸다. 어느새 이엘리의 등 뒤로 자카리가 와 있었다.

"죄송하지만 전 전하께서는 상상조차 하지 못할 애처가라서 말입니다."

자카리가 붉은 입술 끝을 비틀어 올렸다. 짙푸른 눈동자는 빙해처럼 싸늘하게 식어 내린 채였다.

"이엔이 저 외의 다른 사람과 춤을 추는 모습은 별로 보고 싶지 않습니다."

그렇게 말한 자카리가 이엘리의 어깨를 부드럽게 제 품 안에 끌어당겼다. 화들짝 놀란 이엘리가 자카리를 돌아보았다. 어느새 그녀는 자카리의 단단한 팔에 안긴 모양새가 되고 말았다.

"양해해 주시겠지요?"

황태자를 빤히 바라보며 그가 삐딱하게 물었다. 대답조차 기다리지 않고 이엘리를 돌아본다.

"레이디 헤센바이츠. 레이디의 첫 춤을 제게 허락해 주시겠습니까?"

"아……."

이엘리는 반사적으로 주변을 돌아보았다. 경악한 얼굴의 귀부인들과 붉으락푸르락 얼굴을 일그러뜨린 황태자가 보였다. 어, 이래도 되나? 그렇게 생각하던 이엘리는 문득 미간을 구겼다.

'뭐 어때.'

먼저 무례하게 행동한 사람은 황태자였다. 그리고 자카리는 엄연히 이엘리를 보호해 주기 위해 끼어든 것이나 다름없었다. 황태자의 눈치를 보는 것도 작작 해야지, 이건 좀 너무하잖아.

"기꺼이요."

이엘리는 방긋 웃으며 자카리가 내민 손을 마주잡았다. 자카리가 유들유들한 어조로 말했다.

"그럼, 저와 제 아내는 잠시 가 보겠습니다."

"즐거운 연회 되시길."

자카리의 말에 그녀가 한 마디를 더 덧붙였다. 두 사람은 그대로, 나란히 손을 잡은 채 댄스 홀로 걸어갔다. 마침 춤곡이 하나 끝나고, 새로운 춤곡이 연주되었다. 경쾌한 곡조의 왈츠였다.

"이리 와, 이엔."

자카리가 우아한 미소와 함께 속삭였다. 그녀의 허리를 끌어당겨 손을 얹고, 맞은편 손을 마주 잡는 그 동작이 물 흐르듯 유려했다. 춤의 스텝을 밟는다. 이엘리가 두 눈을 동그랗게 떴다.

"와, 자카리. 언제 이렇게 춤을 잘 추게 되었어?"

"연습했지. 너랑 추려고."

자카리는 당연하다는 것처럼 대답했다. 이엘리는 저도 몰래 가슴이 두근거리는 것을 느꼈다.

"나 때문에?"

"당연하지. 너 외의 다른 이유가 있을 리 없잖아."

자카리의 대답을 들은 이엘리의 뺨이 발그레하게 달아올랐다. 때마침 자카리가 이엘리를 바짝 당겨 안았다.

안 돼, 이러다가 내 심장 소리까지 들리겠어. 이엘리는 황급히 말머리를 돌렸다.

"그, 그것보다 자카리."

"응?"

자카리가 고개를 갸웃했다. 그의 품에 반쯤 안긴 자세로 스텝을 밟으며, 이엘리는 중얼거렸다.

"아까 전 말인데."

"아까 전이라니?"

대화가 빙빙 도는 것 같았다. 이엘리는 눈을 질끈 감았다. 그에게 밉지 않은 어조로 질책한다.

"그게, 황태자 전하는 귀한 손님이시잖아. 그렇게 대우하면 어떡해."

이엘리의 말을 들은 자카리는 순간 울컥했다. 그녀가 이번 연회를 치르며 얼마나 큰 책임감에 짓눌려 있었는지는 잘 안다. 하지만 아무리 그래도 그렇지, 그 작자를 귀빈 취급을 해 주라니.

"그럼 너에게 자꾸 질척거리는 그 작자를 내버려 두라고?"

"음……."

이엘리는 눈동자를 굴렸다. 자카리가 눈초리를 치켜 올렸다. 그녀가 포르르 한숨을 내쉬었다.

"조금 더 유한 방식이 있었을지도 모르긴 하지."

"이엔."

자카리가 이엘리를 질책하듯이 불렀다. 그때, 이엘리의 입술에 조그마한 미소가 스쳐 지났다.

"하지만……."

그녀가 나지막하게 속삭였다. 음악 소리에 묻혀 잘 들리지 않을 것 같아, 그가 고개를 숙였다.

"사실 좀 기뻤던 것 같아."

"뭐가?"

"네가 황태자 전하에게서 날 떼어놓아 줬던 것."

그렇게 속삭인 이엘리가 다시 한 번 생긋 웃었다. 그 미소를 보자마자 자카리는 머릿속이 새하얗게 물드는 것을 느꼈다. 어쩜 이렇게나 사랑스러운지. 심장이 쿵 떨어지는 느낌이 들었다.

"그래서…… 고맙다고."

이엘리는 약간 수줍은 목소리로 그렇게 말했다. 그런 그녀를 바라보던 자카리가 입을 열었다.

"……이엔."

"응?"

"아무것도 아니야."

하루가 지나고 한 시간이 지나고 일 분이 지날 때마다. 시시각각 네가 좋아져. 너 없이 살아왔던 시간이 모두 거짓말처럼 느껴져. 가슴이 벅차올라, 자카리는 애써 춤에만 신경을 쏟았다.

* * *

한편, 황태자와 황녀는 나란히 서 있었다. 깊은 생각에 빠져 있던 황태자가 나지막하게 중얼거렸다.

"레이디 블랑쳇은 굉장히 매력적인 여자더군."

"……."

황태자는 일부러 '레이디 헤센바이츠'가 아닌 '레이디 블랑쳇'이라는 호칭을 사용하고 있었다.

'도대체 무슨 생각을 하고 계신 거지.'

황녀는 두려움과 지긋지긋함이 반반씩 뒤섞인 눈동자로 황태자를 마주 보았다. 그 시선에는 전연 관심을 두지 않으며, 황태자는 고개를 기울였다.

잠시 후, 웃음 섞인 목소리가 흘러나왔다.

"어째서 소공작이 저렇게 저 여자에게 집착하는지…… 알 것도 같아."

"……."

황녀는 지그시 입술을 깨물었다. 황태자에게 반박할 말이 혀끝에서 빙글빙글 맴돌고 있었다.

'하지만 그녀는 소공작의 부인인 데다, 나이도 그보다 한참 어린 걸.'

황녀는 눈을 꽉 내리감았다. 제가 그런 말을 내뱉을 수 있을 리 없다. 황녀는 제 위치를 뼈저리게 인지하고 있었다. 자신은 언제든 팔려 갈 수 있는, 황태자의 쓸모 있는 체스 말에 불과했다.

"저런 여자는, 마침내 꺾어서 내 아래에 눕힐 때 가장 아름다운 법이지."

"……오라버니."

보다 못한 황녀가 제 오라비를 불렀다. 미소가 서렸던 황태자의 시선은 순식간에 싸늘해졌다.

"서녀인 주제에, 함부로 날 오라버니라고 부르지 마라."

"죄, 죄송합니다."

"네가 날 오라버니라고 부를 수 있는 건, 사람들이 우리를 지켜보고 있을 때뿐이야."

모멸이 섞인 말투였다. 황녀는 입술을 세게 깨물었다.

잠시 황녀를 노려보던 황태자가 고개를 갸웃하게 숙였다. 황녀의 귀에 입술을 댄 황태자는, 곧바로 그 귓속에 나지막하게 소곤거렸다.

"모자란 계집. 공작의 마음을 사로잡을 수 없다면, 도대체 네게 무슨 가치가 있단 말이냐?"

"……."

황녀의 눈동자가 파르르 떨렸다. 그러거나 말거나, 황태자는 다시 제 생각 속에 빠진 채였다.

"이엘리, 이엘리 블랑쳇이라……."

활짝 핀 아샤 꽃처럼 화사했던 소녀. 생크림처럼 새하얀 피부와 살랑거리는 분홍색 머리카락. 작고 가녀린 체구는 순식간에 품에 가둬 넣고 싶을 정도로 사랑스러웠다.

사납게 날을 세운 연녹색 눈동자까지 모조리 숨이 막히도록 아름다워, 도무지 그녀의 잔상에서 벗어날 수 없었다.

'아무래도…… 가져야겠다.'

이성적이지 않은 판단이라 해도 좋았다. 어떻게든 그녀를 갖고 싶었다. 지독한 갈증이 느껴져서, 황태자는 혀를 내밀어 마른 입술을 핥았다. 짙게 가라앉은 회색 시선이 뱀처럼 반짝였다.

"……이럴 줄 알았다면 그녀를 대리 결혼시키지 않았을 텐데."

황태자가 작게 중얼거렸다. 하지만 뭐, 방법은 찾아보면 많을지도 모른다. 그녀는 헤센바이츠의 이름이 없다면, 끈 떨어진 종이 인형이나 마찬가지인 신세니까. 황태자가 사늘하게 웃었다.

'어떻게 핑계를 잡아서 이혼을 시켜도 좋고.'

때마침 음악이 멈췄다. 이엘리와 자카리가 아쉬운 것처럼 서로에게 떨어지는 모습이 보였다.

"아, 드디어 춤이 끝났나 보군."

그렇게 중얼거린 황태자가 미끄러지듯이 이엘리에게로 걸어갔다. 황녀는 질색하는 얼굴로 그런 황태자의 뒷모습을 응시했다. 자연스럽게 이엘리의 위치와, 두 사람의 나이 차를 따져보았다.

'하긴, 저 망나니가 그런 상식적인 생각을 할 리가 없지.'

황태자의 욕망 앞에서는 그 모든 것이 무의미할 것이다. 둘의 나이 차가 거의 열 살 가까이 난다는 것과, 그녀가 소공작의 아내라는 것까지 모두.

황녀는 피곤한 얼굴로 황태자를 바라보았다.

"레이디 헤센바이츠."

저를 부르는 음성에 이엘리가 반짝 고개를 들어 올리는 모습이 보인다. 황태자가 씩 웃었다.

"다음 춤은 저와 함께 추시는 것이 어떻습니까?"

거절은 전혀 예상조차 하지 않는 당당한 음성이었다. 그런데 그 때, 소공작이 불쑥 끼어들었다.

"황태자 전하."

"……예, 헤센바이츠 소공작."

황태자가 불쾌한 얼굴을 했다. 그 광경을 숨죽여 바라보던 황녀의 눈동자가 동그랗게 커졌다.

'어라?'

그러나 소공작은 빙그레 미소를 지을 따름이었다. 호승심에 가득 찬 눈으로 소공작이 말했다.

"이엘리와의 춤 대신, 저와 술 한잔하시겠습니까?"

"……."

황태자의 얼굴이 와락 일그러졌다. 소공작이 저렇게까지 나오는데 황태자가 막무가내로 거절할 수 있을 리 없었다.

소공작은 언제 가져왔는지 모를 술병을 들고 보란 듯 흔들어 보였다.

"술, 못하십니까?"

"그럴 리가요."

자존심 때문인지, 황태자는 불쑥 답을 내뱉었다. 그러자 소공작은 사나운 미소를 지어 보였다.

"잘됐군요. 이 기회에 저와 함께 좋은 밤을 보내시는 건?"

그 목소리에는 호의라고는 단 한 점도 들어 있지 않았다. 황태자는 지그시 입술을 깨물었다.

＊　　　＊　　　＊

이엘리는 황망한 얼굴이 되어 눈앞의 풍경을 바라보았다. 느닷없이 소공작과 황태자의 술자리가 벌어진 것이다. 두 사람은 아예 테이블 하나를 차지한 채, 수많은 술병을 비워 내고 있었다.

"아니, 이게 무슨……."

그녀가 멍하니 중얼거렸다. 그나마 연회장의 분위기가 한껏 달아올라서 다행이었다. 각자 연회를 즐기느라, 자카리와 황태자의 대작이 상대적으로 묻히는 것이다. 그때 목소리가 들렸다.

"소공작께서는 레이디 헤센바이츠를 무척 아끼시나 봐요."

"⋯⋯네?"

깜짝 놀란 이엘리가 옆을 바라봤다. 그녀의 곁에는 어느새 안네로제 황녀가 다가와 있었다.

"그렇잖아요?"

황녀가 어깨를 으쓱해 보였다. 황녀의 얼굴에 묘한 미소가 서렸다. 황녀가 조그맣게 속삭였다.

"대작을 통해 제 오라버니가 레이디에게 달라붙지 못하게 차단하고 있으니까요."

"아, 그건⋯⋯."

"그보다, 아까는 죄송했어요."

그렇게 말한 황녀가 짧게 목례를 했다. 이엘리는 또 한 번 놀랐다. 황녀가 고개를 숙이다니?

"제 오라버니가 소공작과 레이디에게 너무 무례한 짓을 했죠."

"⋯⋯황녀 전하께서 사과하실 일은 아니에요."

잠시 머리를 굴리던 이엘리는 그나마 무난한 대답을 끄집어냈다. 황녀의 잘못이 아님을 짚으면서도, 황태자가 한 행동이 무례하긴 했다고 말한 것이다. 황녀의 미소가 조금 더 짙어졌다.

"솔직히 말씀드리자면⋯⋯ 전 레이디와 소공작께서 평생 행복하게 사셨으면 좋겠어요."

"네?"

의외의 말을 들은 그녀는 어리둥절해지고 말았다. 황녀는 침착한 목소리로 말을 이어 나갔다.

"소공작께서는 레이디를 아내로 들이신 후부터, 놀랄 만큼 진정된 모습을 보이고 계시죠."

진정된 모습이라. 이엘리는 말없이 자카리를 바라보았다. 황녀가 조소 섞인 어조로 설명했다.

"그 모습을 보신 오라버니께서는, 절 어떻게든 소공작과 다시 엮고 싶으신가 봐요."

그 이유는 이엘리도 얼추 예상했다. 안네로제는 서녀였다. 그 말은 즉, 그녀는 황태자에게 있어 정략결혼의 이용 대상 이상의 가치가 없다는 뜻이다.

서녀인 안네로제를 가장 잘 이용해 먹을 수 있는 대상이 바로 헤센바이츠였다. 결혼을 통해 공작가를 조금이나마 묶어 둘 수 있으니까.

'게다가 외부에선 내가 결혼한 이후부터 공작님과 자카리의 사이가 완화됐다고 느낄 테니까.'

그게 사실인지는 차치하더라도. 그녀는 포르르 한숨을 내쉬었다. 그때 황녀가 말을 내뱉었다.

"하지만 전 그런 결혼, 싫거든요."

노골적인 말이었다. 이엘리는 흘끔 황녀를 곁눈질로 바라보았다. 황녀는 미간을 구긴 채였다.

"왜냐하면 저와 소공작의 결합으로 이득을 보는 이는 딱 한사람 뿐이니까요."

황녀의 시선을 따라가자, 그 끝에는 황태자가 앉아 있었다. 황녀가 입술 끝을 비틀어 올렸다.

"바로 제 오라버니죠."

"……황녀 전하."

"그래서 전 두 분께서 영원히 행복하시길 바라요."

그렇게 말하는 황녀의 말투에는 깊은 피로감이 서려 있었다. 자신의 의지로는 무언가를 결정해 본 적 없는, 이리저리 이용당하기만 하던 사람 특유의 서글픔. 황녀가 그녀를 곁눈질했다.

"제 말뜻, 이해하시죠?"

이엘리는 말없이 고개를 끄덕였다. 황녀는 빙긋 미소를 짓곤 뒤로 물러났다.

"그렇다면 전 이만 먼저 방에서 쉬고 싶은데. 괜찮을까요?"

"황녀 전하께서 편하신 대로 하셔야지요."

"고마워요. 그럼 또."

그렇게 말한 황녀가 몸을 돌렸다. 그때 이엘리는 보고 말았다. 레이스로 장식해 풍성한 옷소매 자락에 감춰져 있는 황녀의 가녀린 팔목을. 그 팔목엔 새카만 멍이 뱀처럼 휘감겨 있었다.

"저, 황녀 전하!"

이엘리는 저도 모르게 목소리를 높였다. 왜 그러냐는 것처럼, 황녀가 흘낏 이엘리를 돌아보았다. 이엘리는 입술을 깨물었다. 황녀를 붙들어 본들, 무어라 물어볼 수 있단 말인가.

황태자께서 황녀께 해코지를 하고 있냐고? 폭력을 가하고 계시냐고? 이엘리는 크게 숨을 들이쉬었다.

"……괜찮으신가요?"

결국 물어볼 수 있는 건 이렇게 뭉뚱그린 질문뿐이었다. 황녀는 그 말에는 대답하지 않았다.

"글쎄요. 레이디 헤센바이츠는 참 다정하신 분이군요."

다만 다정한 목소리로 그렇게 말했을 뿐이다. 자리를 떠나는 황녀를 이엘리는 붙들지 못했다.

*　　　*　　　*

시간이 흘러 연회는 거의 파장 분위기였다. 소공작과 황태자의 느닷없는 주량 대결은 소공작의 승리로 끝났다. 황태자는 거의 인사불성이 되어 하인들에 의해 실려 나갔다.

자카리는 꽤나 멀쩡한 얼굴로 황태자가 떠나는 모습까지 지켜보았다. 사람들 또한 모두 연회장을 떠났다.

"자카리."

마지막으로 사람들을 배웅해 준 이엘리는 자카리 곁에 살며시 다가갔다. 자카리는 허리를 곧게 세운 채 꼿꼿하게 서 있었다. 여기 좀 보라는 뜻으로, 이엘리는 그의 옷소매를 잡아당겼다.

"너 괜찮아?"

이엘리는 나지막한 목소리로 소곤거렸다. 느리게 눈을 깜빡이던 자카리가 흘끗 그녀를 보았다.

"뭐가?"

"아까 술, 엄청 마시던데."

"그래? 어때, 나…… 괜찮아 보여?"

질문으로 대답을 대신하면 어쩌란 말인가. 미간을 잔뜩 구기던 그녀는 순간 흠칫하고 말았다.

"……너."

미세하게 말끝이 흐트러져 있다. 이엘리는 기가 막혔다. 멀쩡한 게 아니라 멀쩡한 척이었어?

"취했지?"

"아…… 들켰나."

그렇게 대답한 자카리가 제 얼굴을 세게 문질렀다. 한숨을 내쉬면서 고개를 절레절레 젓는다.

"그 자식, 웬만큼 먹여서는…… 쓰러지질 않기에."

"아니, 그래도 넌 적당히 마셨어야지!"

그녀가 저도 모르게 언성을 높였다. 이렇게 만취해 버리면 어떡해? 그녀는 그를 끌어당겼다.

"이리 와. 우선 나가자. 방에 데려다줄 테니까……."

"싫어."

드물게 또렷하게 대답한 자카리가 그녀를 똑바로 바라보았다. 푸른 눈동자가 곱게 휘어졌다.

"같이 있을래."

"……."

이엘리는 할 말을 잃어버렸다. 자카리가 평소 어리광쟁이라는 사실은 알고 있었지만, 술버릇까지 그럴 줄이야. 아무래도 내가 애를 잘못 키운 것 같은데. 이엘리는 슬며시 미간을 구겼다.

"들어가서 눕는 편이 낫지 않아?"

"그럼 내 옆에 있어 줄 거야?"

"……됐다. 만취한 사람한테 말해 봤자 뭐하니."

고개를 절레절레 저은 이엘리는 고민에 잠겼다. 술에 취한 사람의 고집을 이기긴 어려우니까.

"그럼 바람이라도 좀 쐬자. 어때?"

"좋아."

멍한 시선을 하던 자카리가 웃으며 고개를 끄덕였다. 희게 빛나는 은발이 살랑살랑 흔들렸다.

'이건 뭐…… 강아지도 아니고.'

그렇게 생각하던 이엘리는 급한 대로 자카리를 끌고 밖으로 빠져나왔다. 자카리는 약간 비틀거리기는 했지만, 그래도 잘 따라왔다.

연회장 바로 앞에는 조그마한 정원이 마련되어 있었다.

'밤의 정원도 운치가 있네.'

부드러운 어둠 안, 동그란 달이 잘 닦인 은거울처럼 머물러 있었다. 새하얀 달빛은 폭포수처럼 쏟아져 내려, 만물이 새하얗게 반들거렸다. 이엘리는 맑고 차가운 공기를 한껏 들이마셨다.

'자카리는 좀 괜찮은가 몰라.'

그렇게 생각하며 자카리를 곁눈질하던 그녀가 한숨을 삼켰다. 음, 전혀 괜찮아 보이지 않는군.

"있지, 자카리. 여기에 좀 앉아 봐."

이엘리는 자카리를 벤치에 앉혔다. 순순히 그녀의 말에 따른 자카리가 이엘리를 올려다본다.

"……좋아. 그럼 이제부터 어떻게 해야 한담?"

이엘리는 팔짱을 낀 채 깊은 고뇌에 빠져들었다. 그때, 자카리가
잔뜩 토라진 얼굴로 말했다.

"앉아."

"응?"

"너도…… 앉으라고."

이건 좀 불안한데. 이엘리는 미간을 좁혔다. 말끝이 늘어지면서
발음이 슬슬 흐트러지는 것을 보아하니, 자카리는 점점 술기운이
올라오는 것 같았다. 자카리는 칭얼거리면서 다시 말했다.

"빨리, 여기…… 내 옆에 앉아."

어둠 속에서도 자카리의 뺨은 확연하게 붉었다. 이엘리는 고집
에 못 이겨 그의 곁에 앉았다.

"있잖아, 이엔."

"그래, 그래."

"……아까 나한테 왜 화내?"

……술주정을 하려면 좀 곱게 하지 그러니. 기가 막힌 이엘리가
자카리를 흘겨보았다.

"뭐라고?"

"아까 나한테, ……술 적당히 마시지 않았다고."

도대체 애를 어쩌면 좋을까. 이엘리는 짜증을 내고 싶은 마음을
꾹꾹 억눌렀다. 지금 자카리는 술에 취해서 그런 것뿐이야. 술에서
깨면 괜찮아질 거야. 자카리는 투덜투덜 말을 이었다.

"어쩔 수 없었단 말이야."

"뭐가?"

"자꾸 그 자식이…… 너한테 말을 걸잖아."

자카리는 자신이 어째서 그렇게 행동했는지에 대해 횡설수설 입을 열었다. 어떻게든 이엘리를 납득시키고 싶은 모양이다. 하지만 문제는, 이엘리는 그의 말을 전혀 알아듣지 못했다는 거다.

"응?"

"요슈아인지 뭔지 하는 그 재수없는 자식."

술에 취한 와중에도, 자카리는 그 말만큼은 또렷한 목소리로 말했다. 이엘리는 화들짝 놀랐다.

"저기, 아무리 그래도 그런 말은……."

아무리 인적 없는 정원이라지만 황태자를 대놓고 '재수없다'라고 말하다니. 솔직히 재수없는 건 맞지만, 그래도 입 밖에 내는 건 다른 문제이지 않나. 자카리는 불퉁한 얼굴로 입을 열었다.

"누구도…… 너한테 말, 안 걸었으면 좋겠어."

그 말을 듣던 이엘리는 저도 모르게 픽 웃어 버렸다. 애도 아니고 이게 무슨 소리람. 이엘리는 손을 들어 자카리의 머리카락을 슥슥 쓸어내려 주었다. 흰 은발이 손가락 사이로 흐트러진다.

'부드럽다.'

남편에게 비유하기는 좀 그렇긴 하지만, 마치 커다란 대형견을 기르는 것 같다. 한창 부드러운 감촉에 심취해 있자니, 절 빤히 바라보는 시선이 느껴졌다. 그녀가 고개를 갸웃 기울였다.

"자카리?"

부름과 동시에 자카리가 스르륵 미끄러졌다. 이엘리의 어깨에 툭 고개를 기대며 중얼거린다.

"그 새끼…… 진짜 싫어."

취기 때문인지, 자카리의 날숨은 뜨겁게 달아올라 있었다. 자카리가 서늘한 어조로 말을 이었다.

"그 개자식이 말이지…… 넌 내 아내인데."

아니 얘가 술 취했다고 할 말 못 할 말 구분을 못 하네! 황급히 주변을 돌아보던 이엘리가 자카리를 흘겨보았다. 자카리는 일부러 그녀의 어깨에 고개를 기대고는 이엘리의 시선을 피했다.

"자카리, 그런 말 하면 안 돼. 누가 들으려면 어쩌려고."

그녀가 단호하게 말했다. 그러자 자카리는 입술을 삐죽였다. 그러고는 들으란 듯 말을 잇는다.

"개자식. 재수없는 놈. 미역 머리. 버터 바른 멸치 같은 새끼."

"……너 미쳤어?"

하지 말라니까 더 하네? 이엘리는 도끼눈을 떴다. 그 와중에도 자카리가 구사한 다채로운 욕설에 웃음이 터질 것 같아, 이엘리는 지그시 입술을 깨물었다.

그때 자카리가 반짝 눈을 떴다.

"미쳤다고?"

이엘리의 말을 들은 자카리가 두 눈을 깜빡거렸다. 슬며시 시선을 들어 올린 그가 입을 연다.

"그럴 수도 있겠네."

"뭐라는 거야?"

이엘리는 와락 인상을 썼다. 그러자, 자카리가 사르르 두 눈을 접고는 달콤하게 소곤거린다.

"너한테."

"……."

순간 숨이 턱 막혔다. 새싹 같은 눈동자가 봄 같은 감정에 휘말렸다. 파르르 떨리는 그 눈동자를 보며, 자카리는 손을 뻗었다. 그녀의 뺨에 제 손가락을 미끄러뜨리며 자카리가 미소했다.

"만약 내가 미친 거라면…… 그건 분명 너에게 미친 거겠지."

쿵쿵쿵.

심장이 미친 듯이 뛰었다. 분명 예전이라면 오글거린다며 질색했을 텐데, 지금은 그저 그런 말을 듣는 게 좋았다. 자카리는 그대로 고개를 숙였다. 그의 시선이 똑바로 그녀를 본다.

"이엔."

입술과 입술이 순식간에 가까워진다. 그녀는 자카리를 보며 짧지만 깊은 고뇌에 빠져야 했다.

'키, 키스하려나?'

그럼 난 어떻게 해야 하지? 자카리의 키스를 받아들여야 하나? 아니, 생각해 보면 이게 처음도 아니잖아? 만난 지 얼마 되지 않았을 때 아샤 축제에서…… 잠깐만, 그걸 키스라고 쳐야 해?

'그건 좀 불공평하잖아!'

그러니까 키스는, 좀 더 로맨틱하고 감성적인 상황에서. 이렇게 술김에 하는 게 아니라……! 이엘리는 머릿속이 엉망이 되어 가는 걸 느꼈다.

바로 그때, 자카리가 휙 고개를 돌리며 말했다.

"……안 되겠어."

"뭐?"

이엘리는 순간 허망한 얼굴을 했다가, 제가 허망함을 느낀다는 사실 자체에 혼란스러워졌다.

"이러다가 정말로……."

사고 칠 것 같아. 자카리는 지그시 입술을 당겨 물었다. 이엘리는 언제나 그의 여신이었다. 소중하게 대해도 모자랄 판에, 순간적인 감정에 휩쓸려 동의 없는 행동을 하고 싶지는 않았다.

"저기, 자카리?"

"미안, 술에 취해서 해선 안 될 행동을 했어."

자카리는 정중한 얼굴로 사과를 건넸다.

……저기요? 이엘리는 아쉬움을 느꼈고, 다시 한 번 놀랐다. 자신이 아쉬움을 느끼는 것 자체가 생경했다. 자리에서 일어난 자카리가 손을 내밀었다.

"방에 데려다줄게."

"……술, 깼어?"

"조금은."

자카리는 버릇처럼 웃었다. 찬바람을 맞았더니 머릿속이 좀 맑아지는 기분이다. 그녀는 어딘가 뾰로통한 표정이 되어, 자카리의 손을 잡고 자리에서 일어났다. 두 사람은 걸음을 옮겼다.

"정말로 괜찮아?"

"응, 괜찮아."

설마 자신이 믿음직스럽지 않은가 싶어서, 자카리는 진지한 표정으로 고개를 크게 끄덕였다.

"흐응. 그렇구나."

이엘리는 삐딱하게 대답했다. 자카리는 덜컹 심장이 내려앉았다. 설마 나, 뭔가 실수를 했나?

"……."

"……."

누가 먼저랄 것도 없이 두 사람은 나란히 침묵을 지켰다. 이엘리는 살며시 자카리를 곁눈질했다. 아직까지는 걸음이 약간 흐트러지기는 하지만, 그래도 이제 상당히 정신을 차린 것 같다.

"저기, 이엔?"

이엘리의 방에 도착한 자카리가 조심스럽게 그녀를 불렀다. 왜 그녀가 기분이 상했는지 이유는 알아야 할 것 같았다. 그때 이엘리는 자카리를 있는 힘껏 노려보았다. 그 이후 입을 연다.

"바보, 멍청이."

그렇게 말한 그녀가 방문을 쾅 소리 나게 닫았다. 왜 저러는 거지. 자카리는 어리둥절해졌다.

〈다음 권에 계속〉